Thomas Schwandt
Das Fanal – Terrorschiff aus Trelleborg

W0370052

Boote auf der Marina-Seite wurden aus dem Wasser emporgewirbelt und schlugen auf der Strandpromenade zwischen Hafen-Brauhaus und Hafenterrassen auf. Zwei, drei leichtere Exemplare segelten bis zur nahen Durchgangsstraße, dem Warnowufer, und krachten in den Autostau, der sich in den Minuten zuvor gebildet hatte. Als wären sie die Protagonisten eines Massendominos stürzten die von der Halbinsel drängenden Menschen um. Die Buden und Verschlage klappten, jeglicher Festigkeit beraubt, in sich zusammen. Das ruinierte Riesenrad krächzte in den verbogenen Stahlstreben. Auf dem Brückenkran erzeugte das aufliegende und vom enormen Druck für einen kurzen Moment bewegte Gerüst ein metallenes Geheul, das den Donnerhall der Explosion durchstach.

Der Feuerschwall erinnerte an eine ausfahrende Zunge. Sie schleckte die Haedge-Halbinsel ab, um kurz darauf steil aufsteigend orangerot am Himmel zu verglühen. Rauchschwaden folgten. Alles brannte. Buden, Werbetafeln, Boote, Menschen. Die heiße Brunst fraß sich im Verhängnis jedes außer Kontrolle geratenen Feuers rasend schnell in die Sail. In der Ferne jaulten die ersten Sirenen von Rettungswagen und Feuerwehren aus der Rostocker Südstadt heran. Auf der Warnow nahmen patrouillierende Polizeischiffe, darunter einige schnelle Motorschlauchboote, die von den Beamten wie ein Holzpferd geritten wurden, Kurs auf die Halbinsel. Den Wasserpolizisten bot sich sehr bald ein kriegsähnliches Szenario. Rußiger Qualm hüllte das Vorschiff der „Mecklenburg" ein, schwärzte das Weiß des Rumpfes. Vom Brückenkran fielen die restlichen Fetzen des brennenden Bier-Transparents herab. Am Riesenrad waren alle Farbanstriche und Verzierungen weggebrannt. Grässlich dunkles Metall hob sich aus dem Trümmer- und Totenfeld ab.

Ole Dormark erschien das Bild der wundersam am 11. September 2001 nicht zermalmten Fassadenteile des New Yorker World Trade Centers. Diese waren nach den Terroranschlägen

Sekunden wandelten sich sommerlich leicht bekleidete Körper in Klumpen aus Textilien und organischer Masse, übersät von Hämatomen und Blutschmieren.

Die Entfesselten rannten auf die Menschen zu, die in genügend weitem Abstand vor der Haedge-Halbinsel innegehalten hatten und fassungslos und neugierig den Katastrophenfilm ansahen. Ein Dutzend Smartphones standen in der Luft. Sie speicherten die Fährschiff-Kollision, den Riesenrad-Crash und den Totentanz für das Volk der nimmersatten Voyeure. Die ersten Fliehenden tauchten ein in das verbliebene heile Bild der Sail. Sie atmeten auf, fühlten einem Albtraum entkommen zu sein. Ihre entgeisterten Blicke, ihre demolierten Körper katapultierten die Schaulustigen aus dem Film in die dreckige Realität. Wildfremde Menschen fielen sich in die Arme, gegenseitig Halt suchend. Aneinandergepresst starrten sie zur Halbinsel hin, von wo das Trampeln, Stampfen, Stöhnen und Schreien zu versiegen begann. Wo der aufgewirbelte Staub sich allmählich lichtete. Wo sich vor dem durchsickernden Blau des Himmels die brachiale Zerstörung in scharfen Konturen abzeichnete. Das auf dem Brückenkran zerschellte Riesenrad mutete an, als hätte es vor dem ungetümen Fährschiff fliehen wollen und wäre schon beim ersten Schritt gestolpert. Die „Mecklenburg“ saß ihm auf den Fersen, fest und bewegungsunfähig.

Es war nicht zu Ende. Der Himmel stürzte ein zweites Mal ein. Wie in einer Inszenierung schien die Explosion den Augenblick von Stille abgewartet zu haben, der sich im Abspann des Grauens über die Halbinsel gesenkt hatte. Urplötzlich zerriss eine ungeheure Detonation das Vorschiff der „Mecklenburg“, verstümmelte den mächtigen Schiffskörper. Die Druckwelle fegte zu allen Seiten das Jetzt hinweg. Die Fähre zuckte, ähnlich dem Korpus eines gestrandeten Wals, aus dem das letzte Lebenszeichen entwich. Reihenweise knickten die Masten um auf den Segelschiffen, die an der Haedge-Halbinsel vertäut lagen. Kleinere

Thomas Schwandt

Das Fanal – Terrorschiff aus Trelleborg

T·H·R·I·L·L·E·R

smp

swb media publishing

Die Handlung und die handelnden Personen sind frei erfunden.
Jede Ähnlichkeit mit lebenden und bereits verstorbenen Personen ist zufällig.

Bibliografische Information der Deutschen Nationalbibliothek:
Die Deutsche Nationalbibliothek verzeichnet diese Publikation in der Deutschen Nationalbibliografie; detaillierte bibliografische Daten sind im Internet über http://dnb.d-nb.de abrufbar.

Dieses Werk ist urheberrechtlich geschützt. Jede Verwertung, die über die Grenzen des Urheberrechtsgesetzes hinausgeht, ist unzulässig und strafbar. Dies gilt insbesondere für Vervielfältigungen, Übersetzungen, Mikroverfilmungen sowie die Speicherung in elektronischen Systemen.

1. Auflage 2017
ISBN 978-3-946686-25-5
© 2017 swb media publishing, Gewerbestraße 2, 71332 Waiblingen
Lektorat: Ole Becker
Titelgestaltung: Dieter Borrmann
Titelfotoanimation: © Dieter Borrmann
Satz: swb media publishing
Druck, Verarbeitung: Rosch-Buch, Scheßlitz
Für den Druck des Buches wurde chlor- und säurefreies Papier verwendet.

www.suedwestbuch.de

Das Verhängnis nistet unter einer dünnen Schicht

Kapitel 1

Der Bug des großen Schiffes wuchs bedrohlich aus dem Wasser. Er schob auf der bleiernden Warnow eine hohe Welle vor sich her. Das bräunlich-grüne Flusswasser wurde an dem Stahl des Vorschiffs nach oben gedrückt, schlug kurz darauf über und fiel auf die nachdrängende Wasserwulst zurück. Der Tanz der wirbelnden Gischt vor dem Bug der „Mecklenburg“ wurde hektischer. Das Fährschiff verringerte seine Geschwindigkeit nicht. Es hielt direkt auf die Haedge-Halbinsel zu. Vielleicht 70 Meter trennten das Schiff vom nördlichen Kai der Halbinsel, die in einem länglichen Rechteck in die Warnow ragte und den Vorposten des Rostocker Stadthafens bildete.

Auf dem Areal drängten sich am 11. August 2018 tausende Besucher der Hanse Sail. Der Sonnabend des alljährlichen, vier Tage währenden Stelldicheins von Windjammern und Traditionsbooten war stets gefühlter Höhepunkt des Schiffegucken-Spektakels. Mit dem anbrechenden Morgen zog es Scharren von Menschen aus der Hansestadt, aus dem Umland und von sonstwoher an die Warnow. Am späten Vormittag gab es kaum noch ein Durchkommen auf der zu schmal gehaltenen Flaniermeile zwischen dem Fluss auf der einen Seite und den aufgereihten Verkaufsständen für Folklore, Hausmannskost und Naschereien, den bunten Los- und Schießbuden und den provisorischen Cocktail- und Südseebars auf der anderen Seite. An dem langen Kai hatten mehrere Segelschiffe, zumeist Schoner, Briggs und Brigantinen, festgemacht. Sie rüsteten zur Ausfahrt.

An der Nordkante der Haedge-Halbinsel lagen aneinander gebunden zwei graue Schnellboote. Deren Bordgeschütze auf dem Vorschiff waren unfreiwillig auf die Stadt gerichtet. Die Deutsche Marine lud zum Open-Ship auf die ungemütlichen Kriegsschiffe. Der kalte Stahl entfaltete magnetische Wirkung. An der Gangway stoppte der Wachhabende von Zeit zu Zeit den

Andrang, um die Boote nicht von Menschen volllaufen zu lassen.

Mitten auf der Halbinsel buhlte eine Showbühne um die Gunst der wandelnden Sail-Besucher. Shanty-Schunkelmusik schallte aus den Verstärkerboxen. Sie wehte bis zum anderen Warnow-Ufer hinüber. Unweit des fragilen Bühnenkonstrukts überspannte der robuste alte Haedge-Brückenkran die Halbinsel in ihrer ganzen Breite. Auf der Laufschiene in luftiger Höhe thronte das Maschinen- und Führerhaus des Krans. Der hoch angestellte Ausleger zeigte gen Norden. Im Sonnenlicht von Osten her strahlte satt das Dunkelblau des Industriedenkmals. Ein Rostocker Bierhersteller hatte die kräftigen Streben der Konstruktion mit einem riesigen Werbetuch verhangen, auf dem die Brauerei sich und der Hansestadt zuprostete. Rostock feierte in diesem Sommer 2018 ausgiebig den 800. Jahrestag der ersten urkundlichen Erwähnung. Die Ziffern des Jubiläums prangten weithin sichtbar auf der Bierwerbung.

Im morgendlichen Schatten des Krans überragte ein anderes stählernes Monstrum alles. Das Riesenrad der Hanse Sail. Einen Steinwurf dicht an der Wasserkante lud es die herbeiströmenden Menschen ein, sich aufzuschwingen in schwindelnde Höhe. Mit jedem Meter, den die Gondeln im Halbbogen gen Himmel fuhren, schrumpften der eben noch gewaltige Brückenkran und die grauen Schnellboote zu winzigen Objekten. Das Spielzeugformat nahm ihnen das Bedrohliche schierer Größe und militärischer Pose. Ganz oben versöhnte die Aussicht auf das weite und schöne Küstenland die Menschen mit der Welt. Ganz unten verschwammen die Wandelnden und Wartenden zu einem buntgetupften Bild. Jeder Kopf ein Pixel.

Anders als sonst starrten in dieser Vormittagsstunde des 11. August 2018 die Besucher unten nicht staunend zu den Gondeln hinauf. Warfen nicht fasziniert von der Himmelsnähe die Köpfe in den Nacken. Sie hatten sich abgewendet. Irgendeinem Impuls folgend, der wellenartig durch die Massen lief. Die abrupte Abkehr von der Attraktion Riesenrad signalisierte eine kollektive Beunruhigung. Eine andere Überdimension konfrontierte die Menschen unvermittelt mit der physischen Mickrigkeit und Verletzlichkeit ihres Daseins. In den Augen spiegelte sich kindliches Überraschtsein. Die anfängliche natürliche Hoffnung auf etwas Gutes und Schönes unterdrückte die instinktive Urangst.

Ein großes Schiff steuerte auf die Haedge-Halbinsel zu. Friedlich sah es aus und drang doch ein in die maritime Idylle ringsum. Oberhalb des kurzen Bugs der „Mecklenburg" stand eine weiß leuchtende Wand. Den breiten haushohen Schiffsaufbau begrenzte eine endlose Glasfensterreihe. Die Kommandobrücke. Sie ragte beidseitig gut eineinhalb Meter über die Bordwände hinaus. Die Glasfront erinnerte an ein Panorama-Café. Die Fähre der Reederei Swedish-Lines war keine Unbekannte auf der Warnow. Die Silhouette des Schiffes prägten zwei markante blaue Schornsteine. Designt waren sie als flache Trapeze. Sie bildeten parallel angeordnet auf dem Hinterschiff den Abschluss der Decksaufbauten. Seit zwei Jahrzehnten pendelte die „Mecklenburg" im Gegenlauf mit dem Schwesterschiff „Schonen" zwischen Rostock und dem südschwedischen Hafen Trelleborg. Die Route gehörte zu den Ostsee-Fährlinien, auf denen neben Pkw, Lkw und Bussen auch Eisenbahnwaggons über das Meer transportiert wurden. Doch das schwimmende Gleisbett blieb immer häufiger verwaist. Die meisten Züge zwischen Deutschland und Schweden rollten via Dänemark über die festen Querungen am Großen Belt und am Öresund. Die Gleise im Waggondeck der „Mecklenburg" waren an diesem Augustmorgen ausnahmslos mit Lkw zugestellt. Im Turnus hätte das Fährschiff längst am Warnow-Kai des Seehafens Rostock festgemacht haben und seiner Ladung entledigt werden müssen. Stattdessen kreuzte es im Stadthafen auf.

Die Irritierten auf der Haedge-Halbinsel suchten hektisch nach einer plausiblen Erklärung. Das große Schiff drehte nicht bei, die Wand mit dem Panorama-Café schob sich näher heran. Hatte sich Swedish-Lines einen Coup einfallen lassen? Sollte mit der Fähre zur schönsten Sail-Stunde der 800-jährigen Hansestadt die Reverenz erwiesen werden? Spektakulär und zum Vergnügen und Staunen der schaulustigen Masse. Die Gedanken zimmerten nicht weiter an einer Antwort. Der Bug des Schiffes hatte die Distanz einer ungefährlich anmutenden Vorbeifahrt unterschritten. In der Ferne erscheint eine Tsunami-Welle dem Ahnungslosen am Strand als faszinierendes Naturschauspiel. Weit weg vom Gefühl der Bedrohung. Die tödliche Gewalt dringt erst in den trägen Verstand, wenn es zu spät ist. Vom tonnenschweren Stahl eines Schiffsrumpfes geht für gewöhnlich keine Beängstigung aus. Doch die „Mecklenburg" war binnen weniger Augenblicke der Kaimauer so nahe gerückt, dass sich der angstbeladene Begriff Kollision ins Gehirn stanzte. Die Kollision würde im nächsten Moment geschehen, sie ist unabwendbar geworden. Die Springflut von Adrenalin sorgte für Klarheit im Kopf. Gleich stürzte der Himmel ein.

Das Vorschiff der „Mecklenburg" bohrte sich direkt hinter den beiden Hecks der Marine-Schnellboote in den Nordkai der Haedge-Halbinsel. Die Boote wurden vom Rumpf der Fähre weggedrückt, so dass sich die dicken Taue, die sie achtern an der Kaimauer festhielten, bis zum Äußersten spannten. Der Zustand überdauerte nur den Bruchteil einer Sekunde. Eines nach dem anderen zerriss unter extremen Zug. Wie Peitschenhiebe schnellten die Seilenden auseinander und schlugen auf alles zerstörend ein, was ihnen auf ihrer Bahn in die Quere kam. An Bord der Boote erwischte es einige Besucher, die unglücklicherweise bereits bis zur Reling auf dem Achterschiff vorgedrungen waren. Die Körper, von einer ungeheuren Kraft getroffen, wurden an die grauen Schiffsaufbauten geschleudert und sackten leblos zusammen.

Ein wachhabender Oberstabsgefreiter hockte auf einer Kiste, von wo er den Besucherstrom beobachten sollte. Er war erstarrt sitzengeblieben. Die von der „Mecklenburg“ plötzlich und unwirklich hereinbrechende Gefahr lähmte ihn. Er konnte den Gedanken nicht zu Ende denken. Eines der energiegeladenen Taue säbelte seinen Kopf von den Schultern. Mit entgeistertem Blick und aufgerissenem Mund kullerte der abgetrennte Kopf wenige Meter über das Deck und plumpste in die Warnow. Die entsetzlichen Schreie zweier älterer Frauen, die der Peitschenhieb nicht erreicht hatte und die alles aus nächster Nähe mitansehen mussten, gingen unter in einem ohrenbetäubenden Lärm, welcher sich über die Halbinsel ergoss.

Der Bug der „Mecklenburg“ kerbte sich tief ein in die verwitterte Kaimauer. Der ungebremste Aufprall tausender Tonnen Schiffsmasse samt Ladung ließ die Haedge-Halbinsel erzittern, jagte erdbebenartig eine gewaltige Druckwelle durch den Untergrund. Den Menschen riss es den Boden unter den Füßen weg, viele stürzten. Endlos lange hielten sich das Ächzen des zerberstenden Betons und das Kreischen des eindringenden Schiffsstahls in der Luft. Beides verstummte auf Schlag, als die „Mecklenburg“ in ihrer Fahrt voraus gestoppt und verkeilt zum Stillstand gekommen war. Im gleichen Moment erhob sich ein anderes, nicht minder bedrohliches überlautes Geräusch. Die acht Stützstreben, auf denen die Achse des Riesenrades lagerte, waren durch die Druckwelle angehoben worden. Nur für den Bruchteil einer Sekunde. Dieser genügte, um das gesamte Konstrukt aus dem Gleichgewicht zu werfen. In der Höhe neigte sich das Rad in Richtung des zwei Dutzend Meter entfernten alten Hafen-Brückenkrans. Der Neigungswinkel erreichte einen so weiten Ausschlag, dass es kein Zurück mehr gab. Das Riesenrad kippte um.

In der von den Konstrukteuren nicht vorgesehenen Querbewegung zum vertikalen Rundlauf schwangen die Gondeln wie ein Pendel aus. Sie lösten sich aus den Halterungen und stürzten in die Tiefe. Die meisten Gondeln waren an diesem klaren Vormittag, der eine exzellente Sicht auf die Stadt und ihre Umgebung verhieß, besetzt. Menschen fielen beim Absturz heraus und klatschten auf den staubigen harten Boden des Festgeländes. Einige durchschlugen die dünnen Abdeckungen von Imbissbuden und provisorischen Cocktailbars. Die losgerissenen schweren Gondeln krachten wie Bomben ohne Sprengladung vom Himmel. In der Wucht des Aufpralls blieb nichts unzerstört. Menschen verloren auf eine wenige Augenblicke zuvor für undenkbar gehaltene skurrile Art und Weise ihr Leben.

Vielen der zufällig Verschonten blieb keine Zeit zum Entsetzen, zur Schockstarre. Der Tod bemächtigte sich ihrer nur Sekunden später. Das Riesenrad traf laut berstend auf den nahen Haedge-Brückenkran. Dessen breite Kranbahn wirkte in diesem Moment wie eine übergroße Abschlagkante. Das stabile Stahlkonstrukt hielt dem fallenden Koloss stand. Die obere Hälfte des Riesenrades knickte hinter dem Brückenkran ab und zerrte das Maschinen- und Führerhaus samt Ausleger mit zu Boden. Allen Trubel diesseits unter sich begrabend. Als der Stahl sich gelegt hatte, ergriff die unverletzt gebliebenen Besucher heillose Panik. Nichts wie weg von dem unfassbaren Geschehen, bloß runter von der Haedge-Halbinsel, die zu drei Seiten von Wasser umschlossen war. Hier und da sprangen Sail-Gäste irrational getrieben in die Warnow. Andere wurden von der fliehenden Menge über die Kaikante abgedrängt. Wer stolperte und fiel, für den gab es keine Gnade. In Todesangst walzten die anderen Menschen wie eine entfesselte Horde wilder Stiere über die am Boden liegenden hinweg. Jedes geringste Erheben wurde im Ansatz vielfüßig niedergetrampelt. Arme und Beine brachen, verdrehten sich anormal wie die ungelenken Gliedmaßen einer Marionette. Eingedrückte Brustkörbe quetschten den Atem ab. Tritte malträtierten bereits zertrümmerte Schädel, warfen sie hin und her. Binnen weniger aus der Staubfinsternis aufgetaucht, in die an jenem verheerenden September-Vormittag ein Teil Manhattans verschwunden war. Die Sonne über New York erleuchtete den gelblich-weißen Nebelschleier. Darin nahmen sich die gitterhaften Fassadenbruchstücke wie schief stehende Kreuze auf einem verwitterten Friedhof aus. Ole, der damals erst wenige Monate im neu gegründeten Investment-Center der Hanseatischen Vereinsbank in Rostock arbeitete, ist dieses Bild nie losgeworden. Er erinnerte sich haarklein an die erste Konfrontation mit dieser mystisch empfundenen Visualität. Unreligiös aufgewachsen, überkam ihn in diesem Moment eine Ahnung von übersinnlicher Symbolik. Die verreckten Fassadenteile auf dem Trümmerhaufen der Twin Towers bewahrte er sich auf als eigenen subjektiven Ausdruck vom Ende der Welt. Früher ängstigten ihn „Die vier Apokalyptischen Reiter" von Albrecht Dürer. Sie waren der mittelalterlichen biblischen Fantasie des Malers entsprungen und galoppierten todbringend über die Menschheit hinweg. Das tote Metall von New York bedrängte ihn mit ungeheurer Wucht. Wie sollte es weitergehen? Es würde anders weitergehen.

Dormark blickte von seinem Tisch vor dem Hafen-Brauhaus auf die sich unweit davon erstreckende Haedge-Halbinsel. Der aufgekommene Wind an diesem späten Sommernachmittag vier Wochen vor Beginn der Hanse Sail 2018 zerrte an dem Bier-Transparent am blauen Brückenkran. Würde dieser nach dem Einschlag des Terrorschiffes in seiner widerstandenen totalen Zerstörtheit dem New Yorker Menetekel nahe sein? Dormark hoffte es. Das war der Plan. Danach würde es anders weitergehen. Er blinzelte über den Rand des Bierglases, ließ den letzten Schluck Schwarzbier in die Kehle rinnen. Bedächtig, gedankenbeschwert. Dormark schob den Stuhl zurück, stand auf und entfernte sich von dem unversehrten Ort.

Kapitel 2

Vorweihnachtszeit 2014. Ein rauer Wind suchte sich seinen Weg durch die engen Straßen und Gassen rund um die Nikolaikirche, deren mächtiger viereckiger Turm die Rostocker Altstadt überstrahlte. An diesem späten neblig-trüben Novembertag strebten viele dunkle Mäntel eilig auf den Seiteneingang des mittelalterlichen Baus zu. Das Gotteshaus diente seit langem vornehmlich als Konzertraum. Ole Dormark zwängte sich mit seiner Frau Catrin-Louise zwischen zwei der zahllos um das Kirchenareal parkenden Autos hindurch. Calli, wie Oles Ehefrau von ihm und guten Bekannten einfachhalber genannt wurde, hing schwer in seinem rechten Arm. Sie strengte sich an, auf dem feuchten Kopfsteinpflaster der Straße nicht umzuknicken. Die meisten ihrer Ausgehschuhe zierten hochhackige Absätze. So auch die schwarzen, bis an die Knie reichenden Lederstiefel, die sie passend zum kurzen, ebenfalls schwarzen Lederrock trug. Auf die Straße blickend suchte sie zu vermeiden, mit den Pfennigabsätzen zwischen die rundgewetzten Steine zu geraten.

„Dieses fiese holprige Pflaster ist nichts für High Heels", seufzte Calli. Im nächsten Moment spannte Ole den Bizeps. Seine Frau war leicht aus dem Tritt geraten, krampfte sich fest.

„Ist der Absatz noch dran?"

„Ja, aber frage mal nach meinem Knöchel."

„Was ist damit? Alles okay?" Dormark sorgte sich. Er verspürte nicht die geringste Lust, das anstehende Weihnachtskonzert in der Nikolaikirche zu verpassen und stattdessen in der Notaufnahme des Südstadt-Klinikums den restlichen Abend zu verbringen. Der Gedanke zerstob sogleich. Calli neigte dazu, Wehwehchen zu dramatisieren. Sie hatten sich am letzten Tag von 1999 auf einer Jahrtausend-Silvesterparty in Rostock kennengelernt. Sehr bald dämmerte es Ole, warum sie Zahnärztin geworden war und nicht Chirurgin oder Orthopädin. Nach einer durchliebten Nacht säbelte sich Calli mit dem Brotmesser in den linken Daumen. Ein langer Schnitt, aber nicht bedrohlich. Trotzdem schrie sie nach einem Notarzt. Ole verhinderte diesen mit einem beherzten Druckverband. Später lachten sie über den dicken Daumen. Es war auch ein Fingerzeig. In der Silvesternacht begegneten sich ihre Blicke erst verstohlen, dann eindringlicher. Ihn beeindruckten schöne Augen. Callis sanftbraunen Augen fassten ihn an. Sie gefiel ihm. Das lange schwarze Haar reichte bis über die Schultern. Ihr kurzer Rock offerierte anmutig schlanke Beine. Diese verstärkten eine erotische Ausstrahlung, welche ihr mehr natürlich, denn beabsichtigt anhaftete.

Der Knöchel war unversehrt. Calli stakte über die Steine. Nach dem Wechsel der Straßenseite atmete sie auf, als hätte sie soeben ein rettendes Ufer betreten. Am Seiteneingang der Kirche hakten junge Damen in schwarzen Kostümen die Namen auf der Gästeliste ab. Eines der großen Steuerberatungsunternehmen in der Hansestadt hatte zum traditionellen Weihnachtskonzert eingeladen. In den Sitzreihen im säulengetragenen hohen Innenraum der Nikolaikirche verloren sich erste wenige Honoratioren. Die Gastgeber hatten den Dormarks Plätze im mittleren Bereich des Kirchenschiffs zugewiesen. Von dort bot sich freie Sicht auf den tiefen Ostflügel, dem Bühnentrakt. Nordisch schlicht waren die backsteinernen Wände und himmelhohen Säulen weiß getüncht. Die handgeformten Backsteine wichen in ihren Maßen voneinander ab. Indes die Fugenschatten zeichneten das Bemühen der Erbauer, trotz unpräziser Bautechnik mit meisterlichem Geschick der erhabenen Ästhetik der Architektur zu genügen. Die kräftigen Säulen stützten die alles überspannenden Kreuzbögen. In vollendeter Akkuratesse verliehen sie dem Kirchendach den Charakter eines Himmelgewölbes. Was es erschwerte, die Höhe einzuschätzen. Ole betrachtete die sakralen Dimensionen ehrfurchtsvoll. Religion konnte er jedoch nur kulturhistorische Beachtung abgewinnen. Er glaubte an nichts.

Die hochragenden Fenster liefen gotisch spitz zu. In der dunklen Neige des Tages blieben sie glanzlos. Brach sich hingegen im imposanten Kirchenglas das Sonnenlicht, überkam Ole eine Ahnung von göttlicher Bemächtigung. Der Klerus und seine Architekten nutzten dereinst die Macht aufgetürmten Gesteins, den ungebildeten Gläubigen die Demut und Untertänigkeit in die Knochen fahren zu lassen.

Calli zupfte Ole am Jackett. „Schau mal, wer da kommt?" Sie deutete zum Eingang hin. „Das ist doch die Rechtsanwältin aus unserer Straße." Calli stockte kurz. „Aber ihr Begleiter sieht nicht aus wie ihr Mann." Sie sah zu Ole und vergewisserte sich in Richtung des Paares.

„Ich habe ihn eine Weile nicht gesehen. Es erklärt sich gerade, warum."

„Meinst du wirklich?"

Ole nervte Beziehungsgetratsche. „Da brauche ich nicht lange zu rätseln. Er hält Händchen und Madame ist offenbar dem neuesten Modemagazin entsprungen." In seiner Beobachtung lag ein verächtlicher Unterton. Calli verblüffte wieder mal, wie blitzschnell Ole die Details einer plötzlich entstandenen Situation erfasste und pragmatisch schlussfolgerte. Die Rechtsanwältin trug in der Tat stylischen Fummel, auch ihren halblangen Haaren hatte sie einen neuen, strengeren Schnitt verpasst. Calli bemerkte es und spürte eine Dosis giftigen Neids in ihre Adern schießen. Eine abwegige Reaktion. Oles Ehefrau war mit 40 Jahren eine attraktive Erscheinung, die viel begehrliche Aufmerksamkeit auf sich zog. Sie setzten sich.

Dormark musterte die Damen und Herren des Chores, die sich in die erhöhten Aufstellreihen im Ostflügel schoben. Ihnen zu Füßen rückten die Musiker des kleinen Kirchenorchesters Stühle und Notenständer zurecht. Dem Rostocker Investmentbanker gefiel es, in der Ansammlung musisch ambitionierter Menschen über die einzelnen Charaktere zu spekulieren. Er glaubte sie so verschieden wie die Instrumente. Einige Musiker harrten routiniert des Konzertbeginns, während andere neugierig in die sich füllende Konzertkirche blinzelten. Die Damen in schwarzen Kleidern, Blusen, Röcken und vereinzelt Hosenanzügen wirkten unisono streng und spröde. Was garantiert nicht zutraf. Die Unterordnung in ein Ensemble zwang zur Disziplin, ließ keinen Zentimeter Spielraum für individuelle Leidenschaft und Emotionen.

Ole grinste in sich hinein. Vor ihm tauchte die berühmte Cellistin-Szene aus dem Hollywood-Streifen „Die Hexen von Eastwick“ mit Jack Nicholson auf. Der grandiose Macho-Mime mit dem unwiderstehlichen Jack-Nicholson-Blick – schläfrige schmale Augen, auf die auch tagsüber die Lider lasten – betört auf teuflische Weise eine junge selbstzweifelnde Cellistin. Sie verkrampft an ihrem Spielgerät, statt es lustvoll zu traktieren. Nicholsons Magie legt die weggesperrten Gefühle frei. Bis die Enthemmung in einem paganinischen Furioso gipfelt.

Johann Sebastian Bachs Weihnachtsoratorium mündete in viel Beifall für den Chor und das Orchester. Die erste Zuschauerreihe mit dem Oberbürgermeister der Hansestadt, dem Vorstandschef der gastgebenden Steuerberatung und weiteren honorablen Vertretern aus Politik und Wirtschaft erhob sich. Die Reihen dahinter folgten. Kurz darauf lief der Menschenpulk auseinander und der Innenraum mutierte zum Bankettsaal. Verteilt über das gesamte Kirchenschiff fanden sich die Gäste in Gruppen zusammen. Ole und Calli standen rücklings an einer der mächtigen Innensäulen. Hin und wieder nickten oder winkten sie Bekannten zu. Eine Gruppe nahe dem alten Kirchengemäuer erweckte mit einem Schlag Dormarks Neugierde. Der Blick klebte an einem Gesicht, das vom Schatten einer Säule gestreift nur ungenau zu erkennen war. Doch zeichneten sich Konturen ab, die ihm irgendwie vertraut vorkamen. Alle anderen Anwesenden wechselten ins Schemenhafte. Ole strengte sich an, mehr aus dem einen Gesicht zu lesen. An wen erinnerte es ihn?

„Hey", Calli drückte sanft den Ellenbogen in Oles Seite, „der neue Sparkassenchef macht seine Aufwartung. Ist das seine Frau neben ihm?"

„Glaubst du etwa, der kreuzt hier mit einer Freundin auf?" Ole zog missfallend die Augenbrauen hoch. Es wurmte ihn, wegen einer solchen überflüssigen Frage aus den Gedanken gerissen worden zu sein.

„Schon gut, sorry." Calli widmete sich dem nächsten Paar.

Der vermeintlich bekannte Unbekannte plauderte angeregt in der Runde, aus der sich die ersten Gäste lösten, um dargereichtes Fingerfood zu ergattern. Ole engte den Kreis der Namen ein, die auf den smarten Typ mit dem naturkrausen hellen Haar zutreffen könnten. Es wollte keiner passen. Aber Ole war inzwischen überzeugt, ihn zu kennen. Er ließ Calli stehen und schlenderte auf die nächstbeste Kellnerin zu. Unvermittelt schaute der Hellblonde kurz in seine Richtung, wendete sich aber sogleich wieder den Gesprächspartnern zu. Ole konnte ihn jetzt besser fixieren und war sich plötzlich absolut sicher. Dort im Halbdunkel der Nikolaikirche stand sein Schulfreund Erik Klapproth. Sie hatten in der Wendezeit 1990 gemeinsam das Abitur in Rostock abgelegt. Unter surrealen Umständen. Die Lehrer in der Erweiterten Oberschule versuchten das Bildungssystem in der zerbröselnden DDR zusammenzuhalten. Wenigstens solange, bis Dormark, Klapproth und die anderen Zwölftklässler ihre Abitur-Prüfungen absolviert hatten. Was den Volksbildungspädagogen gelang, auch wenn die Verunsicherung und Ungewissheit auf den Fluren der Oberschule mit den Händen zu greifen waren. Nach den letzten Sommerferien liefen Dormarks und Klapproths Wege auseinander. Viele junge Leute nutzten die neuen Freiheiten und Möglichkeiten und schwärmten gen Westen aus. Bye, bye andere deutsche Republik. Bye, bye sozialistischer Traum.

Erik begann in Hamburg Betriebswirtschaftslehre zu studieren. Im einsetzenden Hype um erneuerbare Energien geriet er über ein Praktikum an den dänischen Windkraftanlagenbauer Blow. Die Wikinger segelten in der aufstrebenden Branche forsch vorweg. Sie heuerten Klapproth an mit der Maßgabe, in Hamburg eine Dependance von Blow aufzubauen. In Rostock ward Erik nur noch selten gesehen. In jenen Jahren der rasanten Transformation von zahllosen Biografien und sämtlichen Lebensumständen blieb kaum Luft zum Durchatmen. Und noch weniger Zeit zu fragen, wohin es den einstigen Banknachbarn in der Schule, den Nebenmann am verlorenen Arbeitsplatz und die ausgezogene Familie aus der zweiten Etage verschlagen hatte. Die Ostdeutschen flatterten wie die gelinkten Hühner bei Wilhelm Buschs geplagter Witwe Bolte auseinander. Sie hatten die Brotkrumen des golden schimmernden Westens geschluckt und hingen doch aneinander am Faden der gemeinsamen Herkunft.

Ole verwarf den ursprünglichen Plan, Schiffbau zu studieren. Im Eilzug zur Marktwirtschaft waren sehr viele Plätze zu besetzen in den Abteilen Versicherungen, Banken, Autohandel, Behörden. Er entschied sich, eine Ausbildung zum Bankkaufmann aufzunehmen bei der Hanseatischen Vereinsbank. Das norddeutsche Traditionsbankhaus hatte sich unmittelbar nach der Währungsunion im Sommer 1990 in exklusiver Lage in Rostocks Geschäftsmeile Kröpeliner Straße niedergelassen. Mit der Region vertrauten jungen Menschen standen bei der Hanseatischen die Türen weit offen. Die Tage des Niedergangs trugen unkonventionelle Gelegenheiten des raschen Aufstiegs in sich. Nach der Banklehre wechselte Ole an die Rostocker Universität zum Studium der Finanzwirtschaft. Im Sog des Ende der 1990er-Jahre in der Branche losbrechenden Turbokapitalismus spülte es ihn schnell an die Spitze des Investment-Centers der Hanseatischen Vereinsbank.

Dormark blieb vor der Kellnerin stehen. Sie hielt ein Tablett mit gefüllten Schinkenröllchen und Käsespiekern. Er nahm von beidem. Der Käse schmeckte herzhaft nach Mecklenburger Art. Klapproth lauschte geduldig einem sehr redseligen älteren Herrn, lachte zwischendurch. In Eriks Augen senkte sich plötzlich Erstaunen, wie nahe ihm dieser großgewachsene Mittvierziger mit dem Käsespieker zwischen den Zähnen gekommen war. Wollte der Typ etwas von ihm? Er schien darauf zu lauern, an ihn heranzutreten. Sollte er den drahtigen Mustergeschäftsmann kennen? Es hielt Erik nicht mehr. Er gab mit einer knappen Geste der Runde zu verstehen, sich entfernen zu wollen. Nach wenigen Schritten stand er vor Ole. Der sah ihn erwartungsvoll an.

„Sie entschuldigen, sind wir uns schon mal begegnet?", fragte Klapproth umständlich. Die Druckserei erübrigte sich im gleichen Moment. Er entdeckte im Gesicht seines Gegenübers ein Detail, das diesen zweifelsfrei als den Schulfreund Ole Dormark identifizierte. Oles Nase wies im oberen Teil einen kleinen Höcker auf. Bei einem Fahrradunfall in Kindheitstagen hatte er sich die Nase gebrochen. In der Notaufnahme war dies aber übersehen worden, der angeknackste Knochen hätte gerichtet werden müssen. Die Diagnose des nachbehandelnden Arztes nützte nichts mehr. Entscheidende Zeit war verstrichen. Der Höcker blieb. Ole sah darin später ein unverwechselbares Zeugnis seiner Individualität.

„Erik Klapproth, richtig?" Oles Lippen spreizten sich zu einem breiten Lächeln.

„Mensch Ole", erwiderte Erik. Die Anspannung löste sich mit einem Stupser der rechten Hand gegen Oles linke Schulter. „Komm, lass' uns da drüben hingehen." Erik schob ihn sanft vor sich her in Richtung Orchesterplatz. Calli blickte fragend herüber. Ole bedeutete ihr, sie möge sich ein Weilchen ohne ihn begnügen.

„Darauf müssen wir anstoßen." Erik erleichterte eine der beflissenen Kellnerinnen um zwei Bier. „Prost!"

„Prost!"

„Wie lange ist es her, dass wir uns nicht gesehen haben?"

„Seit du nach Hamburg abgehauen bist. Das war vor mehr als 20 Jahren."

„Mein Gott, und dann treffen wir uns bei einem Weihnachtskonzert wieder. Ich glaube es nicht." Erik hob das Glas und trank einen kräftigen Schluck.

„Schon eigenartig, mit Kirche hatten wir ja nie was am Hut. Aber was machst du in Rostock?"

„Ich bin wieder hier, in meinem Revier"*, trällerte Erik in lästerndem Ton. Er war kein Freund von Marius Müller-Westernhagen. Aber diese Zeile des Deutschrock-Barden hatte sich ihm eingebrannt. Simple Worte, die Beginn und Endpunkt manch umtriebigen Lebenslaufs markierten. In etwa so fühlte es sich für ihn an.

„Bis zum Sommer vorigen Jahres war ich Leiter der deutschen Niederlassung des dänischen Windkraftanlagenbauers Blow. Ich habe für die Jungs das Geschäft in Norddeutschland aufgebaut. Die drehen echt am großen Windrad."

„Warum bist du denn weg dort?", unterbrach Ole.

„Zufall, blanker Zufall. Bei einer Veranstaltung in der Hamburger Handelskammer bin ich mit dem alten Chef der Lenker GmbH aus Rostock ins Gespräch gekommen. Die sind auf automatisierte Transportsysteme in der Produktion spezialisiert und in Hamburg im Flugzeugbau gut dabei."

„Die Firma sagt mir was, nur zählt sie nicht zu unseren Kunden."

„Was heißt Kunden, bist du immer noch bei den Bankern?"

„Ja. Du warst in der Handelskammer", warf Ole den Ball zurück.

„Entschuldige. Jedenfalls fragt mich der Lenker-Chef unvermittelt, nachdem er gehört hatte, ich stamme aus Rostock, ob ich

---

* Aus dem Song „Wieder hier", Marius Müller-Westernhagen, Album „Radio Maria", 1998

bei ihm einsteigen wolle. Richtig einsteigen, als Gesellschafter. Er müsste seine Nachfolge regeln."

„Offenbar muss das Angebot gestimmt haben, sonst wärst du nicht hier."

„Es war die Überlegung wert. Ich bin jetzt 25-Prozent-Teilhaber und Geschäftsführer."

„Bist du auch wieder übergesiedelt?"

„Nein, ich pendle. Meine Frau Monique hängt sehr an Hamburg."

„Was macht sie denn?"

„Hausfrau."

„Hausfrau?"

„Sie hat Architektur studiert und reich geerbt. Ihr Vater besaß ein Verlagsimperium und ist sehr früh gestorben."

Ole spürte, Erik erzählte von seiner Frau kurz angebunden. Er ersparte ihm die Frage nach Kindern.

„Ich bin verheiratet mit einer Zahnärztin."

„Wie praktisch." Erik grinste.

„Catrin-Louise betreibt eine eigene Praxis. Unser Sohn Rico ist jetzt dreizehn und spielt leidenschaftlich Fußball."

„Bei Hansa?"

„Würde er gern, aber sein Talent ist nicht so überragend. Es kostet mich momentan viel Überzeugungsarbeit, ihm die Idee von der Profikarriere auszureden."

Erik griff nach zwei weiteren Biergläsern, die auf einem Tablett vorbeischwebten.

„Da wäre eine Bankerlaufbahn doch was Solides." Klapproth reichte Ole ein volles Glas.

„Das würde ich nicht mehr ohne Weiteres unterschreiben. Ich leite das Investment-Banking in der Hanseatischen Vereinsbank in Rostock, habe den Bereich aufgebaut. Risikobewertungen sind wir immer eher konservativ angegangen. Aber gegen den hemmungslosen Handel mit ungedeckten Schecks in der

Branche bist du als regionale Bank machtlos. Die Krise spüren wir noch heute. Wenn Rico eines Tages die Praxis seiner Mutter übernehmen würde, wäre ich ihm nicht böse." Sie prosteten sich zu. „Apropos Catrin-Louise, meine Frau ist ebenfalls da."

„Wo? Hier? Und warum stellst du sie mir nicht vor?"

Ole blickte sich suchend um. „Wollte ich gerade eben machen", stammelte er. Zu etwas gedrängt zu werden, hasste er.

Calli stand nicht mehr an der Säule. Irritiert spähte Ole in den Kirchenraum. Plötzlich tippte sie ihm von hinten auf die Schulter.

„Da bist du ja. Ich möchte dir Erik Klapproth vorstellen."

„Ich bitte darum. Sollte ich an den Backsteinen Wurzeln schlagen?" Calli schaute auf Klapproth. In seiner gedrungenen kräftigen Gestalt reichte er nicht an sie heran. Die High Heels verschärften die Diskrepanz. Erik vertraute seinem Charme und Selbstbewusstsein. Er sah gern zu attraktiven weiblichen Wesen auf.

„Catrin-Louise, angenehm." Sie streckte ihm die Hand entgegen.

„Es freut mich. Erik Klapproth. Ole hätte Sie mir fast verheimlicht."

„Erik, lassen wir das Sie. Meine Freunde nennen mich Calli."

„Calli, Erik ist ein alter Schulkamerad. Wir haben zusammen das Abitur in Rostock gemacht und uns seitdem nicht mehr gesehen. Vielleicht habe ich ihn mal erwähnt. Auf jeden Fall taucht er heute Abend so mir nichts, dir nichts einfach auf."

„Na, das ist doch ein Grund, woanders noch einen Drink zu nehmen", nutzte Calli die Gunst, der versammelten Gemeinde in der Nikolaikirche zu entfliehen. Sie hatte genug gesehen.

„Gern." Erik versicherte sich bei Ole.

„Gute Idee. Bis zur Havanna Bar im Hotel Sonne ist es nicht weit."

Ole hielt Calli den Arm hin. Erik folgte den beiden in genügendem Abstand, um Calli von hinten betrachten zu können. Im schwarzen Lederrock und in den hohen Stiefeln lief ihr prickelnder Esprit bei Erik nicht ins Leere. Olle Ole hatte nicht nur mit der Zahnärztin praktisch gut gewählt.

Kapitel 3

Strähter trommelte ungeduldig auf dem Lenkrad herum. „Nun hör' doch mal auf damit, die kommen gleich." Martin Paroso rutschte auf dem Beifahrersitz nach vorn. Der Geldtransporter war nicht zu sehen. Dieser steuerte auf seiner Tour stets pünktlich den Baumarkt in Bordesholm an. Auf der Hinterseite in der Lade- und Lieferzone, wo sich gegen 18 Uhr kaum eine Menschenseele herumtrieb. Die Miettransporter waren abgestellt, die Materiallieferanten längst von dannen. Eine breite Zufahrt führte vom nahen Dieselweg in einem leichten Bogen zum Baumarkt. Im Kurvenscheitel versperrte auf der rechen Seite ein kleineres Wirtschaftsgebäude die Sicht auf das Gelände. Täglich bog der Geldtransporter von der Dieselstraße in die Zufahrt ein und passierte nach halber Strecke rechterhand einen kleinen Parkplatz von der Fläche sechs nebeneinander abgestellter Autos. Er war Kunden eines benachbarten Getränkeladens vorbehalten.

Der mit drei Männern besetzte silbergraue VW Golf III Variant stand unauffällig zwischen zwei anderen parkenden Autos. Hinter Gerolf Strähter und Martin Paroso saß im Fond Fiete Last. Er wirkte angespannt, die Knie hatte er dicht an die Sitzbank herangezogen. Auch ihn nervte Strähters Trommeln. „Gerda, es ist gut. So ein Geldtransporter hat nicht immer freie Fahrt." Den Weibernamen hatten sie Gerolf Strähter verpasst, weil er nicht von seinen schulterlangen Haaren lassen wollte. Grauer Reif nistete inzwischen darin. Der Schädel indes war kahl. Die hohe Stirn des 55-Jährigen reichte bis zum Hinterkopf. Fiete neidete Gerda zuweilen die Haarlänge. Sein eigenes dünnes Haar taugte nicht zu üppigerem Wuchs. Mit einem bunten Stirnband hielt er seine spärlichen Strähnen zusammen. Seine schmächtige Figur, das wachsblasse Gesicht und die leer dreinblickenden Augen verrieten den Süchtigen. Der 53-Jährige wich seit seiner Jugendzeit keiner Droge aus. Durch sein Leben zog sich eine weiße Linie. Die beiden anderen duldeten Fietes Pillenkonsum. Sie selbst mieden seit langem jedwede Highmacher. Ein anderer Rausch hielt sie verschworen beieinander. Revoluzzertum. Strähter, Paroso und Last lebten im Untergrund. Seit zwei Jahrzehnten. Zu Beginn der 1990er-Jahre bildeten sie mit anderen Gefährten im Geiste die dritte Generation der Roten Armee Fraktion RAF. Wie viele Mitstreiter diese zählte, wusste keiner genau. In dem Terrornetzwerk kannte ein Aktivist höchstens drei andere Mitglieder. Sie agierten in kleinen Kommandos. Die drei aus dem Norden spezialisierten sich auf Sprengstoffanschläge. Ihr größter Coup war die massive Zerstörung des Gefängnisneubaus in Filderstadt 1993. Der Komplex sah nie einen Gefangenen. Er musste nach der RAF-Attacke komplett abgerissen werden. Strähter, der den Anschlag perfekt geplant hatte, sowie Paroso und Last konnten entkommen. Um den Preis, ihr weiteres irdisches Dasein in falscher Identität zu verbringen. Mit neuen Namen in den Ausweisen und erfundenen Lebenslegenden tauchten sie ab.

Sie beschlossen zusammen zu bleiben und mieteten in Kiel im unaufgeregten Stinkviertel in der Howaldtstraße zwei Wohnungen, nicht weit auseinander liegend. Fiete kannte sich hier einigermaßen aus, war in seiner Jugend ab und an in der Stadt. Das Stinkviertel wurde dominiert von zumeist fünfstöckigen Wohnhäusern, errichtet zu Beginn des 20. Jahrhunderts. Die Blöcke schmiegten sich nahtlos aneinander und bildeten geschlossene und begrünte Karrees. Seinen Namen verdankte das Viertel einer nahen Chemiebude, die anno dunnemals die Luft verpestete. In dieser Gegend interessierte man sich wenig dafür, was jemand machte, woher er kam, wohin er ging. Die drei Ex-RAF-Mitglieder gaben sich als Freiberufler aus. Strähter beriet große Firmen in Sicherheitsfragen, Paroso entwarf Wahlkampfstrategien für Politiker, Last ersann Vermarktungskonzepte für Bio-Produzenten. Alles Alibi-Jobs, über die kaum gesprochen und besser geschwiegen wurde.

Aus den Tagen des Terrors verwalteten sie zudem einen unentdeckten Unterschlupf. Ein verlassenes und halb verfallenes Gehöft in einem dichten Waldstück bei Westermühlen unweit von Rendsburg. Das scheunenhohe Gebäude stand auf einer kleinen unbeachteten Lichtung abseits befahrener Wege. Die Erben der einstigen Eigner hatten es vor Jahrzehnten aufgegeben, einen Käufer zu finden. Sie ließen alle Türen und Fenster zumauern und übereigneten den Rest dem Schicksal. Bei einer heillosen Flucht vor der Polizei waren zwei RAF-Terroristen zu Beginn der 1980er-Jahre auf den Rückzugsort gestoßen. Schon nicht mehr wissend wohin, rumpelten sie mit ihrem gestohlenen Wagen auf einem holprigen Waldweg direkt auf den Backsteinbau zu. Größere Mengen an Waffen, Sprengstoff, gefälschten Ausweispapieren und sogar Fahrzeuge konnten darin verborgen werden. Der RAF gelang es unbemerkt, das Gebäude teilweise zu entkernen und eine Giebelseite mit einer torangelweiten Einfahrt auszustatten. Diese wurde mit einer großen Schiebetür verschlossen. Zur Tarnung ähnelte die gestaltete Toraußenseite einer Wand aus rotem Backstein. In den letzten drei Jahrzehnten war das Versteck von wucherndem Grün fast verschluckt worden. Strähter, Paroso und Last nutzten den Schlupfwinkel, um ihren Golf Variant von der Bildfläche verschwinden zu lassen. Sein Zweck beschränkte sich darauf, bei Raubüberfällen auf Märkte und Banken die Gangster und ihre Beute zu befördern.

„Da kommt er." Paroso stieß Strähter in die Seite. Der straffte sich und drehte den Kopf zur Dieselstraße hin. Ein grauer mittelgroßer Geldtransporter tauchte in der Zufahrt auf. In blauen Lettern prangte der Firmenname Moneten-Trans auf der Seitenfront. Paroso, mit 47 Jahren der Jüngste im Trio, und seine beiden Kumpane drückten sich in die Sitze. Der Fahrer des Transporters und sein Nebenmann rollten an dem silbergrauen Golf Variant vorbei, ohne ihm nähere Beachtung zu schenken. Martin Paroso wusste, was jetzt weiter geschah. In den letzten drei Wochen hatte er die Tour des Moneten-Trans-Sicherheitswagens penibel studiert. Er verfolgte ihn mehrfach auf der Rückfahrt zur Firmenzentrale in Kiel. Dabei war ihm eine regelmäßige Routenänderung aufgefallen. Jeweils am späten Freitagnachmittag fuhr der Geldtransporter vom Baumarkt aus nicht wie sonst nördlich von Bordesholm auf die Autobahn A215 nach Kiel. Aus dem Moorweg bog der Wagen auf die Landstraße L49 statt nach links, freitags nach rechts ab. Er nahm Kurs auf die gut zwölf Kilometer entfernte Gemeinde Nettelsee. Dort sackte das Moneten-Trans-Team die Tageseinnahmen eines Fahrrad- und Motorradshops ein. Die Strecke zwischen Bordesholm und Nettelsee glich den unzähligen typischen Landstraßen im flachen Hinterland der holsteinischen Ostseeküste. Wiesen und Äcker, vereinzelte Gehöfte und Stallanlagen säumten die Fahrbahn. Überschaubare Waldstücke und hoch stehendes Buschwerk unterbrachen zwischendurch die weite Flur. Paroso registrierte an der Strecke jede Böschung, jeden Feldrain, jeden angrenzenden Weg. Jede Möglichkeit lotete er aus, wo und wie der Transporter am schnellsten und unauffälligsten gestoppt werden und binnen 90 Sekunden die Geldherausgabe erzwungen werden konnte. Er wurde rasch fündig. In einer langgezogenen Linkskurve, in der die L49 vom Straßennamen Kluven in Dosenbeker Straße wechselte, fielen mehrere begünstigende Umstände zusammen. Auf der linken Seite in Richtung Nettelsee bot ein ackergroßes Waldareal besten Sichtschutz. Im Beginn der Kurve gab es rechts eine Feldauffahrt. Diese wurde im weiteren Verlauf der Landstraße und in der Tiefe des Ackerweges von ausgedehnten Buschreihen flankiert. Das Risiko unverhofft aufkreuzender Fahrzeuge schätzte Martin gering ein. Die L49 erwies sich als nicht besonders viel befahren.

Nach 15 Minuten passierte der Geldtransporter erneut den Golf Variant. Mit eingeschalteten Scheinwerfern. Über Holstein hing an diesem frühen Märzabend eine dunkle Regenfront. Strähter wartete ab, bis der graue Wagen nach links in der Dieselstraße verschwand. Ab jetzt dirigierte Paroso. Gerda verließ sich vollends auf Martins Ansagen. Widerreden oder Nachfragen sah ihr Plan nicht vor. Alle vorherigen Raubzüge, mit denen sie seit Jahren ihren Lebensunterhalt sicherten, blieben auch deshalb für sie folgenlos, weil sie nahezu automatisiert abliefen. Die Rollen waren verteilt. Paroso genoss die seine als Vordenker. Der gebürtige Hamburger besaß südeuropäisches Temperament und einen ausgeprägten Hang zu Anarchie. Sein portugiesischer Vater schuftete zeitlebens in einer Aluminium-Hütte in der Hansestadt. Dem Gastarbeiter bedeutete der Job einst die Chance auf ein geregeltes Einkommen. Er blieb in Deutschland, nachdem er Parosos Mutter, eine Kellnerin, kennengelernt hatte. Sohn Martin streunte nach dem Abi 1987 durch Westeuropa, jobbte gelegentlich. Zuletzt in Hamburg. Vater Eduardo missfiel dieses Lotterleben. Er gedachte seinem Sohn eine weniger entbehrungsreiche, von harter Arbeit gezeichnete Existenz zu. Martin gab dem väterlichen Drängen schließlich nach und begann im Frühjahr 1990 in der Hansestadt Betriebswirtschaftslehre zu studieren. Es hielt ihn nur kurz in der Spur. Das neue Jahrzehnt startete nicht im gewohnten Trott. Drüben in der DDR zerbrach ein ganzer Staat. Dieser totale Umbruch faszinierte Paroso. Mit Kommilitonen fuhr er einige Male nach Berlin, sich die Sache näher anzusehen. Im Osten geriet alles aus den Fugen. Revolution war möglich. Nicht mehr nur in den Geschichtsbüchern und unblutig zudem. Im Westen versuchte die RAF seit zwei Jahrzehnten, mit mörderischem Terror eine revolutionäre Lunte an das System Bundesrepublik zu legen. Der Funken wollte nicht überspringen auf die Massen. Einige Häupter zu liquidieren aus der oberen Riege der gesellschaftlichen Hierarchie, ob Generalbundesanwalt, Deutsche-Bank-Chef oder Arbeitgeberpräsident, sorgte allenfalls für Empörung, verschärfte Sicherheitsmaßnahmen und letztlich in der RAF selbst zu Debatten über weniger Blut in der Konfrontation mit dem Staat. In diesen Wirren zu

Beginn der 1990er-Jahre traf Paroso in einer arg verrauchten und auch sonst ziemlich üblen Kiezkneipe auf St. Pauli den langhaarigen Gerolf Strähter. Der zapfte hinterm Tresen Bier und füllte die Schnapsgläser. Beide Männer fanden nach wenigen Worten eine gemeinsame Sprache. Sie verloren sich nicht in oberflächlichem Palaver über Autos, Frauen und Fußball. Strähter war seit der Schulzeit politisch engagiert.

In Hitzacker an der Elbe aufgewachsen, erlebte er die Anti-Atombewegung im Streit um das nukleare Zwischenlager im nahen Gorleben. Er mischte bei den Protesten vor Ort mit und erfuhr, wie sich der Gummiknüppel der Polizei anfühlt. Einmal schlug er mit einer kurzen Eisenstange zurück. Heftig. Das Plastikvisier des Polizisten zersprang, das Blut schoss aus der Nase wie die Fontäne eines Tischbrunnens. Strähter konnte flüchten und verbarg sich seitdem in der Anonymität der Millionenmetropole Hamburg. Friedlichem Protest konnte er nichts mehr abgewinnen. Wenige Tage nachdem sich Strähter und Paroso kennengelernt hatten, kam es in der Kiezkneipe zur schicksalhaften Begegnung mit dem Dritten im Bunde. Fiete Last. Er war ein in Hamburg gestrandeter Gitarrenvagabund. Von seiner Heimatstadt Flensburg an der Ostsee trampte er kaum zwanzigjährig in den Laster- und Sündenpfuhl an der Elbe. Das Musikstudium erledigte sich nach zwei bemühten Jahren. Fiete schlug sich lieber durch die Kaschemmen und Clubs, betörte sein Publikum mit den schwebenden Songs von Leonhard Cohen, Bob Dylan und Neil Young. Sein buntes Stirnband und eine doktorandenhafte Nickelbrille verliehen ihm die Attitüde eines aus der Zeit gefallenen Flower-Power-Kindes. Selbst entfloh er der Zeit zu häufig auf Drogentrips, was ihm dauerhaft Geldprobleme bescherte. Die Einnahmen aus dem Kneipengetingel reichten dafür nicht hin. Strähter und Paroso luden Last nach einem Auftritt zum Bier ein. Er entpuppte sich als Gleichgesinnter.

In Westdeutschland gärte unter der Kohlschen Machtglocke erheblicher Verdruss im Volke. Die Wirtschaft rutschte in die Krise, die Arbeitslosenzahl stieg steil an, das Rentensystem drohte zu kollabieren. Politisch kam niemand am Zwei-Zentner-Kanzler vorbei. Zumal sich der beschleunigende Zerfall der DDR zum Glücksfall für die lethargische Bundesrepublik und den Pfälzer Patenonkel wendete. Ein Markt mit 17 Millionen ausgedörrten Verbrauchern fiel dem Westen über Nacht vor die Füße. Die Krise vertagte sich.

In der Kiezkneipe auf St. Pauli wurde dieser historische Segen als Fluch wahrgenommen. Die Einheitseuphorie verschüttete die Chance, in den alten Bundesländern grundlegend etwas zu verändern. Irgendwann fiel in der Runde das Kürzel RAF. Die kompromisslosen Jungs und Mädels an der unsichtbaren Front wollten sich nicht mit dem eingefrorenen Status quo abfinden. Strähter hegte schon einige Zeit ernsthaft den Gedanken, sich den unerschrockenen Kameraden anzuschließen. Hinter dem Tresen fühlte er sich zunehmend gefangen. Paroso sympathisierte, seit er politisch dachte, mit der radikalen Form des Widerstandes. Er wusste von sich, gäbe es die Gelegenheit dazu, würde er sich nicht verweigern. Fiete Last hörte konzentriert zu. Fahrig wurde er, wenn der Moment heranrückte, sich eine Pille einzuwerfen. Die zwei neuen Bekannten konnten nicht wissen, er hatte Kontakt zur RAF. Von der Kommandoebene war er als Kader eingestuft und beauftragt worden, eine Terrorzelle aufzubauen. Strähter und Paroso kamen wie gerufen.

Eineinhalb Jahrzehnte später verfolgten sie in einem in die Tage gekommenen Golf Variant einen Geldtransporter. Sie vermuteten in diesem mehrere zehntausend Euro, womöglich sogar über 100.000. Die Leute schleppten zum Wochenende und in Vorfreude auf den Frühling aus dem Baumarkt, was sie im Haus und Garten zum Zeitvertreib benötigten. Neben Bankfilialen waren Baumärkte die erquicklichsten Geldquellen. Je größer die erbeute Summe, desto länger hatte der VW im Versteck bei Westermühlen seine Ruhe.

Auf der Landstraße nach Nettelsee erhöhte der Geldtransporter das Tempo. Strähter durfte nicht abreißen lassen, denn nach nur sechs Kilometern erreichten sie die von Paroso ausgekundschaftete Kurve. Ein hinter ihnen plötzlich heranfahrender Pkw fiel nach dem Ortsschild Bordesholm wieder ab und verließ die L49. Gegenverkehr gab es keinen.

„So, Jungs, gleich rollt der Rubel." Martin schaute nach hinten zu Fiete und seitlich zu Strähter. Beide nickten. Wortlos zogen sich die Drei die vordere Seite der Stoffschläuche, die krausenartig ihre Hälse umhüllten, hoch bis über die Nase und setzten sich dunkle Basecaps auf. Fiete griff neben sich nach einer halb ausgebreiteten Decke und warf sie in den Fußraum. Zum Vorschein kam auf dem Rücksitz eine russische Maschinenpistole des legendären Typs Kalaschnikow. Das gekrümmte Magazin, gefüllt mit 30 Schuss, lag neben der Waffe. Routiniert schnappte sich Fiete die Kalaschnikow und drapierte sie mit dem Lauf zur linken Seite auf seinen Oberschenkeln. Dann rastete das Magazin ein. Am fingerlangen Hebel, mit dem er über Einzelschuss oder Dauerfeuer entschied, zögerte er fast ebenso routiniert. Noch nie hatte er einen Schuss abgeben müssen. Jedes Mal hoffte er innig, es möge so bleiben. Jedes Mal drückte er schließlich den Hebel auf die Stellung Dauerfeuer. Im Fall des Falles sollte er für sich und die beiden anderen den Fluchtweg freischießen. Für Einzelschuss blieb keine Zeit, die Erfolgsaussichten würden gen Null tendieren.

Vorn befreite Martin eine ungleich mehr Erfolg verheißende Waffe von einem abgegriffenen Stoffbeutel. Den hatte er einer Panzerfaust übergeworfen, ebenfalls russischer Fabrikation. Senkrecht auf dem Boden aufgesetzt klemmte sie zwischen den Knien. Wenige Sekunden verblieben bis zu ihrem gemeinsamen Auftritt. Kein Geldtransporter-Fahrer kam je auf die Idee, sich dem durchschlagenden Argument des unheimlichen Geschosses zu widersetzen. Es sei denn, er litt an übertriebener Loyalität seinem Arbeitgeber gegenüber. Martin träumte manchmal von den aufgerissenen Augen der geschockten Fahrer. Alle hatten in Bruchteilen von Sekunden kapiert, was auf sie gerichtet wurde. Ihre Transporter waren gut gepanzert, aber keine Panzer. Strähter trat auf das Gaspedal, scherte aus und überholte den Moneten-Trans-Wagen. Gebannt blickte Martin auf die Straße. Eingangs der langen Linkskurve folgten einige Meter bis zu der Stelle, wo rechts der Feldweg auf eine brachliegende Ackerfläche führte. Der Lichtkegel erfasste das hohe Buschwerk davor.

„Jetzt!“, rief Paroso laut und unaufgeregt.

Gerda war weit genug vorgefahren, so dass für den Geldtransporter nach dem Aufleuchten der roten Bremsleuchten am VW der Halteweg ausreichte, um sicher zum Stehen zu kommen. Gleichzeitig flogen die zwei rechten Wagentüren des Golfs auf. Fiete und Martin sprangen heraus. Mit der Panzerfaust schulterhoch im Anschlag stürzte Martin an Fiete vorbei und postierte sich breitbeinig vor der Fahrerkabine des Transporters. Die Augen des Fahrers erstarrten in Schock und Angst. Der Beifahrer reagierte instinktiv und hilflos. Die Arme verschränkte er vor dem Gesicht. Wie ein Kind, das sich ängstlich die Bettdecke über den Kopf zieht im Glauben, so das Böse der Welt auszusperren.

Der Geldtransporter setzte zwei, drei Meter zurück und rollte langsam auf den Feldweg. Fiete schritt zügig mit der Kalaschnikow in der rechten Hand vorweg und blieb nach gut 30 Metern stehen. Er bedeutete dem Fahrer zu stoppen und das Licht abzuschalten. Gerda lenkte den Golf rückwärts in die Feldauffahrt. Das Licht erlosch, der Motor tuckerte im Leerlauf abfahrbereit. Strähter schaute kurz auf seine Armbanduhr. 45 Sekunden blieben. Er riss die Hecktür des Golfs hoch und pochte anschließend heftig an die Ladefront des Transporters. Von innen entriegelte der Beifahrer die Tür. Vorn hielt Martin den Kollegen in Schach, Fiete eilte hinter das Fahrzeug.

„Schnell, schnell", mahnte Gerda mit einer Handbewegung den Moneten-Trans-Mitarbeiter, die Geldboxen herauszureichen.

„Nicht so lahm, Mann", trieb Fiete den verstört funktionierenden Sicherheitsmann zusätzlich an und fuchtelte mit der Maschinenpistole. Vier Boxen wuchtete Strähter in den Golf. „Stopp!" Es war das Signal, sich aus dem Staub zu machen. Martin beorderte den Fahrer nach hinten. Mit Kabelbindern banden sie ihren Opfern die Hände auf den Rücken und sperrten sie im Laderaum ein. Sie würden nicht lange auf Hilfe warten müssen. Die Firmenzentrale von Moneten-Trans geriet spätestens in den Alarmmodus, wenn der Transporter nicht im vorgesehenen Zeitfenster beim Fahrrad- und Motorradshop in Nettelsee vorfuhr.

Der Golf Variant preschte zurück nach Bordesholm. Von dort waren es ohne Umwege etwa 60 Kilometer westwärts bis zum ehemaligen RAF-Lager. Bordesholm verließen die Ex-Terroristen zunächst in Richtung Norden auf der Bundesstraße B4. An der Autobahnauffahrt Blumenthal schlugen sie einen Haken und fuhren auf der A251 und dann weiter auf der A7 gen Süden. An der Abfahrt Neumünster-Mitte ging die Fahrt weiter auf der B430 in Richtung Aukrug, bis diese Ost-West-Achse auf die B77 stieß. Von dort hielten sie nordwärts auf Rendsburg zu. Hinter der Stadt am Nord-Ostsee-Kanal folgten sie westlich der B203 bis zur Abfahrt Fockbek. Von dort hielt Strähter auf ihr Versteck bei Westermühlen zu. Er schonte den Golf nicht. Trotzdem war er unauffällig unterwegs, achtete auf Tempolimits und Blitzer.

An dem holprigen Feldweg kannte Gerda jeden Strauch und jeden Stein. Ohne Beleuchtung tastete sich der Golf unbemerkt im Dunkel des hereingebrochenen Abends zum verwaisten Backsteingebäude vor. In den nächsten zwei Tagen würden Strähter,

Paroso und Last in Deckung verharren und in aller Seelenruhe die Geldboxen knacken. Die erste Meldung zu dem Raubüberfall bei Bordesholm hörten sie im Radio in den 20-Uhr-Nachrichten.

„Von den Tätern fehlt bisher jede Spur", plapperte Martin den Sprecher nach. Alle drei lachten. Sie hatten den Coup gründlich vorbereitet und er ist wieder gründlich gut gegangen.

„Die müssen doch langsam an uns verzweifeln." In Strähters Bedauern für die Polizei schwang keine Häme, kein Überheblichkeit mit. Er war sich wie Paroso und Last bewusst darüber, für sie stand bei jeder Geldbeschaffungsaktion alles auf dem Spiel. Ginge es einmal schief, bekämen die Ermittler sehr schnell heraus, mit wem sie es wirklich zu tun hatten. Nicht mit irgendwelchen Bankräubern, sondern mit drei per Haftbefehl gesuchten RAF-Terroristen. Obendrein jene, welche 1993 die Haftanstalt in Filderstadt in Trümmern gelegt hatten. Die Schadenssumme damals übertraf die gesamte Beute aus ihren Raubüberfällen der zurückliegenden Jahre um ein Mehrfaches. Unter 20 Jahren Gefängnis würde sie kein Richter davonkommen lassen.

Dauerhaft unter diesem Damoklesschwert zu leben, nagte am Gemüt, fraß die Seele auf. Geld für die kommenden Wochen und Monate war jetzt da. Doch der nächste Überfall einer Bank, eines Baumarktes zeichnete sich unausweichlich ab. Die Bedrohung, die sie anderen zumuteten, empfanden Strähter, Paroso und Last zunehmend gegen sich gerichtet. Keiner hatte es bisher ausgesprochen. Aber jeder spürte die Gereiztheit in ihren Alltag einziehen, wenn die Kasse sich leerte. Bisher war ihnen das große Millionen-Ding nicht geglückt, mit dem sie sich für den Rest ihres Lebens aus dem Untergrund befreien und ihre Existenz sicherstellen konnten. Die Verbitterung darüber verstärkte sich mit vorrückendem Alter, begründete diese aber nicht allein. Nach ihrem Abtauchen und die spätere Selbstauflösung der RAF mussten sie in den folgenden Jahren ertragen, wie jeglicher Gedanke an grundlegenden Veränderungen in der Gesellschaft, am herrschenden System in konsumtiver Ruhigstellung der Massen ertränkt wurde. Zu Beginn des neuen Jahrtausends sorgte die erste rot-grüne Bundesregierung mit ihrem neoliberalen Kurs und den radikalen Hartz-IV-Reformen wenigstens selbst für einigen Aufruhr. Der Protest ebbte schnell ab. Damit war es endgültig Mitte der 2000er-Jahre vorbei. Seit die Kanzlerin aus dem Osten der westdeutschen CDU jedes Reformstreben und jeden innerparteilichen Widerstand gegen ihre Mutti-der-Nation-Politikmasche ausgetrieben hatte. Die drei Revoluzzer in der Grauzone des Nordens sahen ihre politischen Ambitionen von einst entwertet. Sie haderten nicht nur mit dem regelmäßigen finanziellen Bankrott.

In den Stunden nach dem geglückten Raub in Bordesholm waren die marternden Gedanken weggewischt. In dem spartanisch eingerichteten Wohnraum im Versteck stand Strähter an der Pantryküche und schlug für jeden von ihnen drei Eier in die Pfanne. Paroso hatte sich auf eines der Feldbetten ausgestreckt und stierte an die Decke. Die Arme hinter dem Kopf verschränkt. Vor ihm schwebte der Fahrer des Geldtransporters. Mit diesem entgeisterten Blick. Paroso sinnierte darüber, auf welch banale Weise es gelang, einen schwer gesicherten Geldtransporter zu öffnen. Die Sicherheitstechnik mochte noch so perfekt sein, subjektive Angst vor einem brutalen Tod blieb die entscheidende Schwachstelle. Die Genugtuung, dass sein Plan lehrbuchreif aufgegangen war, unterdrückte er vor den anderen. Bei keinem fiel die Anspannung sofort auf null. Fiete marschierte in der Garage auf und ab, in der Hand einen Joint, an dem er begierig zog. Neben dem silbergrauen Golf Variant war ein älterer dunkelgrüner Kia Rio abgestellt. Den hatte Paroso über einen Mittelsmann bei einem Gebrauchtwagenhändler in Hamburg besorgt. Fiete konnte sich nicht erinnern, dass sie jemals mit einem anderen Wagen da draußen umhergefahren sind. Außer ihrem VW-Räuberauto.

Strähter wollte sich am nächsten Tag daran machen, die vier Geldboxen aufzubrechen. Er kannte sich mit den speziellen Behältern aus.

„Fiete, die Eier sind fertig." Beim Abendessen wetteten sie wie stets auf die Höhe der erbeuteten Geldsumme. Wer dieser am nächsten kam, erhielt einen Bonus von 1000 Euro.

Kapitel 4

Von Hamburg war Erik Klapproth an diesem Montagmorgen gut durchgekommen. Trotz der vielen Lkw auf der Autobahn. Auch die frühe Dämmerung im März beflügelte die Fahrt nach Rostock. Er startete ungern im Dunkeln in die neue Woche. Eine anhaltende düstere politische Großwetterlage vermeldeten die Nachrichten. In der Ukraine-Krise belebten die militärischen Drohgebärden zwischen dem Westen und dem wiederentdeckten Erzfeind Russland überwunden geglaubte Kriegsängste. Geschäftspartner in Moskau und St. Petersburg fragten besorgt, was die deutschen Politiker und Medien geritten habe, sich alter Feindbilder und Kriegsrhetorik zu bedienen. Klapproth antwortete beschwichtigend und diplomatisch. Ihm war klar, in der geopolitischen Gemengelage gab es keine klaren Antworten. Russlands machtbewusster Schachzug, auf der Halbinsel Krim die eigene Staatsflagge aufzuziehen und sich den Husarenstreich in einer Volksabstimmung unter den überwiegend russischstämmigen Einwohnern legitimieren zu lassen, zeigte die Grenzen und Anfälligkeit internationaler Regeln auf. Homogenen ethnischen Gruppen stand es nach dem Völkerrecht zu, selbst zu bestimmen, welchem Staat sie zugehörig sein wollten. Aber so?

Das Krim-Dilemma beunruhigte den Geschäftsführer der Rostocker Lenker GmbH auf andere Weise sehr direkt. Das Unternehmen verkaufte seine automatisierten Transportsysteme zum größten Teil auf dem russischen Markt. Die Geschäftskontakte waren langjährig gereift. Moderne Lenker-Transportsysteme halfen auf Werften und in Montagebetrieben im Fahrzeugbau, die Produktion effizienter zu gestalten. Russlands Nachholbedarf gegenüber führenden Industrienationen war enorm. Infolge der vor einem halben Jahr verhängten Wirtschaftssanktionen der Europäischen Union zogen für die Lenker GmbH jedoch von Osten her dunkle Wolken auf. Immer häufiger wurden vorsorgliche Anfragen zu geplanten Lieferungen nach Russland vom Bundeswirtschaftsministerium abschlägig beschieden. Das Schwert der Sanktionen kappte ein Projekt nach dem anderen. Transportsysteme in der Produktion könnten zur Herstellung militärischer Güter verwendet werden, hieß es lapidar aus dem Ministerium. Das Russland-Geschäft gefror.

„Guten Morgen Frau Perlmutt, guten Morgen Frau Mueller." Klapproth begrüßte in der Firma die Damen am Empfang in galant gutmütigem Ton. Sie waren zugleich seine Sekretärinnen. Bei ihnen wusste er sich immer noch unter strenger Beobachtung. Der alte Lenker-Chef hatte sie väterlich umhegt. Klapproth schätzte die Routine und Erfahrungen der Frauen. Diese erwiesen sich im zuweilen schwierigen Umgang mit russischen Geschäftsleuten und in dem bürokratischen Gemetzel an der Ostfront als goldwert. Frau Mueller reichte ihm die Mappe mit Terminen, Telefonnotizen und unterschriftsbereiten Dokumenten. Ihr Blick hatte etwas Vorwarnendes.

Kaum saß Klapproth hinter dem Schreibtisch und startete den Computer, sprang die Bürotür auf und Raymond Wegemann trat herein. Der 49-jährige Vertriebsleiter der Firma wirkte bereits in den ersten Stunden der neuen Arbeitswoche gehetzt.

„Moin Erik, ich hoffe, dein Wochenende ist stressfrei verlaufen."

Wenn Wegemann so ausholte, bedeutete es nichts Gutes.

„Ich kann nicht klagen. Wobei, Stress gab es beim HSV. Ein Freund hatte mich zum Heimspiel gelotst. Sie haben drei Dinger gefangen und verloren. Zum Schluss mochte man nicht mehr hingucken."

„Das passiert mir bei Hansa oft genug." Wegemann setzte sich an den kleinen Konferenztisch vor Klapproth. „Ich würde mir lieber weiter solche vermaledeiten Spiele ansehen, wenn uns dies erspart bliebe." Der Vertriebschef öffnete eine Dokumentenmappe und hielt Klapproth ein Blatt Papier hin. Eine ausgedruckte

E-Mail, die vor zwei Stunden bei Wegemann eingegangen war. Klapproth überflog den englisch verfassten Text und sah am Schluss im Firmenlogo des Absenders seine intuitive Befürchtung bestätigt. Die E-Mail kam aus Russland, von der Ostseewerft in Wyborg. Direktor Sergej Kumarow drückte sein Bedauern aus, dass unter den gegebenen Umständen der gegenseitigen Handelsbeschränkungen das Projekt eines neuen Transportsystems für den Stahlzuschnitt der Werft auf unbestimmte Zeit ausgesetzt worden ist. Er hoffe, in naher Zukunft zu einer normalen Zusammenarbeit mit der Lenker GmbH zurückkehren zu können. Diese habe er stets geschätzt. Kumarow besaß viel Erfahrung mit deutschen Firmen. Bereits als junger Schiffbau-Ingenieur verhandelte er mit den Genossen im DDR-Schiffbaukombinat über die Lieferung von Spezialfrachtern für den Einsatz in arktischen Gewässern und den Bau von schwimmenden Fischfabriken. Klapproth lehnte sich zurück und schwieg zunächst. Wegemann wartete.

„Von welchem Auftragsvolumen reden wir hier?“

„So um die sieben Millionen Euro.“

„Und wie viel haben wir schon in die Planung und Projektierung gesteckt?“

„Eine halbe Million etwa.“ Wegemann hatte sich das Projekt noch mal genau angesehen, bevor er die Hiobsbotschaft überbrachte.

Klapproth legte Kumarows E-Mail ab und begann seine Hände zu kneten. Sie waren ihm kalt geworden. Er reagierte cool in des Wortes Sinn. Wenn ein Problem über ihn hereinbrach und er nicht sofort einen Ausweg ortete und sich stattdessen existenziell bedrohliche Folgen abzeichneten. Klapproth rückte vom Schreibtisch ab und erhob sich. Drei Schritte lief er nach links, machte auf dem Hacken kehrt und setzte sechs Schritte in die entgegengesetzte Richtung. Ein paar Mal ging es so hin und her. Dann stoppte er hinter dem Chefsessel und stützte sich auf.

„Raymond, hör' zu. Ich werde nachher Kumarow anrufen. Es ist wichtig, mit ihm und unseren anderen Kunden in Russland im Gespräch zu bleiben. Wenn die Kontakte abreißen oder diese verdammten Sanktionen bis zum Sankt-Nimmerleins-Tag bestehen, sind wir raus aus dem Markt und die Südkoreaner und Chinesen drin." Klapproth setzte sich. „Seht zu, dass wir kurzfristig alternative Projekte bei den Arabern oder in Südamerika rankriegen. Es darf kein großes Auftragsloch entstehen. Die Banken sind ohnehin hypernervös. Verweigern sie uns die Vorfinanzierungen, können wir einpacken."

Nach Wegemann fiel die Bürotür sanft ins Schloss. Im gleichen Augenblick surrte das Telefon. Frau Mueller stellte einen Anruf durch. Vorstandsmitglied Rio Schröter von der Universe Bank, dem größten Kreditgeber der Lenker GmbH, erkundigte sich nach dem allgemeinen Befinden. Dann lud er Klapproth zum Essen ein. Das wäre eine gute Gelegenheit, über aktuelle Aspekte der Zusammenarbeit zu sprechen. Die Sekretärinnen würden einen passenden Termin abstimmen. Er freue sich auf das Gespräch, endete Schröter. Die Worte drangen einem kalten Hauch gleich an Klapproths Ohr. Das schlimmste Szenario schien einzutreten. Sperrte die Universe Bank die Kreditlinie, brächte dies die Firma in ärgste finanzielle Schwierigkeiten. Als Mittelständler verfügte die Lenker GmbH über kein ausreichend dickes Polster, um millionenschwere Aufträge selbst vorfinanzieren zu können. Die Politiker in Berlin und Brüssel scherte es einen feuchten Kehricht, wie die Unternehmen mit den Russland-Sanktionen fertig wurden. Vom Staat waren keine Entschädigungen zu erwarten, schon gar nicht organisierte er Ersatz für wegbrechende Aufträge. Klapproth spürte seine Hände erneut kalt werden. Wenn Wegemann und seine Vertriebsleute nicht schleunigst neue Projekte ins Auftragsbuch bekamen, würde das Essen mit Universe-Vorstand Schröter ungemütlich werden. Anfangs hoffte der Lenker-Chef auf eine befristete Drohgebärde der Europäischen Union gegen

Russland. Die angekündigte Verlängerung der Sanktionen nährte zunehmenden Groll in ihm. Was dachten sich Kanzlerin Regina Hertel und ihre europäischen Amtskollegen dabei, betroffene Unternehmen damit einfach im Regen stehen zu lassen? Klapproth vermutete, nichts. Er bat Frau Mueller, ihn daran zu erinnern, dass er um 18 Uhr im Stadthafen eine Verabredung hatte und sich rechtzeitig auf den Weg machen wollte.

Ole Dormark schaute die Warnow hinunter. Von der Terrasse des „Al Porto“ an den alten Speichern reichte der Blick bis zum Gelände der einstigen Neptun Werft. Danach entschwand der Fluss in einer langen Rechtskrümmung. In der Dämmerung überschüttete die sinkende Sonne die maritime Kulisse mit orangeroter Farbe. Zusehends mischte sich das Schwarzblau des Abends ein. Auf dem unruhigen Wasser der Warnow loderten die Lichter der Hansestadt. Der junge Frühling spendete erste wärmende Temperaturen. Trotzdem waren die pilzförmigen Gasheizstrahler auf der Terrasse entzündet worden. Ole freute sich, Erik zu treffen. Nach ihrer unverhofften Begegnung beim Weihnachtskonzert in der Nikolaikirche vergangenen Herbst hatten etliche wichtige und weniger wichtige Termine und Verpflichtungen ihre Absicht torpediert, mal ungestört und ausführlich zu quatschen. Das Smartphone funkte bis jetzt nicht dazwischen. Erik müsste jeden Moment anmarschiert kommen. Wenig später trat er hinter einer Gruppe junger Leute hervor, die sich am nahen Parkplatz versammelt hatte und offensichtlich auf weitere Freunde wartete. Erik trug eine mittellange Steppjacke, wie sie seit einiger Zeit in Mode waren. Im Schein der Lichter schimmerte das Dunkelblau metallic. Er bemerkte Ole auf der Terrasse schon von weitem und signalisierte dies mit einem Handgruß.

„Na, mein Lieber, haben wir es endlich geschafft?“

„Sieht so aus.“ Wenn andere in das Wir-Raster verfielen, störte sich Erik an dieser Form der Vereinnahmung. Sie war ihm nicht fremd. Im Kreis seiner Mitarbeiter wusste er sich in einem Team. Darin brachte sich jeder ein, die Firma voranzubringen. Aber im abstrakten Raum widerstrebte es ihm, ungefragt umarmt und in Mitträgerschaft genommen zu werden. Nicht von den Nachrichtenmoderatoren im öffentlich-rechtlichen Fernsehen. Ungeniert sprachen diese im Namen der gesamten Bevölkerung, wenn „ganz Deutschland" sich zu freuen, zu sorgen, zu empören oder zu trauern hatte. Schneefall, Altersarmut, Benzinpreise, Abstieg der SPD. Ebenso wenig ließ sich Klapproth vor den Karren der Kanzlerin spannen. Die Regentin nahm sich ungern selbst in Haftung für politische Entscheidungen, die sie im Alleingang getroffen und zu verantworten hatte. Häufig redete sie hinterher darüber distanziert und schob bevorzugt ein „Wir" vor ihre Floskeln. Nur wenn Deutschland nicht mitlächelte, war dies plötzlich nicht mehr ihr Land. Von Ole wusste er, das „Wir" meinte er freundschaftlich. Im Grunde tickten sie gleich. Sie konnten schon in der Erweiterten Oberschule nichts damit anfangen, wenn in den Medien und im FDJ-Studienjahr von „der Jugend der DDR" gesprochen wurde. In ihrem Bekanntenkreis hatten viele Alterskameraden nichts mit dem Arbeiter-und-Bauern-Staat am Hut. Jugendliche in der DDR waren nicht nur in der Punkszene bunter gefärbt als das Blau der FDJ-Hemden.

„Was wollen wir trinken, Bier oder lieber Wein?", frage Ole, nachdem sich Erik zu ihm gesetzt hatte.

„Bier", antwortete Klapproth knapp. „Ich brauche erstmal einen kräftigen Schluck."

„Irgendetwas schiefgelaufen?"

„Kann man wohl sagen, wenn einem ein Sieben-Millionen-Auftrag storniert wird."

„Seit der Ölpreis im Keller ist, hört man häufiger von Investitionsstopps insbesondere im Anlagenbau und in der Offshore-Industrie."

„Wenn's das nur wäre. Aber die Politik setzt gleich noch einen oben drauf. Diese Wirtschaftssanktionen versauen mir das Geschäft in Russland total. Die Ostseewerft in Wyborg hat heute einen Auftrag bei uns auf Eis gelegt."

Ole erwiderte nichts. Eriks entschiedener Kommentar deutete auf ein tieferes Ärgernis. Da musste Luft ran.

„Mag ja sein, dass sie den Russen einen Denkzettel verpassen wollen wegen der Krim. Aber wie wir damit klarkommen, ist den Politikern wurscht."

Der Kellner stellte zwei große Pils auf den Tisch. Essen hatten die beiden Herren noch nicht gewählt. Mit einem angesäuerten Gesichtsausdruck entfernte er sich zum nächsten Anlauf.

„Ich nehme Bandnudeln mit Lachs auf Spinat."

Klapproth blätterte hektisch in der Karte hin und her. Er suchte etwas Kräftigeres. Am besten ein Steak. Er entschied sich für ein Hüftsteak vom argentinischen Rind.

„Unseren Landesvater scheint das aber umzutreiben. Er hat wenigstens laut kundgetan, wie wenig er von den Handelsbeschränkungen hält."

„Mit dem Russland-Tag im vorigen Jahr ist sein bundesweiter Bekanntheitsgrad sicherlich gestiegen, aber auf der Beliebtheitsskala dürfte er im Rest von Deutschland nicht allzu viele Pluspunkte gesammelt haben."

Ole wischte sich den Bierschaum von der Oberlippe. „Du sagst es. Im Westen kriegen einige ihre Vorurteile und ihren Hass gegen die Russen nicht aus den Köpfen. Vor allem diese gedankenlose Kriegsrhetorik in den Medien ist unglaublich."

„In einer Zeitung habe ich die fette Schlagzeile gelesen ‚Droht Krieg mit Russland?'"

„Das ist doch krank, oder?"

„Wer das verzapft hat, dem ist gar nicht klar, was das bedeutet, Krieg."

„Sie schüren Angst, das verkauft sich. Oder sie sind naiv."

„Krieg ist kein Spaß."

„Das sag' mal so einem armseligen Redakteur. Der hat vermutlich immer viel Spaß mit Kriegsspielen am Computer gehabt. Da riecht es nicht nach Blut, stinkt es nicht nach Gedärm, schreien Schwerverletzte sich nicht um den Verstand. Die glauben wirklich an einen sterilen Krieg mit dem Finger am Joystick statt am Abzug."

„Die interessieren sich auch nicht für die ganze Scheiße, die im Zweiten Weltkrieg passiert ist, und den Irrsinn im Vietnam-Krieg."

„Sie unterstellen Moskau marktschreierisch eine Kriegslüsternheit, als wären allein die 27 Millionen Toten auf russischer Seite beim letzten großen Schlachten in Europa nicht Grund genug gewesen, zukünftig sorgsam mit dem Frieden umzugehen."

„Aber du siehst, Krieg ist auch in der deutschen Politik längst wieder eine Option. Manchmal glaube ich, zulange im Frieden zu leben, entrückt die Menschen vom Krieg. Sein Schrecken verblasst."

„Solange, bis es vor der eigenen Tür kracht."

Der Kellner brachte das Essen.

„An welche Tür müsste er bei dir eigentlich klopfen? Du hattest in der Nikolaikirche gar nicht erzählt, wo du in Rostock untergekommen bist."

„Du kennst das Appartement-Hotel gegenüber dem Standesamt? Da war eine kleine, aber feine Zwei-Zimmer-Wohnung zu haben."

„Das heißt, Monique hat sich bis jetzt nicht erweichen lassen, dir nach Rostock zu folgen?"

Erik drehte den Kopf zur Seite, der Blick verlor sich im Lichtertanz auf der Warnow. Er suchte nach passenden, erklärenden Worten. Ole wollte er keine intakte Beziehung vorgaukeln. Das vermied zudem künftige Fragen.

„Monique und ich leben seit geraumer Zeit jeder sein eigenes Leben. Wir haben uns damit arrangiert. Seit ich lediglich an den Wochenenden in Hamburg bin, fällt es uns sogar leichter."

Kapitel 5

Strähter und Last hatten es sich in ihren angestammten Ecken auf dem Sofa bequem gemacht. Gerda rechts, Fiete links. Sie warteten auf den Beginn ihrer Lieblingsfernsehserie „CSI: New York" und auf Martin Paroso. Er wollte gleich zurück sein, mit zwei Sixpacks Bier und Knabberzeug. Ein Tante-Emma-Laden befand sich zwei Straßenecken weiter, keine fünf Minuten Fußweg entfernt von der Wohnung, in der Gerolf Strähter und Martin Paroso namentlich als Mieter Alfred Stark und Frank Polier eingetragen waren. Niemand im Haus ahnte im Geringsten etwas von der wahren Identität der Ex-RAF-Terroristen. Fiete Last erging es ebenso. Im Mietvertrag für seine Ein-Raum-Wohnung in der gleichen Straße war er mit dem falschen Namen Michael Lutter vermerkt. Mehr als 20 Jahre lebten sie nun schon unbehelligt im Schutz der schleswig-holsteinischen Landeshauptstadt Kiel.

Vom fleckig-speckigen Sofa hörten Gerda und Fiete die Wohnungstür zuklappen. Die Sixpacks und eine große Tüte Erdnussflips lud Martin mit Schwung auf dem flachen Couchtisch ab. Ein ausgebleichtes beiges Tuch überspannte das Möbelstück. Dann postierte er sich davor und griff sich an die rechte Jeans-Gesäßtasche. Betont lässig entfaltete er die regionale Tageszeitung und begann von der Titelseite vorzulesen.

„Bei den Ermittlungen zu dem Raubüberfall auf einen Geldtransporter vor drei Monaten bei Bordesholm ist die Kriminalpolizei auf eine überraschende Spur der Täter gestoßen."

Strähter und Last richteten sich aus ihrer bequemen TV-Sitzhaltung auf und schoben sich auf die Sofakante vor. Was hatte Martin da eben vorgelesen? Er war noch nicht zu Ende.

„Nachdem am Tatort verschiedene DNA-Spuren sichergestellt werden konnten und mit dem zentralen Fahndungsregister abgeglichen wurden, stellten die Ermittler fest, dass es sich bei den mutmaßlichen Geldräubern um die seit Jahren gesuchten Ex-RAF-

Terroristen Gerolf Strähter, Martin Paroso und Fiete Last handeln muss. Wie ein Polizeisprecher ausführte, stimmten die DNA-Spuren von Bordesholm mit genetischen Fingerabdrücken überein, die 1993 nach dem Sprengstoffanschlag der RAF auf die neu gebaute Justizvollzugsanstalt Filderstadt fixiert worden waren. Der kurz vor der Fertigstellung stehende JVA-Neubau wurde damals schwer beschädigt, so dass er abgerissen werden musste. Zu den Tätern, die der 3. Generation der RAF zugerechnet werden, gibt es jedoch bis heute keine Erkenntnisse über ihren Aufenthaltsort."

Gerda und Fiete fielen in das Sofa zurück. Strähter fingerte nach der Zeitung, wollte mit eigenen Augen sehen, was er gerade gehört hatte.

„Was sagt ihr dazu?" Martin entnahm einem Sixpack drei Flaschen und verteilte sie. Danach setzte er sich in einen der zwei Sessel im Raum.

Strähter legte die Zeitung zurück. „Jetzt wissen sie wenigstens, dass wir noch existieren. Vermutlich hatten sie uns schon abgeschrieben."

„Im Moment weiß ich gar nicht, wie ich das finden soll", murmelte Fiete.

Paroso setzte die Bierflasche ab, die er in einem Zug halb geleert hatte. „Ich sehe es wie Gerda. Die Kripo ist zwar ein Stückchen schlauer, weiß, wer das Ding in Bordesholm gedreht hat, aber das ist auch alles." Es klang beinahe euphorisch. Paroso schien die aufgedeckte Täterschaft und die unverhoffte Öffentlichkeit zu genießen, gleichwohl sie diese weiterhin unter allen Umständen meiden mussten.

„Es empfiehlt sich beim nächsten Mal, Vollschutz zu tragen", scherzte Gerda. „Im Ernst, dieser DNA-Spuk kann uns egal sein. Hauptsache sie kommen nicht dahinter, dass unsere Namensschilder nicht mit unserer DNA übereinstimmen. Prost!"

Die Bierflaschen klackten aneinander. Im Fernsehen startete „CSI: New York". Fiete Last sah nicht, was er sah. Noch während

Martin die Nachricht aus der Zeitung vorgetragen hatte, schoss es ihm wie ein Blitz ins Gehirn. Sein wahrer Name in der Presse konnte ihn im Gegensatz zu den anderen beiden in erhebliche Erklärungsnot bringen. Einem Menschen gegenüber, der ihn nur aus der Musik- und Drogenszene in Hamburg kannte und zu dem er in einer sehr speziellen Beziehung stand. Was Strähter und Paroso nicht wussten und auch sonst niemand, er hatte sich in den 1980ern vom Bundeskriminalamt als verdeckten Informanten anwerben lassen. Das BKA war interessiert an Interna zum Drogenhandel und dessen Strukturen. Für die Informationen flossen Prämien, die es ihm erleichterten, den eigenen Drogenkonsum zu finanzieren. Sein Kontaktmann hieß Helfried Schmidt, damals Chef der Abteilung Organisierte Kriminalität. Sie trafen sich regelmäßig in den Randgebieten von Hamburg. In Halstenbek im Nordwesten oder Rahlstedt im Osten begrenzte sich das Risiko, von Bekannten gemeinsam angetroffen zu werden. Dieser Helfried Schmidt war im BKA inzwischen ganz oben angekommen. Seit fünf Jahren leitete er das Bundeskriminalamt als Präsident. Je höher er im BKA aufstieg, desto seltener begegneten sie sich.

Doch Schmidt behielt Fiete Last an der Leine. Eine der Hauptadern des Zustroms von Drogen nach Deutschland lief über Hamburg. Jede warme Quelle barg die Chance auf heiße Details. Last und Schmidt hatten vereinbart, ihre Kommunikation über ein Prepaid-Handy aufrechtzuhalten. In der obersten BKA-Funktion war es eigentlich untersagt, mit verdeckten Ermittlern direkt zusammenzuarbeiten. Das Sicherheitsrisiko für die Sicherheitsbehörde wurde als zu hoch eingestuft. Schmidt galt jedoch als Haudegen, der zuweilen auch mal an den Vorschriften vorbei zur Verbrecherjagd blies. Klient Fiete Last nutzte er gern außerhalb des Protokolls, um Ermittlungsergebnisse seines Hauses gegenzuchecken oder wasserdichter zu machen. Auf Last war Verlass.

„Jungs, ihr entschuldigt mich, mein Schädel brummt, ich haue mich in die Koje.“ Fiete nutzte das Ende des ersten CSI-Plots, sich vor Beginn des folgenden Serienteils aus der Runde auszuklinken.

„Du machst dir hoffentlich nicht ins Hemd wegen dieser DNA-Geschichte?“, fragte Martin, überrascht von Fietes Aufbruch.

„Quatsch, du solltest mich besser kennen, außerdem hat Gerda Recht.“ Er tat empört. Weil Martin nicht falsch vermutete.

„Eins dennoch, Fiete“, schaltete sich Strähter ein, „bei deinen Pillenkäufen in Hamburg weiterhin keine Scherereien mit den Bullen.“

„Klar, Mann.“ Fiete erhob sich. „Meine zwei Bier könnt ihr euch teilen.“

Auf dem Gehsteig atmete er tief durch. Ein frischer Windstoß fegte von Norden durch die Howaldtstraße. Lückenlos war diese auf beiden Seiten zugeparkt. Bis zum nächsten Wohnblock schlenderte er zeitschindend. Die Hände vergraben in den Hosentaschen. Helfried Schmidt dürfte die Meldung über den positiven DNA-Abgleich umgehend auf den Tisch geflattert sein. Schmidt hatte ihn nie danach gefragt, ob er mit der RAF im Bunde stand. In der 3. Generation der Terrortruppe war ein Fiete Last identifiziert, aber bis dato nicht gefasst worden. Namensvetter gab es in Norddeutschland reichlich. Schmidt traute einem Junkie vermutlich politisch motivierte Verbrechen nicht zu.

Es konnte aber auch völlig anders sein. Der BKA-Präsident wusste durch einen gezielten DNA-Test schon lange, dass Fiete Last, der RAF-Terrorist, und der Fiete Last, den er als Informanten deckte, ein und dieselbe Person ist. Womöglich hielt er die schützende Hand über ihn, damit die Quelle im Drogenmilieu nicht versiegte. Last war an keinem RAF-Mord beteiligt gewesen, einzig an Sprengstoffanschlägen. Nach der Selbstauflösung der Organisation überwog erst recht das Interesse daran, die Hamburger Drogenszene von innen ausloten zu können.

Fiete hatte von alledem keine Ahnung, ihn plagte die Ungewissheit. Schützte Schmidt ihn und bekam mit der brisanten Nachricht zum Bordesholm-Raub lediglich bestätigt, was er seit Jahren wusste? In diesem Fall würde sich Schmidt nicht zwingend melden. Es bestünde kein Grund, an ihrer Zusammenarbeit etwas zu ändern. Würde Ex-Terrorist Fiete Last eines Tages geschnappt werden, sein Wirken in der RAF und im Gaunertrio mit Gerolf Strähter und Martin Paroso offerierte keinerlei Hinweise auf den geheimen Draht zu Helfried Schmidt.

Fiete stieg die Treppen zum dritten Stockwerk hinauf. Die Wohnungstür verschloss er sofort und schob einen zentimeterdicken Sperrriegel zu. Vielleicht hatte Schmidt ihn doch angerufen, war ob der überraschenden DNA-Erkenntnisse über die Täter von Bordesholm neugierig geworden und wollte es von ihm genauer wissen? Schnurstracks schritt er in die Küche und hockte sich vor dem Spülschrank nieder. Er öffnete die rechte Schranktür und griff oben hinter die breite Holzblende. Zwischen dem Brett und dem gewölbten Waschbecken hatte er ein kleines Lederetui angepinnt, in dem ein Prepaid-Handy steckte. Er schaltete es ein. Von einem Anruf Helfried Schmidts keine Spur.

BKA-Präsident Schmidt lehnte sich im Bürosessel zurück. Die Mitglieder des Führungsstabes der obersten Kripo-Behörde waren vor wenigen Minuten gegangen. Im Fall Bordesholm konnten die Kollegen nach dem DNA-Treffern bisher keine weiteren Ermittlungserfolge vorweisen. Für ihren Chef kam es dennoch überraschend, dass Fiete Last, von dessen RAF-Vergangenheit er wusste, ihm vorenthalten hatte, mit den ehemaligen Terrorkumpanen weiter gemeinsame Sache zu machen. Offensichtlich als ganz gewöhnliche Geldräuber. Der Abstieg enttäuschte Schmidt irrigerweise. Das Telefon klingelte. Bodo Zehrwald meldete sich, der Präsident des Bundesverfassungsschutzes. Er kannte ihn gut, sie respektierten sich und vertrauten einander. Ein Verhältnis, das über viele Jahre in der Arbeit im Sicherheitsapparat der Bundesrepublik gewachsen war. Ihre Wege kreuzten sich dienstlich auf verschiedensten Ebenen. In der obersten Funktion der jeweiligen Behörde erwies sich diese Partnerschaft als besonders vorteilhaft. Nach diversen Pleiten bei der Aufklärung schwerer politisch motivierter Straftaten waren BKA und Verfassungsschutz vor Jahren arg in die Kritik geraten. Die neu eingesetzten Präsidenten Schmidt und Zehrwald sollten das Bild in der Öffentlichkeit geraderücken und beide Ämter auf bestimmten Schnittflächen besser miteinander verzahnen, etwa bei der Terrorismusbekämpfung.

„Hallo Helfried, hast du ein paar Sekunden für mich?"

„Grüß dich, Bodo. Wo brennt's denn?"

„Nichts Dramatisches. Aber ich hätte gern ein Feedback von dir. Sind deine Jungs schon weiter bei dieser RAF-Kampfgruppe?"

„Bedauerlicherweise nicht." Schmidt dehnte und betonte die Worte. In Wahrheit machte er aus seinem Herzen keine Mördergrube und würde die drei Ex-RAF-Mitglieder von der Fahndungsliste streichen. Sie hatten auf ganzer Linie verloren, ihre Leben waren ruiniert und ihre verbleibenden Jahre degenerierten zum blanken Kampf um die Existenz. „Es ist schwierig. Im Grunde kennen wir die Namen der Täter, aber unter welchen Namen sie irgendwo da draußen ihr Dasein fristen, wissen wir nicht."

„Sie sind nicht zu beneiden. Lebenslänglich im Untergrund, es bedarf eigentlich keines Richters mehr. Aber sie haben es immerhin geschafft, sich dem zu entziehen. Es sind die einzigen aus der letzten RAF-Riege, denen das gelungen ist."

Helfried Schmidt wunderte es nicht, einen Anflug von Wertschätzung für die Ex-Terroristen bei Bodo Zehrwald herausgehört zu haben. Der 55-jährige Verfassungsschutzchef besaß ein Faible für Leute, die sehr überlegt und pragmatisch zu Werke gingen, gleich auf welcher Seite des Gesetzes. Eine Gangart, die er selbst beherzigte und die ihm in der Bürokratie einer Bundesbehörde nicht nur Freunde eingebracht hatte. Mit dem BKA-Präsidenten lag er indes auf einer Wellenlänge.

„Helfried, mich treibt aber ein anderes Thema viel mehr um. Über diverse Kontakte zu unseren Botschaften in den arabischen Ländern und in der Türkei häufen sich Informationen, die vor einer Massenbewegung hunderttausender Kriegsflüchtlinge warnen. Sie würden direkt aus dem Irak und aus Syrien und den großen Flüchtlingscamps im Nahen Osten stammen und sich in Richtung Europa auf den Weg machen."

„Welche Anzeichen gibt es dafür?"

„Wie es aussieht, sind in den Lagern die Zustände inzwischen unhaltbar. Die Kämpfe in Syrien treiben immer mehr Menschen zur Flucht und zugleich sind die internationalen Hilfsgelder gekürzt worden. Übrigens auch von Deutschland."

„Na prima. Wer hat denn da wieder die Folgen seines Tuns nicht überblickt? Die Menschen aus der Region werden sicherlich nicht den Umweg übers Mittelmeer nehmen."

„Wenn du das schmale Stück Wasser zwischen der Türkei und den griechischen Inseln vernachlässigst, ist eine Route über Land naheliegend."

„Über den Balkan."

„Exakt. Und das beunruhigt mich. Die Ländergrenzen nach Norden sind durch Schengen löchrig wie ein Schweizer Käse. Menschenmassen hält da niemand auf."

„Das ist ein verdammt langer Fußmarsch."

„Es existieren Hinweise, wonach Schlepperbanden für horrende Geldsummen die Leute mit Bussen durch die Türkei karren und dann mit Booten nach Griechenland übersetzen. Ich mach mir nichts vor, die armen Seelen, die diesen Weg wählen, laufen bis ans Ende der Welt."

„Zu welchen Bewertungen der Lage kommen eure Quellen?"

„Sie warnen eindringlich. Aber jetzt wird es erst richtig interessant. Ich habe bei unserem gemeinsamen Freund Krüger im

Lagezentrum im Innenministerium angefragt, ob derartige Warnungen bekannt sind und welche Relevanz dies für die Sicherheitslage hat."

„Und?"

„Nichts. Krüger behauptete glatt, offiziell gebe es keine Berichte über einen sich anbahnenden massenhaften Flüchtlingszustrom nach Europa. Er fügte noch hinzu, wenn dem so sein sollte, gäbe es klare Regeln in der Europäischen Union für die Aufnahme von Migranten. Davon lasse sich auch der Minister leiten."

„Da macht sich aber einer einen schlanken Fuß. Stehen die Massen eines Tages vor der Tür, dürfen wir es ausbaden."

„Es ist trotzdem nicht zu begreifen", wollte es Zehrwald nicht bewenden lassen. „Unsere Partnergeheimdienste in Südeuropa haben uns schon vor Wochen darauf hingewiesen, dass sich aus dem Flüchtlingsschlamassel etwas zusammenbraut. Das weiß auch Krüger."

„Im Kanzleramt nennt man so etwas Politik auf Sicht. Bloß nicht über den Tag hinausdenken." Der sarkastische Ton von Schmidt signalisierte beiden Behördenchefs, das Thema am Telefon nicht zu vertiefen.

„Helfried, wir sollten mal wieder zusammen essen gehen."

„Einverstanden. Melde dich, wann es passt. Tschau." Schmidt legte auf. Er schob den Bürosessel zurück, trat vor den Schreibtisch und schritt auf die Wand links neben der Tür zu. Diese bedeckte zum großen Teil eine geopolitische Landkarte Europas. Schmidt fixierte den südöstlichen Sektor. Würden die Flüchtlinge erstmal Griechenland erreicht haben, hätten sie über den Balkan ungehinderten Zugang nach Zentraleuropa. Die Außengrenzen der Europäischen Union existierten auf Landkarten, waren in Navigationsgeräten gespeichert und bezeichneten den Machtbereich Brüsseler EU-Missionare. Doch eine Demarkationslinie für den notwendigen Schutzraum von Recht und Gesetz stellten sie nicht dar. Die fehlende Wehrfunktion offenbarte sich im Moment der Bedrohung. BKA-Präsident Schmidt wusste, es war bereits zu spät. Setzte der vermutete Marsch auf Europa über den Balkan ein, würde es Wochen, eher Monate dauern, dem unkontrollierten Zustrom einen Riegel vorzuschieben.

Er kehrte an den Schreibtisch zurück. Ihn trieb in diesem Zusammenhang noch ein anderer Aspekt um. Es entstanden bisher nicht gekannte Sicherheitsgefährdungen. Der Terror in der arabischen Welt ließ nicht nur Menschen ihr Heil in Europa suchen, der Terror selbst brachte Unheil über den Kontinent. Zu Beginn des Jahres hatten zwei extremistische Islamisten in Paris die Redaktion eines Satiremagazins gestürmt und elf Mitarbeiter sowie einen Polizisten selektiv und kaltblütig erschossen. Die später von der Polizei getöteten Terroristen waren französische Staatsbürger nordafrikanischer Herkunft. Infiziert von islamistischer Propaganda sahen sie sich ab einem bestimmten Zeitpunkt berufen, Ungläubige zu ermorden. Zumal sich ihre Opfer erdreistet hatten, den Propheten zu verhöhnen. Schmidt bewegte neben der Brutalität des Verbrechens insbesondere die terroristische Karriere der Täter. Den jungen Männern, inmitten der westlichen Gesellschaft aufgewachsen, fiel es irgendwann offenbar leicht, sich gegen ihre Lebensumwelt zu stellen. Sie entfremdeten sich im eigenen Land. Das Töten mit dem Segen von IS und Al-Qaida wurde zur Obsession. Welcher gefährliche Cocktail aus psychologischen, emotionalen und kultur-religiösen Zutaten wirkte so vergiftend, dass am Ende die Leben von elf Redakteuren eines Satiremagazins und eines Polizisten ausgelöscht waren?

Helfried Schmidt ist in seiner Karriere bei der Polizei mit zahlreichen Spielarten des Verbrechens konfrontiert worden. Ihm schwante, auf dem Feld der Terrorabwehr würde das Phänomen sich radikalisierender Muslime um Deutschland keinen Bogen machen. Unrühmliche Erfahrungen hatten die bundesdeutschen Sicherheitsbehörden in ähnlich gearteter Weise bereits vor

14 Jahren machen müssen. Seinerzeit stellte sich heraus, dass eine Spur der Attentäter des 11. September 2001 von New York nach Hamburg führte. Der mutmaßliche Kopf des Terrorkommandos, das die zwei Türme des World Trade Centers mit gekidnappten Passagierflugzeugen zum Einsturz brachte und rund 3000 Menschen in den Tod riss, lebte unauffällig in der Hansestadt und studierte beflissen Stadtplanung. Sein universitärer Betreuer zeigte sich hinterher fassungslos über das verborgene zweite Ich des Studenten aus Ägypten.

Eineinhalb Jahrzehnte später hatte die Terrororganisation IS dem Westen offen den Kampf angesagt, missbrauchten Hassprediger ungeniert Gebetshäuser, fluteten die Glaubenskrieger das Internet mit Anleitungen zu opferreichen Anschlägen gegen die westliche Kultur und deren zivilisatorischen Werte. Als großes Fragezeichen blieb, in welchen Gehirnen der giftige Propagandacocktail die heillose Wirkung entfaltete, dass unbescholtene Menschen zu Terroristen mutierten. Rechtzeitig darauf Antworten zu finden, brauchte es verdeckte Informanten. Fiete Last kannte sich als ehemaliger RAF-Terrorist mit Sprengstoff aus. Er besaß aber auch Erfahrungen, wie sich extremistische Netzwerke abseits des normalen bürgerlichen Alltags rekrutierten. Wie es gelang, Sympathisanten zum Mitmachen zu bewegen. Wo solche Kontakte entstanden. Mit welchen Methoden gearbeitet wurde, um absolute Konspiration zu gewährleisten. Er kannte in Hamburg eine Menge Leute in problemgeladenen Communities. Jedes geringste Anzeichen für radikalisierende Tendenzen in diesen Personengruppen war hilfreich, um Schaden von Deutschland abzuwenden. Schmidt beschloss, sich mit Fiete Last zu treffen.

Kapitel 6

Calli war gewohnt begierig gewesen. In ihrer sexuellen Lust schonte sie Ole nicht. Mit ziemlich weichen Knien sank er auf das Bettlaken. Nachdem er ein zweites Mal gekommen war, sich dabei in Callis knackige Pobacken verkrallend. Sie liebten es, den Sonntagvormittag ausschweifend mit intensivem Sex zu füllen. Die Gelegenheit bot sich immer dann, wenn Sohn Rico zu einem Auswärtsspiel mit seiner Fußballmannschaft beizeiten aus dem Haus musste. War die Spielsaison vorbei, schalteten Calli und Ole notgedrungen in den Modus spontaner Sex. Dreizehnjährig traf sich Rico mit seinen Kumpeln und Kumpelinen öfters und für länger in den Sport- und Freizeitzentren der Stadt. Zu Hause bei den Eltern zu chillen, war nicht mehr so spannend, und es galt unter den Teens als uncool.

„Na, mein Kämpfer, das hat deiner Calli gut getan." Sie rutschte an ihn heran, warf ihre langen schwarzen Haare über die rechte Schulter nach hinten und beugte sich über sein Gesicht. Calli schmiegte ihre Lippen sanft an die seinen. Der lange Kuss trug das Insigne einer Belohnung. Dann glitt ihr Kopf auf Oles linke Schulter. Sie hielten inne.

„Wie geht es eigentlich deinem Schulkumpel Erik und seinem Unternehmen inzwischen? Die Sanktionen gegen Russland scheinen sich nicht so schnell zu erledigen."

„Du denkst jetzt an Erik Klapproth", Ole klang zerknirscht. „Was soll ich denn davon halten?"

„Bestimmt nicht, was du dir eben ausmalst." Calli blickte kurz zu Ole hoch und grinste versöhnlich. „Aber im Ernst, er kann einem leidtun. Vor einem Jahr steigt er in die Firma ein und wenig später sperrt ihm die Politik den wichtigsten Absatzmarkt."

„Ich kann dich beruhigen, Erik und die Lenker GmbH sind noch existent." Den säuerlichen Unterton bekam Ole nicht unterdrückt. Doch das war rasch vorbei. „Der Boykott macht Erik erheblich zu schaffen. 90 Prozent des Umsatzes erwirtschaftete Lenker in Russland. Davon sind kaum zehn Prozent geblieben. Diese Lücke ist kurzfristig nicht zu schließen. Aber sie sind im arabischen Raum und in Lateinamerika an neuen Projekten dran."

„Wir könnten ihn mal zum Essen einladen. Was meinst du?" Calli stieg aus dem Bett. Im Angesicht ihrer atemberaubenden Nacktheit nagte die Eifersucht in Ole. Nur der Gedanke, Calli könnte für einen anderen Kerl Sympathien hegen, kochte das Blut auf. Calli blieb im Türrahmen stehen und sah zurück. „Du hast mir nicht geantwortet."

Wie aus einem Film gerissen stammelte Ole, „aber ja, ich werde ihn fragen, äh, ich werde ihn einladen."

Calli duschte gern und ausgiebig. Ole nutzte dies, sich über die neuesten Nachrichten zu informieren. Er griff nach der Fernbedienung. Im öffentlich-rechtlichen Fernsehen wetteiferten im Presse-Talk sich selbst am wichtigsten nehmende Qualitätsjournalisten darum, den anwesenden und natürlich geschätzten Kollegen und Kolleginnen die eigene Wichtigkeit nahezulegen. Sie übertrafen sich mal wieder darin, im Kaffeesatz zu rühren. Welche Folgen hat das gescheiterte Schottland-Referendum für die Londoner Politik? Zumal diese an einer Volksabstimmung Mitte 2016 festhielt, in der die Briten für den Verbleib in der Europäischen Union oder für den Austritt aus der Staatengemeinschaft votieren sollten. Ole schaltete nach wenigen Sekunden weiter auf einen deutschen Nachrichtensender. Dieser zeigte Live-Bilder aus dem Grenzgebiet zwischen Griechenland und Mazedonien. Ein Reporter des Senders weilte vor Ort und suchte in Worten zu schildern, was ohnehin auf dem Bildschirm unzweideutig zu sehen war. Ein Tross tausender Menschen schob sich unaufhaltsam über die griechische Staatsgrenze gen Norden. Niemand hielt sie auf, noch kontrollierte jemand sie. Auf mazedonischer Seite standen zahlreiche Reisebusse bereit, die von den zu Fuß anrückenden Grenzgängern bestiegen wurden. Der Reporter berichtete, die Busse seien vom mazedonischen Staat bereitgestellt worden. Sie sollten die Fremden auf schnellstem Weg zur nächsten Grenze transportieren, wo sie auf das Staatsgebiet von Serbien gelangten und von dort ihren Marsch nach Mitteleuropa fortzusetzen gedachten. Es wäre die Vorhut von einem Heer hunderttausender Kriegsflüchtlinge, die in Griechenland gestrandet und entschlossen waren, bis in die Wohlfahrtsstaaten Österreich, Deutschland und Schweden vorzudringen, betonte der TV-Mann.

Ole zappte auf den öffentlich-rechtlichen Sender zurück. Im Presse-Talk schienen der Moderatorin die Fragen auszugehen. Belastbare Fakten zu einem möglichen Brexit, dem Austritt Großbritanniens aus der Europäischen Union, gab es schlichtweg nicht. Wie auch. Über den Brexit war noch nicht entschieden. Ein vergleichbares Szenario und dessen Folgen hatte Europa bisher nicht erlebt. Es wurde trotzdem munter herumspekuliert, dem Gequassel der Schein von informativem Gehalt aufgedrückt.

Im Teletext des Senders suchte Ole vergeblich nach weiteren Informationen zu der Massenwanderung von Migranten nach Europa.

„Hat Rico gesimst, wie sie gespielt haben?“ Calli war in der Tür erschienen, in einem lachsfarbenen Bademantel. Auf dem Kopf hatte sie das Badetuch zu einem Turban gewickelt.

„Ich schaue gleich nach.“ Ole streckte den rechten Arm zum Nachttisch aus, auf dem das Smartphone lag. Stummgeschaltet. Er ertrug Anrufgebimmel bei der schönsten Sache der Welt nicht. Ricos SMS war vor einer halben Stunde eingegangen.

„Haben 3:1 gewonnen. Selbst ohne Tor. LG“

„Sie haben Schwerin 3:1 besiegt. Rico hat aber keinen Treffer erzielt.“

„Die Saison hat erst begonnen, er schießt noch seine Tore.“

„Du kennst ihn, er wird mindestens drei Tage mit sich hadern.“ Ole schwang sich aus dem Bett. Vor Calli blieb er stehen.

„Was fangen wir mit dem Rest des Sonntags an? Unseren Sohn werden wir vor 17 Uhr nicht sehen, die Mannschaft fällt garantiert auf der Rückfahrt bei McDonald's ein."

„Das letzte August-Wochenende sollten wir vielleicht nutzen, nach Warnemünde an den Strand zu fahren. Die Sonne lässt sich gut an." Calli deutete zum Schlafzimmerfenster hin. „Besser wird es dieses Jahr nicht mehr."

„Okay, ich beeile mich." Ole zog die Badtür hinter sich zu.

Auf der Stadtautobahn verriet dichter Verkehr, eine Menge Leute hatte sich auf den Weg ans Meer gemacht. Ole hoffte, für seinen dunkelblauen 5er BMW im Parkhaus am Kurhaus einen Platz zu finden. Er stellte den Wagen ungern auf der Straße ab. In dem Menschengewimmel im Ostseebad befürchtete er kleine Beschädigungen, die zu beseitigen in der Regel unnützen zeitlichen und bürokratischen Aufwand bedeutete. Calli saß entspannt neben ihm. In einem weißen Top und einem kunterbunten Sommerrock, den sie sich aus Spanien mitgebracht hatte. Sie trug eine große Sonnenbrille. Es schien, sie düsten geradewegs in den Urlaub. Der Sprecher des lokalen Privatradios Seestern FM leitete am Ende der 13-Uhr-Nachrichten zum Wetterbericht über. In den kommenden Stunden verhieß er weiter Sonnenschein und angenehme Temperaturen um die 25 Grad Celsius.

„Hast du das eben gehört, auf dem Balkan marschieren Flüchtlinge aus dem Nahen Osten in Scharen über die Grenzen. Die ersten Tracks sind bereits bis nach Ungarn gelangt." Calli richtete sich auf. Warnemünde kam in Sicht.

„Im Fernsehen gibt es erste Filmberichte bei den privaten Nachrichtensendern. Die Menschen laufen querfeldein über die grüne Grenze."

„Wo wollen die denn alle hin?" Calli interessierte sich wenig für Politik, schon gar nicht für größere geopolitische Zusammenhänge. Wo Krisen fernab von Europa entstanden, wer sie auslöste und welche Folgen diese zeitigten, darüber strengte sie keine

Gedanken an. Sie vertraute in ihrem Urteil lieber den Medien. Dort ergossen sich die Berichte und Nachrichten vorzugsweise in Schwarz-Weiß-Raster. Das erwies sich für beide Seiten als bequem. In der Penetranz, wie dies seit Jahren tendenziös in den öffentlich-rechtlichen Radio- und TV-Sendern zugenommen hatte, sah Ole den Tatbestand kalkulierter Meinungsmache. Callis naive Frage wunderte ihn nicht.

„Wo wollen die wohl alle hin?“, entgegnete Ole fast spöttisch. „Erinnerst du dich an diese grausige Sache vor drei Tagen in Österreich, wo über 70 erstickte Migranten in einem verschlossenen Kühltransporter entdeckt wurden? Diese Frauen und Männer waren von skrupellosen Heilsversprechern auf die Reise geschickt worden ins gelobte Land.“

„Du meinst, die wollten nach Deutschland?“

„Österreich wäre wahrscheinlich auch passabel gewesen. In den Herkunftsländern stehen wir, die Össis und die Schweden ganz oben auf der Wunschliste. Zumal hier häufig bereits Verwandte und Bekannte leben. Die Schweden haben in den 1980er-Jahren viele Iraker und Iraner ins Land gelassen, die vor dem Krieg zwischen ihren Ländern flohen.“

„Dann ist es nur eine Frage der Zeit, bis der Flüchtlingsstrom Deutschland erreicht.“

„Davon darfst du ausgehen. Und das wird das Geschäft der Schleusermafia befeuern. Deutschland ist nicht unerreichbar.“

Der BMW bog in das Parkhaus am Kurhaus. Ole musste ihn bis in das zweite Untergeschoss steuern. Das ließ um einen guten Platz am Strand fürchten. Hinter Promenade und Düne öffnete sich bis zur Ostsee ein Raum, in dem bestehende Grenzen im zivilen Zusammenleben aufgehoben waren. Mit Ausnahme beim kommerziellen Strandkorbverleih konnte niemand einen sandigen Flecken für sich reklamieren. Einzig zählte, sich darauf als Erster niedergelassen zu haben. Am nächsten Tag war die schnelle Platzwahl neu eröffnet. Auch nutzte einem am Strand die eigene gesellschaftliche Stellung jenseits der Düne nichts. Jeder Badegast wurde auf den nackten Status Mensch zurückgesetzt. Die Leute nahmen es freiwillig hin. Indem sie sich ihrer Kleider entledigten, zum Teil vollständig, streiften sie für die Zeit am Meer die ästhetischen und sittlichen Gebote des öffentlichen Alltags weitgehend ab.

Ole suchte seit den Sommertagen der Jugend, an denen er sich mit Schulfreunden regelmäßig am Warnemünder Strand traf, eine Antwort auf die Sehnsucht der Menschen nach dem großen Wasser. Diese zu entschlüsseln, war ihm nicht gelungen. Was bewegte Bürger quer aller sozialen Schichten dazu, sich völlig unbeschwert und vorbehaltlos ausgerechnet und ausschließlich am Strand zu begegnen? Folgten sie einem Urinstinkt? Vom Meer ging eine gewaltige Sogwirkung aus. In jedem Wellenschlag war die grenzenlose Energie dieses unbändigen Universums zu spüren.

Die Menschen stürzten in die Fluten, um sich von dieser Energie tragen zu lassen und sich für den Moment von den Fesseln des irdischen Daseins zu befreien. Schwebend auf dem Wasser verlor das Gesetz der Schwerkraft spürbar an Wirkung. Weiter draußen, fernab vom Land, erstarb jegliche Kommunikation. Mit jedem Schwimmzug zum Horizont wurde das Stimmengewirr auf dem Strand dünner, bis schließlich nur das Wasser zu hören war. Ole liebte es, hinauszuschwimmen und sich rücklings treiben zu lassen. Das verführerische Blau des Himmels und die sanfte Wiege des Meeres gewährten eine schöne Illusion. Diese aber barg eine böse Botschaft. Der trügerische Frieden konnte unvermittelt kippen, der winzige Mensch von entfesselten gewaltigen Kräften hinweggerafft werden. Das aufgeheizte Sommerfirmament entlud urplötzlich unbeherrschbare Energien, binnen Minuten peitschte sich das Meer auf und riss alles und jeden mit sich, dessen es habhaft werden konnte.

Ole traute auch dem scheinbar intakten Frieden in der Gesellschaft nicht. In der schweren Finanzkrise 2008/09 hatte er auf den Echtzeit-Computergrafiken und endlosen Zahlenbändern der Börse miterlebt, wie sich der verheerende Sturm von bodenlos tief fallenden Kapitalwerten erhob. Nichts konnte diesen bändigen. Im Investment-Center der Hanseatischen Vereinsbank schauten alle paralysiert auf die Kursverläufe. Der Sturm raste durch das global vernetzte Finanzsystem und hinterließ in den Wertetabellen der Banken eine Schneise der Verwüstung. Es kam einer glücklichen Fügung gleich, dass Millionen Menschen, die gemeinhin von den Finanzjongleuren als Kleinanleger und Sparbuch-Sparer geringgeschätzt wurden, ebenso von der Schockwelle erfasst wurden. Die extreme Gefahr eines nahen Zusammenbruchs des Bankensystems nicht wahrhaben wollend, und damit auch nicht den real möglichen Verlust alles Ersparten, vertrauten sie tatenlos der Kanzlerin, dem Finanzminister und dem lieben Gott. Ein panikartiger Run auf die Geldautomaten hätte in Deutschland einen monetären Notstand ausgelöst. Mit unabsehbaren Folgen nicht allein für die Kreditinstitute, sondern auch für das gesamte gesellschaftliche Gefüge. Wie eng es war, sickerte wenige Wochen später durch. Die Vorräte an Bargeld in Deutschland deckten am Tag eins der Krise lediglich ein Drittel der gebuchten Einlagen der Bürger ab.

„Eh, lass' das, das ist fies." Calli empörte sich. Ole hatte sich herangeschlichen und seine triefenden Haare über ihren Bauch ausgeschüttelt.

„Wie ein nasser Hund", setzte sie gallig nach. Sie war sauer.

Ole legte sich auf den Rücken neben sie. Ohne sich abzutrocknen. „Sorry, aber die Ostsee ist echt erfrischend." Er schloss die Augen.

„Das habe ich gemerkt." Mit der rechten Hand wischte sie sich die Tropfen vom Körper.

„Sag' mal, bist du mit unserem Leben zufrieden?", fragte Ole unvermittelt.

„Packst du jetzt deinen Schwerenöter aus?"

„Mir gibt diese beängstigende Unruhe in der Welt zu denken. Dir nicht?"

„Das ist doch alles weit weg."

„Das Elend ist im Begriff, sich zu Fuß nach Europa auf den Weg zu machen."

„Und wenn, verstehen kann man es. Bei uns finden die Menschen wenigstens Schutz und wir können ihnen helfen. Wer weiß, wo unsere Spenden in Syrien oder im Irak versickern."

„Mag so sein. Die Flüchtlinge aus dem Balkankrieg Anfang der 1990er-Jahre haben wir auch verkraftet. Trotz des Tohuwabohus der deutschen Einheit."

Ole verspürte in der zunehmenden Hitze der Sonnenbestrahlung keine Lust, das Thema auszudehnen. Eines hätte er aber gern gehört. War Calli mit ihm, mit dem Leben, das sie führten, glücklich? „Verkraftest du mich eigentlich noch?"

Er erwischte sich zuweilen bei dem Gedanken, alles in Frage zu stellen. Die Tage plätscherten dahin. Existenziell existierte kein Druck mehr. Sie liebten sich, sofern das sexuelle Verlangen die einstige Leidenschaft kompensierte. Andere Gemeinsamkeiten gewannen an Gewicht. Vertrautheit, Verlässlichkeit, Vermähltheit. Indes drangen neuartige pseudowirkliche Probleme in ihren Ehealltag, drohten einen Keil in sie zu treiben. So schwor Calli seit geraumer Zeit auf Fair-Trade-Produkte, wobei für die Qualitätsauswahl einzig das Siegel ausschlaggebend war. Genauso hielt sie es mit regionalen Erzeugnissen. Neuerdings schränkte sie sich sogar beim Verzehr von Fleisch ein. Ole gewann diesem „Spleen", wie er meinte, nichts ab. Der missionarische Eifer, den Zeitgenossen bei der Ernährung entwickelten, widerstrebte ihm. Er aß, um satt zu werden. Den Rummel um die Ernährung, der sich in unzähligen TV-Kochsendungen und Kochbüchern manifestierte, betrachtete er als dekadenten Auswuchs einer gesättigten Wohlstandsgesellschaft. Wirklichen Hunger interessiert es nicht, woher das Fressen stammte, ob es fair gehandelt wurde und ob es die Darmflora schonte. Mit dieser Auffassung eckte er im Bekanntenkreis hin und wieder an. Ihn wunderte, mit welcher unnachgiebigen Vehemenz und mentalen Verhärtung sich vegetarisch oder vegan Ernährende ihre Position als allein glückseligmachend propagierten. Der gesunde Appetit wurde konventionellen Essern nicht nur vergällt, diese gerieten in die Lage, sich dafür rechtfertigen zu müssen. Dieser kulinarische Radikalismus stieß Ole zunehmend auf. Mit Calli häuften sich die Ernährungsdebatten bei Tisch.

Ein böiger Wind wirbelte den Strandsand auf. Ole hasste die Körnchen zwischen den Zähnen.

„Was willst du hören", antwortete Calli spitz.

Ole drehte sich ihr zu und stützte sich auf den linken Ellenbogen. „Wollen wir etwas Verrücktes machen?"

„Was schwebt dir vor?"

„Wir könnten uns zum Beispiel ein Wohnmobil mieten und kreuz und quer durch Europa touren."

„So etwas findest du verrückt? Hast du mal gezählt, wie viele Wohnmobile an der Küste umherkurven?" Calli blickte nicht erbaut über die Idee.

„Nö."

Ole fiel auf den Rücken zurück. Seine Frau hatte sich eingerichtet. Eine gut laufende Zahnarztpraxis, regelmäßige Beauty- und Fitness-Termine, Schickmicki in Rostock. Vielleicht sollte es so sein. Wo war die Alternative?

„Gut, dann machen wir nachher erstmal etwas weniger Verrücktes. Wir gehen in die Broiler-Bar im Neptun-Hotel."

„Dort waren wir lange nicht. Sehr gut."

„Irgendwie crazy. Das sozialistische Hähnchen schmeckt noch immer." Ole blinzelte in den wolkenlosen Himmel. Mit einer Hand schirmte er die Augen vor der blendenden Sonne ab.

Kapitel 7

Helfried Schmidt saß am Schreibtisch im Dachgeschoss seines Hauses. Ein älteres, schweres Möbelstück, geerbt vom Vater. Dieser wiederum hatte es von einem Onkel ergattert. Das dunkle Holz verlieh dem schnörkellos gestalteten Schreibtisch optisch eine Mächtigkeit. Wovon niemand außer der Eigner Kenntnis hatte, rechts direkt unter der Tischplatte gab es ein schmales Geheimfach. Getarnt durch eine streichholzschachtelhohe Blende verfügte es über keinen Knauf wie die anderen Schubfächer darunter. Es öffnete sich durch einen Drehmechanismus. Ein kräftiger Fingerdruck am linken Rand löste einen Federverschluss und das Fach in Form eines Viertelkreises drehte sich heraus. Schmidt deponierte darin lediglich eine unscheinbare Pappschachtel. Diese enthielt ein Prepaid-Handy. Sein drahtloser Kontakt zu Fiete Last. Es war längere Zeit unbenutzt geblieben. Er nahm es heraus und verkabelte es mit einer Steckdose. Der BKA-Chef hatte sich in sein privates Refugium zurückgezogen. Hier war er umzingelt von unzähligen Büchern. Schmidt las gern und viel. Am liebsten Biografien und Abhandlungen über prägende Persönlichkeiten der Geschichte. Politiker, Despoten, Heerführer, Entdecker, Künstler. In einer aktuellen, ziegelsteindicken Stalin-Biographie, die griffbereit vor ihm lag, hatte er sich durch die ersten 100 Seiten gekämpft.

Ehefrau Ella würde ihn in den nächsten zwei Stunden ungestört lassen. Sie frönte ihrer Lieblingsbeschäftigung, der Gartenarbeit. Das Grundstück umfasste gut 1000 Quadratmeter Grünfläche, gelegen am Seddinsee in Schmöckwitz. Eine Naturoase am südöstlichen Rand Berlins. Seit er den Posten des BKA-Präsidenten bekleidete, pendelte er für mehrere Tage in der Woche nach Wiesbaden zum Hauptsitz des Bundeskriminalamtes. Er nutzte aber weiter die Dienststelle in Berlin, wo er viele Jahre zuvor tätig war. Das Haus in Schmöckwitz aufzugeben, kam für

Schmidts nicht in Frage. Ella arbeitete als Sekretärin in der Verwaltung der Berliner Verkehrsbetriebe. Es drängte sie nicht nach einem Jobwechsel.

Das Lebenszeichen des Handys, das Display leuchtete nach den ersten Stromschüben hell auf, nutzte Schmidt zum Check eingegangener Anrufe und SMS-Nachrichten. Nichts. Fiete Last hielt sich seit mehr als einem Jahr bedeckt. Die letzten Tipps von ihm hatten Erkenntnisse erhärtet, dass sich die Drogenszene in Hamburg neu sortierte und ihre Vertriebskanäle weit nach Osteuropa verlängerte. Schmidt hatte nicht mehr nachgehakt. Er begann eine SMS an seinen Informanten zu formulieren.

„Hallo Fiete, es ist notwendig, uns zu treffen. In Luxemburg. Wo genau und wann, folgt später. Bitte quittieren. Gruß HS“

Schmidt lud das Handy vollständig auf. Danach verschwand es im drehbaren Geheimfach. Fiete würde nicht sofort antworten. Es könnten Tage vergehen. Sie pflegten keinen Turnus.

Das altehrwürdige Grand Hotel „Cravat“ umspannte halbrund eine Straßenecke inmitten der City von Luxemburg, am Boulevard Franklin D. Roosevelt. Schräg gegenüber ragte die „Goldene Frau“, das Nationalmonument des Großherzogtums, auf einer hohen Säule stehend gen Himmel. Hinter den grauen Balustraden des Place de la Constitution brach das Plateau der Stadt steil ab in die grüne Schlucht des Vallée de la Pétrusse. Dieses bildete ein parkähnliches Areal. Die Wege waren bei Läufern und Spaziergängern beliebt, aber auch ein verschwiegener Ort im lebendigen Treiben der luxemburgischen Hauptstadt. Schmidt fuhr vom Flughafen mit dem Bus bis in eine Seitenstraße nahe dem Hotel. Er hatte sich offiziell zu einer Privatvisite nach Luxemburg abgemeldet. Für Ella weilte er dienstlich dort. Fiete Last wollte er am Abend im Foyer des „Cravat“ treffen.

Das Hotel schien aus der Zeit gefallen zu sein. Im Gebäude war in einem Stilmix der Charme des 20. Jahrhunderts konserviert. Schwere Sessel und Doppelsitzer, flache Tische mit goldfarbenen Füßen, orientalische Teppiche auf marmornem Boden und etliche große Grünpflanzen verliehen dem Foyer das Ambiente eines mondänen Clubs, in dem sich Rentiers, Pensionäre und Mitglieder des Establishments zum Fünfuhrtee oder zu einer Partie Bridge einfanden. Schmidt hätte es nicht verwundert, wenn der berühmte frankofone Kommissar Maigret jeden Moment hereingekommen wäre, um einen Mordfall in einem der Hotelzimmer aufzuklären. Zu diesen führte der Klassiker aller Fahrstühle. Ein dunkelgrün-goldgerahmter Lift mit einer schweren Tür, auf der schwungvolle Ornamente prangten. Hinter dieser befand sich ein ziehharmonikaartiges Gitter, mit dem die Kabine geöffnet und verschlossen wurde. Um den Fahrstuhlschacht wand sich der Treppenaufgang. In unzähligen alten Kriminalfilmen lieferten sich Verbrecher und Kriminalbeamte, die einen fahrend im Lift, die anderen im Laufschritt auf der Treppe, inszenierte Verfolgungsjagden. Fuhr der Mörder nach unten, stürmten die Polizisten nach oben. Im „Cravat" der Gegenwart hatte der Gast die Wahl, den Fahrstuhl ins vorige Jahrhundert zu nehmen oder nur wenige Meter abseits davon in einen modernen Lift zu steigen. Grell beleuchtet und abgeschottet von Maigret im Treppenhaus. Schmidt fuhr mit dem neuzeitlichen Fahrstuhl in die 3. Etage. Von seinem Zimmer blickte er auf das Vallée de la Pétrusse, das Luftlinie wenige hundert Meter entfernt von der hohen Adolphe-Brücke überspannt wurde. Bis 18 Uhr verblieben zwei Stunden. Schmidt streckte sich auf dem breiten Bett aus. Kaum dass er lag, versank er in einen tiefen Kurzschlaf.

Fiete Last übernachtete ebenfalls im „Cravat". Von Hamburg war er mit dem Auto angereist. Den betagten schwarzen Saab 900 hatte er sich von einem Bekannten geborgt, der in der Hansestadt einen kleinen Mietwagen-Service betrieb und nebenbei mit Drogen dealte. Der schwedische Wagen wies bereits mehr als 150.000 Kilometer auf dem Tacho aus, doch er schaukelte ihn zuverlässig über die rund 600 Kilometer Autobahn bis nach Luxemburg. Unmittelbar vor 18 Uhr schob Fiete das Eisengitter des Nostalgie-Lifts beiseite und betrat das Foyer. Er grüßte flüchtig den Concierge an der Rezeption, der müde lächelte. In der Clubecke des Foyers saß ein älterer Herr. Im massiven Sessel wirkte er zwergenhaft. Genüsslich zog er an einer frisch angezündeten Zigarre und studierte das Luxemburger „Tageblatt". Last atmete den Zigarrensmoke im Vorbeigehen tief ein. Der Tabak roch würzig. Beide Männer nickten sich zu. Schmidt war noch nicht da. Fiete wählte einen Platz nahe der hohen Fenster, von wo er das Treiben auf dem Place de la Constitution beobachten konnte. An der Säule mit der „Goldenen Frau" wimmelte es vor Touristen. Reisebusse fuhren vor, Stadtrundfahrten starteten von dem zentralen Punkt.

Fiete trug, für ihn ungewöhnlich, ein feinkariertes rostfarbenes Jackett, darunter ein dunkelgrünes Hemd. Zudem eine schwarze Jeans und hellbraune Halbschuhe. Seine länglichen dünnen Haare hielt ein schmales Gummiband in einem mickrigen Zopf zusammen. Braungefärbte Brillengläser versteckten die Augen. Der ewige Flower-Power-Boy war in das Outfit eines Gentlemans geschlüpft, den der Herr mit der Zigarre vermutlich im Antiquitätenhandel oder im Showbiz verortete. Fiete, inzwischen 53 Jahre alt, fühlte sich in dem Aufzug gar nicht unwohl. Er würde gern dazugehören, zu den Menschen, die sich auf dem Place de la Constitution unbekümmert bewegten, mit ihren Smartphones den Platz und das umgebende Relief des historischen Luxemburg fotografisch abtasteten. Wieder auftauchen in einem Leben ohne Selbstverleugnung, ohne erdichtete Vita, ohne Fahndungsdruck, ohne Drogen. Mit zunehmendem Alter bedrängte ihn die Begrenztheit des eigenen Seins. Jede Horrormeldung vom Tod seiner einstigen Heroen wie dem Reibeisen Joe Cocker, der im Dezember 2014 verschied, oder Deep-Purple-Keyboarder Jon Lord, der im Juli 2012 für immer abtrat, erhöhte den Druck. Er wusste nicht, was Helfried Schmidt von ihm wollte. Über dem Treffen in Luxemburg schwebte ein großes Fragezeichen. Allein der Ort fiel aus dem üblichen Rahmen ihrer Kontakte. Gleich, um was es ging. Last war entschlossen, Schmidt zu bitten, ihm einen Ausweg, einen Ausstieg zu ermöglichen. Als BKA-Chef sollte er über genügend Einfluss und Macht dazu verfügen.

Schmidt stand plötzlich neben ihm. Fiete schaute irritiert zu ihm auf. Sein langjähriger Kontaktmann präsentierte sich, als würde er zu einer Runde Golf aufbrechen wollen. In heller Leinenhose, blauem Polohemd und einem beigen Pulli, den er sich über die Schulter gehängt und dessen Ärmel er vor der Brust lose verknotet hatte, war ihm Schmidt zuvor nie begegnet.

„Hallo Fiete." Helfried streckte die Hand vor.

Last hievte sich aus dem Ledersessel. „Hallo Helfried."

„Schön, dass du es einrichten konntest. Wie ich mitbekommen habe, bist du ziemlich beschäftigt." Schmidt grinste und schlug mit der rechten Hand gegen Fietes linken Oberarm. Was so viel hieß wie „schon gut."

Last verstand und schwieg.

„Lass' uns etwas essen gehen. Nicht weit von hier, in der Nähe des Place d'Armes, gibt es einige gute Restaurants. Französische Küche oder italienische. Aber auch Deftiges. Es wird sich was Passendes finden."

Die französischen Meister impressionistischer Malerei, etwa Monet, Renoir oder Degas, hätten auf dem Place d'Armes ihre Freude gehabt an unzähligen Eindrücken und Motiven, die es lohnte, mit dem Pinsel festgehalten zu werden. Den Platz säumten Restaurants avec cuisine raffinée. An dem spätsommerlichen Freitagabend herrschten wohlige Temperaturen auf dem Terrain. Die vielen Stühle draußen bevölkerten gut gelaunte plaudernde Menschen. In den Sonnenstrahlen blitzte auf den Tischen der Wein in den Gläsern. Schmidt und Last blieben stehen und fingen für einen Augenblick die romantische Atmosphäre ein. Die Suche nach zwei freien Plätzen erwies sich als schwierig. Ein geschäftstüchtiger Kellner in dem Restaurant „l'Académie" überzeugte mit breitem Lächeln ein junges Pärchen, den teilbaren Vierertisch, an dem sie saßen, auseinander zu stellen. Von dem Zweiertisch konnten Schmidt und Last das Geschehen auf dem Platz gut überblicken. Sie selbst waren direkt vor der Front des Restaurants nicht sofort auszumachen.

„Wie wäre es mit einem Rotwein?" Helfried fragte vorsichtig.

„Meinetwegen, aber ich kenne mich nicht aus, welcher gut ist und welcher nicht?"

„Ich wäre für einen Chianti Classico von 2012."

Schmidt tippte auf die Stelle in der Karte, an der der Rotwein vermerkt war. „Er stammt aus der Toskana, ein kräftiger Tropfen."

Fiete mochte dazu nichts sagen. Er kannte keinen Wein näher. Die Sorten in den billigen Pullen, die er zuweilen mit Freunden in Hamburg und gelegentlich mit Strähter und Paroso leerte, unterschieden sich geschmacklich kaum. Aber sie hellten die Stimmung auf.

Helfried Schmidt deutete das Schweigen als Einverständnis. „Mir wäre nach einer Vorspeise. Dir auch? Es war ein langer Tag."

Fiete hatte sich bereits entschieden. „Die Tomatencremesuppe mit Parmesansplitter wäre okay. Danach bin ich für die gebratene Dorade mit Kürbis-Ravioli"

„Aja, der Norddeutsche kommt nicht los vom Fisch", scherzte Schmidt.

Er bestellte Pilz-Pasta mit Preiselbeeren.

„Fiete, ich benötige Hilfe. Aber diesmal nicht bei diesen Scheißdrogen. In Deutschland baut sich ein neues Problem für uns auf, aber auch für den Verfassungsschutz und die Bundespolizei."

„Das hört sich aber gewaltig an."

„Ist es im Grunde auch. Die Terrorgefahr in Europa wächst rasant wie ein aggressiv streuendes Krebsgeschwür. Der Anschlag auf das Satiremagazin in Paris war nur der Auftakt. Und der ferngesteuerte Terror dieser Islamfaschisten wird Deutschland nicht verschonen. So viel steht fest, auch wenn das in der Politik niemand gern laut sagt."

„Das ist aber nicht mein Revier?" Fiete zog die Augenbrauen zusammen.

„Unser Problem besteht darin, bevor ein Fanatiker zuschlägt und somit aus der Deckung kommt, wissen wir nicht, hinter welcher Wohnungstür sich dieser jemand mit IS-Propaganda zudröhnt und schließlich beginnt, sich die Utensilien für eine Bombe zu besorgen."

Der Kellner trat heran und schenkte Schmidt den Probeschluck ein. Dieser nickte zustimmend.

Fiete sah an dem Kellner vorbei auf den Place d'Armes. Die Menschen dort verschwendeten keinen Gedanken an den Terror. Sie fotografierten, lachten, aßen Eis, küssten sich. Einige hielten Flyer in der Hand, denen sie Informationen zur Geschichte Luxemburgs entnahmen, sich orientierten. Die RAF hatte auserkorene Personen liquidiert, auch wenn unschuldige Opfer, etwa die Männer vom Personenschutz, brutal einkalkuliert wurden. Der islamistische Terror machte sich in aller Regel nicht die Mühe, auf bestimmte Individuen mit Namen und Adresse abzuzielen. Maßstab sind eine möglichst hohe Zahl an Opfern, bevorzugt Ungläubige, und ein Höchstmaß an Angst und Schrecken. Im öffentlichen Raum lauerte die Bedrohung überall. Die Männer stießen an.

„Wir gehen allen erdenklichen Hinweisen nach. Diese kommen auch aus dem Ausland herein, so dass wir etliche Verdächtige auf dem Schirm haben, sie telefonisch und im Internet überwachen. Doch wir müssen viel stärker in relevante Gruppen und Szenen hineinfühlen, um Gefahrenpotenziale frühzeitig identifizieren und entschärfen zu können."

„Moscheengänger bin ich nicht und um nordafrikanische Dealer mache ich einen großen Bogen. Den Kerlen traue ich nicht."

„So ist es nicht gemeint. Du kennst in Hamburg und in den Szeneecken eine Menge Leute. Da existieren unzählige Querverbindungen und Kontakte. Das muss ich dir als RAF-Veteran nicht erklären. Für uns wäre es hilfreich, wenn es Anzeichen für Anwerbungen gibt von radikalen Islam-Bewegungen, oder wenn sich wer interessiert für Waffen und Sprengstoff. Jedes Fitzel solcher Informationen könnte Erkenntnisse an anderer Stelle ergänzen und ein Lagebild abrunden. Die Prämien würden sich an der Wertigkeit der Tipps bemessen."

Fiete stellte das Weinglas ab. Helfrieds letzter Satz ließ ihn aufhorchen. Der Chianti hob sich merklich von den Billigweinen ab. Er berührte ungewohnt intensiv die Geschmacksnerven. Nur wollte sich Last nicht erschließen, weshalb dies den heftigen Preisunterschied rechtfertigen sollte. Die Flasche war in der Karte mit 32 Euro ausgewiesen.

„Was bedeutet das konkret mit den Prämien?"

„Für Informationen, die größere Anschläge vereiteln helfen, reichen wir größere Summen aus. Auf den Wanted-Plakaten im Wilden Westen richteten sich die Belohnungen auch nach der Exklusivität der gesuchten Köpfe."

„Wie weit geht ihr?"

„Sechsstellig könnte es im Fall des Falles schon sein."

„Klingt gut." Fiete griff nach dem Glas und prostete Schmidt zu. Er verkniff es sich im gleichen Moment, nach der Gelegenheit für einen Ausstieg zu fragen. Diese hatte der BKA-Chef ihm soeben offeriert. Es wäre unklug gewesen. Schmidt hegte selbstredend wenig Interesse, seinen vertrauten Informanten schnell loszuwerden.

Am nächsten Morgen im 200 Kilometer entfernten Köln. Bodo Zehrwald hatte sich für gewöhnlich am Sonnabend den Wecker auf 8.30 Uhr gestellt. An diesem 5. September 2015 schrillte bereits eine halbe Stunde früher das Haustelefon. Der Präsident des Bundesamtes für Verfassungsschutz glaubte zunächst, den Telefonalarm geträumt zu haben und drehte sich im Bett zu seiner Frau Angelika um. Sie schlief fest und unbeeindruckt von dem Gebimmel, das aus dem Arbeitszimmer im Erdgeschoß in den ersten Stock drang. Beim zweiten Intervall warf Zehrwald die Bettdecke zurück, stieg in die Hauslatschen und eilte nach unten. Am Telefon war der Diensthabende des Bundesamtes. Der Innenminister habe eine dringliche Telefonkonferenz anberaumt. Zu um 11 Uhr. Zehrwald bat, der Fahrdienst möge ihn eine Stunde vorher von zu Hause abholen. Was sei denn eigentlich passiert, dass der Minister am Sonnabendvormittag die Runde der Sicherheitsbehördenleiter zusammentrommelt, wollte Zehrwald wissen. Der Diensthabende war im Begriff aufzulegen.

„Sie wissen nicht?", fragte er ungläubig.

„Sagen Sie schon."

„Das Ministerbüro sagte, einziges Thema wäre die neu entstandene Situation an der Grenze zu Österreich."

„Was habe ich denn da verpasst?"

„Die Ungarn haben die in Budapest aufgehaltenen Flüchtlinge weiter nach Österreich verfrachtet, und die kommen jetzt bei uns rein."

„Waaas?" Zehrwald glaubte an diesem Morgen zum zweiten Mal, nur geträumt zu haben. Die eruptive Lautstärke seiner Frage riss ihn in die Realität und gebot ihm, sich zu zügeln. Es strengte ihn an.

„Haben Sie vielen Dank, bis später."

Bodo Zehrwald starrte über den Schreibtisch hinweg aus dem Fenster. Die rechte Hand schob er bedächtig auf seinem runden Schädel nach hinten. In der Handinnenfläche spürte er jedes einzelne, auf Stoppellänge gestutztes Haar. Das Gegen-den-Strich-bürsten beruhigte. Zehrwald schaltete den Fernseher ein. Auf den Informationsbändern der Nachrichtensender lief die Eilmeldung, Deutschland lässt Tausende Flüchtlinge ins Land. Er hatte sich seine Nerdbrille aufgesetzt. Bilder wurden gezeigt von Zügen, die in den Münchener Hauptbahnhof einfuhren, aus denen eine unübersichtliche Menge fremdländischer Menschen flutete. Was bedeutete das? Der Geheimdienstler, der in Pragmatismus und zupackender Art so gar nicht dem klischeebehafteten Bild des Chefs einer Bundesbehörde entsprechen wollte, begriff es sofort. Da strömten Heerscharen von Menschen ins Land, denen hilfsbereit das Pflaster Flüchtling aufgeklebt wurde, ohne jedoch mit Gewissheit sagen zu können, woher sie wirklich kamen. Wo hatten sich diese Massen zusammengeballt und von wo waren sie herbeigeströmt, bevor sie sich in Marsch setzten?

Ihm war auf den ersten Bildern aus München aufgefallen, sehr viele der ankommenden Menschen erschienen nicht verelendet und erschöpft, wie es gemeinhin Kriegsflüchtlinge sind, die einzig ihr nacktes Leben und das, was sie auf dem Leib trugen, retten konnten. Stutzig machte ihn auch, den überwiegenden Teil der Flüchtlinge bildeten keine Mütter mit Kindern und Alte, sondern junge Männer im wehrpflichtigen Alter. Die meisten gekleidet in trendigen Klamotten, die in modernen Gesellschaften das Bild prägten. Viele hantierten mit Smartphones. Zehrwald schrieb das dem Umstand zu, dass Mobilfunkgeräte auf den Basaren der arabischen Welt heutzutage zu den begehrtesten Handelswaren gehörten. Aber warum duckten sich einige dieser Burschen reflexartig weg oder zogen die Kapuze tief ins Gesicht, wenn sie Pressefotografen oder eine TV-Kamera bemerkten. Warum sollte ihr Gesicht unerkannt bleiben? Hatten sie etwas zu verbergen?

Zehrwald verabschiedete sich von seiner Frau nicht ohne zu erwähnen, diesen Sonnabend müsste sie allein verbringen. Es würde mit Sicherheit sehr spät werden. Auf der Fahrt ins Büro in der Kölner Zentrale des Bundesverfassungsschutzes versuchte Zehrwald, telefonisch Helfried Schmidt zu erreichen. Im Bundeskriminalamt erfuhr er, der Präsident sei an diesem Wochenende in privater Angelegenheit abwesend. Er werde bei der Telefonkonferenz mit Bundesinnenminister Volker Abraham von einem seiner Vizepräsidenten vertreten.

Der Minister gab sich betont sachlich. Kanzlerin Regina Hertel habe in der Nacht entschieden, aus humanitären Gründen die Einreise der in Ungarn gestrandeten Flüchtlinge nach Deutschland zu genehmigen. Ohne Einreisepapiere und Visa, wie sie für Nicht-EU-Bürger ansonsten erforderlich sind. Es handele sich um eine Ausnahmesituation. Alle Sicherheitsbehörden wurden angewiesen, mit den betreffenden bayerischen Landesbehörden in Kontakt zu treten und jede mögliche Unterstützung zu gewähren, die notwendig werden könnte. Er blieb dabei schwammig. Zehrwald verwunderte obendrein, das Thema Sicherheit wurde lediglich am Rande erwähnt.

Kapitel 8

„Der Glühwein schmeckt nicht wie sonst." Erik Klapproth stellte den heißen Plastebecher zurück auf den schmalen Holztresen. Es war zugig in der Baude auf dem Rostocker Weihnachtsmarkt. Von zwei Seiten strömten Leute herein oder zogen weiter zum nächsten Imbiss, zur nächsten Glühwein-Tanke, zum nächsten Rummelstand. Erik Klapproth und Ole Dormark hatten sich vor dem kühlen Wind auf dem Neuen Markt in die provisorische Hütte geflüchtet. Sie trafen sich seit ihrem Wiedersehen vor einem Jahr regelmäßig. Nicht der alten Zeiten wegen. Sie suchten die Begegnung, weil diese ihnen mehr und mehr Zufluchtsort wurde. Wo sie offen und ohne Schere im Kopf reden konnten. Ole schob den Glühwein ebenfalls auf den Tresen. Er bewegte Zunge und Lippen im Stil eines Geschmacktesters. „Was soll da anders sein? Das Zeug ist Standardpunsch, aber trotzdem süffig."

„Es liegt nicht an dem Weihnachtstrunk." Auf Eriks Stimme lastete eine Ole erstaunende Bedrückung, in der unterschwellig zynische Töne nicht zu überhören waren. „Wir stehen hier, wie all die anderen auch", Erik sah ausladend in die Gesichter ringsum, „schlürfen uns einen an und vor kaum zwei Wochen haben ein paar Penner in Paris wahllos Menschen über den Haufen geschossen, die sich ebenso amüsieren wollten bei gutem Essen und Wein, bei guter Musik."

„Schlimme Sache. Was mich aber dabei anstinkt, dass wir seit Wochen und Monaten verarscht werden. Wer eins und eins zusammenzählen kann, dem war von Anfang an klar, seit Hertel ihren Willkommensgruß in die Welt posaunt hat, kommen bei weitem nicht nur hilfsbedürftige Kriegsflüchtlinge über die Grenze. Inzwischen ist ermittelt worden, dass von den Terroristen im ‚Bataclan' und an den anderen Pariser Todesorten die meisten über die Balkan-Route nach Europa eingerückt sind. Aber unser

Justizminister Krass stellt sich vor die Mikrofone und erzählt, es gebe keine Hinweise auf eine Infiltration von Terroristen mit den Flüchtlingsströmen."

„Du meinst den abgedrehten Harko Krass, der vor der Presse immer wie Napoleons Dackel posiert?"

„Dabei war er früher der Dackel von Oskar Lafontaine."

„Im Amt ist der völlig überfordert. Aber solche Leute werden Bundesminister. Da weißt du, wie es um Deutschland bestellt ist."

„Wenn es nur dieser eine wäre. Das politische Establishment bejubelt Kanzlerin Hertel für ihren Hilfsakt, der aber in seiner Dimension längst hätte vom Bundestag demokratisch legitimiert werden müssen. Stattdessen wird versucht, die Legitimation herbeizureden und dem Volk weiszumachen, mit den Millionen Flüchtlingen und illegalen Migranten würde zum Bespiel in der Wirtschaft der Fachkräftemangel hinweggeblasen."

„Und der demografische Wandel gleich mit."

„Die Rente ist sicher! Wie die erwirtschaftet werden soll von Leuten, die kaum Bildung besitzen oder gar Analphabeten sind, das würde ich gern von Frau Hertel erklärt bekommen."

„Die Konzernbosse und Wirtschaftsverbände pusten ins gleiche Horn. Dabei müssten die es besser wissen. Seit Jahren existiert in Deutschland ein Heer von einer Million perspektivlosen Langzeitarbeitslosen. Die Zeiten mit massenhaft Hilfsarbeitern und Handlangern in der Industrie sind längst passé."

„Das sagt dir dein gesunder Menschenverstand. Aber stell' dich mit dieser Ansage auf die Straße, da bist du binnen Minuten als Fremdenhasser und in der Steigerungsvariante als Nazi stigmatisiert."

Erik und Ole griffen nach den Bechern. Sie fühlten sich noch heiß an. Lauwarm schmeckte der Glühwein wirklich nicht. Sie beobachteten still die zwei Damen hinter dem Tresen. Der Ausschank war zu einer Seite offen nach außen. Die nicht mehr jung zu bezeichnenden Frauen, beide keine Schönheiten, suchten sich in dicken Wattejacken und mit Schals vor der ungemütlichen Kälte zu schützen. Stoisch schenkten sie dampfende Getränke aus und nahmen die pfandbelasteten Becher entgegen. Selten huschte ein freundliches Lächeln über die rotbäckigen Gesichter. Ole bestellte zwei weitere Glühweine. Er wendete sich Erik zu.

„Ich hatte gerade in der Bank so eine Auseinandersetzung."

„Wie das?"

„Unser Vorstandschef will in der offiziellen Euphorie nicht nachstehen und hat Ideen eingefordert, wie sich die Bank bei der Unterbringung und Betreuung der Flüchtlinge engagieren kann. In dem Zusammenhang empörte er sich ganz Gutmenschen like, wie schäbig die Flüchtlinge auf dem Balkan und in Ungarn behandelt würden und die Osteuropäer nichts Eiligeres zu tun hätten, als diese Menschen abzuschieben. Das verstieße gegen das Völkerrecht und gegen die UN-Flüchtlingskonvention."

„Die dicken Geschütze."

„Die Konvention wird auch von anderen Gutmenschen gern als Moralkeule eingesetzt, um die Kritik an der neuen Weltoffenheit totzuschlagen. In dem UN-Papier ist exakt beschrieben, Punkt für Punkt, wann überhaupt der Status Flüchtling erfüllt ist. Jeder Kriegsflüchtling, der in einem Camp im Nachbarstaat Zuflucht gefunden hat, verliert laut UN diesen Status, wenn er sich auf den weiteren Weg in einen Drittstaat macht. Wirtschaftliche Gründe sind in der Flüchtlingscharta mit keiner Silbe erwähnt. Aber im Sprachgebrauch von Politik und Medien sind es alles Flüchtlinge, die über die Grenze ins Land strömen. Ich habe mir erlaubt, das zu erwähnen. Aber da hatte ich was gesagt! Der Chef und einige andere aus seinem Dunstkreis schauten mich an, als käme ich von einem anderen Stern."

„Gültiges Recht wird sowieso zum Gummiband oder gleich ad acta gelegt. Mit dem Asylrecht verhält es sich ähnlich wie mit der Flüchtlingskonvention. Es ist ein individuelles Recht und an sehr konkrete Bedingungen geknüpft. Aber inzwischen darf hier jeder reinspazieren, der nur laut genug Asyl schreit." Eriks Gesicht lief rot an. Nicht allein vom Glühwein. Er redete sich mittelschwer in Rage und legte nach. „Oder guck' dir an, was in Rostock geschieht. Da werden Tausende Migranten mit Fährtickets ausgestattet, damit sie nach Schweden weiterreisen können. Ein völlig illegaler Vorgang nach dem Dubliner Abkommen. Im Fernsehen haben sie für die Betroffenen den beschönigenden Namen Transitflüchtlinge kreiert. Darauf muss man erstmal kommen." Klapproth kippte den restlichen Becherinhalt in sich hinein.

„Die Schweden und Dänen haben sich diesen Zauber vernünftigerweise nicht lange mit angesehen und kontrollieren wieder, wer zu ihnen übersetzt." Ole trank seinen Becher leer.

Vor der Baude verabschiedeten sich beide Männer. Eriks Wagen stand in der Nähe des Lokals „Likörfabrik" unweit des Kuhtores an der alten Stadtmauer. Er wollte an diesem Freitagabend nicht allzu spät nach Hamburg aufbrechen. Ole klappte den Kragen seines Mantels hoch. Ihn zog es noch nicht nach Hause, zumal Calli unterwegs war. Seit der Flüchtlingszustrom auch im Norden anschwoll, engagierte sie sich in einer Bürgerinitiative. Darin kümmerte sie sich zusammen mit anderen Helferinnen und Helfern um Flüchtlinge, die nicht weiter nach Skandinavien wollten. Sie mussten untergebracht und versorgt werden. Wie überall in Deutschland wurde in den ersten Wochen sehr viel improvisiert.

Ole schaffte es, in der engen Kröpeliner Straße zwischen den zahlreichen Buden und den sich dicht an dicht drängenden Besuchern des Weihnachtsmarktes zügig bis zur Breiten Straße zu gelangen. Diese durchquerte er bis zur Langen Straße, wo er von der Ampel aufgehalten wurde. Den Menschen, denen er bis dahin begegnete, war der Ausnahmezustand des Landes nicht anzumerken. Sie gaben sich den kulinarischen Genüssen und dem

Umtrunk in der vorweihnachtlichen Zeit hin wie in den Jahren zuvor. Vielleicht erfüllten Trubel und Heiterkeit im Lichterglanz auch 2015 die ewig gleiche Aufgabe, den Sorgen und Plagen des Alltags für eine angenehme Weile zu entfliehen. Durch das offene Scheunentor an der bayerischen Grenze sickerten mit der ungebremst wachsenden Zahl von Ankömmlingen aus fremden, religiös geprägten und zumeist unaufgeklärten Kulturen neuartige Probleme ein. Von Kinderehen bis Scharia-Recht. Diese brachten die eingeschliffenen Strukturen des Staates ans Limit und darüber hinaus für nicht denkbar gehalten ins Wanken. Die Besucher auf dem Weihnachtsmarkt blendeten die Konfusion glühweinselig aus. Ole lief die Schnickmannstraße hinunter zur Warnow. Er wollte für sich allein sein. Am Stadthafen empfing ihn ein scharfer Nordostwind.

Er liebte es, sich der Natur zu stellen. Die Klarheit der Luft, die schneidige Kälte zwang dazu, sich auf das eigene Ich zu fokussieren, auf das Jetzt und Hier. An der Kaimauer der Haedge-Halbinsel blieb er stehen und blickte hinunter auf das dunkle Wasser. In dem Abgrund konnte er nichts erkennen. Schwarzes Nichts. Kein Fixpunkt, kein Zeichen, kein Licht. Im gesellschaftlichen Umfeld saugte gegenwärtig eine undefinierbare, nicht zu packende, nicht zu begreifende Kraft alles in sich auf, was das bewährte feingliedrige und vieltönige Konstrukt des Miteinanders zusammenhielt. Ein schwarzes Loch, das in Materie und Antimaterie trennte. In Gut und Böse, in Hell- und Dunkeldeutschland. Was passierte mit den Menschen? Welche Fliehkräfte schafften es binnen weniger Wochen, die Gesellschaft auseinander zu reißen? Die Spaltlinien verliefen quer durch alle Schichten, Parteien, Firmenbelegschaften, Vereine, Freundschaften und Familien. Der Hertelsche Freibrief zur illegalen Migration hatte die Rissbildung ausgelöst. Die dünne Oberfläche barst, unter der eine seit Jahren verschleppte und unterdrückte Debatte gärte, wie es das Land mit der deutschen Identität und der Integration von ausländischen Bürgern hielt. Einem zweifelsfreien Einwanderungsgesetz verweigerte sich die herrschende Politik. Die glorifizierte Multikulti-Gesellschaft blieb eine den Massen aufgepfropfte Vision. Die entstandenen Parallelgesellschaften wurden im öffentlichen Diskurs weggewischt. Die aufgebrochene Unversöhnlichkeit im Meinungsaustausch, die gegenseitigen Hasstiraden im Internet und auf Demonstrationen, der mediale Pranger für Andersdenkende untergruben Dormarks Vertrauen in das demokratische Selbstbild der Berliner Republik. Die etablierten Meinungsmacher in Politik und Medien reklamierten die manifesten Grundregeln der Demokratie einseitig für ihre Weltsicht und offenbarten damit in Wahrheit ihr tiefes Misstrauen in eine pluralistische, ein breites Meinungsspektrum aushaltende und reformwillige Gesellschaft.

Dormark löste sich vom Abgrund. Er schritt die Kaimauer entlang. Nach wenigen Metern schob er sich an dem klobigen schwarzen Stahlrumpf des Eisbrechers „Stephan Jantzen" vorbei. Das ausrangierte und herrenlose Schiff harrte in Rostock eines ungewissen Schicksals. Einen anderen musealen Zeitzeugen passierte er auf der Haedge-Halbinsel. Den historischen Brückenkran. Ein imposantes Monstrum. Hoch oben jaulte der Wind zwischen den eisernen Streben. Er konnte diesen nichts anhaben. Vorn, an der äußersten Kante der Halbinsel hielt sich Dormark mit der linken Hand den Mantelkragen zu. Unterm linken Schuh spürte er einen kleinen Stein. Er stieß ihn ins Wasser. Jenseits des Flusslaufs leuchteten die Hafenterrassen und die Wohnhäuser auf dem entkernten Gelände der einstigen Neptun Werft festlich.

Calli und er schliefen seltener miteinander. Sie bekamen die Köpfe nicht mehr frei. Der Kampf um die Deutungshoheit in der Flüchtlingsfrage war in ihr Haus eingedrungen. Eine exponierte Nachricht zu dem Thema genügte, ihre gegenteiligen Ansichten aufeinander prallen zu lassen. Anfangs gaben sie sich Mühe, sachlich zu bleiben und einander zu zuhören. Ole ertrug es jedoch nicht, wenn belastbare Fakten und logische Folgerungen an gutgläubiger Naivität zerschellten. Calli ignorierte seine Worte einfach. Stattdessen schmetterte sie ihm entgegen, sie genieße das tolle Gefühl, wahrhaftig Mensch zu sein. Uneigennützig zu helfen, mit Bedürftigen zu teilen, im fremden Ankömmling zuerst den Menschen zu sehen. Es machte ihn sprachlos, diese Nicht-Debatte. Und wütend. In der moralisch überhöhten Selbstversicherung puren Menschseins stellten sich Calli und alle Willkommenskulturschaffenden ihrem Gewissen einen Persilschein aus. Es erinnerte ihn fatal an die Friedensideologie in der DDR. Allem Handeln, sei es am Arbeitsplatz, in der Schule, im Sportwettkampf oder in der Kunst, wurde das devote Diktat einer Friedenstat übergestülpt. Das erstickte jeden vernünftigen Zweifel und wurde missbraucht, um Verweigerern der totalen Friedensstiftung unredliche Absichten zu unterstellen, um sie zu bezichtigen, gegen den Frieden zu stehen. Gibt es einen härteren Vorwurf? Daran zerbrachen Menschen. Dormarks Vater, ein freundlicher Genosse, ertränkte seine Zweifel in Bier und Cognac. Er starb früh, vor der Wende.

Dem Willkommensbeifall sich nicht bedingungslos anzuschließen, machte 25 Jahre später Menschen verdächtig. Der Staat war bereits nach wenigen Wochen heillos überfordert mit der schieren Masse an illegal ins Land drängenden Menschen. Er verlor die Kontrolle an der Grenze, in den Behörden, auf seinem Territorium. Hunderttausende Migranten verteilten sich selbstgerecht und die Gastfreundschaft Deutschlands verspottend auf die von ihnen bevorzugten Bundesländer. Vielfach mit falscher Identität. Durch die Medien geisterte die Zahl von rund 5000 minderjährigen Migranten, die spurlos verschwunden waren. Kein Jugendamt konnte sagen, wo sie sich aufhielten. Vielerorts kippte der Alltag ins Provisorium. Turnhallen wurden auf unbestimmte Dauer zu Massenunterkünften, ebenso leerstehende Gastwirtschaften, verlassene Kasernen und umfunktionierte

Hotels. Ole Dormark haderte vor allem in einem wesentlichen Punkt mit dem Gutmenschen-Evangelium. Nicht alle Menschen sind lieb. Nicht unter denen, die schon länger hier lebten, und nicht unter denen, die noch nicht lange hier lebten.

Calli und ihre Sinnesschwestern und -brüder auf der anderen Seite der gespaltenen Gesellschaft focht das nicht an. Sie übersahen dabei, den tatsächlichen Flüchtlingen vor Krieg und Gewalt schadeten sie mit der undifferenzierten moralischen Verblendung. Der syrischen Hölle entkommene Mütter und Väter mit ihren Kindern gerieten in Mithaftung für den aufkeimenden Missmut und die zum Teil unverhohlene Ablehnung denjenigen Migranten gegenüber, die aus Pakistan, Afghanistan und Nordafrika kommend sich dem Tross der von Kanzlerin Hertel Eingeladenen angeschlossen hatten. Kräftige junge Männer stellten mittlerweile zu 80 Prozent das Gros des Zustroms. Es häuften sich Meldungen in lokalen Medien, dass angeblich von schrecklichen Gewalterlebnissen traumatisierte junge Muslime nichts Anderes in Deutschland zu tun hatten, als sich in Diskotheken herumzutreiben, sich dem Alkohol hinzugeben, Drogen zu dealen und in der Schutz gewährenden Kommune neuartige Gewalt zu implementieren. Gruppenprügeleien eskalierten in Messerstechereien, sexuelle Belästigungen in Schwimmbädern uferten aus, ältere Damen wurden Opfer von Vergewaltigungen. Homosexuelle, Christen und Juden wurden angefeindet und bedroht. In der vorweihnachtlichen Zeit wollte von alldem die politische Kaste nichts wissen. Justizminister Krass und Innenminister Abraham riefen nach derartigen und von den überregionalen Medien nicht unter dem Deckel zu haltenden kriminellen Vorfällen reflexartig nach härteren Gesetzen, um im gleichen Atemzug davor zu warnen, Migranten nicht unter Generalverdacht zu stellen.

Dormark machte kehrt. Der Wind trieb ihn zur City hin. Auf Höhe des Kanonsbergs überquerte er die Straße Warnowufer. Der Hügel wurde mit flirrendem buntem Licht besprenkelt, das von beleuchteten Fahrattraktionen und Karussells auf dem Weihnachtsmarkt unterhalb des „Hauses der Schifffahrt“ stammte. In einer Viertelstunde würde der grelle Trubel verstummen. Ole steuerte auf das Parkhaus am Vögenteich zu. Kurz vor der Ampelkreuzung oberhalb des Kanonsbergs vibrierte das Smartphone in der Manteltasche. Es zeigte eine eingegangene SMS an. Von Calli.

„Wo steckst du? Ich bin zurück. Calli“

Ole entschied sich, nicht zu antworten. In 20 Minuten würde er bei ihr sein.

Am gleichen Abend waren 100 Kilometer westlich von Rostock auf der Autobahn A20 wenige Fahrzeuge unterwegs. Das Lübecker Kreuz rückte näher. Auf dem blauen Hinweisschild kündigte sich der Wechsel auf die A1 an. Erik Klapproth blieb knapp eine Dreiviertelstunde bis Hamburg. Aus der Audioanlage des Volkswagen CC röhrte U2-Sänger Bono „Get On Your Boots“*. Einer der rockigeren Songs vom eher beschaulichen Album „No Line On The Horizon“. Erik hatte sich die CD eingelegt. Er mochte die Musik. Sie wirkte beruhigend. Er brauchte sie. Im Unternehmen musste er die halbe Belegschaft ab dem 1. Dezember in Kurzarbeit schicken. Vor den nahen Festtagen bedrückte ihn dieser Schritt. Doch er war unumgänglich. Nur so konnte der drastische Auftragseinbruch infolge der Russland-Sanktionen halbwegs abgefedert werden. Aber es wird nicht reichen, um der drohenden Insolvenz zu entkommen. Die Lenker GmbH benötigte dringend eine Kapitalspritze. Klapproth rang mit sich. Monique besaß ein Millionenvermögen. Der Vater hatte es vor Jahrzehnten in den goldenen Verlegerzeiten in Hamburg angehäuft. Diese waren Geschichte. Kräftige Kapitalerträge warfen die geerbten Millionen inzwischen in anderen, zukunftstragenden Branchen ab. Monique zu bitten, dem Unternehmen mit einer halben Million Euro aus der finanziellen Klemme zu helfen, bedeutete eine Grenzüberschreitung. Ihre geschäftlichen Belange trennten sie strikt. Er wusste von Monique, sie war nicht begeistert davon gewesen, dass er sein berufliches Schicksal mit dem einer mittelgroßen Firma im Osten verband. In all ihren Bedenken, Vorbehalten und Vorurteilen sähe sie sich bestätigt. Erschwerend kam hinzu, die Trennlinie in ihrer Partnerschaft verlief nicht mehr allein zwischen den Konten. Ihre Gemeinsamkeit beschränkte sich darauf, die sorgenbefreiten schönen Seiten des Lebens zu genießen. Sie kannten jedes Gourmet-Restaurant in Hamburg, schwitzten regelmäßig beim Badminton und Tennis, verpassten selten eine Vernissage. Beim Sex hetzten sie ihre Lust aufeinander, bis sie gesättigt und erschlafft abließen voneinander. Hinterher verschlungen in den Armen einfach zusammen zu liegen, ertrugen sie nicht lange.

Erik verfügte über keine Option. Vorstand Rio Schröter von der Universe Bank spieltc mit offenen Karten. Bei abgesicherten Aufträgen im Ausland stünden entsprechende Finanzierungen weiterhin außer Frage. Angesichts der geopolitischen Spannungen und der allgemein desolaten Situation im maritimen und Energiesektor gäbe es jedoch keinen Freiraum für darüber hinausreichende Kreditlinien. Nach dieser Klarstellung schmeckte Klapproth das Steak bei ihrem jüngsten Abendessen nicht mehr, während Schröter unbekümmert in das medium-zubereitete Fleisch schnitt. Er konnte Schröter sogar verstehen. Die Banken standen selbst unter gehörigem Druck.

Erik entschloss sich, mit Monique zu reden. Dann erübrigte sich, so hoffte er, für die nächsten sechs Monate der Untergang. An der Abfahrt Hamburg-Ost bog er auf die A24 ab, die direkt in die Hansestadt hineinführte. Im Player drehte U2 die zweite Runde. Erik erhöhte die Lautstärke. Bono sang melancholisch „White As Snow"*. Klapproth hatte kalte Finger.

---

* Album „No Line On The Horizon" der irischen Rockband U2, 2009

Kapitel 9

Die Rhein-Schifffahrtsgesellschaft hatte vor zwei Tagen die abendlichen Panorama-Ausflugsfahrten in Köln wieder aufgenommen. Mitte April waren Frühlingsboten im Rheingarten am westlichen Ufer von Deutschlands größtem Strom unübersehbar. Helfried Schmidt lief aus Richtung des Kölner Hauptbahnhofs kommend darauf zu. Dort war er am späten Nachmittag mit dem ICE aus Berlin pünktlich eingetroffen. Der BKA-Chef hatte sich entschieden, bereits am Sonntag mit dem Zug nach Wiesbaden zu fahren und einen Zwischenstopp in der Domstadt einzulegen. Hin und wieder nutzte er die längere Bahnfahrt statt den morgendlichen Montagflieger nach Frankfurt am Main, um aus der zeitlich eng gestrickten Alltagsroutine auszuscheren. In den Stunden im Zug entspannte er. Schmidt konnte unendlich lange aus dem Fenster auf die vorüberziehende Landschaft sehen. In jeder Form, in jeder Ausprägung entlang des deutschen Ost-West-Stranges identifizierte er reizvolle Besonderheiten, romantische Naturidylle und heimatliche Kulturmarken. Auf der ganzen Bandbreite zwischen Brandenburger Niederungen und dem Hochtaunus. Auch gab es ihm Gelegenheit, in Ruhe über das Tagesgeschäft nachzudenken und spezielle Fragen zu wälzen.

Nahe des Kölner Hauptbahnhofs war Schmidt im Hotel „Domspitzen“ abgestiegen. Gegen Viertelacht verließ er das Hotel. Um auf kurzem Weg zum Rheinufer zu gelangen, durchquerte er den Hauptbahnhof und marschierte über dessen Vorplatz. Ein mieses Gefühl beschlich ihn. Wie immer, wenn er einen Tatort betrat. Das Wissen um ein geschehenes Verbrechen verzerrte seine sinnliche Wahrnehmung. Die Luft schmeckte anders, winzige Geräusche verstärkten sich, der Boden unter den Füßen wurde moosweich. Der Bahnhofsvorplatz erlebte vor dreieinhalb Monaten in der Silvesternacht zu 2016 einen völlig neuen Typus von Verbrechen. Junge Frauen wurden massenhaft von Horden junger nordafrikanischer Männer extrem sexuell belästigt, einige vergewaltigt und obendrein massiv beklaut. Diese Form von Gewalt gegenüber Frauen war den deutschen Sicherheitsbehörden bis dato nur durch Lageanalysen und Medienberichte aus dem Nahen Osten bekannt, insbesondere aus Ägyptens Hauptstadt Kairo. Dort waren in den Wirren des Aufruhrs auf dem zentralen Tahrir-Platz Mädchen und Frauen gezielt von Männergruppen umzingelt, abgedrängt und kollektiv vergewaltigt worden. Der Mob machte keinen Unterschied zwischen einheimischen Muslima und westlichen Fernsehreporterinnen.

Über den Bahnhofsvorplatz im Schatten des mächtigen Kölner Doms eilten Menschen kreuz und quer. Großstädtisches Gewimmel. Inmitten diesem machte Schmidt einige Polizisten aus. Zumeist im Duo beobachteten sie betont beiläufig das Treiben. Ihre Präsenz wühlte den BKA-Chef mehr auf, als dass sie ihn beruhigte. Diese notwendige Polizeimaßnahme bestätigte seine Bedenken, die sich durch die aufschreckende Silvesternacht von Köln verfestigt hatten. Die unkontrollierte Einreise von vielen Menschen mit unklarer Identität aus gewaltübersäten Regionen außerhalb Europas bedeutete auch einen Import von Sicherheitsrisiken, terroristischer und krimineller Art. Diese in der öffentlichen Debatte abzuschwächen, gar zu ignorieren, wie im medialen Einheitsbrei der Willkommenskultur, empörte ihn. Mehr noch, es war gefährlich.

Der Rhein führte Niedrigwasser. Der Anlegersteg, an dem das Ausflugsschiff „Jan van Werth“ bereitlag zu einer zweistündigen Panoramafahrt, wies erhebliches Gefälle auf. Schmidt hatte das gepflasterte Vorfeld des Schiffsanlegers erreicht.

Ihm dem Rücken zugewandt schaute Bodo Zehrwald hinüber auf das andere Rheinufer. Eine Viertelstunde vorzeitig erwartete er ihn offensichtlich nicht. Helfried näherte sich behutsam. Wenige Meter hinter ihm rief er ihn an. Halblaut.

„Hallo Bodo, da bin ich.“

Zehrwald drehte sich um. Die Männer sahen sich durch dunkle Brillen an. Sie wähnten sich bei ihren Treffen immer in einem Agententhriller. Ein feines Lächeln huschte über die Gesichter. Sie mussten nicht gemeinsam erkannt werden. Auch wenn sie auf lange freundschaftliche Bande zurückblickten, in ihren herausgehobenen Funktionen bei Geheimdienst und Kriminalpolizei bestand gesetzlich eine scharfe Trennlinie.

„Hallo Helfried." Sie drückten einander. „Wir haben Glück. Mit uns geht eine größere ausländische Reisegruppe an Bord. So kommt die Mindestzahl von 20 Fahrgästen auf einen Schlag zusammen."

Schmidt und Zehrwald begaben sich im Bordrestaurant in den hinteren Bereich. In genügend Abstand zu den aus einem asiatischen Land stammenden Touristen. Diese drängten sich im Vorschiff. Die „Jan van Werth" legte pünktlich um 20 Uhr ab und nahm stromaufwärts Kurs auf die Deutzer Brücke. Die Bordkellnerin, eine Mittfünfzigerin, so schätzte Schmidt, brachte den zwei Herren achtern zwei große Bier. Sie hatten Pilsner verlangt. Dem dünnen Kölsch waren beide nicht zugetan.

„Wenn Sie etwas wünschen, geben Sie Laut." Die Kellnerin mochte ihr Unverständnis nicht verbergen, dass sie wegen dieser Gäste das gesamte Restaurant durchschreiten musste. An zahlreichen leeren Plätzen vorbei. In den Sinn kam ihr nicht, dass die Männer Zuhörer vermeiden wollten.

„Na, Helfried, was führt dich nach Köln?" Zehrwalds obligatorische Frage glich einem Eröffnungszug beim Schach. Die Antwort kannte er. Schmidt fasste in die rechte Innentasche seines Jacketts und legte einen weißen Briefumschlag auf den Tisch. Er schob ihn Zehrwald zu. Der entnahm dem Umschlag drei zusammengefaltete DIN-A4-Blätter. Er begann zu lesen, wobei er den Text zügig überflog. Schmidt blickte zu beiden Seiten aus dem Fenster. Die Ufer des Rheins leuchteten in buntem Farbenspiel. Komponiert aus unzähligen Lichtern. Von kaltem Straßenlaternenschein über gelblichwarme Fassadenanstrahlungen bis zu greller Werbung. Zehrwald drehte das letzte Blatt um. Suchend. Er vermisste offensichtlich etwas.

„Du wirst nichts finden, es gibt keine Unterschriften", erlöste Schmidt den Freund und Chef des Bundesverfassungsschutzes.

„Ein Non-Paper?"

„Ja."

„Wer sind die Autoren?"

„Ich, zwei meiner Spitzenleute und ein ehemaliger Ressortleiter des BND. Ein guter Bekannter. Dahinter steht ein kleines Netzwerk von Leuten, die, sagen wir mal, ein reger Gedankenaustausch verbindet."

„Wozu dann ein Non-Paper?"

„Du hast gelesen, es ist eine schonungslose Analyse der veränderten Sicherheitslage, aber es beinhaltet auch sehr klare und pragmatische Forderungen, um der Lage schnell Herr zu werden. Unabhängig von den Urhebern soll eine Diskussion angestoßen werden. In allen Behörden wollen wir außerdem den informellen Kreis erweitern. Zum Beispiel um deine Person."

„Du glaubst, so ein Sicherheitsrat außerhalb des Protokolls ist sinnvoll, geschweige, er könne in die Politik hineinwirken?"

„Wie war das in der Geschichte? Die Widerstandsgruppe um Stauffenberg und Tresckow dürfte sich damit nicht aufgehalten haben, sonst hätten sie vermutlich die Finger davon gelassen, Hitler durch ein Attentat zu beseitigen. In bestimmten Situationen, zu bestimmten Zeiten sind unkonventionelle Wege unumgänglich. Auf Mitstreiter in der Politik konnten sie damals nicht hoffen und haben stattdessen ihr Leben riskiert."

„Und verloren."

„Wir riskieren höchstens unsere Jobs. Aber willst du es weiter hinnehmen, dass unsere Expertise von den Ministerien und dem Bundeskanzleramt unbeachtet bleibt, auf unsere Warnungen nicht reagiert wird und wir in der Öffentlichkeit oft genug als Deppen der Nation vorgeführt werden?"

„Nein, gewiss nicht. Mir geht das schon lange gegen den Strich. Wo du auch hinhörst, aus keiner der Parteien im Bundestag traut sich jemand, diese Bedenken zu thematisieren. Aus dem hasenfüßigen Grund, damit irgendwelchen rechten Populisten das Wort zu reden."

„Immer schön Political Correctness, ohne anzuecken." Schmidt fasste sein Glas und trank.

„Doch zu welchem Preis? Ihr habt das treffend in dem Papier benannt. Die Masse der Leute in der Mitte der Gesellschaft wird sich das Zuwandererchaos nicht ewig gefallen lassen, da wächst handfester Widerstand."

„Erst recht, wenn bei den Bürgern angekommen ist, dass wir allesamt in den Sicherheitsbehörden an Grenzen stoßen, der Terrorgefahr und der hereingewinkten Kriminalität wirksam zu begegnen."

„Gott sei Dank ist uns bisher ein islamistischer Anschlag erspart geblieben."

Zehrwald prostete Schmidt zu.

„Nehmen wir noch eins?" Schmidt drehte sich zum Vorschiff.

„Ja, klar."

Der BKA-Chef hob die rechte Hand und bedeutete der Kellnerin mit Zeige- und Mittelfinger „noch mal das Gleiche". Er sah wieder zu Zehrwald. Die Ellenbogen stützte er auf die Tischplatte und das Kinn auf die Hände. „Was ist mit dir, können wir auf dich zählen?"

„Sicher, wir sollten uns gegen politische Unvernunft wehren. Worauf aber läuft das hinaus? Auf einen Putsch?" Zehrwald hielt das frische Bier leicht vorgestreckt hoch. Die Geste ähnelte der historischer Feldherrn, die ihre Truppen in die Schlacht schickten. Sie war so gemeint.

„Ernsthaft, Bodo, zunächst ist es entscheidend, dass wir im gesamten Sicherheitsapparat zu einer einheitlichen und realistischen Bewertung der Lage kommen. Das wird uns helfen, die

Blockade in den Regierungsstellen gegen unliebsame Einschätzungen aufzubrechen. Momentan dringen wir mit unseren Informationen nicht mehr durch bis nach ganz oben. Die Berichte verschwinden in irgendwelchen Schubladen. Es kann nicht sein, was nicht sein darf."

„Das ist exakt auch unser Problem."

„Okay, der Putsch muss warten." Schmidt lachte, doch eher verhalten. Zehrwalds radikale Option barg die Ultima Ratio der unausweichlichen Tat. Ein ungeheuerlicher Gedanke. Bleibt er es als solcher unter dem Eindruck einer sich dramatisch zuspitzenden Sicherheitslage? Schmidt spülte die Frage herunter. Es war nicht die Stunde, darauf eine seriöse Antwort geben zu können.

„Im Frühsommer solltest du dir den Termin für das Golfturnier der Sicherheitsbehörden festhalten. Ich meine, es findet Ende Juni in Fleesensee statt, oben in Mecklenburg-Vorpommern.

„Ich stehe nicht sehr auf Golf."

„Du musst dein Handicap nicht aufbessern?"

„Danke."

„Das Turnier ist ein guter Zeitpunkt, auf das erste Halbjahr zu schauen und uns abzustimmen."

Die „Jan van Werth" hatte in Richtung Norden die Hohenzollernbrücke passiert, war eine Weile entlang des Ostufers geschippert und drehte nun bei. Voraus leuchtete der Kölner Dom in den dunklen Abendhimmel. Schmidt überließ Zehrwald das Non-Paper. Es sollte im Bundesamt für Verfassungsschutz kursieren.

Nachdem beide von Bord gegangen waren, begleitete Zehrwald den Chef des BKA ein kleines Stück. Bis unterhalb der Große St. Martin Kirche. Dort verabschiedeten sie sich. Auf dem Bahnhofsvorplatz verloren sich wenige Passanten. Helfried Schmidt beeilte sich, ins Hotel zu kommen. Er hatte seiner Frau Ella versprochen anzurufen. Bevor er dies tat, checkte er über eine Nachrichten-App auf dem Smartphone die aktuellsten

News. Eine Schlagzeile drückte ihn auf die Bettkante. Er suchte Halt. Der Überraschungscoup von Österreich, Ungarn und den Balkanstaaten saß. Die Balkan-Route war geschlossen.

Zur gleichen Zeit 600 Kilometer nordöstlich hockte Erik Klapproth in seinem Rostocker Büro. Lediglich der Schein der LED-Tischlampe und des PC-Bildschirms drängten die Dunkelheit ringsum zurück. Im kalten Licht verblasste der Chef der Lenker GmbH zur Wachsfigur. Darin spiegelte sich seine Gemütsverfassung. Er fühlte sich leblos. In den zurückliegenden Wochen hatte die desolate Situation des Unternehmens die Energie aus ihm gesaugt. Die ständigen fragenden Blicke der Mitarbeiter, seine eigenen unnachgiebigen Fragen an Vertriebschef Wegemann und an die Buchhaltung. Aus dem Zahlenwerk, das ihn auf dem Bildschirm anstrahlte, wollte er eine leichte Entspannung herauslesen. Wegemann hatte es geschafft, kurzfristig Arbeit hereinzuholen. Eine größere Zahl tonnenschwerer Stahlträger für einen Auftraggeber aus der Offshore-Windindustrie. Die rohrförmigen Träger wurden verbaut in mächtigen Stahlkonstruktionen, die als Fundamente von Windkraftanlagen auf dem Meer dienten. In der Ostsee östlich der Insel Rügen entstanden mehrere Offshore-Windparks. Das Vertriebsteam war außerdem an einem lukrativen Projekt auf einer Werft in den Vereinigten Arabischen Emiraten dran. Aber dort wurden die Brötchen langsam gebacken. Bevor die Scheiche sich auf einen Deal einließen, glitten die traditionellen Gebetsketten endlos abwägend zwischen den Fingern hin und her. Klapproth zerrann die Zeit zwischen den Fingern. Ende Mai war Schluss mit der Kurzarbeit. Auf eine Verlängerung der Frist durch die Arbeitsagentur wollte er sich nicht verlassen. Schwarz auf weiß hatte er hingegen, Direktor Kumarow von der Ostseewerft im russischen Wyborg war die Geduld verloren gegangen. In Brüssel zeichnete sich eine Fortdauer der Wirtschaftssanktionen gegen sein Land ab. Kumarow stieg endgültig aus dem Vertrag für ein automatisiertes Transportsystem in der Ostseewerft aus. Ein internationaler Newsletter der maritimen Industrie vermeldete, den Auftrag übernahm ein südkoreanischer Anbieter. Klapproth blieb auf knapp einer halben Million Euro Planungs- und Projektierungskosten sitzen.

Monique hatte ihn ungerührt abblitzen lassen. Sie dächte nicht im Traum daran, auch nur einen Euro in die Firma zu stecken. Er habe ja nicht auf sie hören wollen, musste er sich zum x-ten Mal um die Ohren hauen lassen. Das Risiko wäre absehbar gewesen, jetzt sollte er bitteschön auch die Folgen tragen. Die staatliche Fessel der Russland-Sanktionen interessierte sie nicht. Danach fühlte er sich in einen leeren steingrauen Raum gestoßen. Splitternackt stand er an einer Wand. Die Kälte des Gemäuers drang in jede Faser seines Körpers. Ein weiteres Zurück, ein Entfliehen gab es nicht. Die gegenüberliegende kahle Wand bewegte sich auf ihn zu. Langsam, unerträglich langsam. Sie wird ihn zerquetschen. Ein Albtraum ohne Ausweg. Aber Klapproth musste einen Ausweg finden. Er wollte nicht zerquetscht werden. In seiner bürgerlichen Existenz. Monique verachtete Verlierer. Er war sich sicher, stünde er mittellos da, stünden bald seine Koffer vor der Tür. Sie hatte das nie geäußert. Aber im spröden Hamburger Finanzadel geziemte es sich nicht, anderen auf der Tasche zu liegen. So viel hatte er in den gemeinsamen Jahren mit Monique gelernt.

Klapproth ließ sich im Bürosessel zurückfallen. Im Lichtschein kam er sich vor wie in einem Selbstverhör. Bis Ende Mai waren noch sechs Wochen auf dem Kalender. Luft konnte dem Unternehmen einzig und allein der vakante Auftrag in den Vereinigten Arabischen Emiraten verschaffen. Das Volumen belief sich auf etwas mehr als drei Millionen Euro. Wegemann befand sich auf dem Weg an den Persischen Golf. Er klang sehr zuversichtlich, diesmal mit der Unterschrift unter dem Vertrag zurückzukehren. Das hieße 20 Prozent Anzahlung. Rio Schröter von der Universe Bank würde freundlicher schauen und die Bauzeitfinanzierung genehmigen. Was aber, wenn die Scheiche weiter ihre Gebetsketten abwägend drehten? Klapproth knetete seine Hände. Sehr schnell sehr viel Geld zu verdienen, dafür wurde die Börse in die Welt gesetzt. Daran hatten der Technologiebörse-Crash von 2000 und die heftige Finanzkrise von 2008/09 nichts geändert. Er selbst profitierte vom Hype um die Start-ups zur Jahrtausendwende. In besonders aggressiv beworbene Hightech-Titel investierte er und hielt so lange die Anteile, bis sich sein Einsatz verdoppelt hatte. Zuweilen passierte das binnen Tagen. Eisern verkaufte er an diesem Fixpunkt seine Aktien und strich den Gewinn ein. Diese Strategie ging auf. In vielen Fällen waren die Kurse von Biotech-, Media- und anderen verheißungsvollen Goldgräberwerten nach kurzzeitigem Zenit rasant abgestürzt und die Anteile wertlos geworden. Klapproth kam zu einem kleinen Vermögen. Das öffnete in Hamburg Türen und vermeintlich Herzen. Wenig später lernte er die Architektin Monique Toussaint kennen. Bei einer Vernissage. Ein befreundeter Galerist präsentierte in seinen Ausstellungsräumen unweit des Hamburger Messegeländes zeitgenössische Aquarelle. Eines hoffnungsvollen jungen Malers. Meinte er. Klapproth hatte den Namen vergessen. Monique stand neben ihrer besten Freundin Beatrix. Sie absolvierten gemeinsam das Architektur-Studium. Monique stach mit ihrer scharf angeschnittenen Frisur, die blonden Haare am Nackenansatz sehr kurz und nach vorn bis an die Kinnlade spitz zulaufend, unter den Gästen heraus. Die wasserblauen Augen waren die einer Eiskönigin. Sie zielten auf Erik. Er erstarrte in Faszination, zwang sich wegzuschauen. Es fühlte sich unheimlich an. Der durchdringende Blick mahnte zur Vorsicht und trotzdem brannten alle Sicherungen durch. Es gab keine mehr, als Monique ihm plötzlich ins Ohr säuselte und nach dem WC fragte.

„Ich glaube, dort in den schmalen Gang hinein, ganz am Ende." Erik hörte neben sich Erik reden.

„Danke." Die wasserblauen Augen lächelten siegessicher. Der dunkelrote Mund zuckte.

Einen Augenblick überlegte Klapproth, sofort zu gehen. Sein Galeristen-Freund kam ihm in die Quere. Dann war es zu spät.

„Wir sollten uns bei Ihnen bedanken. Es war höchste Zeit." Monique und Beatrix, sie maß einen halben Kopf kleiner und trug glattes schwarzes Haar, das bis auf die Schultern reichte, nahmen Erik in die Zange.

„Trinken wir zusammen ein Glas Sekt?" Moniques Augen blitzten magisch. Beatrix wusste um den weiteren Lauf der Dinge. „Ich geh' dann mal."

Am Schreibtisch rückte Klapproth an den PC-Bildschirm heran. Im Internet durchforstete er mehrere Broker-Portale. Sie offerierten verlockende Geldvermehrungsmodelle. Wetten auf fallende oder steigende Aktienkurse, auf Wertentwicklungen von Währungen, auf Rohstoffpreise. Das ganze Programm aus der Abteilung Casino der Marktwirtschaft. An der Börse strömten gigantische Geldsummen in Bruchteilen von Sekunden von einem zum anderen Besitzer. Es galt, die richtige Quelle zum richtigen Zeitpunkt zu erwischen. Ein goldenes Händchen, ein feines Gespür, ein risikobereiter Instinkt halfen, den Wert der eigenen Kapitalanlage bar jeder Wertschöpfung und kurzfristig enorm zu steigern. Ohne Aufträge zu akquirieren, ohne Arbeit zu verrichten, ohne für Beschäftigte verantwortlich zu sein. Klapproth hantierte unschlüssig mit der Mouse. Einen Teil seines privaten Vermögens verwetten, um das Unternehmen zu retten? Es konnte wundersam gut gehen. Jedoch die Zeichen in der Welt standen alles andere als auf Wunder. Die Finanzmärkte zeigten sich trotz Ukraine-Krise, Syrien-Krieg und Flüchtlingswelle zwar erstaunlich robust, reagierten aber bei geringsten Eruptionen flatterig. Schlechte Quartalszahlen eines Global Players eigneten sich, eine ganze Branche für eine kurze Zeit herunterzuziehen. So ein Tag konnte genau der falsche Zeitpunkt für die eigene Kapitalwette sein und alles war verloren. Klapproth zögerte.

Kapital 10

Der Sommer in Kiel begann durchwachsen. Das weltgrößte Seglertreffen, die Kieler Woche, litt unter Regen und Sturmböen. In der Stadt, entlang der Förde beeindruckte das Schietwetter die unüberschaubare Masse der Besucher herzlich wenig. Imbiss- und Trödlerbuden, Bierausschankinseln und Showbühnen drohten in der Menschenflut zu ersaufen. Fiete Last hatte sich mit seiner Gitarre und großrunder Spiegelbrille etwas abseits auf Höhe des Schwedenkais unter einem breitkronigen Baum postiert. Einmal im Jahr nutzte er den Trubel in der Stadt, seinem Hobby zu frönen, der Musik. Er sang und spielte ohne technisches Zubehör. Unplugged. Vor sich hatte er ein Basecap zur Spendenschale umfunktioniert. Die vorbeiziehenden Kieler-Woche-Partygänger nahmen Bob Dylan, Leonhard Cohen und Neil Young sporadisch wahr. Einige blieben stehen, lauschten einem Song oder zwei. Im Basecap klimperte es am stärksten, wenn er einen populären Titel zum Besten gegeben hatte. „Blowin' In The Wind"* von Dylan war so einer. Fiete sackte die Münzen dankbar ein. Sie fühlten sich anders an als das Geld aus den geraubten Transportboxen der Sicherheitsfirmen und aus den zitternden Händen von Angestellten überfallener Banken. Er hatte sich jeden Euro verdient. Er konnte jeden gut gebrauchen.

Beim Überfall auf den Baumarkt in Bordesholm vor mehr als einem Jahr blieb ihm und seinen Kumpanen Gerolf „Gerda" Strähter und Martin Paroso der große Geldsegen verwehrt. Statt der erhofften sechsstelligen Summe zählten sie knapp 70.000 Euro. Davon war in ihrer Kasse nicht mehr viel auffindbar. Martin beschäftigte sich seit einigen Wochen damit, eine Geldquelle zu erschließen, ein geeignetes Objekt zu sondieren, wo das Risiko gering gehalten werden konnte und wo sich ein Raubüber-

* Aus dem Album „The Freewheelin' Bob Dylan" von Bob Dylan, 1963

fall lohnen würde. Möglichst weit weg von Kiel, weiter als beim letzten Mal. Ein zu enger Aktionsradius wurde schnell zu einem Fadenkreuz, in das sie ungern geraten wollten. Auf Martin vertrauten Gerda und Fiete. Er agierte umsichtig und achtete akribisch auf jedes Detail. Auch deshalb war es der Polizei bisher nicht vergönnt gewesen, sie von der Fahndungsliste zu streichen.

Das Basecap zog Fiete tief über die Stirn. Da sich halb Norddeutschland auf der Kieler Woche tummelte, konnte er durchaus auf jemanden treffen, der ihn aus der Jugendzeit in Flensburg kannte. Nach den Jahren war die Wahrscheinlichkeit indes gering. Dennoch suchte er auf kurzem Weg, sich von der Förde zu entfernen. Bevor die Party dort am Abend richtig abging, mit Konzerten, Spektakel und Feuerwerk. Die Euro-Münzen dehnten die Hosentaschen. Das Gewicht fühlte sich nach ungefähr 60 Euro an. Er erreichte die Gutenbergstraße im Stinkviertel just in dem Moment, als die Sonne mit den Feiernden in der Stadt ein Einsehen hatte. Der graue Himmel riss auf, die Häuser in dem historischen Karree begannen zu strahlen. Bevor Fiete in die Howaldtstraße einschwenkte, erleichterte er sich um ein paar Euro und kaufte in der angesagtesten Pizzeria der Gegend zwei Sixpack Bier. Er wollte bei Strähter und Paroso vorbeischauen. Zur Prime Time heute ermittelten wieder die TV-Helden von „CSI: New York". Das verhieß mäßige spannungsgeladene Unterhaltung.

Kurz vor 20 Uhr stieg Fiete Last trotzdem angespannt die Treppen nach oben. Gerda öffnete ihm die Wohnungstür. In der Küche hörte er Martin hantieren. Es roch nach Pizza.

„Hey, Musiker, du kommst gerade richtig, die Pizzen sind gleich soweit."

Paroso klang entgegen seiner in jüngster Zeit häufig gereizten Stimmung aufgeräumt. Fiete war im Türrahmen zur Küche stehengeblieben. Er ertrug den Geruch von italienischem Allerlei auf gebackenem Teigteller nur noch schwer. Strähter und Paroso schienen dagegen resistent zu sein. Sie begnügen sich nicht selten mehrmals in der Woche mit Pizza. Bevorzugt im Zutatenmix „Diabolo“ und „BBQ-Chicken“.

Fiete vermutete Martins gehobene Laune in einem neuen Coup, den er für sie ausgekundschaftet und durchgeplant hatte. Er rückte damit heraus, nachdem das Pizza-Abendmahl vertilgt und der CSI-Fall geklärt war.

„Leute, die Reise geht diesmal bis in den Süden von Hamburg, nach Winsen an der Luhe.“

„Klasse, da wollte ich schon immer mal hin“, frotzelte Gerda. Fiete sagte nichts. Er öffnete drei Bierflaschen.

„Ich habe da eine kleine feine Filiale der Volksbank entdeckt. Donnerstags bis zum Ladenschluss um 18 Uhr rücken da offensichtlich viele Bauern aus der Umgebung an, die ihre Einnahmen aus der Direktvermarktung von Kartoffeln, Äpfeln und sonstiges abwerfen.“

„Haben sie dir das erzählt?“ Fietes spitze Frage erntete einen grimmigen Blick. Ohne ein Wort von Martin abzuwarten, schob er eine Entschuldigung hinterher. „Sorry, eine blöde Frage.“

„Jedenfalls kreuzten im Verlauf des Nachmittags etliche Pickups und geländegängige Wagen mit Logos von Bauernhöfen auf. Die Bankfiliale befindet sich in einem ruhigen Winkel von Winsen.“

Paroso zoomte auf dem Smartphone den Standort im Stadtplan heran und legte das Handy auf den Tisch.

„Das Gebäude grenzt an eine Seitenstraße, die von nur wenigen Gebäuden gesäumt wird. Wir können direkt vorfahren. Aber es muss wie immer schnell gehen. Über die Lüneburger Straße bis zu diesem Kreisverkehr“, Martin fuhr mit dem Zeigefinger auf der Karte entlang, „und dann über die Osttangente gelangen wir zur Autobahnauffahrt Winsen-Ost, rauf auf die A250 und weiter von Hamburg auf der A7 ab durch die Mitte.“ Er sackte zurück in den Sessel.

Strähter und Last hingen über dem Smartphone. Auf dem Rückzugsweg konnten sie ordentlich Gas geben. „Wenn wir am

Maschener Kreuz nicht im Stau hängen bleiben", wendete Fiete ein, „da ist am frühen Abend der Teufel los."

Martin verschränkte die Arme hinter dem Kopf. „Möglich. Für diesen Fall sollten wir in der Filiale Vorsorge treffen, dass der Bankraub nicht sofort bemerkt wird."

Strähter blickte auf und sah Paroso an. „Keine Toten, keine Verletzten."

„Klar doch. Wir könnten die Damen und Herren, es sind ein Filialleiter und zwei junge Frauen, und anwesende Besucher fesseln und in einen Raum sperren."

„Kurz vor Ladenschluss schinden wir damit nicht viel Zeit."

„Sag' mal Fiete, du bist so pessimistisch drauf, is' was?" Martin hievte den Oberkörper nach vorn und stützte sich mit den Ellenbogen auf die Knie.

„Wieso? Ich sage lediglich, wo es klemmen könnte." Er rang mit sich. Sollte er die fiebrige Situation nutzen, seine Unzufriedenheit rauszulassen und den heiklen Wunsch auftischen, ihre seit über 20 Jahren erstarrte Lebensform grundlegend ändern zu wollen?

„Ich finde, wir gehen von Mal zu Mal ein größeres Risiko ein. Eines Tages kriegen sie uns am Arsch."

„Was schwebt dir stattdessen vor?" Strähters Tonfall besaß plötzlich eine eindringliche Schärfe, die Fiete fast vergessen hatte.

„Ich weiß nicht, wie ihr das empfindet. Aber wollt ihr bis ans Ende eurer Tage in diesem Trott weitermachen? Kasse leer, Kasse auffüllen. Und alles immer unter dem Radar der Polizei und der Behörden."

„Da du so ungefärbt fragst, ich habe kein Problem damit. Ein bisschen Abwechslung wäre natürlich schön. Mal wieder ein Ding ziehen, wie damals mit dem Knast in Filderstadt, es richtig rumsen lassen." Martins Augen tauchten in einen schwärmerischen Glanz. „Den Amateuren da draußen zeigen, wo der Hammer hängt. Nehmt diese syrische Pappnase von gestern in Ansbach. Will den großen Zauber veranstalten und sprengt sich am Ende samt Rucksack allein in die Luft."

Gerda grinste breit und zustimmend. Seine gelblichen Zähne sahen marode aus. „Manchmal könnte man wirklich wieder zum Terroristen werden, bei dem ganzen Zinnober, den sie in Berlin veranstalten." Strähter rutschte schnell und gern in das Fach, die Welt im Großen und Ganzen zu erklären. „Die Hertel und ihre handzahmen CDU-Schoßhündchen spalten erst die Republik und dann Europa, behaupten in den Talkshows aber penetrant das Gegenteil und bemerken nicht, dass ihnen die Leute von der Fahne gehen. Das Yes der Briten jetzt zum Brexit kapieren sie überhaupt nicht und meinen, sie könnten so weiter machen wie bisher."

„Bevor die ihre Schotten dichtmachen, sollten wir vielleicht dorthin auswandern", warf Fiete unbedarft ein. Das war ein Fehler. Er lenkte Gerdas Aufmerksamkeit zurück auf sich. Strähter hatten einen tiefen Schluck aus der Bierflasche genommen, stellte sie auf den Tisch und schaute ihn prüfend an.

„Was hat bei dir den Sinneswandel ausgelöst? Hast du bei deinem letzten Hamburg-Trip eine Knitte kennengelernt?"

Strähter meinte den Zeitpunkt des Ausflugs nach Luxemburg, von dem er und Paroso nichts wussten. Trotzdem fühlte Fiete sich allein bei dem Gedanken daran höchst unwohl. Der Kontakt zum BKA, würde er ruchbar, hätte nach dem ehernen Gesetz des Schweigens in der RAF üble Folgen für ihn. In der Endkonsequenz tödliche. Er war sich sicher, Strähter kannte auch nach den vielen Jahren, in denen die RAF nur mehr in den Geschichtsbüchern stand, kein Pardon. Die bohrende Frage nach Hamburg beseitigte jeden Zweifel.

„Nein, habe ich nicht", antwortete Fiete entschlossen und beinahe trotzig. „Aber ich wäre nicht abgeneigt, mich auf eine Beziehung einzulassen. Ewig Männer-WG ist keine prickelnde Perspektive."

„Sind dir die Puppen in Hamburg nicht mehr gut genug oder

suchst du jetzt eher was zum Kuscheln?“ Martin redete an ihm vorbei und suchte erwartungsvoll Blickkontakt zu Gerda. Strähter stieg auf die schlüpfrige Bemerkung nicht ein, er verzog keine Miene.

„Du weißt, dass das nicht funktionieren wird. Jedes Weib, welches wir an uns näher heranlassen, bedeutet größte Gefahr.“ Strähter schielte kurz zu Paroso, der sich eine kommentierende Geste verkniff. „Genauso ist es absolut inakzeptabel, dass einer von uns ausschert. Unser Schicksal, als einzige RAF-Mitglieder nicht vor dem Kadi gelandet zu sein, kettet uns aneinander.“

„Ob wir zu dritt abgetaucht bleiben oder jeder einzeln mit anderer Identität lebt, ändert doch an der Tatsache des Unentdecktseins nichts.“

Strähter saß auf dem Sofa rechts von Fiete. Er rückte auf die Sitzkante vor und wendete sich ihm zu. „Als du in unseren Verein eingetreten bist, haben sie dir doch beigebracht, es gibt kein Zurück. Getrennt leben wir jeder permanent in Ungewissheit darüber, was die anderen so treiben. Ich verspüre jedenfalls keine Lust, jeden Morgen mit der Angst aufzuwachen, die Bullen könnten vor der Tür stehen.“ Gerda leerte sein Bier. Danach schwieg er. Was Strähter nicht erwähnte, erstickte jede weitere Entgegnung. Er war der Einzige im Trio, der ständig eine Waffe bei sich hatte. Eine russische Makarow-Pistole. Für alle Fälle, begründete er vielsagend. Und so meinte er es auch. Martin hatte ebenfalls verstanden. Mit ernstem Gesicht fragte er in die Runde: „Wollen wir das Ding mit der Volksbank in Winsen drehen?“

„Meinetwegen.“ Fiete hörte sich kleinlaut und abwesend an. Instinktiv hob er jedoch die Stimme und verpasste seinem Okay einen ernsthaften Anstrich. „Das Maschener Kreuz sollten wir unbedingt beachten. Bald gehen die Ferien los. Die A7 nach Norden ist in den Wochen häufig dicht.“

„Also dürfen wir die Sache nicht lange aufschieben. Nächsten Donnerstag wäre gut. Der Sicherheitsauflauf zur Kieler Woche ist dann abgeebbt“, beraumte Strähter den Termin an. „Wir fahren am Mittwoch ins Quartier.“

Das Golfturnier der Sicherheitsbehörden diesen Sommer im mecklenburgischen Fleesensee fiel den ersten islamistischen Terroranschlägen in Deutschland zum Opfer. Die Beil-Attacke eines Afghanen auf Fahrgäste in einem Regionalzug bei Würzburg und eine Woche später der Bombenanschlag auf Besucher eines Konzerts in der Altstadt von Ansbach durch einen Syrer endeten mit zahlreichen Verletzten und für die beiden Attentäter tödlich. Anhand von Daten ihrer Handys konnte nachgewiesen werden, die Asylbewerber hatten sich binnen kurzer Zeit radikalisiert und noch unmittelbar vor den Taten telefonischen Kontakt mit irgendwelchen IS-Instrukteuren in arabischen Ländern. Daraufhin trommelte Bundesinnenminister Abraham die Chefs der Sicherheitsbehörden in Berlin zur Krisensitzung zusammen. Der Aufklärungsdruck in der Bevölkerung und den Medien war extrem hoch. Wer steckte hinter den Anschlägen? Wie konnte es dazu kommen? Und vor allem, warum wurden sie nicht verhindert? In der Ministerbesprechung kam auch zur Sprache, welch hochexplosives Pulver von den islamistisch motivierten Attentaten in die öffentliche Debatte emittiert wurde. Zwei junge Männer, die hilfsbedürftig schienen und Deutschland um Schutz ersuchten, schlagen denjenigen Menschen die Schädel ein oder jagen sie in die Luft, die sie mit Beifall aufgenommen und ihnen eine Chance zum Überleben eröffnet hatten. Das stellte die Koordinaten der Willkommenskultur auf den Kopf. In die Online-Medien, in die sozialen Netzwerke und in die zahllosen Internet-Blogs ergoss sich eine Flut von Kommentaren. Das Meinungsspektrum erreichte eine extreme Spannweite. Vom Bedauern über psychische Fehlentwicklungen bei den Tätern bis hin zu blanken Hasstiraden gegen alles Arabischstämmige. Dazwischen der Raum war wenig angefüllt mit differenzierten Sichten und Anmerkungen. Der Riss durch die Gesellschaft öffnete sich wie der Spalt zwischen von starkem Wind auseinandergetriebenen Eisschollen. Er könnte sich nur wieder schließen, wenn sich der Wind drehte. An der Wetterfahne der deutschen Politik gab es dafür keine Anzeichen. Der Innenminister verwendete seine Energie darauf, keinesfalls der Flüchtlingspolitik der Kanzlerin in die Parade zu fahren und mit Beruhigungspillen die Verunsicherung der Bürger über die Sicherheit im Land zu dämpfen. Nach jeder Eskalationsstufe der Gewalt wurden routinemäßig härtere Gesetze postuliert, stürmten begleitet von medialem Trarar des öffentlichen-rechtlichen Rundfunks und Fernsehens Sondereinheiten der Polizei die Wohnungen von Terrorplanern. Verdächtige Gedankenspiele genügten für ein Großaufgebot der Staatsgewalt. Das beruhigte die Nerven und verbreitete die Botschaft, wir sind nicht untätig.

BKA-Präsident Helfried Schmidt und Verfassungsschutzchef Bodo Zehrwald standen auf einem Flur des Bundesinnenministeriums vor den hohen Fenstern und blickten hinaus. Sie hatten den Konferenzraum vor wenigen Minuten verlassen. Der Minister eilte zum nächsten Pressestatement. In den kommenden Tagen hatten sie sich jederzeit zur Verfügung zu halten.

„Abraham hätte ruhig etwas länger zuhören sollen", unterbrach Schmidt die um sie herum eingetretene Stille. „Meine Jungs sind ziemlich angefressen. Das Terrorpotenzial hat sich vervielfacht mit den zigtausenden falschen Identitäten, die durchs Land wandern, und wir sollen unseren Job verrichten, als wäre alles im üblichen Bereich. Aber wenigstens hat Abraham jetzt begriffen, dass unsere Warnungen nicht unbegründet waren. Aber bei Susi Sorglos* scheint das immer noch nicht angekommen zu sein."

„Hey, Helfried, pass' auf, was du sagst", Zehrwald drückte Schmidt sanft beiseite in den Flur. Das Signal zu gehen. „Du

* Aus dem Album „Oh, Otto" von Otto Waalkes, 1975

weißt nicht, wer hier zuhört. So despektierlich von der Kanzlerin zu reden, kann dir den Job kosten."

Schmidt konnte ein flüchtiges Schmunzeln nicht verbergen. Zehrwald war ein schlauer Fuchs. Das auf Stoppellänge gestutzte Haar und die Nerdbrille plakatierten seinen Intellekt. „Danke, ich hab's verstanden."

Vor dem Ministerium warteten sie auf ihre Dienstwagen. Die Konferenz hatte Abraham deutlich früher beendet als vorgesehen. „Wir könnten unser Gespräch woanders fortsetzen, zumal Fleesensee ins Wasser gefallen ist." Schmidt sah Zehrwald an. „Die nächsten zweieinhalb Stunden könnte ich loseisen."

„Was schlägst du vor?"

„Wir treffen uns in der Gemäldegalerie hinterm Potsdamer Platz. Dort ist gestern eine spannende Ausstellung eröffnet worden über das goldene Zeitalter der spanischen Kunst im 17. Jahrhundert. Dort sind wir ungestört."

„Klingt interessant. Außerdem ist es dienstlich." Die Mundwinkel von Zehrwald spreizten sich schelmisch in die Nähe der Ohren.

El Siglo de Oro, das goldene Zeitalter, überzeichnete eine Epoche in der Geschichte Spaniens, die vom Widerspruch eines tiefgreifenden Wandels und eines Beharrungsstrebens der Herrschenden charakterisiert war. Die einstige Weltmacht zerbröselte politisch und klerikal, schwächte sich selbst durch aufreibende Fehden zwischen Monarchie und Kirche. Beide Machtzentren beauftragten die großen Meister jener Zeit wie Diego Velázquez, El Greco und Francisco de Zurbarán, die Wirklichkeit opulent in ihren Bildern und Skulpturen zu reflektieren. Die Künstler nutzten die gebotenen Auftragsfreiräume und wurden mit jedem Pinselstrich und fallendem Holzspan zugleich benutzt, die Vision von starken und stabilen Verhältnissen im Königreich aufrechtzuerhalten.

„Woran erinnert mich das?", fragte Helfried Schmidt vor der

großen einführenden Informationstafel zum Beginn der Ausstellung.

„Lass' mich raten" witzelte Bodo Zehrwald und fasste sich mit der rechten Hand bedeutungsschwer an die Stirn.

„Es ist frappierend, auf welche Weise im Verlauf der Geschichte bestimmende Entwicklungsmuster wiederkehren. In unserem Land knirscht und knarrt es an allen Ecken und Enden. Der Staat investiert viel zu wenig in Bildung und Infrastruktur, die politische Landschaft erodiert und so weiter. Was macht die Bundesregierung? Sie ergötzt sich an überlaufenden Steuereinnahmen und predigt dem Volk, es ginge ihm so gut wie nie zuvor."

Schmidt und Zehrwald blieben vor dem Bildnis eines Hofnarren stehen. Der bereits gealterte Mann blickte mit nachdenklichen und traurigen Augen auf die Betrachter im 21. Jahrhundert.

„Ihm ist auch nicht mehr zum Lachen. Vermutlich hat er begriffen, egal welche Wahrheiten er bei Hofe auftischte, die Mächtigen amüsierten sich und scherten sich nicht weiter darum." Zehrwald erkundete jedes Detail des Porträts. Er bewunderte die Fähigkeit der damaligen Künstler, die Gemütslage eines Individuums auf die Leinwand zu bannen und für die Nachwelt lebendig zu halten.

„Hofnarren wurden irgendwann abgeschafft, im Gegensatz zu Hofschranzen."

Schmidt wanderte zum nächsten Ausstellungsstück.

„Unpassende Wahrheiten erleiden im Dunstkreis der Macht das gleiche Schicksal wie ehedem. Oder bist du mal konsultiert worden wegen unserer Bedenken zur Sicherheitslage? Das Non-Paper dürfte sich in Berlin herumgesprochen haben."

„Zur Kenntnis genommen wurden unsere Sorgen und Hinweise schon. Aber es muss erst etwas in der Preisklasse der Silvesternacht von Köln passieren, damit sich Politik rührt. Aber leider geht es über Gesetzesdebatten nicht hinaus. Von zusätzlichem

Personal, effizienteren Strukturen und entschiedenem Auftreten von Polizei und Justiz will niemand etwas hören."

Die beiden Männer betraten einen der zentralen Räume der Exhibition. Ungewöhnlich ausgeleuchtet fokussierte sich darin alles Licht zur Mitte. Auf einem raumgreifenden zweistufigen Podest dominierte eine farbenprächtige Skulpturengruppe die Szenerie. Fünf lebensgroße Figuren, geschaffen von der Hand des spanischen Bildhauers Gregorio Fernández, schienen seit 400 Jahren in ihrem Tun innezuhalten. „Der Gang zum Kalvarienberg" ist für den geschundenen, das Kreuz schleppenden Christus eine Tortur. Von Schergen wird er unbarmherzig angetrieben. Die helfende Hand der Heiligen Veronika, umhüllt von schwerem prunkvollem Gewand, vermag es nicht, ihm sein Schicksal zu ersparen. Schmidt und Zehrwald waren überwältigt. Sie ließen das Kunstwerk auf sich wirken. Ein in Holz festgehaltenes Momentum der Religionshistorie, das seine Unsterblichkeit der perfektionistischen Arbeit von Meister Fernández verdankte.

„Man ist versucht hinzuzuspringen und dem armen Kerl das Kreuz abzunehmen."

„Ich würde gern etwas für mein Kreuz tun, lass' uns hinsetzen", entgegnete Schmidt lapidar und zeigte auf eine der Bänke an den dunklen Wänden.

„Unglaublich, als würden die Figuren durch den Raum prozessieren."

„Manches hat eben doch ewig Bestand. In der Kunst soll es mir recht sein."

Zehrwald lehnte sich zurück und stützte die gestreckten Arme auf die weinrote, kunstlederne Sitzfläche der gepolsterten Bank. Abseits des zentralen Lichtgrals waren die zwei Schattenmänner nur schemenhaft zu erkennen.

„Leider hat bei uns kaum noch etwas Bestand", nahm Schmidt den Gedanken auf. „Das ist mir in meiner ganzen Dienstzeit nicht widerfahren, dieses Gefühl, eine Situation nicht mehr zu beherrschen. Diesen unerträglichen Zustand werden wir so schnell auch nicht wieder einfangen. Die Macht des Faktischen erschlägt uns. Im Bundesamt für Migration und Flüchtlinge wälzen sie Berge unerledigter Asylanträge vor sich her, abgeschoben wird im Prinzip nicht und hunderttausende illegale Ausländer verkrümeln sich in Deutschland dorthin, wo es ihnen am besten gefällt. Es bleibt gar nichts anderes übrig, den Schein zu wahren, wir hätten alles im Griff."

„Dabei können wir von Glück reden, dass bisher lediglich zwei einzelne Spinner ausgetickt sind. Der große Knall á la Paris steht uns noch ins Haus. Was der liebe Gott verhüten möge."

„Ich denke manchmal, ein wie auch immer gearteter großer Knall ist notwendig, um überhaupt etwas entscheidend verändern zu können. Nach allem, was aus der Union zu hören ist, wird die Kanzlerin erneut zur Bundestagswahl im nächsten Jahr antreten. Die andere Seite ist so schwach auf der Brust, dass am Schluss die nächste Große Koalition unter Hertel übrig bleibt. Was der liebe Gott ebenfalls verhüten möge." Schmidt nahm Christus fest in den Blick.

„Im Moment wäre es aber vielleicht nicht sehr klug, etwas zu unternehmen, was die Machtverhältnisse im Land in den Grundfesten erschüttern würde", gab Zehrwald zu bedenken. „Die demokratischen Halteseile in der Gesellschaft sind ohnehin zum Zerreißen gespannt. Rechts wie links nimmt Gewalt als Argumentationshilfe zu. Ein politisches Waterloo der Kanzlerin könnte in dem Flüchtlingschaos staatsgefährdende Konsequenzen haben."

„Mag sein, dass du damit richtig liegst. Zurzeit jedenfalls. Aber genau darauf ziele ich mit dem großen Knall ab. Es müsste daraus eine ernsthafte Bedrohung für die Bundesrepublik resultieren."

„Dann hätten wir nur noch mehr Stress."

„Aber auch die Notstandsgesetze. Darüber redet natürlich keiner gern. Sie existieren und sind in Kraft. Seit 1968 wurden sie im Text nicht geändert, und darin ist sehr dehnbar formuliert, wann vom Krisenfall einer Sicherheitsbedrohung die Rede sein kann."

„Wie Politik geltendes Recht willkürlich auslegt oder gleich aushebelt, erleben wir ja gegenwärtig."

„Ich halte es deshalb auch für keine bloße Phantasie, dass irgendwer im Kanzleramt eines Tages die Karte Notstandsgesetze zieht. Ein konzertierter Hackerangriff auf überlebenswichtige Versorgungssysteme wie dem Strom- und Kommunikationsnetz kann allemal als Sicherheitsbedrohung für das Land gedeutet werden. Im Notstand gelten andere Spielregeln, zum Beispiel könnten die Bundestagswahlen auf unbestimmte Zeit ausgesetzt werden."

„Das wäre Machterhalt auf sehr subtile Art und Weise."

„Die proklamierte Ausnahmesituation lässt sich aber genauso gut nutzen, kurzerhand die amtierende Regierung abzusetzen und einen neuen Kanzler oder meinetwegen eine neue Kanzlerin zu installieren."

„Welche Wirkung die Notstandsgesetze entfalten, hängt demnach davon ab, wer diese Trumpfkarte in den Händen hält und wie schnell ausspielt."

„Für mein Befinden wird seit Wochen auffallend intensiv das Thema Hackerangriffe von der Berliner Politik heißgeredet und gestreut. Ein Schelm, wer Böses dabei denkt."

„Wer aber anderes könnte die Notstandsgesetze aus der Schublade holen?"

„Letztlich eine verwegene Schar Bundestagsabgeordneter. Wenn die Demokratie wackelt, dürften sich genug Mitstreiter im Hohen Haus finden."

Zehrwald bewegte in einem Anflug von Skepsis die Mundwinkel.

„Wir warten erstmal die nächsten Wahlen ab, dann werden die Karten neu verteilt und wir bedürfen deiner Trumpfkarte vielleicht nicht mehr."

Er drückte sich von der Bank hoch. Auf die Behördenchefs warteten weitere kunstvolle Zeugnisse einer vergangenen Ära.

Kapitel 11

Carlo Jansen knallte die Zeitung direkt vor Ole auf den Tisch. Dormark war sofort klar, warum der „Baltic-Bote" bei ihm landete. Jansen, der Direktor der Hanseatischen Vereinsbank in Rostock und sein unmittelbarer Vorgesetzter, reagierte wie stets impulsiv und ungehalten, wenn ihm irgendetwas gegen den Strich lief. Diesmal hatte ein Presseartikel den Unmut erregt.

„Was glaubst du, sagt der Oberbürgermeister dazu, wenn ausgerechnet die Hanseatische Vereinsbank gegen die Hilfsgeste der Stadt wettert, den Flüchtlingen Fährtickets nach Skandinavien bezahlt zu haben?"

Ole durchblätterte gelassen den „Baltic-Boten" bis zur Seite 3 im Lokalteil. Dort war sein Konterfei in einem Beitrag abgebildet, der über den Wirtschaftsstammtisch berichtete. Die Unternehmer sammelten traditionell auf der Dezember-Zusammenkunft Spenden für hilfsbedürftige Menschen in der Hansestadt. In diesem Jahr war die Kollekte einem Projekt zugedacht, das sich um Migranten kümmerte. Die Reporterin fragte Dormark nach seiner Motivation. Vor Krieg und Hunger Flüchtenden sei uneingeschränkt zu helfen und ihnen Schutz zu gewähren, zitierte ihn die junge Dame vom „Baltic-Boten". Er machte ihr gegenüber aber auch keinen Hehl daraus, dass dieses Hilfsgebot nicht unterlaufen werden dürfe, nicht von den Hilfesuchenden und nicht von den Hilfebietenden. Was er damit konkret meinte, hakte die Reporterin nach. „Sehen Sie, vor Jahresfrist wurden tausende illegale Migranten über Rostock ganz offiziell weiter nach Schweden gelotst, die Fährtickets gab es obendrauf. Das war ein klarer Rechtsbruch, alle deutschen und europäischen Einreiseregelungen setzte man einfach außer Kraft. So darf Flüchtlingshilfe nicht zelebriert werden. Das spielt den Rechtspopulisten und Rechtsradikalen in die Hände und schadet im Endeffekt den wirklich Schutzsuchenden."

Verkürzt fand sich Dormarks Kommentar in dem Bericht der Zeitung wieder. Mit dem Verweis auf seinen Job als Leiter des Investment-Centers der Hanseatischen Vereinsbank.

„Ehrlich gesagt, es ist mir gleich, was der Oberbürgermeister dazu sagt. Ich habe meine Ansicht geäußert. Und?"

Jansen schlich wie ein Tiger hinter Dormarks Rücken umher. Er brauchte Auslauf für seine Aufgebrachtheit. Das Büro des Direktors bot genug Platz. Mit seinem kräftigen Körper entwickelte er eine bedrohliche Dynamik. Nach Oles fragendem „Und" blieb er neben ihm stehen und blickte zu ihm herab.

„Du hast eben nicht deine Meinung geäußert, sondern die eines leitenden Mitarbeiters der Hanseatischen Vereinsbank. Das ist ein feiner Unterschied." Jansen trabte weiter.

„Soll das heißen, unser Haus nimmt es mit dem Recht nicht so genau? Wo wir ansonsten jeden Buchstaben, jedes Komma in Gesetzen und Vorschriften umdrehen, um es für uns geltend zu machen."

„Hier geht es um die Außenwirkung der Bank. Wir unterstützen aus humanitären Gründen die Flüchtlingspolitik der Kanzlerin."

Dormark überraschte das Bekenntnis nicht. Jansen verehrte Regina Hertel. Er sah sich selbst als Machtmenschen. Jansen und Dormark waren wegen der Migranten zuvor schon mal aneinander geraten. Der Zeitungsartikel verschärfte ihre Differenzen. Ole konnte sich jedoch nicht vorstellen, dass eine Meinungsverschiedenheit zu einem öffentlichen Thema arbeitsrechtlich ihm zum Verhängnis werden könnte. Jansen setzte sich an den Schreibtisch. Er hatte schlagartig auf beherrschten, selbstsicheren Manager umgeschaltet.

„Ole, ich werde dir eine Abmahnung erteilen. Wegen imageschädigenden Verhaltens zum Nachteil deines Arbeitgebers."

„Wie bitte?" Dormark glaubte, das Gesagte missgedeutet zu haben. Hatte Jansen von Abmahnung gesprochen?

„Ich wiederhole mich ungern, aber du solltest es verstanden haben."

Ole schoss Adrenalin in die Adern. Ausgelöst durch schockartige existenzielle Angst, oder doch eher durch eine von Gerechtigkeitssinn befeuerte Empörung? Ein Fehlverhalten wurde ihm vorgeworfen, das er bei klarstem Verstand nicht erkennen, geschweige akzeptieren konnte.

„Was soll das? Gehörst du zur Front der Leute, die sich vor lauter Selbstberauschung an ihrem Samaritertum den Blick für die Realitäten verkleistern?"

Janson schreckte für einen Moment zurück vor dem frontalen Anwurf, der auch phonetisch an Schärfe überraschte. So kannte er Ole nicht.

„Ich kann dich beruhigen, ich helfe gern, aus tiefstem Herzen."

„Ich helfe auch gern." Ole stieß das „auch" betont aus. „Aber ich reklamiere für mich, Zweifel zu hegen und zu äußern. Wenn zum Beispiel humanitäre Hilfe hergehalten wird, um den Verstoß gegen geltende Regeln und Gesetze vom Ausnahme- zum Regelfall zu machen."

„Das ist eine böse Unterstellung, damit diskreditierst du die vielen ehrenamtlichen Helfer."

„Genau diese Art von Reaktion spaltet seit einem Jahr das Land, treibt es in eine Polarisierung zwischen Gut und Böse. Zum Glück trauen sich noch Gelehrte und Journalisten mit Grips, die Flüchtlingskrise differenziert und sachlich zu betrachten und dem Willkommens-Taumel etwas zu entgegnen. Auch zu dem Preis, dafür als fremdenfeindlich abgestempelt zu werden. Ein Stigma, das mir jetzt wohl ebenfalls anhaftet." Dormark erhob sich unversehens und strebte der Bürotür zu.

„Warte, Ole, du solltest die Abmahnung ernst nehmen", rief Jansen ihm nach. Kurz vor der Tür drehte sich Dormark um. „Werde ich, aber ich kann dir nicht versprechen, dass wir darüber nicht noch mal reden werden. Wo auch immer."

Die Tür fiel ruppig ins Schloss. Jansen starrte gedankenversunken eine Weile auf das hellbraune Furnier. Er lockerte die Krawatte.

Dormark blieb auf dem Flur der Chefetage stehen und holte tief Luft. Er brauchte den langen Atemzug, um herunterzukommen vom Adrenalinschub und um rational zu denken. Im Investment-Center beobachteten die Finanzmakler der Hanseatischen Vereinsbank konzentriert die internationalen Börsenplätze und die Jahresendrallye. Der andauernde Niedrigzins der Europäischen Zentralbank zwang dazu, jede sich bietende Gewinnmarge mitzunehmen. Bevor Dormark sich den aktuellsten Überblick verschaffen wollte, rief er Erik Klapproth an.

„Hi, Ole, was gibt's?"

„Hallo Erik, the same procedure as last year, wir waren dieses Jahr noch nicht auf dem Weihnachtsmarkt. Ich bin reif für Glühwein."

„Das hört sich nach zu langem Entzug an. Bist selbst daran schuld, wir haben heute schon den 19. Dezember."

„Eben, deshalb sollten wir uns heute Abend treffen. Wie sieht es aus bei dir?"

Erik reagierte nicht sofort. Offenbar checkte er den Terminkalender.

„Bist du noch da?"

„Ja, ja. Es passt. Sagen wir um 19 Uhr in der Baude?"

Kurz vor sieben Uhr wartete Ole auf dem Neuen Markt vor der provisorischen Holzhütte. Von winterlicher Vorweihnachtsstimmung war das bunte Treiben ringsum um etliche Plusgrade entfernt. Unwirtliches, nass-kühles Wetter jagte die Besucher durch die Gassen des glitzernden Frohsinns. Sie verhielten sich in dem abendländisch-christlichen Heile-Welt-Versprechen auffallend gleichmütig. Ausgeblendet ein ganzes Jahr, das Deutschland heftiger erschütterte und veränderte wie kaum ein anderes zuvor in jüngerer Vergangenheit. Am Glühwein-Tresen meinte Ole die gleichen Damen vom Dezember 2015 zu erkennen. Uninspiriert und sich vor dem Wind mit hochgeschlagenem Kragen und dickem Schal schützend, schenkten sie aus. Plötzlich lastete Druck auf seiner linken Schulter. Eriks rechte Hand setzte schwer auf. Ole wendete sich um.

„Du spähst doch wohl nicht die beiden Hübschen aus", überfiel ihn Erik süffisant und reichte ihm, ohne eine Antwort abzuwarten, die Hand. Sie fassten kräftig zu. „Dann lass' uns fix reingehen."

„Alter Schwede, du siehst gestresst aus. Hast du zu lange draußen gestanden oder was ist dir widerfahren?" Erik blickte jetzt ernst.

„Mein Chef und ich sind heute zusammengerasselt. Er hat mir eine Abmahnung angeheftet."

„Hast du Kapital verzockt?" Erik nahm zwei Glühweinbecher über den Holztresen entgegen. Müde blaue Augen sahen ihn an.

„Wenn es das nur wäre, wüsste ich wenigstens, woran ich bin. Ich soll dem Image der Bank geschadet haben."

„Wie stellt man so etwas an?", fragte Klapproth verdutzt. Er nippte am Glühweinbecher. Das Gesöff schmeckte im Budenzauber himmlisch gut.

„Du musst einer Reportermieze nur erzählen, was du denkst."

„Wegen des Artikels gestern in der Zeitung? Was geht da der Bank ab?"

„Der Chef verortet sie in der Hertelschen Flüchtlingspolitik, vorbehaltlos."

„Als ich das Zitat von dir las, dachte ich, wie gut, dass der ‚Baltic-Bote' eine bedenkenswerte Sicht publiziert. Endlich. Einige überregionale Medien und führende Wirtschaftskreise holt ja nach mehr als einem Jahr die Wirklichkeit auch ein. Ziemlich kleinlaut bekennen die einen, sie hätten in ihren Berichten überwiegend durch die Willkommenskulturbrille geschaut, und die anderen in den Dax-Konzernen stellen fest, es sind erst zwei Dutzend Fachkräfte untergekommen und bei dem großen Rest wäre das doch schwieriger als gedacht."

„Die Manager haben sich mit am lautesten Frau Hertel angebiedert. Mir geht aber etwas anderes gegen den Strich. Wer auch immer in diesem Land sich aus kluger Überlegung erbötigt, die Wunschträume der Gutmenschen auf den Boden objektiver Umstände zu holen, wird diffamiert und beschimpft, auf extreme Weise gar in seiner beruflichen Existenz bedroht. Da springen plötzlich Kunden ab, weil die Nähe zu einem öffentlich gebrandmarkten Vernunftmenschen ihnen womöglich angekreidet werden könnte. Besonders geltungssüchtige Moralapostel rufen dazu auf, Andersdenkende zu boykottieren."

Ole machte eine Pause. Die Wärme des Glühweins breitete sich wohlig im Körper aus. Seiner Anspannung konnte der erste Becher jedoch nichts anhaben.

„Ich nenne das Gutmenschen-Gesinnungsterror, was hier läuft", wetterte er weiter. „Bist du nicht mit uns, bist du unser Feind. Die Methode ist bequem und brandgefährlich. Das gilt generell. Nur die Gutmenschen begreifen es nicht. Sie attackieren Leute, die anderer Meinung sind, unbesehen aus welchen Gründen, in gleicher Radikalität, wie es die Rechtsaußen mit Gesinnungen pflegen, die nicht deren Weltbild entsprechen."

„Geistige Hohlräume werden mit Feindbildern gefüllt."

„Wir erleben gerade die gleiche Nummer gegenüber dem neuen US-Präsidenten. Das Sperrfeuer, das täglich über die Nachrichtenkanäle, vornweg der öffentlich-rechtlichen, auf die Massen prasselt, ist pure Propaganda. Ohne Anstand und Respekt. Der Mann ist noch nicht im Amt und hat bisher nur Sprüche geklopft. Ich messe Politiker gern an ihren Taten und den Ergebnissen ihrer Politik. Aber die Dauersalven der Medien wirken. Erwähnt in unserem Hamburger Bekanntenkreis jemand den Neuen im Weißen Haus, kriegen sich die anderen nicht ein, ihn als Spinner, Brandstifter, Kranken und sonst was zu titulieren."

„Sie könnten sich erneut irren. Der Kater nach seiner Wahl und nach dem Brexit scheint nicht schlimm genug gewesen zu sein, um vielleicht über die Dinge etwas gründlicher nachzudenken, statt sich an Feindfiguren zu ergötzen."

„Ich halte mich zurück. Jeder Verweis darauf, dass Mister President demokratisch gewählt worden ist, und beileibe nicht allein von White Trash, auch von Schwarzen, Hispanics und von über 40 Prozent Frauen, wird weggewischt. Wenn du Glück hast, halten sie dich für unzurechnungsfähig." In Eriks Schmunzeln verhakte sich ein bitterer Zug.

„Vor allem stellt sich keiner von den Neunmalklugen die Frage, was die Amerikaner motiviert hat, den undenkbaren Kandidaten zu wählen. Sie können sich offenbar gar nicht vorstellen, dass es einfach gestrickte Leute außerhalb der Eliten-Hotspots gibt, die völlig anders denken als sie."

„Und einen Großteil der Bevölkerung repräsentieren."

„Ähnlich war es doch bei uns zu den letzten Landtagswahlen. Den erheblichen Zuspruch genießen die Rechtspopulisten, weil die Masse der Wähler von den verkrusteten Machtkoalitionen die Faxen dicke haben. Die rechten Kameraden fallen aber in Deutschland und halb Europa nicht vom Himmel. Mehr als ein ‚sicher wurden auch Fehler gemacht' rutscht Frau Kanzlerin und Co. nicht über die Lippen. Dabei sind sie hauptverantwortlich dafür, wie in den zurückliegenden eineinhalb Jahrzehnten Europa an den Abgrund manövriert wurde. Sie haben in dieser Zeit regiert, niemand anderes."

Der restliche Glühwein in den Bechern hatte Handwärme angenommen. Er schmeckte lau. Erik orderte bei den müden blauen Augen heißen Nachschub. In der Baude wurde munter durcheinander gequasselt, die Menschen genossen die glühweinselige Auszeit vom Alltag. An dem frühen Montagabend schienen sie nahtlos an das vergangene Wochenende anschließen zu wollen.

„Mir kommt es vor, als hätte sich Mehltau auf das Land gelegt." Ole hielt den frischen Becher Erik hin. Sie stießen an. „Die Unbeschwertheit ist verlorengegangen, auch dieses verlässliche Grundvertrauen. Niemand redet mehr frei von der Leber. Man tastet das Terrain ab, um mit seiner Meinung nicht in ein Minenfeld zu treten. Das macht einsam."

„Mich erinnert das an den vergifteten Zeitgeist in den 1930er-Jahren. Schriftsteller wie Stefan Zweig und Joseph Roth verzweifelten damals. Es gibt ein feines Büchlein von Volker Weidermann, in dem er das unfreiwillige Exil der Autoren im Jahr 1936 im belgischen Ostende schildert. Die braune Gehirnwäsche in Nazi-Deutschland hatte sie außer Landes gespült. An der Nordsee haderten sie mit der gesellschaftlichen Ächtung. Später soff sich Roth zu Tode und Zweig brachte sich mit seiner jungen Frau in Brasilien um."

„Totsaufen würde eine Weile dauern." Ole hob den Becher an.

„Ich frage mich schon, wohin die Reise geht. Wo jetzt die Parteien in den Wahlmodus drehen, wird sich die verbale Aufrüstung verstärken. Der Grat droht schmaler zu werden, auf dem die demokratischen Regeln gelten. Das alles kann in Gewalt abkippen."

„Auszuschließen ist gar nichts. Zuweilen beschleicht mich eine Ahnung, der Gutmenschen-Gesinnungsterror und das Bashing des neugewählten US-Präsidenten werden von den Regierenden in Berlin nicht nur in Kauf genommen, sondern forciert. Mit der Absicht, von den eigentlich zu stellenden Fragen abzulenken, wer uns das alles eingehandelt hat, und die destabilisierenden Tendenzen im Staat zum Vorwand zu nehmen, bürgerliche Freiheiten zu beschneiden. Denk' mal an den Böhmermann. Den lassen sie mit einem Majestätsbeleidungs-Paragraphen aus Kaisers Zeiten ins Messer laufen. Ein Gesetz, von dem kaum jemand wusste, dass es existiert. Abgeschafft werden soll es jetzt ab

2018. Nach der Bundestagswahl im September nächsten Jahres. Nachtigall ick hör' dir trapsen."

„Ich höre leider gar nichts trapsen. Nach den Wahlen regiert die Raute weiter auf Sicht. Die Ohnmacht, das hinnehmen zu müssen, ertrage ich immer weniger."

„Das ergeht mir auch so. Aber was bleibt uns übrig?" Erik tippte mit dem Finger an den Becher.

„Damit würde ich mich ungern abfinden."

„Was schlägst du vor?"

„Einen Staatsstreich anzetteln, vielleicht. Aber erstmal gönnen wir uns noch zwei." Jetzt tippte Ole an den Becher.

Dormark hörte das Taxi wegfahren, nachdem er die Haustür verschlossen hatte. Das Schlüsselbund warf er auf den Sideboard im Flur. Er legte den Mantel ab. In dem Moment stand Calli in der Wohnzimmertür.

„Ich habe spontan mit Erik auf dem Weihnachtsmarkt haltgemacht", kam er ihrer Frage nach dem späten Woher zuvor.

„Dann bist du sicherlich froh, dass ihr auf dem Rostocker ward."

„Ich verstehe nicht, warum sollte ich?"

„Hat dich die Top-Meldung aus Berlin nicht erreicht?" Calli wunderte sich, Ole saugte Nachrichten für gewöhnlich im Minutentakt auf.

„Das Smartphone hatte ich ausgeschaltet und im Taxi keine Muße, es einzuschalten. Was ist passiert?"

Ole küsste Calli auf die Wange und begleitete sie ins Wohnzimmer. Im Fernseher flimmerte ein Krimi. Er drückte die Teletext-Taste auf der Fernbedienung. Die Eilmeldung erfasste er sofort.

„Lkw rast in Berliner Weihnachtsmarkt – ein Lastzug ist am Montagabend auf den Weihnachtsmarkt an der Berliner Gedächtniskirche gerast. Dabei rammte er mehrere Verkaufsbuden. Ob es

Verletzte gab, ist noch unklar. Ebenso gibt es keine Angaben zu den näheren Umständen des Vorfalls.“

Calli bot Ole ihr Smartphone an. „Da steht bereits mehr drin.“

„Was zunächst wie ein Unfall anmutete, weist immer mehr auf einen Anschlag hin“, hieß es auf dem Live-Ticker eines Nachrichtenportals. *„Augenzeugen wollen einen dunkelhäutigen Mann aus dem Führerhaus des Lkw herausklettern und wegrennen sehen haben. Die Polizei meldet inzwischen die Festnahme eines Verdächtigen in Berlin-Tiergarten. Es soll sich um einen Pakistaner handeln.“*

„War irgendwo von Verletzten oder gar Toten die Rede?“

„Die Nachrichtensender zeigen in Wiederholungsschleife eine Videosequenz eines Journalisten, der zufällig vor Ort war. Er sprach zumindest von Verletzten. Bei den Trümmern, die zu erkennen waren, würde es mich wundern, wenn es keine Toten gegeben haben sollte.“

Ole legte das Smartphone zurück, stand wortlos auf und holte sich ein Bier aus dem Kühlschrank. Calli kauerte auf dem Sofa in ihrer Lieblingsfernsehstellung, die Beine seitlich angewinkelt. Sie schlürfte grünen Tee aus einem Glas, das sie mit beiden Händen umklammerte.

„Das erinnert verdammt an den Anschlag von Nizza, mit dem Lkw und den vielen Toten. Da haben wir jetzt auch unseren ersten großen Terrorakt.“

„Klingt, als hättest du es nicht erwarten können. Außerdem ist es noch gar nicht klar.“

„Pakistaner fahren hier auch in Scharen mit 40-Tonnern umher“, wiegelte Ole sarkastisch Callis Einwand ab. „Ich habe es nicht erwartet, ich habe es kommen sehen. Zigtausende Muslime sind seit vorigem Jahr unkontrolliert über die Grenze einmarschiert und einfach abgetaucht. Dass das offene Einfallstor auch von den Islam-Faschisten genutzt wurde, ihre Leute einzuschleusen, wissen wir spätestens seit Paris im vergangenen Herbst. Kein Mensch, der Drei und Drei zusammenzählen kann, sitzt der Illusion auf, die würden Deutschland außen vorlassen. Aber es gibt ja nicht wenige Leute im Land, die vor lauter Beifallklatschen solche Warnungen überhören."

Calli stellte das Teeglas auf dem Tisch ab und setzte die Füße auf den Boden. Den Rücken drückte sie durch. Sie brachte sich in Angriffsposition.

„Ich weiß, du hättest am liebsten die armen Menschen an der Grenze abgewiesen. Hast du dir mal deutlich gemacht, wie das hätte eskalieren können? Von Menschlichkeit wäre nichts mehr übrig geblieben."

„Es hätte die Ausnahmeentscheidung bleiben sollen, wie es Hertel postuliert hatte. Aber sie hat sich wie häufig in kniffligen Situationen, die eine klare Ansprache erforderten, vor der Verantwortung gedrückt und es laufen lassen und uns den ganzen Schlamassel eingebrockt."

„Schlamassel nennst du es, wenn Menschen in Not geholfen wird?"

„Komme mir bitte nicht mit diesem Knüppel. Die 20 Prozent der Migranten, die wirklich vor dem Krieg in Syrien geflohen sind, sollen alle erdenkliche Hilfe und jeglichen Schutz bei uns erhalten. Für die anderen 80 Prozent gelten andere Regeln. Regel Nummer eins, wer einreisen möchte, hat gültige Reisedokumente vorzuweisen. Regel Nummer zwei, wer es denn ins Land geschafft hat, hat sich an Recht und Gesetz zu halten."

„Die Mehrheit der Zu-uns-gekommenen respektiert unsere Verhaltensnormen und Gesetze. Auch sollten wir es uns durchaus leisten können, Menschen zu helfen, die sich aus blanker existenzieller Not zu uns auf den langen Weg machen."

„Milliarden an Entwicklungshilfe sind aus Deutschland in den zurückliegenden Jahrzehnten in die weite Welt geflossen. Was das gebracht hat, ist jenseits des Mittelmeeres eindrucksvoll zu besichtigen. Die Schlaumeier in Berlin glaubten wirklich, sie müssten nur die Milliarden überweisen, dann bräuchten sie keinen Gedanken mehr an ein Flucht-Worst-Case zu verschwenden. Das war fahrlässig. Jetzt sind sie kalt erwischt worden. Es wäre allemal besser gewesen, Kriegsflüchtlinge, durchaus in größerer Zahl, aus den Camps abzuholen. Die Briten und Kanadier gehen seit Anfang an diesen Weg. Wir senden lieber das Signal, kommt alle zu uns. Ein kluger welterfahrener Journalist hat vor Jahren schon gewarnt, wenn wir uns Kalkutta reinholen, werden wir Kalkutta kriegen. Ist es das, was ihr wollt?"

„Ich werde jedenfalls weiter mithelfen, den Flüchtlingen bei uns in der Stadt die Eingewöhnung zu erleichtern." Calli war ermüdet von den wiederkehrenden Diskussionen. Sie sehnte sich nach einer unbestimmten, verlorengegangenen Normalität. Von der sie wusste, es würde sie nie wieder geben. Calli griff trotzdem nach jedem Zipfel, für kurze Zeit der Täuschung zu erliegen, es könnte anders sein. „Wir müssen uns noch einen Weihnachtsbaum besorgen." Sie fiel in das Sofa zurück.

Ole sah, ebenso mental ermattet, zu seiner Frau. Die Abmahnung ersparte er ihr. Wieso verkeilten sie sich jedes Mal unerbittlich in ihren Ansichten? Callis leichtes Tageskleid mit farbenfreudigen abstrakten Mustern, die an Gemälde von Kandinsky erinnerten, war über den Schoß noch oben geschürzt. Sie hatte die Beine ein wenig gespreizt. Der freie Blick auf den Zwickel ihres schwarzen Slips löste in Ole auf Schlag unbändiges Begehren aus. „Den Tannenbaum können wir morgen holen. Aber ich habe bereits einen schönen Zapfen hier." Er erhob sich und setzte sich zu Calli. Sie lächelte milde. Als seine Hände über die Innenseiten der Schenkel strichen, breitete sie sich ihm hin. Wohlige Lust flutete ihren Körper. Ole nahm sie heftig.

Der orgastische Rausch entführte sie aus der Zeit. Jeder Sekunde des Nachbebens haftete Ewigkeit an. Nachdem sie aufgestanden und ins Bad gegangen war, checkte Ole den Teletext an diesem 19. Dezember 2016 ein letztes Mal. In Berlin hatte es offenbar zwölf Tote gegeben.

Kapitel 12

Schmidts Abschlag am Loch 10 passte. Zehrwald verfolgte aufmerksam die Flugbahn des kleinen Balls. Er schlug nach gut 50 Metern in Linie zum Loch auf dem Fairway-Rasen auf. Respekt und Neid flogen mit. Ein knappes halbes Jahr nach dem Anschlag auf den Weihnachtsmarkt in Berlin absolvierten Verfassungsschutzchef Zehrwald und BKA-Präsident Schmidt eine 18-Loch-Runde auf der Golfanlage Fleesensee in Mecklenburg. Die Führungsgremien der deutschen Sicherheitsbehörden holten ihr Golfturnier nach, das 2016 aufgrund der ersten islamistischen Terrorattacken in Deutschland abgeblasen worden war. Zehrwald, weniger geübt im Umgang mit Golfschlägern, drosch den weißen Ball nicht weit, aber ziemlich an den Rand des sich lang erstreckenden Fairways von Loch 10. Das Gelände in Fleesensee bildete weitläufig und hügelig die Mecklenburger Landschaft ab. Das folgende Loch 11 ragte dicht an eine Buschzone heran. Ein gepflegter Wassertümpel unmittelbar neben dem Grün flößte Zehrwald eine Heidenversagensangst ein. Er lag zwar hoffnungslos gegen Schmidt zurück, aber den Ball im Wasser versenken, damit wollte er sein bescheidenes Spiel nicht unnötig krönen. Der Kelch ging an ihm vorüber. Er schaffte es sogar, beim Par am Loch 11 Schmidt nur um zwei Schläge unterlegen zu sein.

„Du steigerst dich." Schmidt vermied jeglichen ironischen Unterton. Er hoffte auf ebenso enge Duelle an den ausstehenden Löchern. Sie zottelten mit ihren Golftaschen zum Loch 12. Am Himmel schoben sich weiße Wolken zusammen. Es blieb trocken.

„Ich habe uns nachher zum Mittagessen mit Kleemann verabredet. Es gibt einiges zu bereden außerhalb des Protokolls." Schmidt lief einen Schritt vorweg. Zehrwald stoppte kurz, stapfte sodann weiter über den grünen Rasen. Peter Kleemann hatte als Präsident der Bundespolizei schon im Herbst 2015 nicht mit Kritik an dem zögerlichen Agieren des Kanzleramtes und des Bundesinnenministeriums gespart und die Sicherheitsrisiken eines unkontrollierten Migrantenzustroms benannt. Nach der jüngsten Konferenz mit Innenminister Abraham vor drei Tagen war nicht nur er sehr frustriert aus Berlin abgereist.

Kleemann saß auf der Terrasse des Golfclubs. Er hatte lediglich eine 9-Loch-Runde absolviert. Der rötliche Schimmer seiner kurzen Haare und seines scharf gestutzten Vollbartes verstärkten das gepflegte Antlitz des Chefs der Bundespolizei. Auf dem Tisch stand ein frisch gezapftes Bier. Schmidt und Zehrwald näherten sich aus dem flachen Clubgebäude kommend, wo sie die Golfausrüstung abgegeben hatten.

„Hallo Peter", grüßten sie den Kollegen nahezu unisono und setzten sich.

„Hallo ihr beiden."

„Wartest du schon lange?", erkundigte sich Zehrwald.

„Das ist mein erstes Bier." Kleemann hatte es noch nicht angerührt. „Nehmt ihr auch jeder eins?"

„Auf jeden Fall, eine 18-Loch-Partie macht durstig." Schmidt sah Zehrwald an, der einwilligte.

Wenig später prosteten sie sich zu und genossen mit einem lange ersten Zug den wohltemperierten Gerstensaft.

„Wollen wir mit dem Essen warten?" Schmidt erfuhr keinen Widerspruch.

„Wisst ihr, ich hätte letztens bei Abraham fast hingeschmissen." Kleemann blickte abwechselnd in die Gesichter der beiden anderen. Dem ersten Erstaunen schloss sich sofort die obligate Frage nach dem Warum an. Die Antwort überraschte nicht. Kleemann holte aus.

„Ich bin bereit, Politikern einiges nachzusehen. Sie stehen keiner hierarchischen Behörde vor. Was sie entscheiden, müssen sie nach vielen Seiten hin vertreten und rechtfertigen. Oder sie entscheiden gar nichts. Abrahams Standpunkt von Mittwoch hat meinen Vorrat an Contenance aufgebraucht. Die Menschen im

Land empören sich zu recht, wie es angeht, dass dieser vorbestrafte Tunesier monatelang kreuz und quer durch die Republik tingeln und sich schließlich einen Lkw schnappen kann, um damit zu töten. Fragt draußen, ach was, fragt mal eure Leute, wo jetzt klar ist, wir hatten ihn bereits auf dem Schirm. Die Dämlichen sind natürlich wieder mal wir."

Kleemann griff nach dem Bierglas. Mit einem tiefen Schluck suchte er sich innerlich herunterzudimmen. Zumal er in erregter Rede unbeabsichtigt in das gruselige Sächsisch seiner Heimatregion Erzgebirge verfiel. Zehrwald und Schmidt schwiegen, ihr Gegenüber war noch nicht zu Ende.

„Die Jungs vom LKA Berlin hatten sicherlich einige schlaflose Nächte. Streng nach Vorschrift die Observierung gekappt zu haben, entlastet das Gewissen nicht. Zwölf Tote sind eine schwere Hypothek. In den Augen der Öffentlichkeit gilt zudem wenig, dass sie nach Recht und Gesetz gehandelt haben. Und was macht Abraham? Er schwafelt herum, kritisiert uns. Dabei ist es an ihm, für Gesetze zu sorgen, die nicht uns die Hände binden, sondern rechtzeitig die Handschellen zuschnappen lassen."

„Schönes Bild."

„Ach komm, Helfried, ich meine es ernst."

„Aber nicht mit dem Rücktritt", grätschte Zehrwald dazwischen. „In den verbleibenden vier Monaten bis zur Bundestagswahl macht das keinen Sinn."

„Auch so nicht. Abraham schickt dich in den einstweiligen Ruhestand, setzt den nächsten auf deinen Posten und gut is", ergänzte Schmidt Zehwalds Gedanken. „Um etwas bewegen, etwas erzwingen zu können, müssten wir konzertiert handeln. Wir und Hagen vom Bundesnachrichtendienst treten gemeinsam zurück. Alle Chefs der vier Sicherheitsbehörden auf einen Schlag. Das würde politisch reinhauen. Abraham käme in höchste Erklärungsnot. Ein gewaltiger Vertrauensentzug, ihm bliebe nur der eigene Rücktritt."

„Bei Politikern weiß man nie. Glaubst du, Hagen würde mitmachen?", wendete Zehrwald vorsichtig ein.

„Naja, gesprochen habe ich mit ihm darüber bisher nicht. Aber wie er seit Monaten wegen der Abhörgeschichten mit den Amis unter Beschuss steht, besitzt er in Berlin nicht mehr viele Freunde. Auch wenn er mit seinem Hauptquartier inzwischen ganz dicht dran ist." Schmidt grinste. „Ich hörte, er reist heute noch an. In dem Ambiente hier fällt es kaum auf, wenn wir uns bei einem Gläschen Wein mit ihm zusammensetzen würden."

„Die Idee von der Viererbande hat was. Aber ist es klug, kurz vor der Wahl ein solches politisches Erdbeben loszutreten? Ihr kennt die Kanzlerin. Sie würde keine Sekunde zögern, ihren Lieblingsminister in die Wüste zu schicken und uns zu bitten, im Amt zu verbleiben, um möglichst schnell die Lage zu beruhigen. Viel gekonnt hätten wir damit nicht."

Zehrwald teilte Kleemanns Bedenken. „Nach der Wahl zeichnet sich ohnehin eine ungewisse Gemengelage ab. Die Euphorie um den SPD-Messias ist zwar verflogen, aber niemand kann heute verlässlich ausschließen, dass die Sozis am Ende nicht doch an die Macht kommen. Und wie gehen sie mit einer historischen Klatsche um?"

„Taktisch gesehen bin ich bei dir. Das Wahlergebnis, so oder so, wird aber sicherheitspolitisch nichts ändern. Die Sozialdemokraten sind um einiges resistenter gegenüber unseren Warnungen und Analysen. Wie eine erneute Große Koalition von der Bevölkerung akzeptiert und sich auf die Stimmung auswirken wird, bleibt abzuwarten." Schmidt unterbrach sich mit einem schnellen Schluck Bier. „Die Hertel-Sympathisanten werden frohlocken, aber die anderen Wähler werden keinen Pfifferling mehr auf die etablierten Parteien geben und die Radikalen sich vor Zuspruch nicht retten können."

Kleemanns Blick wanderte über das weite Gelände. Dann sah der Bundespolizei-Chef die beiden anderen eindringlich an. „Das wird nicht zu vergleichen sein mit dem, was gerade die Franzosen hinter sich gebracht haben. Sie ließen bei den Wahlen Le Pen im Regen stehen und sorgten für eindeutige Verhältnisse. Die auch von Le Pen anerkannt wurden. Bei uns wird der Unmut sich an dem Wahlergebnis entzünden, weil es keine Klarheit schafft."

„Das verheißt für die Sicherheitslage im Land nichts Gutes."

„Wohl wahr, Helfried. Wir kratzen jetzt schon am Limit. Die Attacken von links wie rechts werden weiter eskalieren und eines Tages dürfen wir uns nicht wundern, wenn es neben Verletzten die ersten Toten gibt. Damit meine ich nicht den islamistischen Terror."

„Haben wir verstanden", umarmte Zehrwald unbewusst Schmidt.

„Was wäre die Konsequenz für uns? Eine Kehrtwende in der Sicherheitspolitik ist nur mit reichlich Verbündeten im Politikbetrieb in Berlin und in den Bundesländern hinzukriegen. Die klassische Mehrheitsbeschaffung in der Demokratie."

„Diese Tour wird wenig helfen, wenn durch ein größeres sicherheitsrelevantes Ereignis keine Zeit bleibt, sich an die gewohnten Regeln zu halten. Der Herbst 2015 hat es brachial freigelegt, wie schnell ein bestehendes staatliches Machtgefüge ins Wanken geraten kann. Ich denke, es wäre eine Konsequenz, wir arbeiten eine gemeinsame Direktive aus, die nicht bei Forderungen stehenbleibt, sondern Strategien zum Handeln aufzeigt."

„Um die Macht zu übernehmen?", fragte Zehrwald und erschrak über den laut ausgesprochenen Gedanken. Durften sie das denken?

„In der Ultima Ratio schon, bevor blanke Anarchie ausbricht", entgegnete Schmidt.

Callis Anruf signalisierte das Handy kurz vor 20 Uhr. Ole verschloss seinen hellbraunen Aktenkoffer und war im Begriff, das

Büro in der Hanseatischen Vereinsbank zu verlassen. An dem Freitagabend vor Pfingsten wuselte niemand mehr in der Bank umher. Der Direktor hatte beizeiten hereingeschaut und schöne Feiertage gewünscht. Flüchtig, auf der Türschwelle verharrend. Auch die anderen Mitarbeiter verschwanden wortkarg in das lange Wochenende. Seit Monaten gab es augenscheinlich nichts mehr abseits des Arbeitsalltags zu bereden. Keine spontanen Scherze, kein Austausch über neue Bücher und Kinofilme, über vermeintliche Highlights im Fernsehen und tatsächliche im Sport, kein Tratsch. Alles blieb im Netten und Oberflächlichen hängen. Zuweilen ein wenig Unmut über das letzte mittelmäßige Spiel des FC Hansa. Dormark glaubte anfangs, die Sache mit der Abmahnung sei durchgesickert und so gebrandmarkt würde er höflich, aber bestimmt geschnitten. Es beruhigte ihn zu beobachten, dass es sich nicht derart verhielt. Vielmehr arbeiteten seine Leute im Investment-Center vor den grellen Computerbildschirmen, aber auch die sonstigen Bankangestellten, auffällig konzentriert. Das beunruhigte ihn. Sie verkrochen sich in das Schneckenhaus ihrer Tätigkeit. Das vergiftete Debattenklima im Land schien wie ein Betäubungsaerosol über die Lüftungsanlage in die Bank eingedrungen zu sein und sich ausgebreitet zu haben. Es lähmte die Wahrnehmung des Anderen und löste eine Reaktion des Distanzhaltens aus. Eigene Gedanken blieben unter Verschluss. Die gepriesene, grundgesetzlich zementierte Meinungsfreiheit stieß an nirgends definierte, unsichtbare Grenzen. In ihrer Undurchdringlichkeit wurden diese von keiner noch so hohen und dicken Mauer übertroffen. Sie bedurften keines Betons und keines Stacheldrahts. Ihre Festigkeit gewährte ein Komponentenklebstoff aus Stigmatisierung, Verachtung, Beschimpfung und Existenzangst. Mit ihrer Grenzziehung zwischen Gut und Böse hatte es das politische und mediale Establishment binnen kurzer Zeit geschafft, Deutschland mit Rissen zu übersäen.

„Hi Calli, ich bin schon auf dem Weg."

„Bin ich froh, dich zu erreichen“, dann stockte Calli. Ole straffte sich, mit einer Hand griff er fest den hochkant auf der Tischplatte stehenden Aktenkoffer.

„Ist etwas nicht in Ordnung?“, fragte er holprig, auf Schlimmes gefasst.

Calli schnäuzte, sie weinte. „Die Polizei war vor zehn Minuten bei uns. Rico geht es nicht gut, er wurde in die Notaufnahme des Südstadt-Klinikums gebracht.“

„Was heißt nicht gut? Was ist denn passiert?“ Ole hakte energisch nach. Er dachte jetzt klar und benötigte Informationen, um über die folgenden Schritte zu entscheiden.

„Bei einer Rangelei in der Nähe des Kröpeliner Tores ist er niedergestochen worden. Die Polizisten meinten, er sei im Bauchbereich verletzt. Näheres weiß ich nicht.“

„Okay, Calli, es wird bestimmt alles nur halb so wild sein. Aber das wissen wir erst, wenn wir bei ihm sind. Wir treffen uns umgehend in der Notaufnahme des Südstadt-Klinikums. Ich fahre sofort von hieraus hin.“

„Ist gut“, schluchzte Calli, sie suchte die Fassung zurückzugewinnen.

Der Flur der Notaufnahme war hell erleuchtet. Auf den Stühlen, die aneinandergereiht in Fünfergruppen an den Wänden standen, kauerten ein dutzend Patienten. Zwei Krankenbetten parkten ebenfalls in dem Gang. Die Patienten darin trugen dicke, stabilisierende Halskrausen. Calli war nicht zu sehen, auch Rico nirgends zu entdecken. Ole lief den Flur einmal auf und ab. Am Eingang zurückgekehrt, stürzte Calli ihm unversehens in die Arme. Sie küssten sich. Calli bebte am ganzen Körper. So kannte er seine Frau nicht. Die selbstsichere, die selbstbewusste Zahnärztin Catrin-Luise Dormark. „Wo ist Rico?“

„Keine Ahnung. Ich bin auch gerade rein. Wir sollten erstmal einen Arzt ausfindig machen. Kennst du hier jemanden?“

Calli schüttelte den Kopf. Er nahm sie an die Hand. Nach

wenigen Metern trat eine Krankenschwester aus einer seitlichen Tür.

„N'Abend Schwester, wir suchen einen Arzt, genauer wir suchen unseren Sohn. Er soll vor gut einer halben Stunde eingeliefert worden sein."

„Wie heißt ihr Sohn?"

„Rico. Rico Dormark. Er ist 15 Jahre alt und soll eine Bauchverletzung erlitten haben."

Calli blickte die Schwester mit tiefen, sorgenerfüllten Augen an. Während Ole antwortete, hatte die Krankenschwester, eine kleine, untersetzte Frau, routiniert eine Liste gecheckt. Diese klemmte fest auf einer Schreibunterlage, die wiederum auf der Innenseite des linken Unterarms von Schwester Ines ruhte. Ihren Namen gab das Schild am weißen Kittel preis. Bei der Erwähnung der Bauchverletzung sah sie auf. Der Patient Rico Dormark war sofort in den OP-Saal gebracht worden. Kreidebleich hatte er ausgesehen. Ein hübscher junger Bengel mit dunklen, scharf gescheitelten kurzen Haaren. Das Notfall-Team konnte ihn stabilisieren, doch der blutverschmierte Druckverband am Bauch verriet eine schwere innere Blutung. Der Notarzt rief ihr etwas von einer Stichverletzung zu. Mehr hatte sie nicht erfahren. Es musste alles sehr schnell gehen, die Notoperation war noch in vollem Gange.

„Kommen Sie."

Ole stand angewurzelt da. Er weigerte sich mitzulaufen, ohne auch nur im Ansatz zu wissen, was ihn und Calli erwartete. „Schwester, einen Moment, sagen Sie mir, was los ist, wo ist unser Sohn?"

Stoisch ruhig drehte sie sich noch mal um. „Ich bringe Sie zu ihm. Aber Sie müssen sich gedulden, er wird derzeit operiert."

Calli griff nach Oles Hand, krallte sich fest. Ihn trugen die Beine jetzt automatisch fort, Schwester Ines hinterher, durch den Flur. Die Menschen auf den Stühlen starrten sie mitleidig an, einigen waren die eigenen Schmerzen ins Gesicht geschnitten. Sie ahnten, das Paar schritt wie Delinquenten einem möglichen harten Urteil entgegen. Ole piesackten die voyeuristischen Nadelstiche. Sag' uns, was geschehen ist? Ein Spießrutenlauf. Am Ende des Flures trennte eine Doppel-Flügeltür den Bereich ab, in den nur Befugte Zutritt haben, wo die akuten Notfälle medizinisch behandelt wurden. Schwester Ines führte Calli und Ole zu einer Stuhlreihe und bat sie, sich zu setzen. Sie wollte sich nach Rico erkundigen, es könnte aber etwas dauern.

Es dauerte nicht lange. Kaum fünf Minuten später tauchte sie mit einem Arzt an ihrer Seite vor ihnen auf.

„Dr. Gloska, guten Abend." Der Mediziner reichte beiden die Hand. Sie fühlte sich warm und sanft an. Dr. Gloska war Leitender Oberarzt der Intensivmedizin und arbeitete seit mehr als zwei Jahrzehnten im Südstadt-Klinikum. „Die OP wird in der nächsten halben Stunde abgeschlossen sein. Danach werde ich ihren Sohn übernehmen und alle weiteren Maßnahmen auf der Intensivstation veranlassen."

„In welchem Zustand ist er?", unterbrach Ole den Arzt, der müde wirkte, aber aus dessen Mimik nichts herauszulesen war.

„Es ist eine ernste Sache", gab Dr. Gloska ohne Umschweife zu verstehen. „Die eingedrungene Messerklinge hat die Bauchschlagader verletzt, aber nicht durchtrennt. Trotzdem führte das zu einer starken Einblutung. Diese konnte eingedämmt werden. Alles Weitere müssen wir abwarten."

„Was heißt das, Doktor? Wird er es schaffen?" Ole rutschte die bedrohliche Frage heraus und hätte sich im gleichen Augenblick dafür am liebsten die Zunge abgebissen. Die ultimative, nicht auszuschließende Konsequenz, Rico könnte die Beschädigung der Aorta nicht überleben, war ihm bewusst. Auch Calli rezepierte als Medizinerin die Tragweite dessen, was Dr. Gloska ihnen mitteilte. Aber es auszusprechen, drang wie ein Skalpell in Herz und Seele. Scharf und schmerzhaft.

Dr. Gloska war der Umgang mit dieser elementaren Frage gewohnter Alltag. Doch hatte er es sich bewahrt, sie umsichtig und dem individuellen Fall angemessen zu beantworten. Jeder Tod hat ein Gesicht. „Die Chancen stehen gleich gut und gleich schlecht. Wir unternehmen alles, dass für Rico und für Sie alles gut wird. Ich schlage vor, Sie trinken einen Kaffee und Schwester Ines begleitet Sie anschließend auf die Intensivstation. Bis später."

Calli sah Dr. Gloska einen Moment hinterher. Als er Ricos Namen nannte, schossen ihr die Tränen in die Augen.

Kaffee schmeckt situationsbezogen. Er kann gallig anmuten, wenn die Zeit zwischen den Fingern rasant zerrinnt, wenn die berühmte Laus auf die Leber trifft, wenn das Leben ringsherum nur noch nervt. Er wirkt kräftigend und belebend, wenn der eigene Akku in den roten Bereich rutscht, wenn Euphorie in die Verlängerung gehen soll, wenn im Kostüm der Gefühle nichts mehr passt. Das heiße Gebräu aus dem Automaten wirkte. Calli trocknete sich die Augen. Ole notierte sich in einem kleinen Schreibblock einige Informationen. Das Datum, die Uhrzeit der Operation, Auskünfte des Arztes. Wo es um Leben und Tod, wo es um Hilfe und Sorgen, wo es um Hoffnung und Unglück geht, da werden im Abspann auch immer Rechnungen aufgemacht. Von Krankenkassen, Versicherungen und anderen Kostenabtretern.

„Hat die Polizei hinterlassen, ob sie Auskünfte von uns will?"

„Das kann ich nicht sagen, ich war zu aufgewühlt."

„Schon gut. Falls nicht, werde ich von mir aus vorstellig werden. Ich will schon wissen, wer das unserem Sohn angetan hat." Der bitterböse Nachhall in Oles Worten ließ sie aufhorchen. In seinem Gesichtsausdruck nisteten feste Züge. Diese waren ihr bei ihm unbekannt. Sie schrieb es dem Ausnahmezustand zu, in den sie hineingerissen worden waren. Plötzlich langte Ole zu dem Smartphone. Er holte sich die Online-Ausgabe des „Baltic-

Boten“ auf den Touchscreen. Unter den meistgelesenen Polizeimeldungen fand er im Ranking weit oben die Schlagzeile „Ein Schwerverletzter bei Schlägerei“. Eine kurze Nachricht gab eilige Auskunft.

„Rostock – Zu einer tätlichen Auseinandersetzung zwischen einer kleinen und einer größeren Gruppe von Jugendlichen ist es am Freitagabend gegen 19.30 Uhr im Stadtzentrum von Rostock gekommen. Wie die Polizei bestätigte, gerieten die Jugendlichen im Alter von 15 bis 21 Jahren auf dem Vorplatz des Kröpeliner Tores aneinander. Einer zunächst verbalen Attacke, die offenbar von der größeren Gruppe ausging, folgten gewalttätige Angriffe mit Schlägen und Tritten. In deren Verlauf zückte ein Jugendlicher ein Messer und stach auf einen anderen ein. Dieser wurde ins Südstadt-Klinikum eingeliefert und musste notoperiert werden. Die Polizei nahm die Personalie der angegriffenen Jugendlichen auf, nach den anderen Beteiligten wird gefahndet. – red“

Der Notoperierte war Rico. Von der Schlägerei mitbetroffen dürften seine engsten Freunde Vincent und Pavel gewesen sein. Sie wollten am Abend ins Kino gehen und waren vermutlich auf dem Weg ins „Capitol“ in der Breiten Straße. Morgen Vormittag wird er versuchen, sie zu erreichen, nahm sich Ole vor. Entschlossen, exakt zu erfahren, was sich am Kröpeliner Tor abgespielt hatte. Vor allem wollte er alles in Erfahrung bringen über die Angreifer. In den letzten Wochen hatten sich derartige Übergriffe gehäuft. Auf dem Marienplatz in Schwerin und im Umfeld des Kröpeliner Tor Centers in Rostock gingen regelmäßig jugendliche Gangs aufeinander los. Zumeist rivalisierende Migrantengruppen. Aber häufig wurden von diesen auch einheimische Jugendliche bedrängt, verprügelt oder beraubt. Die Art der Gewalt, im Rudel aufzutreten und hemmungslos Messer einzusetzen, besaß ein auffälliges Muster. Das erkannte mittlerweile der unbedarfteste Leser. Die Polizei und besonders politisch korrekt eifernde Medien jedoch waberten weiterhin umher, hielten Täter charakterisierende Merkmale und Beschreibungen aus ihren Informationen fern. Was die öffentliche Meinung gegen die Nachrichtenproduzenten aufbrachte. Der Unmut der Leute entzündete sich weniger daran, dass mit den illegalen Migranten neue Exzesse der Kriminalität importiert wurden. Sie waren es leid, für dumm verkauft zu werden. Schlugen irgendwo Nazis zu oder ein fehlgesteuerter heranwachsender Psychopath ermordete ein Schulkind, kannten die öffentlich-rechtlichen Leitmedien so gut wie keine Schranken in der Berichterstattung. Vergewaltigte und erschlug ein vorbestrafter Migrant, der sich mit falscher Identität und Altersangabe in Deutschland eingeschlichen hatte, eine Studentin, blieb diese Meldung im regionalen Filter hängen, mussten die leitenden Redakteure der großen TV-Anstalten erst zur überregionalen Vermeldung getragen werden. Warum das Publikum sehr gereizt auf solcherart „Unterlassungen" reagierte, das zu hinterfragen, schien niemand für notwendig zu erachten.

Schwester Ines trat unvermittelt hinzu. „Sie können jetzt zu ihrem Sohn."

Calli sprang auf. „Wie geht es ihm? Ist die OP gut verlaufen?"

„Er schläft, die Narkose wirkt eine ganze Weile nach. Er braucht viel Ruhe. Blutdruck und Puls wurden künstlich niedrig gehalten."

Ole und Calli folgten der Schwester ohne ein weiteres Wort. Vor der Glastür, durch die Rico gut eine Dreiviertelstunde zuvor hindurchgeschoben worden war, stoppte Schwester Ines. Sie bat darum, die Hände an dem Spender neben der Tür zu desinfizieren. „Bitte verhalten Sie sich sehr ruhig und berühren Sie lediglich seine Hände."

Ole nahm Callis Hand. Er spürte ein leichtes Zögern. Sanft zog er seine Frau zu sich, legte den rechten Arm über ihre Schultern. Kurz vor dem Bett ließ er los und Calli für einen langen Augenblick mit sich und ihrem Sohn allein. Sie fasste nach seiner linken Hand, streichelte den Handrücken, in dem eine Infusionsnadel steckte. Intuitiv tastete sie nach Ricos Stirn. Mit den Fingerspitzen legte sie eine Strähne des gescheitelten Haares ein wenig nach oben. Ole beobachtete jede ihrer Bewegungen und fühlte sie in jeder Regung mit. Rico sah blass aus. Er schlief entspannt. Ole hatte oft auf der Bettkante gesessen und seinen Sohn liebevoll und bewundernd angesehen, wenn er eingeschlafen war. Ein friedvolleres Bild gab es für ihn nicht. Das Blinken der Kontrollleuchten, das Surren der Apparate und die Plasteschläuche erinnerten ihn brutal, dass dieses friedvolle Bild gestört war. Mit allen Kräften stemmte er sich dagegen, es könnte im schlimmsten Fall zerstört werden. Ole rückte einen Stuhl an Calli heran. Er setzte sich an Ricos rechte Seite. Auf einem Monitor registrierte er den niedrigen Puls seines Sohnes. Jede erhöhte Belastung in den Adern könnte lebensgefährlich werden. Die verletzte Bauchschlagader musste dichthalten.

Kapitel 13

Erik Klapproth rief Vertriebschef Raymond Wegemann zu sich ins Büro. Sekunden später saß der 51-jährige Ingenieur vor ihm am Beratungstisch. Wegemanns Büro befand sich auf der gegenüberliegenden Seite des kleinen Flurs im Verwaltungstrakt der Lenker GmbH. Er arbeitete seit 20 Jahren für die Firma, hatte eine Ausbildung zum Konstruktionsmechaniker absolviert und ein Fernstudium zum Ingenieur. Wegemann wirkte mitgenommen vom monatelangen Existenzkampf des Unternehmens. Praktisch lebte er seit zwei Jahren aus den Koffern, reiste um die halbe Welt. Auf der anstrengenden Jagd nach Aufträgen. Ein Sisyphos-Job. Wähnte er sich mit einem millionenschweren Projekt fast am Gipfel, folgten dem verheißungsvollen Interesse des Auftraggebers oft quälende Bedenkphasen. Zu oft blieb am Ende die Gipfeleroberung aus. In der internationalen maritimen Industrie und im Anlagenbau warteten Investoren ab. Überkapazitäten etwa im Schiffbau hielten die Krise warm und die protektionistischen Anwandlungen des neuen US-Präsidenten blieben unkalkulierbar. Zudem rückte die Europäische Union keinen Zentimeter von den Wirtschaftssanktionen gegen Russland ab. Direktor Sergej Kumarow von der Ostseewerft in Wyborg hatte seit über einem Jahr nicht mehr angerufen.

„Raymond, wir müssen Leute entlassen“, platzte Klapproth heraus. Er blickte Wegemann mit müden Augen an. Sie waren dunkel umringt. In den Worten bebte entschlossenes Aufbäumen. Zu dem Kraftakt, mit Entlassungen als letzter Möglichkeit das Unternehmen zu retten.

„Wie viele?“ Die Frage nach dem Warum war müßig. Wegemann hatte mit dem schwindenden Auftragsbestand die Unausweichlichkeit dieser Zäsur heraufziehen sehen. Sie schränkte seinen Verhandlungsspielraum ein.

„Gut ein Drittel der Belegschaft. Wir könnten es schaffen, die Firma über das dritte Quartal hinaus zu halten. Vielleicht bis zum Jahresende."

„Welche Bereiche wären betroffen? In der Planung und Projektierung würde ich erstmal niemanden aussortieren. Sind die Leute weg, kriegen wir sie nicht zurück. In der Produktion hingegen könnten wir zur Not Unteraufträge vergeben. Wir bleiben so aufnahmefähig für Aufträge und flexibel."

„Einverstanden." Klapproth mochte das leidige Thema nicht strapazieren. Wegemann musste er nichts vormachen. Trotzdem entschied er sich, ihn in Unkenntnis zu lassen, wie dünn das Eis bereits war. Mitten im August.

Am Sonnabend des Hanse-Sail-Wochenendes 2017 wartete Erik vor einem der Parkplätze der Yachthafen-Residenz Hohe Düne auf Ole Dormark. Seinen eigenen Wagen hatte er auf dem P+R-Parkplatz an der Warnemünder Ortseinfahrt abgestellt und war zu Fuß zur Warnow-Fähre gelaufen und übergesetzt. Oles BMW bog von Markgrafenheide kommend auf die Zufahrt zur Yachthafen-Residenz. Er stoppte vor Erik, der zustieg. Gemeinsam fuhren sie das kleine Stück bis an die „Bootshalle" heran. Dort verfügte Ole als Nutzer der Marina über einen gemieteten Stellplatz.

„Gut durchgekommen?" Mehr als mit dieser Floskel traute sich Erik nicht auf den alten Schulfreund einzureden. Sie sahen sich das erste Mal, seit Oles Sohn Rico vor gut acht Wochen an den Folgen einer schweren Stichverletzung im Bauchbereich verstorben war. 15 Jahre jung.

„Es ist an jedem Sail-Sonnabend das gleiche Bild. Die Stadt läuft von morgens an voll. Aber wenigstens verteilen sich die Massen bis nach Warnemünde runter, sonst könntest du im Stadthafen keinen Fuß mehr vor den anderen setzen. Außen herum über Markgrafenheide fährt es sich entspannter." Ole hievte aus dem Kofferraum einen Picknick-Korb und eine Plaste-Kühlbox. Die Proviantkisten. Er und Erik wollten den Tag auf der Ostsee verbringen, an Bord seines Motorbootes „Mathilda".

„Ich bin frühzeitig los, so dass auf dem Park-and-Ride-Parkplatz am Ende der Stadtautobahn noch was frei war."

Sie mussten nicht weit laufen bis „Mathilda". Das Motorboot lag vertäut im östlichen Teil der Marina, wo einige große Motoryachten in protziger Eleganz alles überragten. Als Heimathafen wiesen die meisten Berlin aus. In deren Schatten nahm sich „Mathilda" klein aus. Die Relation trog. Oles Boot maß mindestens sieben Meter in der Länge, schätzte Erik. Wie sich zeigte, nachdem Ole das blaue textile Verdeck über dem hinteren Teil entfernt hatte, fanden achtern im Sitzbereich vier Personen Platz. Sie konnten offen hinausfahren. Die Wetter-App kündigte für das Seegebiet vor Warnemünde den ganzen Tag über Sonnenschein an. Mit den steigenden Temperaturen am Vormittag verlor der morgendliche Himmel seinen klaren Blaustich und trübte sich wärmeflirrend weißlich ein.

Hinter der Molen-Ausfahrt der Marina empfing die beiden Männer angenehme Frische auf dem Meer. Mit freien Oberkörpern standen sie in farbigen Shorts hinter der Frontscheibe des Steuerstands. Ole schraubte die Drehzahl des Innenbordmotors, der 170 Pferdestärken entfesseln konnte, zügig nach oben und nahm Kurs in westliche Richtung. Der Bug des Bootes hob sich aus dem Wasser. Die ersten Spritzer des kühlen Nass' auf der Haut vertrieben die letzten müden Geister der Nacht. Sonne, Wind und Wasser verschmolzen zu einer naturnahen Euphorie, in der sich das Urgefühl von Freiheit tummelte. Begierig darauf hielten Ole und Erik ihr Köpfe in den Fahrtwind. Er peitschte ihre Gesichter und Haare.

Vor dem Warnemünder Seekanal verlangsamte Ole die Fahrt. Er musste höllisch aufpassen. Aus der Hafenzufahrt steuerten unablässig Segelschiffe und Motorboote auf die offene See hinaus. Die Ausfahrt der Windjammer und Traditionsschiffe, mehr als

200 an der Zahl, war in vollem Gange. Viele der kleineren Begleitboote brachten sich vor Warnemünde in Position, um die Parade der maritimen Oldtimer zu beobachten. Westlich des Seekanals, der dreizehn Seemeilen hinaus aufs Meer mit grünen und roten Seezeichen markiert war, stoppte Ole „Mathilda“ auf Höhe des Neptun-Hotels. Das Boot schaukelte sanft, es herrschte eine mäßige Brise. Diese ließ die Segel der größeren Schiffe lasch hängen. Die Kapitäne mühten sich redlich, vor den Wind zu kommen. Der russische Großsegler „Sedov“ passierte „Mathilda“ in rascher, motorunterstützter Fahrt. Weniger als einen Steinwurf entfernt beeindruckte der mächtige Schiffsrumpf. Das Oberdeck bevölkerte eine bunte Schar abenteuerbeseelter Mitsegler. „Mathilda“ schaukelte heftiger.

Ole setzte sich ins Heck zu Erik. Aus der Kühlbox fischte er zwei Cola-Flaschen.

„Wie geht es Calli?“

„Nicht gut. Seit zwei Wochen ist sie auf Kur in Braunlage im Harz. In dem Sanatorium sind sie spezialisiert auf psychotraumatische Störungen.“

„Monique war auch sehr geschockt, als ich ihr von Ricos Tod erzählte. Gibt es inzwischen abschließende Ergebnisse, was genau passiert ist? Haben sie den Täter herausgefunden?“

„Ach wo. Was Fakt ist, diese feigen Wichser sind zu siebt oder acht auf Rico und seine Freunde Vincent und Pavel los. Sogenannte unbegleitete minderjährige Muschkoten. Man weiß ja inzwischen, was von deren Altersangaben zu halten ist. Sie wollten Geld und Handys abziehen. Rico hat sich geweigert, schilderten Vincent und Pavel der Polizei und uns. Sie konnten in dem Gerangel aber nicht erkennen, wer von dieser kriminellen Horde zugestochen hat. Die Tatwaffe haben sie bisher nicht gefunden. Ich würde jedem einzelnen die Eier abschneiden, wenn ich die zwischen die Finger kriegen würde.“

Oles drastische Wortwahl befremdete Erik nicht. Er sprach

aus, was er selbst im Grunde dachte. Es verging kein Tag, an dem im Internet, in den sozialen Netzwerken nicht Meldungen aus ganz Deutschland die Runde machten, die von Übergriffen auf Frauen in der Bahn oder in Parks berichteten. Auffallend häufig begangen von mehreren Tätern mit südländischem Aussehen, wie es neuerdings hieß. Auch das Niederstechen von Opfern bei Raubüberfällen überstieg das bislang bekannte Ausmaß, seitdem nordafrikanische Jugendgangs vorwiegend in den Ballungszentren ihr Unwesen trieben. Zumeist handelte es sich um illegale Migranten. Sie waren nirgends registriert und irgendwo untergetaucht. Jede neue derartige Nachricht vertiefte Eriks Frust und zugleich die Ohnmacht, diesen die Gesellschaft zerfurchenden Entwicklungen ausgeliefert zu sein.

„Ein Täter wird dann wohl nie festgestellt werden."

„Korrekt. Die müssen sich allenfalls wegen gemeinschaftlichen Raubes verantworten und verlassen danach mit einer Bagatellstrafe das Gericht."

Beide blickten auf den imposanten Segelreigen. Er wurde in diesem Augenblick durchbrochen von dem Mehrzweckschiff „Arkona". Ein kompaktes und kraftvolles Schiff, das Schadstoffunfälle auf hoher See bekämpfte. Der schwarze robuste Rumpf konnte sogar Eis brechen. An den Tagen der Hanse Sail fungierte die „Arkona" lediglich als schwimmende Aussichtsplattform im Warnemünder Revier.

„Eine romantische Träumerei." Ole wendete sich von den Segeln ab. „Nach Ricos Tod fällt es mir immer schwerer, mich auf den vorgegaukelten Frieden einzulassen. Der Krieg ist längst alltäglich. Auf Straßen und Plätzen, in den Milieus und Problembezirken, in den Medien und Köpfen und da draußen, an den EU-Grenzen, in Syrien, im Donbass." Ein kühler Schluck Cola folgte der Aufzählung. „Aber ach, was für ein friedvolles Bild, wenn sich das Mittelmaß im Showbiz bei jeder goldenen Gala selbst feiert. Und schlimmer noch, dass es sich die oberste Politikerriege anmaßt, die Wahrheit über den Krieg zu verwalten. Damit niemand auf die Idee kommt, mit dem Finger auf sie zu zeigen. Ich bin mittlerweile an dem Punkt, wo ich raus bin." Ole trank die Cola-Flasche leer. „Dabei dachte ich bisher, ich wäre es immer gewesen. Ist zu Hause, ist in der Familie alles im Lot, geschehen die grässlichen Dinge fernab in der Welt, bleibt untaugliche Politik ein abstraktes Ärgernis. Am Bett meines toten Sohnes ist mit klargeworden, die Probleme ringsum greifen permanent nach uns. Wir spüren es aber erst, wenn es schmerzt."

„Es ist so. Mit dem Unternehmen taumeln wir am Abgrund. Nicht, weil wir schlechte Produkte liefern oder schlecht arbeiten. Im Trouble mit den Russen zieht uns die Politik einfach mal den Stecker. Da bist du schneller aus allem raus, als du es dir je vorstellen konntest."

„Steht es so ernst um die Firma?"

„Bis zum Jahresende werden wir es hingeschaukelt bekommen."

„Es sei denn, ein großer Auftrag flattert ins Haus."

„Leider sieht es auf dem Markt schlecht aus. Ändert sich nichts bei den Russland-Sanktionen, war's das."

„Ändern ist gut. Wir kämen eventuell wieder rein."

„Es sollte sich aber nicht nur ein bisschen ändern", spießte Erik den Gedanken auf.

„Alles gehört über den Haufen geworfen, in Frage gestellt. Die Koordinaten in der Gesellschaft hauen nicht mehr hin. Sie müssten neu bestimmt, das Land genordet werden."

„Nichts leichter als das. Die meisten Leute haben heute ein Navigerät."

Ole lachte laut los. Herzhaft, wie er es seit dem Abschied von Rico nicht mehr zugelassen hatte. Eriks ironische Bemerkung trug den Zweifel in sich. Daran, dass sich in Deutschland grundsätzlich etwas ändern ließe. Die lauen Aufstände der Rechtskonservativen und ihrer minder empörten Anhängerschaft oder das hinterhältige Zündeln versprengter Nazis lösten bei selbstgefälligen Politikern, folgsamen Journalisten und moralinstanzlerischen Bürgern ritualisierte Beißreflexe aus. Damit schafften sie es in destruktiver Weise, was sie Andersdenkenden gern anlasteten, die Bevölkerung zu spalten. Die Masse der Menschen dachte nicht im Entferntesten, auf die Barrikaden zu gehen. Wobei, sie regte sich zuweilen unerklärlich eruptiv. Zu Jahresbeginn warf der überzeichnete SPD-Chef hin und schubste einen neuen Sozi-Führer vor, der den Leuten wie Phönix aus der Asche erschien. Nicht zuletzt die Genossen im Willy-Brandt-Haus rieben sich die Augen. Die plötzlich steil steigenden Umfragewerte für die Sozialdemokraten waren ursächlich nicht dem Format des Kandidaten geschuldet, glaubte Dormark. In seiner schlichten Gestalt, in dem Umstand, einfach da zu sein, geriet der neue führende Genosse zur sichtbaren Möglichkeit einer jähen Wendung. Die Chance, die altgediente Kanzlerin nach der Bundestagswahl im September los zu sein. In dieser Aussicht übergingen es die Menschen, oder sie drückten es in unbequemer Ahnung weg, dass sich trotzdem nichts ändern wird. Die Lust darauf würde nach dem SPD-Phönix wieder zu Asche.

„Wann hat es in der Geschichte kollektive Ernüchterung gegeben?", stellte Erik dem saloppen Verweis auf das Navigerät eine philosophisch-historische Frage entgegen. Er hatte in den zurückliegenden Wochen häufiger in den aktuellen Verwerfungen der hiesigen und weltweiten Politik nach Parallelen in der Vergangenheit gekramt. Kriege und ähnliche Katastrophen warfen die Menschen auf existenzielle Fragen zurück, brachten Staaten zum Einsturz. „Immer waren es Zerstörungen von nicht vorstellbarem, nicht für möglich gehaltenem Ausmaß", antwortete Erik sich selbst.

„Unsere Urgroßeltern und Großeltern sind erst am Ende des Zweiten Weltkrieges zur Besinnung gekommen. Deutschland schrammte damals daran vorbei, von den Alliierten geopolitisch von der Landkarte radiert zu werden."

„Hey Alter, ist das nicht ein bisschen viel Veränderungsdruck für die heutigen Tage? Wir müssen die Uhr gar nicht so weit zurückdrehen. 2001, New York 9/11, das hat die Welt verändert. An diesem Datum teilen die Menschen seitdem die Zeit in davor und danach."

„Nicht nur gefühlt. Bush und Konsorten nutzten den nationalen Schock, um mit der Keule der nationalen Sicherheit geltendes Recht zu zertrümmern. Guantanamo, Folter, Kriegslüge. Das krempelte die Vereinigten Staaten um. Unter Obama wurde später daran wenig gerüttelt."

„Gerüttelt wird bei uns in den nächsten vier Jahren auch nicht, sofern im September erneut eine Große Koalition herauskommt." Ole sah aus der hellen Segelkulisse einen schwarzen Punkt auf sie zurasen. Der aufgeblasene Bug eines Motorschlauchboots schob weiße Gischt vor sich her. Das Boot der Wasserschutzpolizei sprang in harten Schlägen über das Wasser. Es wurde schnell größer. Zwei schwarze Sheriffs saßen hintereinander auf dem mittigen Sitzbock. Ihre martialische Montur erweckte den Anschein, sie stünden vor einem Kampfeinsatz.

„Achtung ‚Mathilda', Sie treiben zu nahe an der Fahrrinne. Bewegen Sie sich bitte eine Viertelseemeile westwärts", forderte der hinten sitzende Polizist durch ein kleines Megaphon Ole und Erik in ruhigem Ton auf. „Danke, und noch viel Spaß." Der Vordermann legte den Gashebel nach vorn und die dunkle Seepatrouille sauste mit brüllendem Motor davon.

Ole ließ den Innenborder aufjaulen, bändigte ihn aber sogleich. Sie tuckerten parallel zum Strand. Draußen auf See war zu erkennen, warum die Jungs von der Wasserschutzpolizei möglichst viele potenzielle Kollisionsobjekte weghaben wollten von der Hafenansteuerung. Von Norden stürmte eine der beiden Fähren heran, die im Zwei-Stunden-Takt zwischen Rostock und dem dänischen Gedser pendelten. Im Osten zeichneten sich am Horizont die Konturen einer Schwedenfähre ab, die von Trelleborg kommend auf Rostock zuhielt.

„Diese Sehnsucht im Beharren versperrt die Sicht, dass Deutschland schwierigen Zeiten entgegentreibt", spann Erik den gedanklichen Faden von Ole weiter. „Wirtschaftlich wird der Wind in der Welt rauer und im Land verwickeln sich die verschärfenden Probleme in der Integration, in der Energiewende, in der Bildung, im Sozialbereich und in den Unternehmen", Eriks Finger der linken Hand zählten mit, „zu einem gewaltigen Gordischen Knoten. Mir soll mal jemand erklären, wie wir das durchhalten wollen, im Bundeshaushalt mehr als 50 Prozent für Soziales auszugeben und obendrauf noch jährlich 20 Milliarden für die Flüchtlingskrise zu berappen." Erik redete sich allmählich in Wallung. „Das Schädlichste an der Sache ist, es will niemand erklären, es soll nicht erklärt werden. Weil deutlich würde, die Abwärtsspirale dreht sich bereits."

„Und alle gucken zu. Das will mir nicht mehr einleuchten."

„Wie soll ich das verstehen?" Erik wendete sich Ole zu. Sie hatten sich die ganze Zeit unterhalten und dabei aufs Meer gesehen.

„Naja, einen Krieg werde ich nicht anzetteln können. Aber der Zeit ins Rad greifen, wie in New York, dazu benötigt man keine Armeen. Der verheerende Schaden, den ein Dutzend Leute seinerzeit anrichtete, dürfte genügen, hierzulande einiges aus den Angeln zu heben."

Einen Moment blieb Erik stumm. Verunsichert, ob Ole dies nur dahergeredet hatte oder ob hinter dem Gedanken Entschlossenheit gereift war. Der Idee an sich konnte er eine gewisse Faszination abgewinnen. Einen Terroranschlag vom Kaliber des World Trade Centers zu wiederholen, was gemeinhin nicht ausgeschlossen, in der Zeit danach aber für unmöglich gehalten wurde, das verfing in dem Reiz, es zu bewerkstelligen.

„In Deutschland dürfte das schwierig werden. Die wenigen tower-ähnlichen Gebäude reichen nicht an das World Trade Center. Auch Flugzeuge sind seitdem kaum mehr zu kapern. Damit wäre zumindest ein vollbesetztes Fußballstadion angreifbar. Aber damit hat sich's auch. Einen ICE entgleisen zu lassen, bringt nicht die Opferzahlen von 9/11."

Erik wägte die Szenarien ab, als ging es darum, das Drehbuch für einen Actionthriller zu konzipieren. Ole registrierte keinen Widerspruch zu seiner ungeheuren Vorstellung eines Terroraktes mit womöglich tausenden Toten.

„Ich habe ebenso gedacht, es wäre völlig abwegig. Falsch. Schau mal, was hier los ist. Jedes Jahr werden mindestens eine Million Menschen zur Sail gezählt."

„Willst du Schiffe versenken?"

Ole grinste. „Kein schlechter Einfall. Aber wir hätten einige Treffer zu landen bis zur Hammer-Katastrophe. Der Aufwand wäre viel zu groß. Logistisch, zeitlich, materiell. Die Lösung kommt da gerade herangerauscht." Er verdrehte den Oberkörper zur östlichen Seite des Seekanals. Das Fährschiff „Mecklenburg" der Swedish-Lines hatte vor einer gefühlten Viertelstunde am Horizont das Format einer Streichholzschachtel. Jetzt bahnte sich das haushohe Schiff den Weg zwischen den im Seegebiet vor Warnemünde kreuz und quer schippernden Segelbooten und Windjammern hindurch. Die „Mecklenburg" folgte dem Kielwasser der schlankeren Dänemark-Fähre „Copenhagen". Sie hatte bereits Fahrt herausgenommen und passierte in diesem Moment die Molenköpfe, hinter denen der innere Seekanal geradewegs auf den Seehafen zuführte.

Erik schaute über Oles Schulter hinweg. Ihm imponierte die gigantische Bordwand der „Mecklenburg". Aus der Nähe erinnerte sie an eine steile Felswand. Beide flößten ihm Respekt ein.

„Die Fähre, du meinst die Fähre?"

Ole drehte sich zurück. „Genau die."

„Wie soll das funktionieren?" Erik fragte ungläubig.

„Das erste Mal kam mir der Gedanke vor gut zwei Jahren. Ich sitze gern am Stadthafen, und da lag für einige Zeit an der

Haedge-Halbinsel das schwedische Fährschiff ‚Trelleborg' auf. Es war aus dem Liniendienst genommen worden und wartete auf sein weiteres Schicksal. Von der schieren Größe des Schiffes ging etwas Bedrohliches in dem engen Stadthafen aus. Damals hatte ich noch einen Unfall vor Augen. Stell' dir vor, dieser Stahlkoloss kracht in voller Fahrt auf eine Kaimauer."

„Da geht einiges an Land zu Bruch und die Fähre hat eine dicke Beule."

„Unter normalen Umständen. Während der Sail bevölkern jedoch tausende Menschen die Haedge-Halbinsel. Sie ragt offen in die Warnow hinein, so dass sie eine breite Angriffsfläche bietet, um voll darauf zusteuern zu können. Der Crash löst unter den Massen eine Panik aus. Doch die eigentliche Zerstörung folgt unmittelbar. Auf dem Vorschiff sind Sprengladungen gelagert, die eine gewaltige Explosion verursachen. Dann hast du New York 2001 an der Warnow." Ole wirkte erschöpft und erleichtert, seine Terror-Phantasie jemanden mitgeteilt zu haben. Seit dem Rendezvous mit der „Trelleborg" im Stadthafen war ihm das Gefahrenpotenzial eines solchen friedlichen Schiffes nicht mehr aus dem Kopf gegangen. Getrieben von wachsender Verzweiflung am Hier und Jetzt steigerte er sich in den Gewaltexzess hinein.

Erik schöpfte mit der rechten Hand erfrischendes Ostseewasser und warf es sich ins Gesicht und auf die Brust. Die hoch stehende Sonne brannte auf der Haut. Er streifte sich ein weißes T-Shirt über.

Ole tat es ihm gleich. „Komm, wir fahren rüber nach Markgrafenheide, da können wir ins Wasser springen und die Seele baumeln lassen."

„Ja, okay." Erik reagierte mechanisch. Er sinnierte über Oles gewagtes Anschlagsszenario. So plausibel es sich darstellte, so viele detaillierte Fragen warf es auf. Wie konnte ein Fährschiff von dieser Größe unter Kontrolle gebracht werden? Es zu entern, bedurfte eines Kommandos von mehr als zwei Leuten. War es überhaupt durchführbar, das Schiff unbehelligt auf die Haedge-Halbinsel zulaufen zu lassen? Diese knifflige strategische Aufgabe begann eine Sogwirkung zu entfalten, der sich Erik schon bald nicht mehr entziehen konnte. Es hätte sich als ein Computerspiel erweisen können, wenn nicht zum Schluss vermutlich mehr als 1000 Menschen sterben würden. Ihn packte die Gewissheit, sich auf kein Spiel einzulassen.

Kapitel 14

Martin Paroso lief durch die Kieler Innenstadt auf die Förde zu. Unweit des Stadthafens mit den ufergreifenden Fähranlegern quartierte das erotische Gewerbe. In einem unscheinbaren Gebäudekomplex im Stil der Sixties direkt am Wall. Mit einem der Mädels im Eros-Center verband ihn seit längerem eine engere Beziehung, wenn auch eine kommerzielle. Er besuchte Gina regelmäßig. Sie gehörte nicht zu den jüngeren Damen im Etablissement. Sie war dort eine Institution. Ihre fast 40 Lebensjahre, das exakte Alter ließ sie sich nicht entlocken, veredelten ihre Attraktivität. Kräftiges blondes Haar umschlang sie mähnenhaft. Paroso liebte ihre reife Weiblichkeit. Meistens bezahlte er sie doppelt, um hinterher miteinander zu reden. Sie stammte aus gutbürgerlichem Haus und floh nach dem Abitur aus dem goldenen Käfig. Niemand aus der wohlsituierten Verwandtschaft ahnte von ihrer anrüchigen Existenz in Kiel. Sie beteuerte stets, damit nicht unglücklich zu sein. Kunden wählte sie sich aus, zumeist gebildete und gestresste Männer, die bei ihr angenehm entspannten.

Paroso suchte sich abzulenken an diesem Freitagnachmittag, fünf Tage nach der Bundestagswahl 2017. Die Union hatte deutlich vor der SPD gewonnen. Für Rot-Rot-Grün reichte es nicht, weil die Grünen und Linken froh sein konnten, nicht aus dem Parlament geflogen zu sein. Deutschland verurteilte sich selbst, weiterhin von einer Großen Koalition mit einer Kanzlerin Regina Hertel regiert zu werden. Eine andere realistische Option gab es weder für die Union, noch für die Sozis. Paroso hatte darüber mit seinen Kumpels Gerolf Strähter und Fiete Last hitzig debattiert. Das Weiter-so im Demokratiescheintheater der Großen Koalition ging ihnen mächtig gegen ihre Überzeugungen.

In Strähter erwachte der Revolutionär. Er verglich die politische Verkrustung im Land mit dem konservativ verstaubten Staatsgebilde in der Bundesrepublik der 1960er-Jahre. Parlamentarisch war der Erstarrung damals nicht beizukommen. Heute wiederholte sich das Dilemma. Die Opposition schmorte auf sehr schmaler Bank und die Kaste um Regina Hertel lenkte die Geschicke des deutschen Volkes nach ihrer Fasson. Strähter war drauf und dran, ein RAF-reloaded zu starten.

Fiete Last diskutierte weniger aufgebracht. Das Wahlergebnis behagte ihm aus eigensinnigem Motiv nicht. Es liefe alles so weiter wie bisher. Sie würden sich regelmäßig mit Gewalt Geld beschaffen. Vom Staat wäre keine Gnade zu erwarten. In der RAF hatten sie selbst nie getötet, aber terroristische Attacken blieben unverzeihlich. Auf Barmherzigkeit war bei den Christdemokraten nicht zu hoffen. Auch Helfried Schmidt meldete sich irgendwann wieder. Er hatte jetzt andere Kameraden auf dem Kieker. Die gaben sich nicht einfach zu erkennen. Die Versuche, in den zurückliegenden Monaten unter den türkischen und nordafrikanischen Dealern an verwertbare Informationen über die islamistische Szene zu gelangen, verliefen de facto erfolglos. Sie reagierten zugeknöpft. Er spielte bereits mit dem Gedanken, scheinheilig zum Islam zu konvertieren. Im islamischen Kulturtreff und in der Moschee auf dem Kiez hätte er Zugang zu Leuten, in deren Umfeld sich eventuell IS-Sympathisanten und Syrien-Rückkehrer bewegten. Ein heißer Tipp wäre goldwert. Er könnte alles hinter sich lassen.

Paroso tendierte zu Strähter. Ihn kotzte regelrecht an, auf welche heuchlerische Weise die Demokratie einseitig reklamiert wurde. Zwei Parteien backten sich nach der Wahl eine satte Zwei-Drittel-Mehrheit, die in ihren ureigenen Programmatiken eigentlich wie Feuer und Wasser zusammenpassten. Die Granden der führenden Parteien verfügten nicht über die Größe und Ehrlichkeit, sich dem zu verweigern und in letzter Instanz mögliche Neuwahlen anzuberaumen. Der SPD-Kanzler der ersten rot-grünen Bundesregierung besaß 2005 den Mumm, die Wähler vorzeitig an die Urnen rufen zu lassen, weil er sich eines breiten

Rückhalts im Volk nicht mehr sicher war. Heutzutage werden Menschen niedergeschrien und verunglimpft, die dem Einheitsbrei in Berlin ihre Zustimmung entziehen. Die selbstsüchtigen Sachwalter der Demokratie qualifizieren alles als feindlich ab, was ihrem Welt- und Meinungsbild widerspricht.

Paroso erinnerte sich an den Beginn seines Studiums, der in die Wendezeit fiel. In der Einheitseuphorie wagte er, dagegen zu argumentieren. Aus sachlichen Gründen. Die wirtschaftlichen Verwerfungen im Osten waren bei einigermaßen ökonomischem Verstand vorherzusehen. Er wurde als Ewiggestriger und vaterlandsloser Geselle hingestellt. Von BWL-Studenten.

Das Eros-Center hatte Paroso fast erreicht, da blieb er plötzlich stehen. Das Prepaid-Handy, welches er stets bei sich trug, surrte leise. Die angezeigte Nummer konnte er nicht sofort deuten, er speicherte keine mit dazugehörigem Namen ab. Seine eigene kannten nur sehr wenige Leute, so dass er niemanden Fremdes hinter dem Anruf vermutete. Gespannt war er trotzdem.

„Bitte."

„Hallo Martin."

Der Jemand mit der unklaren Nummer kannte seine Identität.

„Hier ist Erik, Erik Klapproth."

Klapproth. Paroso mochte es fast nicht glauben. Er blieb vorsichtig.

„Wir kennen uns?"

„Vom BWL-Studium in Hamburg. Ich bin's wirklich."

„Dann weißt du auch, was ich nach dem Studium gemacht habe."

„Du hast es nicht beendet."

„Wie lange hast du nicht angerufen?"

„Es könnte zehn Jahre her sein."

„Eben. Was kann ich für dich tun?"

„Ich möchte mich mit dir treffen. Am besten in Hamburg. Schicke mir eine SMS, wo und wann es bei dir passt."

„Mach' ich."

Martin und Erik vertrauten einander. Zu Beginn der 1990er-Jahre begegneten sie sich zum ersten Mal, bei der Auftaktveranstaltung zum BWL-Studium. Sie fanden zufällig im überfüllten Hörsaal benachbarte Sitzgelegenheiten. Schnell klärte sich, sie kamen von unterschiedlichen Planeten. Die Hafenstädte Rostock und Hamburg ähnelten sich in ihrer Gravitation zur Seefahrt, atmosphärisch kreiste jede in einem anderen Kosmos. Das stieß die beiden Studenten nicht voneinander ab. Martin schleifte den Ossi durch sämtliche Kneipen Hamburgs und hörte ausdauernd zu, wenn dieser erzählte über das Leben drüben, in der anderen Hafenstadt. Nach dem Wintersemester 1992 blieb Martins Sitzgelegenheit verwaist. Erik konnte ihn nirgends erreichen. In den Kneipen überall Fehlanzeige. Er war vom Erdboden verschluckt. Auch die Eltern fanden lediglich einen Zettel mit der hingekritzelten Bitte, sich nicht zu sorgen. Es gehe ihm gut.

Einige Wochen später fing Martin den Studienfreund am S-Bahnhof „Wandsbeker Chaussee" ab, von dem Erik morgens zur Uni fuhr. Unvermittelt trat Martin hinter der Litfaßsäule auf dem breiten Gehweg hervor, vis-à-vis des flachen S-Bahnstationsgebäudes. Er bat Erik, ihn ein Stück die Wandsbeker Chaussee entlang in Richtung Osten zu begleiten. Verdutzt und zunächst sprachlos folgte Erik ihm. Martin war seriös und unauffällig gekleidet. Er trug ein helles Leinenjackett zur schwarzen Jeans. Ungewohnt verbarg Martin die Augen hinter einer schwarzen Sonnenbrille. Erik hatte ihn nie zuvor mit Sonnenbrille gesehen.

„Sorry, wenn ich dir die erste Vorlesung heute vermassele."

„Es gibt größere Katastrophen. Aber sag' mal, wo hast du die ganze Zeit gesteckt?"

„Hör' zu, was ist dir jetzt sage, behältst du absolut für dich. Und keine Fragen, okay?"

„Okay." Der Morgen fühlte sich für Erik plötzlich unwirklich an. Martin baute sich wie aus dem Nichts vor ihm auf und konfrontierte ihn mit einer Realität abseits der Realität.

„Ich habe mich der RAF angeschlossen."

Erik klingelten die drei Buchstaben RAF in den Ohren. Das war kein Spaß. Nach dem Mord an dem ersten Chef der Treuhandanstalt vor knapp eineinhalb Jahren, mutmaßlich begangen von der Terrortruppe, hatte die RAF sämtliche Polizisten und Geheimdienstler in Deutschland auf dem Hacken.

„Das sollte man nicht leichtfertig tun", rutschte es Erik mahnend über die Lippen. Irgendetwas wehrte sich in ihm, daran zu glauben, Studienfreund Martin wäre sich der Konsequenz seines Schrittes bewusst.

„Keine Sorge, ich habe es mir reiflich überlegt. Viel riskanter ist es, mich dir zu offenbaren. Da ich dir vertraue, weißt du es nun. Wir brauchen deine Hilfe für einige Botengänge."

„Ich soll Kurier für die RAF spielen?" Der Straßenlärm verschluckte die lautstärkemäßig entgleiste Frage. Erik entschuldigte sich sofort. Es schoss ihm in den Kopf, wie verhängnisvoll ein unbedachtes lautes Wort sein konnte.

„Du musst nicht Mitglied werden. Aber bestimmte Kurierdienste sind für uns zu heikel. Zum Beispiel gefälschte Ausweispapiere abholen. Jemanden wie dich haben die Jäger nicht auf dem Schirm. Auch käme es nur sehr selten vor."

Erik erwiderte darauf nichts. Durch diese unvorhergesehene Begegnung mit Martin hing er bereits drin. Ob es ihm gefiel oder nicht. Eine Absage war keine gute Idee. Er mutierte ungewollt zu einem Risikofaktor für die RAF.

„Du erhältst ein paar Scheine dafür. Wie ich dich kenne, kannst du die gut gebrauchen."

Martins Mundwinkel spreizten sich zu einem wohlgefälligen Lächeln. Erik ahnte die strahlenden südländischen Augen hinter den dunklen Brillengläsern. Die erste Kurierfahrt für die RAF führte ihn zu einer Fälscherwerkstatt inmitten von Wien.

Hamburg hielt sich 25 Jahre danach an den Kalender. Frühherbstlicher dicker Nebel drückte auf die Hafencity und die Elbe. Die wellenartigen Dachschwünge der neuen Elbphilharmonie verschmolzen mit dem Dunstschleier. Parosos Vorschlag, sich im Maritimen Museum zu treffen, erwies sich angesichts der grauen Tristesse als glückliche Fügung. Der mehrstöckige historische Speicher, backsteinrot wie die meisten Gebäude in der Hafencity, war zu einem modernen Museum ausgebaut und bis unters Dach mit Schiffsmodellen jeglicher Größe und maritimen Utensilien aus 3000 Jahren Seefahrt vollgepackt worden. Erik wartete im hellen Foyer. Martin sollte er an einer dunkelblauen Dockermütze erkennen. Er fand dies angesichts der Örtlichkeit einen originellen Einfall, aber unnötig. Martin war einer von den großen schlaksigen Typen, die auch mit ersten ergrauten Haaren groß und schlaksig daherkamen. In diesem Gedanken sah er zum Eingang. Im Tagesgrau zeichneten sich die schattigen Umrisse jenes Typus' ab. Keine Frage, Martin.

Erik bewegte sich gemächlich auf ihn zu. Martin war ebenfalls aufmerksam geworden. Er tändelte vom Eingang weg Erik entgegen. Beide näherten sich mit jedem Schritt gewisser aufeinander zu. Eriks gedrungene kräftige Gestalt hatte sich nicht ausgewachsen seit ihrer letzten Begegnung. Sie grüßten sich ungezwungen, als hätten sie sich erst vor zwei Tagen zuletzt gesehen.

„Lass' uns auf Deck 7 hochsteigen, wo die Meeresforschung untergebracht ist. Dort sind wenige Besucher anzutreffen. Offenbar mögen es die Leute nicht zu wissenschaftlich." Martin zeigte auf die Freitreppe, über die vom Foyer die Ausstellungsdecks zu erreichen waren.

„Meinetwegen", quittierte Erik.

Auf dem ersten Treppenabsatz blieben sie stehen. Jeder Besucher blieb hier stehen. Frei im Atrium schwebte ein gut vier Meter langes Schiffsmodell. Die „Wappen von Hamburg III", ein Konvoischiff aus dem 18. Jahrhundert. Sie hing vor einem überdimensionalen Meeresgemälde, was die Anmutung nährte, sie segelte auf hoher See zu fernen Gestaden. Martin und Erik schwiegen eine Weile. Sie segelten mit. Hinaus in die weite Welt. Unbändigem Wind und dem unberechenbaren Meer ausgeliefert. Aber frei von den Fängen des Lebens an Land. Mit seinen gesetzlichen Fallstricken, monetären Abhängigkeiten und zwischenmenschlichen Niedertrachten. Indes, draußen im Hamburger Hafen die großen Containerschiffe, sie waren nicht mehr frei. Im getakteten Wettrennen nach Fernost und zurück, blieb jeder Hauch von seemännischer Romantik auf der Strecke. Sie war im Maritimen Museum konserviert. Die Männer ließen ein Deck nach dem anderen hinter sich. Auf den thematisch sortierten Ebenen des Speichers drängten sich die erwachsenen Besucher um die Träume ihrer Kindheit, die jüngeren befeuerten ihre Träume. Imposante Schiffsmodelle faszinierten in ihrer Konstruktion und Detailtreue. Der Wunsch war groß, sie auf der Alster schippern zu lassen.

Martin kannte es von einer Museumsvisite kurz nach der Eröffnung im Jahr 2008, in der Meeresforschung verlor sich die Spur der Besucher. Hier waren sie einigermaßen ungestört.

„Der alte Tamm hat seiner Heimatstadt eine gigantische Sammlung hinterlassen“, erinnerte Erik an den Hamburger Verleger Peter Tamm, der über Jahrzehnte alles hortete, was nur maritim roch.

„Unglaublich, was er zusammengetragen hat, wie er dieser Leidenschaft nicht überdrüssig geworden ist.“

Beide stoppten vor einer kleinen Wandvitrine. Darin lagerte ein Gesteinsbrocken aus der Tiefsee. Fremd und unspektakulär in Form und Farbe. Er hätte auch vom Mond stammen können.

„Du wolltest mich sprechen. Ich habe vor Neugierde kein Auge mehr zugemacht“, witzelte Martin. „Wo brennt's denn?“

„Du lebst immer noch im Untergrund, richtig?“

„Notgedrungen. Wenn sie uns einsacken, werde ich dieses

Museum so schnell nicht wiedersehen. Was treibst du den lieben langen Tag?"

„Vor drei Jahren hat es mich zurück nach Rostock verschlagen. Ich bin in einem Unternehmen eingestiegen, das automatisierte Transportsysteme herstellt. Dummerweise ist es jetzt fast pleite."

„Dummerweise? Das klingt, als hättest du es schon aufgegeben."

„Die Russland-Sanktionen haben uns die Beine weggehauen. Im Grunde bin ich momentan dabei, alles zu verlieren."

„Verstehe, du suchst Hilfe."

„Aber nicht, wie du glaubst. Ein Schulfreund von mir, wir haben uns in Rostock wiedergetroffen, ist auch ziemlich am Arsch. Er hat vor einigen Monaten seinen 15-jährigen Sohn verloren, niedergestochen von einer Gang vermeintlicher Flüchtlinge. Wir haben uns entschlossen, das alles nicht mehr tatenlos hinzunehmen."

„Das heißt?"

„Wir planen eine größere Aktion, die die Republik aus ihrer Lethargie reißen dürfte." Erik vermied es, Martin, das ehemalige RAF-Mitglied, kalt mit einem terroristischen Anschlag zu überfallen. Er war unsicher ob dessen Reaktion.

„Eine größere Aktion. Welcher Art soll diese sein?" Martin verbarg seine Ungeduld nicht.

„Wir möchten ein 9/11 in Deutschland abziehen. Da wir das allein nicht hinkriegen, sollen du und deine Kumpels uns unterstützen."

Martin wendete den Kopf zu Erik. Hatte er es wirklich eben gesagt?

„Ein 9/11, kleiner geht's nicht?"

„Ole, mein Schulfreund, und ich sehen das anders. Was ist denn passiert nach dem Anschlag auf dem Berliner Weihnachtsmarkt? Zwölf Tote und Dutzende Verletzte, das scheint nicht zu genügen, um die Gesellschaft in Aufruhr zu versetzen. Im Gegenteil, es wurde alles von der Regierung unternommen, fix den Deckel draufzupacken. Die deutschen Todesopfer haben bis heute keinen Namen und kein Gesicht. Merkwürdig, oder?"

„Es sollten nicht zusätzlich Emotionen geschürt werden. Das kann sich schnell aufschaukeln."

„Genau diese Aufgewühltheit braucht es aber, damit sich die Leute nicht mehr mit Beschwichtigungen und halbherzigem Gesetzesaktionismus abspeisen lassen. Dann sollte der Ruf nach einer ehrlichen, konsequenteren und auch härteren Sicherheitspolitik extrem laut werden. So laut, dass es in Berlin viele aus den Amtssesseln wehen dürfte. Zumal es nicht nach dem üblichen Muster ablaufen wird."

„Ich bin sowieso gespannt, wie ihr euch das vorstellt." Martin drängte Erik, zur nächsten Ausstellungsvitrine weiterzugehen. Er achtete darauf, dass sie sich wie gewöhnliche Besucher bewegten. Die Decks wurden mit Sicherheit videoüberwacht. Jedes auffällige Verhalten war potenziell gefährlich. Gute Analysten der Kripo konnten darin Spuren lesen.

„Nach dem Anschlag werden sie schnell dahinter steigen, es waren keine islamistischen Terroristen, sondern Leute aus dem urdeutschen Publikum. Wie du und ich. Die Erkenntnis dürfte den heißen Herbst der RAF von 1977 toppen."

„Jetzt bin ich noch gespannter."

„Du hast mit dem Museum fast schon eine Ahnung gehabt. Das Objekt unseres Plans ist ein Fährschiff, das auf der Route zwischen Rostock und Trelleborg verkehrt. Die wollen wir vor der Ankunft in Rostock unter Kontrolle bringen, und nicht an irgendeinem Tag. Wir planen den 11. August des nächsten Jahres. An dem Sonnabend ist Hanse Sail, da sind zigtausende Menschen am Warnowufer und im Stadthafen unterwegs. Dort werden wir die Fähre auf eine Kaimauer crashen lassen und obendrauf eine ordentliche Explosion auslösen. Das könnte zum 8/11 an der Warnow werden."

Martin Paroso hatte die Arme verschränkt und wischte sich mit der rechten Hand übers Kinn. Der Plan besaß eine Dimension, von der er völlig überrascht wurde. Die Raubüberfälle zusammen mit Strähter und Last nahmen sich dagegen unterklassig aus. Die Idee kitzelte seine strategischen Fähigkeiten und seinen lustvollen Hang, solche Kommandoaktionen bis ins kleinste Detail exakt vorzubereiten. „Ich bin beeindruckt", verhehlte er sein Erstaunen nicht. „Wenn das richtig reinhaut, wird es aber hunderte und vielleicht mehr Tote geben."

„Davon ist auszugehen", antworte Erik trocken und fügte hinzu: „Einzig daraus resultiert die Wirkung, die von der Sache ausgehen soll."

„Gar keine moralischen Bedenken?"

„Dann dürften wir über den Coup nicht nachdenken. Gravierende Eruptionen in der Geschichte sind nie ohne Opfer abgegangen. Sie sind in der Regel der Preis für einschneidende Veränderungen. Wer das Fanal anzettelt, ist am Ende des Tages der Bluthund."

„Euch ist klar, wenn sie euch dafür an den Haken bekommen, wandert ihr für den Rest eurer Tage in den Kahn. Die Märtyrer wollt ihr sicherlich nicht spielen, vermute ich." Martin redete distanziert. Der massenhafte Tod unschuldiger Menschen zwang ihn, das für ihn selbst vertretbare Ausmaß an Widerstand neu auszuloten. Welcher Zweck, welches höhere, moralisch darüber anzusiedelnde Ziel konnte so ein Blutbad rechtfertigen? Objektiv existierte kein bejahendes Motiv. Es konnte nur eine subjektive Elle geben, die jeder für sich anlegen musste. Wie der Mörder, der sich entscheidet, ein Leben oder mehrere auszulöschen. Anders verhielt es sich auch bei vielhundertfachem Tod nicht. Erik und sein Rostocker Kumpel hatten das offenbar geklärt. Martin sah sich bereits in eine lange Debattennacht mit Strähter und Last versinken.

„Deine Kameraden haben immer so geplant, dass sie bei ihren Attentaten ungeschoren blieben. Auch wenn einige hinterher ewig abgewandert sind wie Baader und Meinhof. Wir wollen jedenfalls sicher aus der Nummer rauskommen und möglichst perfekt, also ohne am Haken zu landen."

Martin und Erik erreichten den Bereich auf Deck 7, in dem ein besonderes Ausstellungsobjekt die Blicke auf sich zog. Nach den Beschreibungen des französischen Romanciers und Science-Fiction-Autors Jules Verne hatte jemand dem sagenumwobenen Unterseeboot „Nautilus" des Kapitäns Nemo aus Vernes Bestseller „20.000 Meilen unter dem Meer" Modellgestalt verliehen. Ein modern anmutendes U-Boot aus einer Zeit, zu der mit weniger ausgefeilten Schiffskörpern erste Tauchfahrten überhaupt unternommen wurden.

„Erinnerst du dich an die legendäre Verfilmung mit James Mason als Käpt'n Nemo und Kirk Douglas als raubeinigen Matrosen Ned? Auf mich wirkte das U-Boot wie ein stählernes Seeungeheuer. Wenn man bedenkt, was Jules Verne alles technisch vorweg ersonnen hat und was davon in U-Booten heutzutage verwirklicht ist, war er ein begnadeter Visionär."

„Der Film war für sich eine Klasse. Den haben sie, glaube ich, in den 1950er-Jahren gedreht. Ohne Computeranimation und die technischen Raffinessen heutiger Blockbuster."

„Zum Schluss lässt Kapitän Nemo seine geheime Insel in die Luft fliegen. Samt eines gelandeten Militärkommandos, das im Begriff war, das Eiland zu erobern. Dieser Einsatz schien es ihm wert, die Nukleartechnik nicht der Menschheit zufallen zu lassen. Er versuchte, eine epochale Veränderung abzuwenden, der nichts Gutes anhaftete. Kleiner ging's nicht."

„Ich werde mit den Jungs reden. Zeit genug bleibt ja, um es gründlich vorzubereiten. Die wird auch nötig sein", ließ Martin den Planer durchklingen.

Sie entschieden sich, im Erdgeschoss des Museums im Restaurant „Catch on the Day" Matjes mit Bratkartoffeln zu essen.

Kapitel 15

Die Stammplätze in ihrer Kieler Lieblingspizzeria befanden sich im Abseits des Gastraums. Eine kleine Sitzecke unmittelbar neben dem Zugang zu Luigis Reich. Der italienische Pizzeria-Besitzer war sein eigener Chefkoch. Er zauberte in einem gemauerten Ofen über offenem Feuer Pizzen von einer kulinarischen Wucht, die den stärksten Mann pappensatt auf dem Stuhl festnagelte. Luigi, kein Riese von Wuchs, war ein Italiener aus dem Bilderbuch. Pechschwarzes lockiges Haar bedeckte das rundliche Haupt. Er trug stets weite weiße Oberhemden, die den kugeligen Bauch kaschierten. Die obersten drei Knöpfe benutzte er nie. Im offenen Hemdspalt glänzte eine Goldkette mit großen Gliedern.

Luigi übernahm vor einigen Jahren den Laden vom Vater, der in den 1980er-Jahren die Pizzeria in der Gutenberg-Straße unweit der Howaldtstraße eröffnet hatte. Er hielt den Tisch für die drei kauzigen älteren Herren, wie er Strähter, Paroso und Last gern lästernd titulierte, jeden Tag bis 19 Uhr reserviert. Gewöhnlich schauten sie ein- bis zweimal die Woche vorbei. Die Drei bestellten Pilsner vom Fass. „Luigi, bevor du unsere Sommerhits notierst, eine Frage, feilst du bereits an der Winter-Pizzakollektion? Man könnte ja schon vorschmecken." Luigi schmeichelte die Frage. Er wurde im Kiez geliebt dafür, seine Gäste regelmäßig mit neuen Pizza-Kreationen zu verzücken. „Leider nein, das ist etwas früh. Aber wenn ihr mögt, peppe ich eure Pizzen mit ein paar scharfen Gewürzen und Peperoni-Schoten auf."

„Schon gut. Also wie immer. Du musst nichts überstürzen, wir sitzen heute etwas länger."

„Hat einer von euch Geburtstag?"

„Nein, keine Wunderkerzen. Wir planen unseren Urlaub."

Paroso und Last grinsten. Luigis Wangenknochen bekamen von den Mundwinkeln kurzen Besuch. Er hatte kapiert, weitere Fragen waren unerwünscht.

Martin legte eine ernste Miene auf. Drei Tage lang hatte er über das Treffen mit Erik Klapproth geschwiegen. In der Pizzeria würden sie ihre Emotionen in Zaum halten müssen. „Leute, es gibt eine Anfrage."

„Eine Anfrage? Was heißt das denn?" Strähter sah Fiete Last fragend an, als wüsste dieser bereits mehr. Der zuckte mit den Schultern.

„Ich habe einen alten Studienfreund getroffen, er hatte mich darum gebeten."

„Einen alten Studienfreund getroffen", wiederholte Gerda Strähter. „Willst du uns ans Messer liefern?" Strähter straffte sich, machte sich groß. Bevor er jedoch weiter über die eisernen konspirativen Regeln dozieren konnte, die ihnen bis dato den Knast erspart hatten, fiel ihm Martin ins Wort.

„Es ist alles im Lot. Erik können wir vertrauen. Über ihn habe ich unsere Ausweispapiere und den Kia Rio beschaffen lassen, falls ihr euch erinnert."

„Was will er jetzt von uns?", hakte Strähter noch immer ungehalten ein.

Martin lehnte sich zurück und holte mit einer Pause weit aus, den beiden anderen zu bedeuten, er verkündige Großes.

„Erik und ein sehr guter Freund …"

„Noch ein Freund." Gerda bekam sich nicht in die Reihe. Zu lebendig nistete der Albtraum in ihm, durch eine dämliche Unaufmerksamkeit aufzufliegen und künftig die Tage nach der Einschlusszeit zu durchmessen.

„… bitten uns um Unterstützung bei einer Aktion, bei der ihr euren revolutionären Elan wieder auspacken könnt."

Plötzlich flackerten Strähters und Lasts Augen interessiert und neugierig.

„Die Sache hat es in sich. Sie planen, eine große Schwedenfähre während der Hanse Sail in Rostock zu kapern, im Stadthafen auflaufen zu lassen und eine heftige Explosion auszulösen.

Bei den Menschenmassen zur Sail dürfte das eine verheerende Wirkung haben. Sie nennen es 8/11 an der Warnow. Es soll am 11. August im nächsten Jahr passieren."

„Das haben sie ernsthaft vor?", fragte Strähter ungläubig.

„Und vor allem warum?", warf Fiete hinterher.

„Erik klang sehr entschlossen. Das Warum, sie haben sich wie wir aus der gesellschaftlichen Wirklichkeit verabschiedet. Sie wollen sich aber nicht damit abfinden, dass alles so unabänderlich dahinschlurft. Erst recht nicht nach dem erneuten Wahlergebnis Große Koalition. Erik sprach davon, sie wollten ein Fanal setzen. Aber am besten, ihr fragt sie selbst nach den Motiven."

„Stopp, nicht so hastig", unterbrach ihn Strähter energisch.

In diesem Moment kreuzte Luigi am Tisch auf mit den drei Pizzen. „Ich habe extra nicht schnell gemacht."

„Ach Luigi, deine Ohren sind größer als deine Pizza. Komm gib sie rüber. Wir sind ausgehungert."

Eine ausgedehnte Weile war am Tisch lediglich das Zersägen der Pizzaböden zu vernehmen. Die Düfte der verschiedenen Pizza-Auflagen vermischten sich.

„Erik könnten wir vertrauen, sagst du. Was ist mit dem anderen?"

„Die haben beide das 8/11 ausgeheckt. Zu dem Zeitpunkt wusste Ole, so heißt der Kompagnon, nichts von Eriks Draht zu mir. Es ist ausgeschlossen, dass er gezielt bei der Sache mitmacht, um womöglich an uns heranzukommen. Ole ist unser Mann."

Bei Martins letzten Sätzen horchte Fiete auf, ohne es sich anmerken zu lassen. Dieser Anschlagsplan war demnach nur den beiden Rostockern und ihnen hier am Tisch bekannt. Welches riesige Interesse dürfte Helfried Schmidt daran besitzen, von dieser monströsen Terroraktion frühzeitig zu erfahren? Fiete kaute bedächtig. Er breitete den Gedanken aus. Schmidt bekäme ein Pfund in die Hand, das ihm zu einem fetten Eintrag in die Annalen des Bundeskriminalamtes verhelfen würde. Nach der Pensionierung könnte er außerdem die öffentliche Reputation, den Tod sehr vieler Menschen verhindert zu haben, mit Büchern und Vorträgen zu klingender Münze machen. Für den Tipp würde Schmidt einiges springen lassen. Hatte er nicht gar sechsstellige Summen erwähnt, je nach Preislage. Welcher Art die Bedrohung war, wie hoch die Gefahr. Mehr als 1000 Tote schlimmstenfalls langten für ein üppiges Informationssalär. Es war die Chance. Schmidt sprach auch nicht explizit von islamistischem Terror. Anschläge drohten auch aus anderen Ecken. Linksextremisten generierten sich immer militanter und den Neonazis war ohnehin alles zu zutrauen.

„Woran basteln die Sportsfreunde, wenn nicht gerade an der Idee eines megagewaltigen Anschlags?" Strähter stellte die Frage eher beiläufig, denn er versuchte zugleich, das letzte Viertel der Pizza mit beiden Händen unbeschadet zum Mund zu führen. Was misslang. Eine größere Peperoni fiel herab und verfehlte knapp das Bierglas.

„Erik ist Geschäftsführer einer Metallfirma, die kurz vor der Insolvenz steht. Vor allem wegen der Russland-Krise. Ole, so viel ich bisher weiß, arbeitet bei einer Privatbank im Investmentbanking. Vor einem halben Jahr ist sein Sohn bei einer Schlägerei mit Migranten tödlich verletzt worden."

„Da sinnt einer auf Rache. Das ist nicht gut." Gerda wischte sich den Mund ab.

„Glaube ich nicht. Für den Fall gäbe es ein anderes Ziel als die Sail."

„Auch wieder wahr. Was meinst du Fiete, sollen wir uns die Jungs angucken? Auf unsere alten Tage ein Ding reißen, wo hinterher nicht nur Betontrümmer zusammengekehrt werden, sondern dieser heuchlerische Staat so in die Grütze geht, dass was Neues entstehen muss."

„Da ist was dran." Fiete wurde aus dem Gedanken an BKA-Chef Schmidt gerissen. „Den Versuch sollten wir uns gönnen.

Bundestagswahlen sind inzwischen eine Farce. War ja gerade zu erleben. Mit dieser Pseudo-Demokratie einer Großen Koalition ändert sich nichts.

„Und die vielen Toten?" Martin schaute gebannt auf Gerda und Fiete.

„Naja", Strähter holte tief Luft. „Unsere revolutionären Vorfahren waren in diesem Punkt nicht zimperlich. Heute ersaufen tausende Migranten im Mittelmeer. Die Politik beeindruckt das nicht sonderlich, sonst würden sie nicht so halbherzig agieren und energischer gegen diesen organisierten Massenmord vorgehen. Die Perspektive ist entscheidend. Ich glaube, zu einer bestimmten Zeit sind Tote manchmal notwendig, um Tote künftig zu vermeiden."

„Gerda, da bin ich bei dir. Früher haben unsere Veteranen auch nicht zu sehr darüber nachgedacht. Einen Arbeitgeberpräsidenten zu ermorden, ist sicherlich kein minderes Verbrechen gegenüber dem Tod mehrerer hundert Menschen." Fiete trank zügig sein Bier aus. Er war der Letzte. Sie bestellten bei Luigi eine neue Runde.

„Ihr mögt recht haben. Der Tod kommt jeden Tag vieltausendmal um die Ecke. In jedem konkreten Fall ist es tragisch und schmerzhaft. Der emotionale Effekt, den ein großer Anschlag bewirken soll, resultiert nun mal aus hunderten Einzelschicksalen. Wenn wir in der Sache etwas bezwecken wollen, müssen wir dazu bereit sein."

„Angenommen, wir fassen das Ding richtig an, dann haben wir aber einiges mehr zu besprechen."

„Erik und Ole rechnen mit unserem Know-how. Alles, was dazugehört, die Waffen, Sprengstoff, gefälschte Papiere."

„Wir sollten uns mit ihnen möglichst bald treffen. Spätestens im Frühjahr müsste die heiße Phase beginnen, soll im August die Aktion über die Bühne gehen." Fiete überraschte sich selbst. Er schaltete in den RAF-Modus, ohne lange nachgedacht zu haben.

Als hätte sich die Rauch- und Staubwolke über dem gesprengten Gefängnisneubau von Filderstadt eben erst verzogen und ihr letzter Anschlag läge nicht 24 Jahre zurück.

Nach dem Abendessen hatten sich BKA-Präsident Helfried Schmidt und sein Amtskollege vom Bundesverfassungsschutz Bodo Zehrwald an die Hotelbar des Berliner „Intercontinental" zurückgezogen. Die alljährliche Herbsttagung der bundesdeutschen Sicherheitsbehörden gab ihnen unauffällige Gelegenheit, ihre eigene Lagebesprechung fortzusetzen. Zuletzt, in der Berliner Gemäldegalerie, hatten sie sich auf die Wochen nach der Bundestagswahl vertagt. Deren Ergebnis präsentierte sich auf der Herbsttagung in persona des alten und neuen Bundesinnenministers Volker Abraham. Die Union drängte die SPD in die Große Koalition und besetzte die Schlüsselressorts Finanzen und Inneres mit den Ministern von gestern. Für Schmidt und Zehrwald erfüllte sich ihre bitterste Ahnung. Es würde im gleichen Trott weitergehen. Auf durchgreifende Maßnahmen, um etwa der wachsenden Zahl illegal Eingereister wirksam zu begegnen und diese schnell wieder loszuwerden, durften sie nicht mehr hoffen. Im Vorjahr hatte die Bundespolizei mehr als 167.000 illegale Grenzgänger aufgegriffen. Zugleich erfolgte nicht mal eine Handvoll von Sammelabschiebungen mit jeweils weniger als 50, zumeist straffälligen Migranten. Bundesweit stauten sich über 500.000 abgelehnte Asylbewerber, die sich zum Teil im kriminellen Milieu eine eigene Perspektive suchten. An die Öffentlichkeit gelangten immer wieder spektakuläre Fälle, bei denen Migranten mit bis zu 14 verschiedenen Identitäten durchs Land tingelten und mehrfach Sozialleistungen kassierten. Die ihnen selbstverständlich ausgezahlt wurden, weil im gesamten Bundesgebiet keine verlässliche Übersicht herrschte, wer mit welcher Identität eingereist war. Wirkliche Namen und Herkunft waren verschwiegen, Ausweispapiere zuhauf vor dem Grenzschild mit der Aufschrift „Bundesrepublik Deutschland" entsorgt worden. Für die Sicherheitsbehörden bedeutete dies den Super-GAU. Auf den sie in dem Non-Paper vom Herbst 2015 eindringlich hingewiesen hatten. Kanzleramt und Bundesinnenministerium ließen alles laufen aus Furcht vor „schlimmen Bildern" und unter Inkaufnahme desolater Sicherheitsverhältnisse in Deutschland.

„Hört man den Herrn Minister heute reden, könnte man meinen, er habe sich einer anderen Partei angeschlossen. Auf einmal sind straffe Grenzkontrollen in Nordafrika, Auffanglager außerhalb Europas, rigoroses Abschieben von abgelehnten Asylbewerbern keine Tabuthemen mehr. Vor zwei Jahren sind Leute, die das laut einforderten, als ausländerfeindlich diskreditiert und in die rechtsradikale Ecke gestellt worden. Prost." Helfried Schmidt griff nach dem Whisky, den ihnen der Barkeeper serviert hatte. Der „Glenlivet" rann wie Balsam durch die Kehle.

„Sehr gutes Zeug." Zehrwald bleckte die Zähne. „Es stimmt alles, was du sagst. Fakt ist aber auch, wir können das Problem nicht einfach vor die Tür kippen. Die Menschen sind da, jetzt und hier. Nach der Rechtslage wird sich daran auf längere Sicht nichts ändern. Gibt es keine Asylgenehmigung, greift die Duldung. Da kann die Kanzlerin zehnmal erzählen, die meisten der Zu-uns-Gekommenen besitzen kein Recht auf Asyl. Ihre Parteifreunde mag das beruhigen, aber das Dilemma wird um keinen Deut entschärft. Bei unseren Beobachtungen tanzen wir auf tausenden Hochzeiten. Damit meine ich nur die Terrorszene. Der Notzustand ist inzwischen der Normalzustand."

„Mein Reden." Schmidts Whisky-Glas setzte hörbar auf dem Tresen auf. Er bestellte zwei „Glenlivet" nach und drehte sich wieder zu Zehrwald. „Nach der Rechtslage, wie du es formulierst, das ist genau der Punkt, wo angesetzt werden muss. Wir und ihr wussten über den Attentäter von Berlin längst Bescheid, dass er wochenlang nach einem Anschlagsziel suchte. Gesetzlich gibt es bis heute keine Handhabe, so einen potenziellen Gefährder außer Landes zu weisen. Dem Justizminister fiel hinterher nichts Praxisferneres ein, solchen Typen elektronische Fußfesseln anzulegen. Wie viele Gefährder haben wir auf dem Zettel?"

„Das weiß niemand exakt. Mehrere hundert kennen wir, für die in der Grauzone dürften die Fußfesseln knapp werden", flachste Zehrwald. Dem Verfassungsschutzchef fehlte für die unausgegorenen politischen Schnellschüsse seit längerem jedes Verständnis. Er fragte sich, wer im Justiz- und im Innenministerium solche abstrusen Ideen entwickelte und den Ministern flüsterte. Ihm graute ebenso wie Schmidt vor der Tatsache, in den nächsten vier Jahren würde dieses stümperhafte Politikspiel weiterbetrieben werden.

„Mir zeigt das, wie wenig Klarheit im Regierungsapparat über den sicherheitspolitischen Notstand besteht", fuhr Schmidt fort.

„Was können wir machen, um aus dieser Klemme herauszukommen?", fragte Zehrwald, der sich sorgte. Der jedoch nicht zu entschiedenem Handeln neigte, wenn es ihm seine Karriere gefährden konnte.

„Je nachdem. Bisher ist es nach der Wahl ruhig geblieben. Aber Druck könnte sich sehr schnell aufbauen, falls sich die Flüchtlingssituation auf dem Mittelmeer und in Italien zuspitzt. Nach der Welle im Sommer sollten wir nicht annehmen, das beruhigt sich. Variante eins heißt, wir müssen auf Länder- und Bundesebene die Abgeordneten bearbeiten, sie überzeugen, konsequent die Rechtslage den aktuellen Gegebenheiten anzupassen. Bis hin zu einem Einwanderungsgesetz. Variante zwei tritt ein, wenn für Variante eins keine Zeit mehr bleibt. Durch einen konzertierten Rücktritt aller vier Chefs der Bundessicherheitsbehörden, wir hatten das schon mal beredet, könnten wir ein Handeln der Politik erzwingen. Für das nicht auszuschließende Szenario, hunderttausende Migranten marschieren über Italien auf Deutschland zu, blieben die Notstandsgesetze. In außergewöhnlichen Lagen finden sich immer Leute, die dringend erforderliche Maßnahmen durchsetzen. Was der junge österreichische Außenminister auf der Balkan-Route bewerkstelligt hat, imponiert mir noch heute. Ein klares Signal hinaus in die Welt, bis hier und nicht weiter."

„Die Kontrollen an unserer Grenze funktionieren zurzeit halbwegs und die Bundespolizei hat die Zusage für einen deutlichen Stellenaufbau. Es wäre mir wohler, wir bekommen die innere Sicherheitssituation wieder dauerhaft in Griff. Deshalb bin ich im Zweifel, ob eine Revolte hilfreich ist. Sie würde mehr Unsicherheit stiften, die vielleicht nicht mehr eingedämmt werden könnte."

Schmidt kannte Zehrwald lange genug. Dessen zögerliche, rückversichernde Haltung kalkulierte er ein. Er wusste, kommt es hart auf hart, würde sich Zehrwald im letzten Augenblick den Siegern zugesellen.

Kapitel 16

„Übrigens Calli, Erik und ich haben uns Ende November zu einem Männer-Wochenende verabredet.“ Ole bereitete in der geräumigen Küche, die im amerikanischen Stil offen an das Wohnzimmer grenzte, für sich und Calli Tee zu. Er brühte sich einen schwarzen Earl Grey auf und für seine Frau einen grünen Tee. Calli war erst seit einer Woche zurück von ihrer Kur in einer Spezialklinik in Braunlage im Harz, auf die sie sich eingelassen hatte nach dem Tod von Rico. Diese Wochen taten ihr gut, geholfen haben sie nicht wirklich. Calli sah sich außerstande, ihre Zahnarzt-Praxis weiter zu betreiben. Mit Ole wollte sie am heutigen Abend besprechen, die Praxis zu verkaufen.

„Was habt ihr konkret vor?“, fragte sie zurück. Ole war bereits mit dem Tablett auf dem Weg zur Couch. Auf dem großen Sitzmöbel konnte eine halbe Schulklasse Platz finden. Darauf hatten sie sich gern erotisch überfallen. Aber in der Trauer war Calli weit entfernt von sexuellen Gelüsten. Ole erging es ebenso. Sie tranken gemeinsam Tee. Eine Form der Zweisamkeit, die ihnen Halt gewährte.

„Erik hat mich neugierig gemacht auf ein russisches U-Boot, das im dänischen Hafen Nakskov liegt. Es dient als Museum und Restaurant und soll den Dänen von Gorbatschow höchstpersönlich überlassen worden sein. Wir wollen uns das mal anschauen.“

Ole stellte den grünen Tee auf den Tisch und füllte zwei Teelöffel Zucker in den Earl Grey.

„Nakskov, welch ein eigenwilliger Name für einen dänischen Hafen. Wo befindet der sich?“

„Auf der Westseite der Halbinsel Lolland, eine gute Autostunde von Gedser. Die Stadt war mal eine Werfthochburg in Dänemark. Aber der Schiffbau ist vor Jahren eingegangen. Der Ort lebt jetzt vor allem vom Tourismus. Deshalb auch das U-Boot.“

Ole verschwieg Calli, dass Nakskov ein Vorwand war und das

U-Boot inzwischen verschrottet wurde. An besagtem Wochenende planten er und Erik, sich mit Eriks Studienfreund Martin und dessen Ex-RAF-Kameraden in Laboe an der Kieler Förde zu treffen. In dem Küstenort war ebenfalls ein U-Boot zu besichtigen, der deutschen Marine. Sie wollten sich kennenlernen und über die Vorbereitung von 8/11 in Rostock reden. Als kleine Männerrunde, interessiert an Militärtechnik und dem Besuch des Marine-Ehrenmals, gaben sie in Laboe ein gewohntes Bild ab. Außerhalb der Saison schloss in dem beschaulichen Ort wenig auf den Trubel des Sommers. Vier Wochen vor Weihnachten wurde es früh dunkel.

Der Verkauf von Callis Zahnarzt-Praxis erledigte sich schnell und problemlos. Ole hatte einen befreundeten Wirtschaftsprüfer beauftragt, die Sache in die Hand zu nehmen. Das Zusammenleben mit Calli gestaltete sich nicht einfach. Sie wirkte oft in sich gekehrt und körperlich ausgemergelt. Ole versuchte ihr zu helfen. Was ihm durch einen unkonventionellen Ratschlag zu gelingen schien. Eines Morgens beim Frühstück, er erreichte Calli mit seinen täglichen Erzählungen nur sporadisch, schlug er ihr vor, Tagebuch zu schreiben. Ein Ansinnen, das sie zunächst stutzen ließ, mit dem sie sich dennoch bald anfreundete. Es wurde für beide zu einem die Seele entkrampfenden Ritual, dass sie ihm daraus vorlas. Zumeist am Abend. Sie saßen gern bei einem Glas Rotwein zusammen. Fernsehgucken vermieden sie. Zuletzt hatten sie die Liveschalte zur Bundestagswahl am 24. September verfolgt. Oles Kommentare zu dem Ergebnis fielen sehr deftig aus. Die Verstetigung der Großen Koalition empfand er als Zumutung für sein Demokratieverständnis. Der neuerliche Sieg der Kanzlerin beeindruckte Calli nicht. Es interessierte sie nicht.

Genauso wenig nahm sie Notiz davon, wie Ole in seiner Wortwahl peu à peu ungehaltener, unnachgiebiger, militanter und entschlossener wurde. Vor einem halben Jahr, vor der Katastrophe um Rico, hätte sie es nicht überhört, hätte sie es nicht kommentarlos stehengelassen. Nachher hatte sie sich aus der Flüchtlingshilfe-Bürgerinitiative ausgeklinkt. Sie ahnte nicht im Geringsten, dass Oles Weg nicht nach Nakskov führte. An dem November-Wochenende wäre ihr auch nicht in den Sinn gekommen, Ole könnte sich mit einer Geliebten treffen. Sie schrieb Tagebuch.

Auf der Autobahn A20 beschäftigte dichter Schneeregen die Scheibenwischer von Oles 5er BMW. Die nassen Flocken erzeugten im Scheinwerferlicht eine unangenehme Blendwirkung. Noch aber verflüchtigten sich die Vorboten des Winters schnell. Das feuchte Betonband blieb frei. Ole fuhr dennoch gesittet. Er und Erik waren am frühen Abend in Rostock gestartet. Sie würden Laboe zu christlicher Stunde erreichen und hätten noch Zeit für ein Bier. Erik kauerte in sich versunken auf dem Beifahrersitz. Er sah übernächtigt aus. Der finanzielle Druck in der Firma wurde nicht geringer. Alle neuen, Rettung verheißenden Projekte liefen viel zu schleppend an. Die Kreditlinie bei der Universe Bank gab kaum mehr einen Euro her, um vorbereitende Planungen und Projektierungen finanzieren zu können. Die Wochenenden in Hamburg mit Monique endeten zumeist in Vorhaltungen. Er rechnete absehbar auch mit der Insolvenz ihrer Ehe. In der luxuriösen Hülle von Oles BMW fühlte er sich in einem schützenden Kokon. Er genoss die Autofahrt an die Kieler Förde.

Laboe empfing sie in schaurigster Wetterlage. Von Nordost peitschte ein empfindlich-kalter Sturm die Ostsee. Die Wellen schlugen einen Steinwurf entfernt vom Hotel „Admiral Scheer“ auf den Strand. Auf dem Parkplatz vor dem flachen dreietagigen Haus strengten sich Ole und Erik an, die Wagentüren gegen den kräftigen Wind zu öffnen. Das rot geklinkerte Hotel lag zu Füßen des Marine-Ehrenmals, das seit gut 100 Jahren das Antlitz des Ostsee-Badeortes bestimmte. Der über 70 Meter hohe Turm des Ehrenmals ragte in den schwarzen Abendhimmel. Ein dunkles klobiges Bauwerk. Zur Landseite markierte es einen turmhoch gemauerten Bogen. Er erinnerte in seinem Schwung an den lang aufschießenden Vordersteven eines Wikingerschiffes. Erik starrte einen Augenblick fasziniert hinauf zu dem Wikingerschiff, das in der Finsternis über sie hinwegzurauschen drohte.

Der Hotelchef begrüßte sie persönlich. Er hatte es vorgezogen, die Unwetternacht im „Admiral Scheer“ zu verbringen. Mit Sturm an der Küste war nicht zu spaßen. Alles, was sich am und vor dem Haus im Zugriff des Ostseesturms losreißen konnte, war gesichert worden. Die Anwesenheit des Chefs bescherte den beiden Ankömmlingen zudem das ersehnte Bier. Im Hotel-Restaurant „Heimathafen“ war bereits um 21 Uhr das Licht ausgeschaltet worden.

„Stürmt es in Rostock auch so heftig?“ Der Hotelchef ließ sich zu vorgerückter Stunde hinreißen, gemeinsam mit den neuen Gästen aus dem Osten ein Bier zu trinken.

„Wir waren heute nicht am Wasser, aber es hat mächtig geweht“, antwortete Ole. Sie stießen mit Warsteiner-Pils an, das er nicht sonderlich mochte.

„Bei so einem Sturm oben auf der Turmplattform, da dürfte es einen wegwedeln.“ Erik ging das imposante Monstrum nicht aus dem Sinn. Es war von einer bedrohlichen Anmut.

„Das wird nicht passieren. Auf die Balustrade ist ein hohes Gitter aufgesetzt worden. Es kann auch keiner runterspringen.“

„Beruhigend zu wissen.“

Der Hotelchef blickte Ole ob der Bemerkung irritiert an. Wie sollte er das verstehen? Hatte er eine konkrete Befürchtung? Ole erkannte die Fragen.

„Ich meine wegen ihrer Gäste. So nah würde sich das nicht gut anhören.“

Nun schauten sich Erik und der Hotelier irritiert an.

„Sorry, das war kein guter Beitrag“, dämmerte es Ole, sich in eine Sackgasse geredet zu haben.

„Sie wollen aber morgen hinaufsteigen, oder den Fahrstuhl nehmen?“ Galant umschiffte der Hausherr die verbale Untiefe von soeben.

„Wir erwarten drei Freunde und dann wollen wir uns die Marine-Geschichte mal näher ansehen.“

„Haben Sie zusammen bei den blauen Jungs gedient?“

„Nein, keiner von uns“, platzte es Ole und Erik nahezu im Gleichklang heraus.

„Interessant dürfte für Sie sein, die Volksmarine ist bei uns auch gelandet. Einige Sachen haben sie herübergeholt und in die Ausstellung eingebaut.“

„Das seefahrende Volk hat sich immer gut verstanden“, schloss Erik aus der deutschen Einheit in der sakralen Marine-Gedenkstätte.

„Vergesst nicht, das U-Boot zu besuchen. U 995 liegt direkt am Strand. Den Jungs konnte unter Wasser zwar kein Sturm etwas anhaben, aber wie die in den engen Ungetümen gehaust haben, muss man selbst für ein paar Minuten erfahren. Den Petersen-Film ‚Das Boot‘ sehen Sie beim nächsten Mal mit anderen Augen.“ Der Hotelchef trank sein Bier aus. „So, jetzt verabschiede ich mich in die Koje. Gute Nacht.“

„Gute Nacht.“

„Ja, gute Nacht. Ab wann gibt es Frühstück?“, warf Erik in die Verabschiedung ein. Sie waren um 10 Uhr mit Martin und den anderen am Turm verabredet.

„Ab 7.30 Uhr im ‚Heimathafen‘.“

Der Sturm hatte sich zum Morgen hin beruhigt. Dennoch jagte der Wind ungemütliche Böen um die Ecken. Im weiten Innenhof des Marine-Ehrenmals wirbelten Blätter und Papierüberbleibsel durch die Luft. Die getriebenen Wolken rissen sich hin und wieder voneinander los, so dass die Sonne ihre Strahlen hindurchstecken konnte. Diese trafen wie Lichtspots auf die Erde. Aus der flachen, halbrunden Historischen Halle kommend liefen Erik und Ole auf den Turm zu, vor dem sie drei dunkel gekleidete Gestalten ausmachten. Eine fiel besonders schlaksig aus. Kein Zweifel, Martin sowie Gerolf Strähter und Fiete Last warteten bereits. Musternde Blicke empfingen sie.

„Hallo, hi Martin", eröffnete Erik die Begrüßungsrunde. „Da sind wir."

„Hi Erik, tach Ole." Martin gab beiden die Hand.

„Willkommen im Klub", hing sich Strähter sofort dran. „Gerolf. Wundert euch nicht, wenn die beiden anderen mich Gerda nennen. Sie haben ihren Spaß daran."

Fiete beschränkte sich darauf, Ole und Erik mit einem kurzen „Hallo" und Handschlag zu begrüßen. Sie waren ein Jahrzehnt jünger. Er scannte sie aufmerksam. Das Ergebnis stellte ihn zufrieden. Über die Jahre hatte er sich ein sicheres Gespür angeeignet, aus der ersten Momentaufnahme seine Schlüsse zu ziehen. Den Jungs aus Rostock haftete ein Rest jugendlicher, unbedarfter Charme an. Ihre aufgeschlossenen wachen Augen gaben keine Abgründe zu erkennen von falschem Spiel und unaufrichtiger Begegnung.

„Habt ihr Bock, auf den Turm zu steigen? Ein paar Treppen können nicht schaden", übernahm Martin die Regie. Die anderen folgten.

Auf der Plattform verteilten sie sich nach allen Seiten. Zu der frühen Stunde waren sie die einzigen Besucher hoch oben über der Kieler Förde. Diese und die Ostsee und das flache Küstenland breiteten sich vor ihnen aus. Jeder ließ für einige Minuten die Weite auf sich allein wirken. Bei dem schneidigen Wind in der Höhe hatten Paroso, Strähter und Last kurz nacheinander jeder eine Dockermütze aus der Jacke gezückt. Klapproth und Dormark stülpten sich die Kapuzen ihrer Out-Door-Anoraks über. Irgendwann standen sie auf der Turmseite zur Förde hin zusammen. Ein blauweißes Fährschiff zog sie in ihren Bann. Es steuerte in rascher, vom Wind unterstützter Fahrt von der offenen See in die kanalartige Förde mit Kurs auf Kiel.

„Schon mal jemand mit so 'nem Ding mitgefahren?", brüllte Strähter gegen den Wind an.

Als Kind sei er mit seinen Eltern einmal von Kiel nach Göteborg in Schweden mit der Fähre gefahren, gab Fiete kund. Zu einem Urlaubstrip durch Skandinavien. Zurück ging es in seine Heimatstadt Flensburg dann über Dänemark.

„Ich bin mit der Familie vielleicht fünf-, sechsmal von Rostock nach Dänemark und Schweden übergesetzt." Oles Worte zerfaserten in der Luft.

„Da haben wir ja schon einen Fachmann unter uns", versuchte Strähter zu witzeln. Er blieb im Ansatz stecken und unterließ jede weitere Konversation auf dem windumtosten Turm. Dessen Inneres war dick ummauert. Unten angekommen, hielten sich die fünf Männer nicht lange auf in den bunkerartigen Räumen des Erinnerns. Sie durchschritten zügig die unterirdische Gedenkhalle, in die durch ein rundes Himmelsauge in der Decke fahles Tageslicht drang. Im halbrunden Ausstellungsschlauch zur Geschichte der Marine wandelten Ole und die anderen planlos zwischen den hohen Glasvitrinen hin und her. Auf die zahlreichen exzellenten Modelle von Kreuzern, Schlachtschiffen, Fregatten und kleineren Marineschiffen richtete sich fast kindliche Neugier.

„Irgendetwas ist skurril", redete Erik unvermittelt drauflos, „die Leute bestaunen die Modelle wie großes Spielzeug, dabei ist es übles Kriegsgerät."

„Eben das sollen die Schiffe vermitteln", entgegnete Martin.

„Daran kann ich nicht glauben. Die meisten Menschen bewundern die filigrane Bastelei und damit hat es sich. Das Verderben, das von diesen schwimmenden Festungen ausging", Erik betrachtete das gewaltige Modell eines Schlachtschiffes, „und die Tragödien, die sich um sie selbst auf hoher See abspielten, lassen sich nicht in eine Vitrine sperren. Sie dringen auch nicht in die Menschen ein. Es berührt sie genauso wenig, als würden sie erfahren, dass in ihren schicken Smartphones seltene Rohstoffe verarbeitet sind, die in Afrika von Menschen unter katastrophalen Umständen aus der Erde geholt werden. Das Spielzeug in ihrer Hand funktioniert so schön einfach und bereitet unendlichen Spaß."

„Das hat auch viel damit zu tun, die Leute interessieren sich generell kaum noch für Geschichte", klinkte sich Strähter in den Diskurs ein. „Wenn die Kripo nicht dahinter gestiegen wäre, wer hinter einigen der Raubüberfälle in Norddeutschland in den letzten Jahren gesteckt hat, hätte kein Mensch mehr über die RAF geredet."

„Aber nur in Zehn-Zeilen-Meldungen." Fiete hatte ebenfalls zugehört.

„Wenn schon. Mir kommt es bei den aktuellen aufgeregten Meldungen über Terroranschläge manchmal so vor, als kämen wir aus einem Ewig-heile-Welt-Land und Gewalt gegen den Staat, die Gesellschaft würde uns erst neuzeitlich heimsuchen."

„Die Leute vergessen halt schnell und verdrängen gern." Martin war es leid, an die Vernunft der Menschen zu glauben. Er machte sich keine Illusion, dass sich in absehbarer Zeit wieder ein aufklärerischer Geist durchsetzen würde. Seine Worte klangen kapitulierend.

In der Enge von U 995 hielt es sie nicht lange. Zurück an der rauen Ostseeluft, die ihnen vom nahen Meer ins Gesicht schlug, marschierten sie durch Laboe zum Yachthafen. Nur einige wenige Boote zerrten hektisch an den Leinen. Im nahen Restaurant „Ocean Eleven" fanden sie schließlich Unterschlupf vor dem widrigen Novemberwetter. Der Name kam Ole einer Fügung gleich. In dem Hollywood-Gangsterfilm „Ocean's Eleven" mit George Clooney als Kopf einer ausgebufften Einbrecher-Gang bereiteten sich deren Mitglieder auch gründlich auf ihren großen Coup vor. Sie raubten nach einem ausgeklügelten Plan die millionenschweren Einnahmen des größten Casinos in Las Vegas. Im

Team besaß jeder Einzelne spezielle Fähigkeiten und erfüllte bei dem Überfall eine klar zugeordnete Aufgabe. Ebenso stellte es sich Ole in ihrer Fünfertruppe vor, in der sie im Begriff waren, Tuchfühlung zueinander aufzunehmen und sich kennenzulernen.

Für den Abend hatte ihnen der Chef vom „Admiral Scheer" im Hotel-Restaurant die maritime Stammtisch-Ecke freigehalten. Eine durch dunkelbraune getäfelte Wände und eine niedrige gewölbte Decke abgeschirmte Nische. An der breiten Seite prangte ein großes Messing-Bullauge und die Deckenleuchte wurde von einem Schiffssteuerrad umrahmt. Beide Devotionalien verliehen dem Platz ein wenig Seefahrer-Romantik. Ole, Erik und die anderen gesellten sich in gelöster Stimmung um den Tisch.

Zuvor im „Ocean Eleven" waren bereits mehr als ein Dutzend Pilsner auf dem Zettel der Kellnerin gelandet. Martin begnügte sich im „Heimathafen" mit Cola. Er musste Gerda und Fiete in der Nacht die zehn Kilometer bis Kiel chauffieren. Es kam ihm gelegen. So behielt er den Durchblick, um mit den Jungs erste grundlegende Absprachen zu treffen, wie der Anschlag im nächsten August vorbereitet werden müsste. Auch Ole trank Coffein-Brause. Als gutes Omen nahmen es alle, zum Abendessen sich einträchtig für die gegrillte Schweinehaxe entschieden zu haben.

Zuerst schnitt Strähter das Thema 8/11 an. Als Ältester in der Runde sah er sich dazu bemüßigt. Martin verschnupfte darüber nicht. Er schätzte Strähters pragmatisches Geschick und professionelle Umsicht.

„Leute, wenn wir gemeinsam den Kahn in Rostock hochgehen lassen wollen, müssen vorweg zwei Dinge klar sein. Uns dürfen keine Fehler unterlaufen, sonst sind wir geliefert. Und wir kommen alle heil aus der Sache raus. Auch wenn es für viele hundert Mitbürger nicht gut ausgehen wird."

„Exakt so sehen wir das auch", hielt es Erik für angebracht, Strähter sogleich beizupflichten. Seine unbewusste Unterscheidung in „wir" und „sie" ließ Fiete aufhorchen. In der RAF-Zeit hatte er vom ersten Moment an verinnerlicht, dass alle Mitglieder, die wenigen ihm bekannten und die unbekannten, ein Teil einer verschworenen Bewegung waren. Eine Identifizierung im Geiste, ohne die so diffizile und spannungsgeladene Angelegenheiten wie Attentate und Sprengstoffanschläge nicht durchzuführen waren.

„Erik, wir sind ab heute ein Team. Wir haben uns bedingungslos zu vertrauen und gegenseitig zu schützen. So funktioniert es, so besitzen wir überhaupt nur eine Chance, diesem Staatsmonopol einen desaströsen Schlag zu versetzen."

Um die Bande zu besiegeln, hob Fiete sein Bierglas zur Mitte des Tisches. Die anderen taten es ihm gleich. Mit dem vielfachen Klacken der Gläser war diese Frage geklärt.

„Gerda hat erwartungsgemäß die Elle hoch gelegt. In diesem Fall mehr als zu recht. In dem Plan muss extrem viel be- und durchdacht werden. Ole und ich machen uns daran, den groben Ablauf zu skizieren. Dann steigen wir in die Details ein. Bis Weihnachten werden wir das erledigen. Die Monate darauf benötigen wir, um Materialien zu besorgen, Örtlichkeiten auszukundschaften, die Abläufe im Hafengebiet zur Hanse Sail zu analysieren, Informationen über die Fähre einzuholen, und zu trainieren." Martin gab sich keine Mühe, mit seiner Rolle als Planer hinterm Berg zu halten. Ole würde ihm assistieren. Er kannte sich in Rostock aus und hatte die Idee zu 8/11. Martin sah sich um. Der Hotelchef war seit einiger Zeit an die Rezeption verschwunden. Die Kellnerin schaute nur gelegentlich vorbei. Im Gastraum saßen an der weit genug entfernten vorderen Fensterfront zwei ältere Ehepaare. Ansonsten hatte sich niemand bei dem Sauwetter in den „Heimathafen" verirrt. Die Hotelgäste waren offenbar vollzählig anwesend.

„Mit Training meine ich vor allem den Umgang mit den Waffen und dem Sprengstoff sowie die Kommunikation. Habt ihr schon mal mit einer Maschinenpistole oder einer einfachen Pistole geschossen?", wandte sich Martin an Ole und Erik. Beide verneinten.

„In unserem Jahrgang hat es mit dem Wehrdienst nicht mehr hingehauen, die Wende kam dazwischen. Wir sind gleich zum Studium." Ole bedauerte den Geschichtsverlauf an diesem Punkt nicht. Erik war nicht unglücklich darüber gewesen, dem Soldatsein in der Nationalen Volksarmee entronnen zu sein durch die historischen Umstände. Die Kalaschnikow, von der Martin dann sprach, kannten sie vom Erzählen ihrer Väter, die in der DDR gedient hatten und von der berühmt-berüchtigten Maschinenpistole schwärmten. Sie sei unverwüstlich gewesen und leicht zu handhaben.

„Dann wird es höchste Zeit, dass ihr sie kennenlernt", frohlockte Strähter.

Martin nahm den Ball auf. „Im Frühjahr werden wir ein Camp in Schleswig-Holstein organisieren. Auf einem brachen Truppenübungsplatz bei Bad Segeberg können wir unbehelligt einige Zielübungen abhalten. Ohne die Schießeisen kommen wir zu viert an Bord eines großen Fährschiffs nicht weit. Wir werden keine Zeit haben für Wortgefechte mit Crewmitgliedern. Die Kalaschnikow ist eine überzeugende Ansage."

„Wieso zu viert?" Fiete fragte verdutzt.

„Weil der fünfte Mann unseren schnellen Rückzug absichern wird. Vermutlich wirst du es sein."

„Das lässt sich ja gut an." Mehr als dieser angedeutete Widerspruch kam nicht über Fietes Lippen. Er respektierte Martins Führungsrolle bei den Planungen, die ihm mit der Zeit zugefallen war.

„Wir besprechen das später. Zuerst legen wir uns alle ein frisches Prepaid-Handy zu und tauschen die neuen Nummern untereinander aus. Ihr könnt euch auch schon Gedanken über euer Outfit machen. Wir sollten als gewöhnliche Skandinavien-

Urlauber weggehen. Bedingung sind dunkle Sonnenbrillen und eine Kopfbedeckung, die es erschweren, uns zu identifizieren." Martin schaute Ole an. „Erstmal muss der Masterplan stehen. Die genauen Instruktionen für alle folgen im Camp."

„Hegt jemand Zweifel an dem Unternehmen?" Oles Blick wanderte um den Tisch. „Wir sollten jetzt darüber reden, später macht es keinen Sinn mehr." Er betonte den letzten Halbsatz und zugleich damit sein Selbstverständnis, zusammen mit Martin den Ton anzugeben in der Gruppe. Es gab keine Zweifel. Keine, die vorgetragen wurden. Paroso, Last, Strähter, Klapproth und Dormark einten die Entschlossenheit und Anmaßung, abseits jeglicher demokratischer Spielregeln und wider Recht und Gesetz den Geschicken aller in der Gesellschaft ihren Duktus aufzudrücken. Billigend dabei vielfachen Tod. Sie trieben ultimativ auf die Spitze, was sich im täglichen Umgang der Menschen ähnlich einer schleichend schlimmer werdenden Krankheit ausbreitete. Egoistisches und aggressives Verhalten. Zum genetischen Fingerabdruck der Massen anno 2017 gehörte es, die individuelle Rechtsauffassung, den persönlichen Anspruch über alles zu stellen und mit Klauen, Bösartigkeit und Gewalt darauf zu beharren. Nicht selten aus nichtigem Anlass. Gewöhnliche, für das zivile Funktionieren einer großen Gemeinschaft unabdingbare und berechtigte Autoritäten wie Lehrer, Polizisten oder Richter wurden nicht akzeptiert, wurden diffamiert und angegriffen. Ganz zu schweigen vom Respekt gegenüber anständigen und verantwortungsvoll agierenden Politikern. Der war unter dem gemeinen Volke ausgelöscht.

Ole und Erik und die Drei von der toten RAF waren getrieben von Frustrationen über die dekadenten Zustände im Land und stärker noch von einer ätzenden Ohnmacht. Darüber, dem spürbaren Abdriften von Staat und Volk in eine selbstvergessene, verlogene und konsumtiv-selige Symbiose auf üblichem Weg nichts wirklich entgegensetzen zu können. Sie suchten Erlösung, auch für sich, in einem ungeheuren überhöhten Donnerhall. Einen Wegweiser für danach besaßen sie nicht.

Martin lugte in den Rückspiegel an der Frontscheibe des Wagens. Im Fond kämpften Gerda und Fiete mit der Müdigkeit. Er hoffte, sie würden auf dem kurzen Weg bis nach Kiel hinein davon nicht übermannt. Sie schliefen für gewöhnlich tief und fest. Martin hätte seine liebe Mühe, beide aus dem alten Kia Rio zu bugsieren.

„Was haltet ihr von unseren neuen Mitstreitern?“ Martin beging im gleichen Moment den Fehler, selbst zuerst zu antworten. „Mich überrascht es, wie radikal beseelt sie sind, mit allen Konfessionen zu brechen und den Anschlag durchzuziehen. Manager in ihrem Alter typisiert doch eher, dass sie überall mitschwimmen und penetrant vorsichtig sind. Eine Rückversicherer-Generation.“ Die Worte verfehlten ihre Wirkung nicht. Fietes Kopf war zur Seite gekippt, lehnte an Gerdas linker Schulter. Sie schliefen.

Kapitel 17

Fiete fummelte unter der Küchenspüle sein verstecktes Prepaid-Handy hervor. Diesmal nicht, um es nur aufzuladen. Das Display annoncierte keinen Anruf von Helfried Schmidt. Was dessen Informanten nicht ungelegen kam. Er konnte nichts Nennenswertes aus dem muslimischen Umfeld berichten, das er in Hamburg flüchtig kannte. Der BKA-Chef dürfte nach den ersten islamistischen Anschlägen in Deutschland im vorigen Jahr und mit den vielen ungeklärten Fragen zum Attentäter vom Berliner Weihnachtsmarkt den Kopf voll haben.

An diesem späten Sonntagvormittag hoffte Fiete, Schmidt würde die SMS, die er gedachte ihm zu schreiben, in entspannter Stunde empfangen und lesen können. Er tippte nicht sofort los. Das Ladekabel steckte er ein und legte das Handy auf den Küchenschrank neben dem Fenster. Draußen zeigte sich der Dezember von der blauen Seite. Keine Wolke am Himmel. Hoch oben düste ein Flugzeug und hinterließ einen breiten Kondensstreifen. Vielleicht ein Flieger aus Kopenhagen. Er kam aus nordöstlicher Richtung und flog gen Süden. Nach Frankreich, nach Italien, nach Nordafrika. Fiete fixierte den winzigen, einen weißen Schweif ausspeienden Punkt, bis er vom Blau verschluckt war.

Nach Süden, am liebsten nach Spanien, würde er gern heute als morgen aufbrechen. An der Mittelmeerküste, weit hinter Alicante, residierten viele Ausländer. Ihm schwebte vor, dort eines der unzähligen preisgünstigen Ferienhäuschen zu kaufen. Seine Gitarre nähme er mit. Wie früher in Hamburg könnte er in Kneipen aufspielen und sich ein paar Euro verdienen. Die Touristen mochten das. Das Startkapital für den Lebensabend sollte ihm Helfried Schmidt überweisen. Der heiße Tipp, zur Hanse Sail in Rostock im kommenden Jahr werde ein gigantischer Anschlag geplant, sollte eine Million Euro wert sein. Um den Deal perfekt zu machen, wollte er Schmidt alsbald treffen. Willigte dieser ein, hielte er ihn über die Vorbereitungen auf dem Laufenden. Das BKA könnte genügend Beweise einsammeln und rechtzeitig vor Ausführung des Terrorplans einschreiten. Angesichts des ermittlungstechnischen Desasters im Fall des Berliner Attentäters bekäme Schmidt ein dickes Pfund in die Hand. Sein Festhalten an der konspirativen Verbindung zu Fiete Last über die vielen Jahre zahlte sich auf einen Schlag aus.

Helfried Schmidt hockte zufällig zu Hause im Arbeitszimmer am Schreibtisch, als aus dem flachen Geheimfach oberhalb der Schubladen das Signal einer eingegangenen SMS drang. Er hatte sich nach dem Frühstück ins Dachgeschoss zurückgezogen, wo er ungestört zu Papier bringen wollte, was ihn gedanklich in den vorangegangenen Wochen und Monaten umtrieb. Er arbeitete an einem neuen Non-Paper zur unverändert prekären Sicherheitssituation in der Bundesrepublik. Nach der ersten Denkschrift aus dem chaotischen Herbst 2015 zeichneten sich einige Schwerpunkte und Erfordernisse schärfer ab. Der Zustrom von Flüchtlingen und illegalen Migranten war mit der Abriegelung der Balkan-Route extrem eingedämmt worden. Das Problem von mehr als 300.000 untergetauchten, nicht registrierten Zugereisten bestand jedoch fort. Auch die Quote von Delikten, bei denen arabischstämmige Männer als Täter ausgemacht wurden, stieg besorgniserregend an. Aus allen Bundesländern gingen täglich Meldungen ein von zum Teil abartigen, in hiesigen Breiten bisher nicht vorgekommenen Gewalttaten. Mehrere Männer entführten wehrlose Frauen, um sich in Gruppenvergewaltigungen an sie zu vergehen. Täter von kaum 20 Jahren drangen in Altersheime ein, vergewaltigten und töteten Seniorinnen. Andere stachen einfach wahllos Passanten nieder. In den überregionalen Medien gereichten diese Vorfälle nicht zu Nachrichten. Im Internet wurden sie jedoch zusammengetragen. Unzweifelhafte Quelle waren oft

Berichte in der lokalen Presse, die die Nationalität der Täter mitlieferten. Wie sehr diese öffentliche Wahrnehmung das subjektive Sicherheitsempfinden in der Bevölkerung beschädigte, kannte er aus den 1990er-Jahren. Damals suchten osteuropäische Diebesbanden vorzugsweise die Speckgürtel der großen Städte heim, raubten Wohnungen und Eigenheime aus. Diese Verunsicherung wieder einzufangen, war nur mit erheblich stärkerer Präsenz der Polizei vor Ort auf den Straßen und Plätzen zu bewerkstelligen. Auch müssten die Befugnisse erweitert werden, von Tätern nicht nur die Personalien aufzunehmen, sondern sie festsetzen zu können. Entsprechende gesetzliche Vorgaben würden es zumal den Richtern erleichtern, auf rechtsstaatlicher Basis mit dem Daumen nach unten zu zeigen.

Nach kurzem Druck auf die Blende gab das Fach das Prepaid-Handy frei. Eine Nachricht von Fiete Last. Er meldete sich ausschließlich aus triftigem Grund. Schmidt öffnete die SMS in unbehaglicher Ungewissheit.

„Hallo Helfried, habe einen dicken Fisch. Gebe mir Bescheid, wann wir ihn verspeisen wollen. VG FL“

„Ich melde mich.“

Schmidt drückte die Antwort-Taste und ließ das Handy wieder verschwinden.

Zwei Wochen später saßen sich der BKA-Chef und sein langjähriger Informant in einem urigen Café in Mölln gegenüber. Schmidt war auf dem Weg nach Hamburg mit seiner Frau zu einem Weihnachtskonzert in der Elbphilharmonie. Den Abstecher von der Autobahn A24 in das nahe Mölln erklärte er Ella mit einem kurzfristigen konspirativen Treff. Er musste seiner Frau nichts vormachen, sie wusste in welchen Grauzonen sich ihr Mann sein ganzes Berufsleben bewegte, um an ermittlungs- und sicherheitsrelevante Informationen zu gelangen. Im vorweihnachtlich geschmückten Zentrum von Mölln hatte sie sich mit einem Kuss verabschiedet. In einer Stunde wollte er sie an gleicher Stelle abholen. Ella tingelte gern durch kleine Geschäfte.

Unweit des Cafés war Schmidt auf eine bronzene Statue von Till Eulenspiegel gestoßen. Der Legende nach soll er in Mölln vor Jahrhunderten die Leute zum Narren gehalten haben. Er maß dieser Begegnung keine Bedeutung bei. Fiete Last fehlte das Zeug zum Narren und hatte derartiges Treiben nie erkennen lassen. Schmidt erwartete eine ernstzunehmende Ansage.

Fiete empfing ihn an einem Zweiertisch. Dieser und die Stühle, komplett in Weiß gehalten, erinnerten an Gartenmöbel. Das Café war insgesamt nicht sehr geschmackvoll eingerichtet.

„Hallo Fiete." Schmidt stand plötzlich am Tisch. Unbemerkt von Fiete, der durch das Fenster verträumt in der frühen Dunkelheit versunken war und jetzt ruckartig zu Schmidt aufblickte.

„Hi Helfried." Er versuchte seine Erschrockenheit nicht zu erkennen zu geben. Schmidt setzte sich. Er begnügte sich mit einem Pott Kaffee, Fiete nahm ein Stück Marzipan-Stollen dazu.

„Ich bin äußerst gespannt. Deine Botschaft rechtfertigt hoffentlich den Umweg in das hübsche Städtchen hier."

„Dafür dürfte jeder Ort geeignet sein."

„Dann leg mal los." Schmidts Ungeduld war zu greifen.

„Vorab möchte ich eines geklärt haben. Du hattest in Luxemburg für hochbrisante Hinweise gar sechsstellige Prämien in Aussicht gestellt. Was ich dir zu erzählen habe, taxiere ich auf eine Million Euro."

„Eine Million Euro", wiederholte Schmidt steif und verrührte nebenbei den Zucker im Kaffee. „Das ist ein ziemlicher Schluck aus der Pulle. Aber gut, wenn du es so einschätzt, sollten wir nicht zu sehr auseinanderliegen", öffnete er Fiete das Tor weit.

„Okay, es sind erste Vorbereitungen für ein großes Ding angelaufen, das alles, was es an terroristischen Untaten in Deutschland bisher gab, zu unbedeutenden Kollateralschäden degradiert. New York lässt grüßen."

Schmidt hatte die Kaffeetasse an den Mund geführt, hielt aber bei der Erwähnung von New York abrupt inne. Vieles Mögliche und Unmögliche konnte er sich ausmalen. Aber die einzigartige Dimension von 9/11 sprengte den Erwartungsrahmen des Treffens. Er stellte die Tasse zurück auf den Tisch. Sein analytischer Verstand arbeitete sofort auf Hochtouren. Wo sollte in Deutschland ein derartiger Schlag machbar sein? Ihm kamen die glänzenden Zwillingstürme der größten deutschen Bank in Frankfurt am Main in den Sinn. In die strömten täglich mehr als 2500 Mitarbeiter. Eine Kopie von New York schloss er aber aus. Flugzeuge waren heutzutage nicht mehr so simpel zu kapern wie seinerzeit. Auch die langwierige exzellente Vorbereitung einer solchen Operation bliebe mit Sicherheit nicht unbemerkt. Gab Fiete aus finanziellem Begehr unvermutet doch den Till Eulenspiegel?

„Das musst du mir erklären. Mir schwant, mit Verlaub, das ist wenig glaubhaft."

„Du meinst, New York könnte kein zweites Mal passieren?"

„Wir sind nicht in New York und auch nicht mehr im Jahr 2001."

„Sollte man meinen. Dann lös dich mal von Flugzeugen als Waffe und denke stattdessen an ein großes Fährschiff."

An Helfrieds Reaktion las Fiete ab, er hatte ins Schwarze getroffen. Schmidts Augen strahlten weniger selbstüberzeugt, er drückte sich an die Stuhllehne.

Fiete nutzte den Augenblick der Überlegenheit.

„Stand der Dinge ist, es soll im nächsten Jahr am 11. August auf der Hanse Sail in Rostock gewaltig einschlagen. Eine der Fähren, die zwischen Rostock und Trelleborg fahren, wird vor der Ankunft in Rostock geentert und anschließend direkt in den Stadthafen gesteuert. Dort besuchen an dem Tag zigtausende Menschen das Segelspektakel und amüsieren sich auf dem Jahrmarkt der Sail. Die große Fähre kracht in eine Kaimauer und auf dem Vorschiff zündet kurz danach eine ordentliche Sprengladung. Bei den Massen im Stadthafen dürfte das nicht mit wenigen Toten abgehen."

Eine wortlose Stille folgte dem Gesagten. Von draußen tönte Weihnachtsmarkt-Musik durch die Fensterscheibe. Ganz leise. Der BKA-Chef und der Ex-RAF-Aktivist umklammerten die heißen Kaffeetassen. „Wer hat diese Idee ausgebrütet?", überwand Schmidt sein Erstaunen. „Bin Ladens Jünger lassen offensichtlich nicht locker."

„Falsch. Das hecken keine Islamisten aus."

„Was du nicht sagst." Schmidt fiel nur dieser hohle und hilflose Kommentar ein. Er war perplex. Hatten er und die Kollegen von den anderen Sicherheitsbehörden irgendwen nicht auf dem Schirm in Deutschland, der in der Lage wäre, dieses Anschlagsszenario umzusetzen?

„Eine Handvoll Deutscher steckt dahinter. Es soll ein Fanal sein. Sie wollen die Republik in den Grundfesten erschüttern, so dass es unausweichlich wird, das herrschende Politiksystem kräftig durchzulüften und einen Neustart zu initiieren. Früher nannte man das Umsturz."

„Welche Quelle hast du für diese Information?"

„Mich selbst." Ein Hauch verschmitzten Lächelns umwehte Fietes Lippen. Es amüsierte ihn inzwischen, Helfried mit jeder Antwort aufs Neue zu überraschen.

„Du? Wie das? Meinst du damit etwa…" Schmidt stockte.

„Ich bin involviert. Auch zwei Kumpel aus RAF-Zeiten und zwei Managertypen aus Rostock, die mit den Umständen im Land nicht mehr d'accord sind."

„Zwei Manager? Was reitet die denn?"

„Bei ihnen spielen auch persönliche Dinge mit rein, soweit ich weiß. Sie sind übrigens der Spiritus Rector von 8/11. So nennen sie es."

„8/11. Sie scheinen es mit der Preislage ernst zu nehmen." Schmidt sortierte sich. „Denkst du, das mit der Fähre ist realistisch?"

„Grundsätzlich schon. So unbehelligt, wie du mit einem Auto auf eine Ostseefähre rollen kannst, kommst du in kein Flugzeug. Es muss jedoch eine Menge bedacht werden bei so einem Kommandounternehmen und alles gut gehen an dem betreffenden Tag."

„Wie weit sind die Planungen?"

„In den Anfängen."

„Mit dir sind wir dabei. Gut zu wissen."

„Und was ist mit der Prämie?" Fiete fragte eindringlich.

„Keine Sorge, die sollst du erhalten. Wenn der Fisch an der Angel zappelt."

Schmidt verließ vor Fiete das Café. Als er an Till Eulenspiegel vorbeiging, schien es im Zusammenfall von Finsternis und Lampenschein, dass der Obernarr diabolisch grinste. Ella wartete an verabredeter Stelle.

Fiete bestellte sich einen Kaffee nach und dazu einen Weinbrand. Er hatte in der Stunde zuvor Verrat begangen. Solange er Helfried Schmidt immer mal wieder mit Informationen aus der Hamburger Drogenszene versorgte, betraf das nie Strähter und Paroso. Schmidt, so glaubte er, wusste von seiner RAF-Vergangenheit erst seit kurzem. Nun verhielt es sich anders. Für eine Million Euro entschied er sich, die hehren Vorsätze von Verschwiegenheit, Zusammenhalt und Vertrauen zu brechen. Es drang ihm eiskalt ins Gewissen, nachdem Helfried Schmidt in der Tür des Cafés verschwunden war. Er blickte im Fensterglas auf sein Konterfei. Die Konfrontation mit sich selbst ertrug er keine Minute. Den Weinbrand stürzte er in sich hinein. Gab es etwas, womit er sich rechtfertigen konnte? War es vermessen, sein eigenes Leben voranzustellen?

Er wollte endlich raus aus dem ewigen verdeckten Dasein. In Spanien wird an der Haustür zwar auch nicht sein Geburtsname prangen, aber es würde sich anders anfühlen, war er sich sicher. In den Augen der anderen handelte er egoistisch. Für den Verrat durfte er auf keine Gnade hoffen. Der Preis lag in Wahrheit höher. Er lieferte den deutschen Sicherheitsbehörden Strähter und Paroso und die beiden Rostocker aus und bliebe selbst auf freiem Fuß. Der Weinbrand senkte sich schwer in den Magen. Fiete kämpfte mit sich. Der Anschlagsplan in Rostock behagte ihm ohnehin nicht. In der RAF waren ihm Tote erspart geblieben. Die Sprengung des Gefängnisneubaus in Filderstadt zusammen mit Strähter und Paroso hatte einen kolossalen materiellen Schaden hinterlassen und die Genugtuung, an symbolträchtiger Stätte dem Staat harten Widerstand entgegengesetzt zu haben. Wenn auch in der Folge wirkungslos. Mit der Tötungsmaschine Fährschiff ist ein Blutvergießen verbunden. Viele Todesopfer könnten verhindert werden, wird der Anschlag rechtzeitig vereitelt. Fiete nahm einen tiefen Schluck Kaffee. Am Verrat änderte diese Sicht nichts. Sie machte ihn erträglicher für den Verräter. Vor dem Café wirkte Fiete wohlgemut. Till Eulenspiegel starrte ihn grimmig an.

Am nächsten Tag gerieten Helfried Schmidt und seine Frau spätnachmittags auf der Autobahn A24 in einen schier endlosen Stau. Unmittelbar vor der Abfahrt zur Raststätte Gudow lag ein Truck auf der Seite. Der Verkehr wurde zäh auf einer Fahrbahnspur daran vorbeigeleitet. Das Ehepaar war gut gelaunt in Hamburg gestartet. Sie hatten in einem der feinsten Hotels, dem „Le Méridien", mit Aussicht auf die Außenalster genächtigt und sich vor der Abreise auf dem Weihnachtsmarkt vor dem Hamburger Rathaus deftige und süße Köstlichkeiten gegönnt. Das Konzert am Vorabend in der neuen Elbphilharmonie beseelte sie geradezu. Den Wohlklang des architektonisch und akustisch ausgetüftelten Saals füllten die Hanseatischen Philharmoniker mit leidenschaftlichem Spiel. Einige Sequenzen aus den vorgetragenen Sinfoniestücken von Brahms, Tschaikowski und Mendelssohn Bartholdy hallten lange nach. Bei alledem konnte sich BKA-Chef Schmidt jedoch nie von dem Gespräch mit Fiete Last lösen. Auch jetzt im Stau nicht. Ella hatte bei dem meterweisen Gezuckel ihre Augen nicht offen halten können. Auf dem Gesicht spiegelte sich eine sanfte Entspanntheit.

Fiete Laste hatte ihm mehr oder weniger den größten anzunehmenden Terroranschlag konventioneller Art angekündigt. Es war kein Trost, dass Hackerangriffe auf hochsensible Versorgungssysteme für Strom oder Wasser ein Mehrfaches an Zerstörungspotenzial entfalten konnten. Womit der Staat schlichtweg überfordert und ein apokalyptisches Chaos ausgelöst werden würde. In den Sicherheitsbehörden hatten sie das Endzeit-Szenario etliche Male simuliert und waren in der Theorie schnell an die Grenzen gestoßen, ab denen in der Praxis nichts mehr zu kontrollieren, die verheerenden Folgen nicht mehr einzudämmen waren. Die Reset-Taste zu drücken, musste binnen sehr kurzer Zeit gelingen. Soweit sollte es gar nicht erst kommen. Weshalb im Nationalen Cyber-Abwehrzentrum jeden Tag unter Hochdruck daran gearbeitet wurde, den Hackern stets einen Gedanken voraus zu sein. In Relation dazu blieb die Fährschiff-Attacke eine überschaubare Katastrophe. Auch in den denkbaren Opferzahlen. Sie fielen dennoch hoch genug aus, so dass hinterher von besonnenem Verhalten der Bevölkerung nicht mehr die Rede sein dürfte. Nach dem Weihnachtsmarkt-Anschlag von Berlin betonten Politik und Medien panisch die Neigung der Menschen, möglichst schnell in den Alltagsmodus zurück zu finden. Diese würde nach einem 8/11 von schockartig grassierender Angst aufgefressen. Von den Massen unter der Decke gehaltene Wut, Unzufriedenheit und Ressentiments loderten auf. Sie waren bislang in der Wahlkabine still und geheim mit einem Kreuz bei den Rechtspopulisten artikuliert worden. Die inneren Konflikte der gespaltenen Gesellschaft konnten sich an einem solchen verstörenden und zerstörenden Kolossalereignis entzünden. Ein geeigneter Moment, glaubte Schmidt, den Ruf nach den Notstandsgesetzen zu initiieren. Vorerst aber wollte er die Sache für sich behalten und detailliertere Informationen von Fiete abwarten. Er hatte keine Eile.

Am umgekippten Lkw war der Abschlepp-Truck eingetroffen. Kurz bevor die Autobahn komplett gesperrt wurde, um den ramponierten Wagen aufzurichten, passierte Schmidt in langsamer Fahrt die Unfallstelle. Als die orangefarbenen Rundumleuchten des Abschleppers im Rückspiegel auftauchten, beschleunigte er zügig.

Die roten, pinken, blauen und grünen Schiffssymbole bewegten sich schubweise vorwärts. Es wimmelte in der südwestlichen Ostsee von Schiffen. Ihre Fahrtbewegungen konnten auf dem Internetportal „MarineTraffic" in Echtzeit verfolgt werden. Ole Dormark zoomte sich den Warnemünder Seekanal und das Rostocker Hafengebiet heran. Seine Frau Calli wusste er im Wohnzimmer im Erdgeschoss. Sie verfolgte irgendeine Arzt-Serie im Fernsehen. Er beobachtete auf seinem Laptop den Schiffsverkehr. Er hatte sich ins Arbeitszimmer, das im Obergeschoss ihres Hauses vis-à-vis zum Schlafzimmer lag, verkrümelt. Die farbigen Symbole auf der elektronischen Karte unterschieden nach den Schiffstypen. Blaue markierten die Fähren. Beim Berühren mit dem Cursor-Pfeil wurden der Name und einige Daten angezeigt. Die „Copenhagen" lief aus Gedser kommend in dieser Minute in den Seekanal ein. Auf offener See rückte die Schwedenfähre „Tom Sawyer" der TT-Line in den Kartenausschnitt. Sie pendelte ebenso wie die „Mecklenburg" von Swedish-Lines zwischen Rostock und Trelleborg. Das blaue Symbol, es erinnerte in seiner simplen geometrischen Figur an das Schiffe-versenken-Spiel aus Schultagen, wanderte auf die Hafeneinfahrt zu. Es befand sich in etwa auf der Position, wo der Überfall auf die „Mecklenburg" starten sollte. Von da an hing sich Ole an die Fähre.

Das blaue Schiffchen passierte die Molenköpfe in Warnemünde und schob sich in den Seekanal. Den Weg bis zur Wendeplatte vor dem Breitling und den Piers des Seehafens Rostock würde am 11. August 2018 identisch auch die „Mecklenburg" nehmen. Das kleine, in Fahrtrichtung spitz zulaufende Rechteck „Tom Sawyer" verharrte auf der Wendeplatte, drehte um fast 180 Grad und stieß rückwärts in das Hafenbecken A hinein zum Anleger am Fährterminal.

Die „Mecklenburg" hingegen befuhr die Wendeplatte in ausladendem Bogen. Auf ca. 45 Grad stoppte sie auf und steuerte mit dem Heck voran auf den Liegeplatz 64 an der Warnow-Seite des Fährterminals zu. Ole sah auf die mitlaufende Uhrzeit im Display. Von den Molenköpfen bis zum Anleger benötigte die „Tom Sawyer" rund 20 Minuten bei einer Geschwindigkeit von 7 Knoten. Eine ähnliche Zeitspanne war für den regulären Törn der „Mecklenburg" anzusetzen. In gut einem Dreivierteljahr wird just ab der Wendeplatte die „Mecklenburg" vom gewohnten Kurs abweichen. Das Fährschiff fährt im Verlauf der Warnow weiter flussaufwärts am Fährterminal vorbei. Ab hier betrug die Entfernung bis zur Haedge-Halbinsel ungefähr das doppelte Maß der Strecke zwischen den Molenköpfen und der Wendeplatte. Bei unvermindertem Tempo verstrichen adäquat doppelt so viele Minuten. Fast eine Dreiviertelstunde, notierte Ole in ein schwarzes Notizbuch und setzte ein Ausrufezeichen hinter den unverfänglichen Eintrag. In Gedanken führte er das Fährschiffsymbol auf der Warnow entlang. In der Linie näherte es sich dem Punkt, von dem der Fluss in einem ausgedehnten Radius nach links die Richtung änderte. Ausgangs dieses Bogens ragte die Haedge-Halbinsel nördlich in den Fluss. Das Schiff hielt von dieser Position auf den vorderen Kai der Halbinsel zu, ohne einen Meter von der Linie abweichen zu müssen. Ole erkannte darin sofort einen unschätzbaren Vorteil. Nach dem Passieren der Wendeplatte konnte das Schiff den neu eingeschlagenen Kurs grundsätzlich beibehalten, es wären nur geringfügige Anpassungen notwendig. Das erleichterte die Kontrolle auf der Kommandobrücke des Schiffes. Den Kurswechsel vor der Wendeplatte zu erzwingen, würde zu den kritischsten Momenten der Aktion zählen. Spätestens ab da bliebe auch die ungewöhnliche Route der Fähre nicht unbemerkt im Hafengebiet. Zumal sich das Schiff den Weg bahnen musste zwischen hunderten kleinen und größeren Seglern und Motorbooten hindurch, die vom Stadthafen zur traditionellen Ausfahrt aufgebrochen sein werden. Es gäbe mit Sicherheit direkte Anfragen von der Verkehrszentrale in Warnemünde, die sämtlichen Schiffsverkehr auf der Warnow überwachte, und vom Hafenamt, wo man sich wundern dürfte, warum die „Mecklenburg" nicht festmachte. Dieses Problem war mit geschickter Kommunikation über den UKW-Sprechfunk zu lösen. Der Kapitän erhielte von ihm oder Martin genaue Order, was er zu sagen hatte. Die Erklärung, das Management von Swedish-Lines hätte angeordnet, den Abstecher in den Stadthafen zu vollziehen, um bei der Sail für einen überraschenden Moment zu sorgen und der Hansestadt Rostock zu ihrem 800. Stadtjubiläum die Reverenz zu erweisen, würde eine hektische und gemischte Reaktion aus Unglauben, Ratlosigkeit, Vorwürfen und Sanktionsandrohungen erzeugen. Das provozierte Hin und Her auf der Ultrakurzwelle fraß Zeit, während die „Mecklenburg" stetig ihre Fahrt fortsetzte. Den ahnungslosen und überrumpelten Mitarbeitern in den Schifffahrtsbehörden an Land würde schnell klar werden, dass sie an dem unangemeldet eingeleiteten Manöver der Fähre aus Trelleborg kurzfristig nichts ändern werden können. Mit einem 200 Meter langen Schiff ließe sich nicht einfach so kehrtmachen wie mit einem Auto. Die Sache bliebe in jedem Fall nicht ohne Nachspiel. Zunächst hätte es aber Priorität, die Sicherheit auf der Warnow nicht zu gefährden.

Ole realisierte das Echtzeit-Geschehen auf der elektronischen Karte. Die „Tom Sawyer" lag inzwischen fest am Fährterminal, das blaue eckige Symbol hatte sich zu einem fetten Punkt gewandelt. Null Knoten Fahrt.

Einen ungewissen Moment erkannte Ole. Wenn in der Verkehrszentrale oder im Hafenamt jemand sich veranlasst sah, in der schwedischen Firmenzentrale von Swedish-Lines ob des ungewöhnlichen Fahrmanövers nachzufragen oder der Reederei gleich mit Sanktionen zu drohen, kippte der Argwohn in energisches Nachforschen. Was war los auf dem Fährschiff „Mecklenburg“? Es beruhigte Ole, dass das Wort des Kapitäns sehr wahrscheinlich von glaubhaftem Gewicht war, um einen Anruf bei der Reederei zu erübrigen.

Kapitel 18

Sie hatten vereinbart, Fiete erwartet sie nordwestlich von Rendsburg an der Bundesstraße B202. Auf dem Parkplatz eines Einkaufszentrums in der Ortschaft Fockbek. Die holsteinische Landschaft leuchtete in zartem Frühlingsgrün. 2018 schien es, der März nehme Anleihe beim Sommer. In Ole Dormark und Erik Klapproth war während der Fahrt von Rostock die Anspannung gewachsen. Sie näherten sich der Begegnung mit einem bis dato unentdeckten Ort der RAF-Historie. Im gut getarnten Versteck bei Westermühlen wollten sie sich für drei Tage mit Strähter, Paroso und Last treffen. Die Vorbereitung des Anschlags am 11. August in Rostock geriet in die heiße Phase.

Martin und Ole hatten sich Mitte Januar im süddänischen Nykøping auf der Insel Falster getroffen. Ole war von Rostock aus mit der Fähre „Berlin" nach Gedser übergesetzt, von wo noch knapp 25 Kilometer bis Nykøping zu fahren waren. Martin rollte in Puttgarden, dem nördlichen Außenposten der Insel Fehmarn, auf die Fähre „Deutschland" und gelangte mit ihr nach Rødby auf dänischer Seite. Von dort blieben gut 35 Minuten Autofahrt bis zum Treffpunkt. Diesen hatten beide wegen der Abgeschiedenheit in der dänischen Provinz, aber vor allem wegen der notwendigen Fährpassagen gewählt. Sie erkundeten, was genau beim Ticketverkauf geschah, wie weit sie vor der Auffahrt auf das Schiff kontrolliert wurden, welche Abläufe an Bord markant waren, wie sich Crew-Mitglieder und Gäste verhielten. In Nykøping glichen sie ihre Beobachtungen ab. Sie einigten sich rasch, diese genügten nicht. Ole übernahm es, bei einer Fahrt mit der „Mecklenburg" nach Trelleborg und retour das Anschlagsschiff zu inspizieren. Die tatsächlichen Gegebenheiten an Bord der „Mecklenburg" erlaubten sichere Rückschlüsse, inwiefern ihre exakte Planung passte, wo sie nachjustieren mussten. Mehr als zwei Stunden würden sie auf der „Mecklenburg" absolutem Stress ausgesetzt sein. Kidnapping war eines der nervenaufreibendsten Gewaltdelikte. Einen Tresor erfolgreich zu knacken, entschied sich daran, ob Geschick und Fähigkeiten dazu ausreichten. Der Überfall eines Geldtransporters ging innerhalb von zwei Minuten über die Bühne. Die unmittelbare Bedrohung eines fremden Menschen endete, bevor dessen erster Schock begann abzuebben. Auf der Fähre hingegen geriet die Auge-um-Auge-Konfrontation zum Dauerzustand, hing alles davon ab. Wie reagierten der Kapitän und die anderen Anwesenden auf der Kommandobrücke? Welchen Druck mussten sie ihnen gegenüber aufbauen? Womöglich bis zum Äußersten gehen und ein Crewmitglied liquidieren. Der subjektive Faktor Mensch barg die größten Risiken. Umso perfekter musste der Plan in seinen anderen Teilen aufgehen. Jede Winzigkeit war zu durchdenken und auf Risiko null zu stellen.

Nach wenigen Kilometern auf der B202 steuerte Ole den 5er BMW auf den Parkplatz. Der grüne Kia Rio stand abseits im linken Bereich des Areals. Der BMW rollte dicht an den Wagen heran. Kaum dass Ole den Motor abgestellt hatte, öffnete sich die Fahrertür des Kia. Fiete hievte sich heraus. Mit buntem Stirnband und Nickelbrille, mit abgetragenen Jeans und rotem kanadischen Holzfällerhemd gab er das Bild eines Hippies, der sich auf dem Weg zur Ostsee zu befinden schien, um sich am Meer sommerliche Frühlingswärme wie einen Joint reinzuziehen. Er harrte seit gut einer Viertelstunde der beiden Rostocker. Der Lust, sich eine Pille vom neuesten synthetischen Zeug, das auf dem Drogenmarkt die Runde machte, einzuwerfen, hatte er widerstanden. Zu groß die Gefahr eines unverhofften Besuchs einer Polizeistreife, die ihn routinemäßig kontrollieren könnte. Nicht clean zu erscheinen, würde kreuzgefährliche Nachfragen und Überprüfungen provozieren. Er hielt sich an die eiserne Regel.

„Hi Erik, hi Ole." Die Männer griffen sich in die Hände mit angewinkelten Ellenbogen, als wollten sie im nächsten Moment die Kräfte im Armdrücken messen.

„Hallo Fiete, wartest du schon lange?", fragte Ole obligatorisch.

„Keine Viertelstunde, alles im grünen Bereich."

„Kann man wohl sagen. Schöne weite Landschaft hier oben."

„So viel weiter nördlich als Rostock ist das auch nicht."

„Im Norden ist es überall schön", beendete Erik grinsend die Positionsbestimmung.

„Ihr fahrt mir nach, aber haltet unauffälligen Abstand. Es muss niemand bemerken, dass wir zusammengehören. Es ist nicht mehr weit." Fiete lugte zum BMW hin. „Im Gelände schön sachte mit der edlen Kiste."

Spätestens auf der Zufahrt zum Versteck ergriff Ole und Erik das Gefühl, aus der Wirklichkeit zu fallen. Von Ferne ließ das von Feldern eingekreiste Waldstück nicht erahnen, welchen brisanten Schlupfwinkel es beherbergte. Das stark umwucherte Backsteingebäude zeichnete sich unvermittelt vor den dicht stehenden Bäumen auf der kleinen Lichtung ab und war erst spät als solches zu erkennen. Fiete kurvte an die rechte Giebelseite heran und stoppte. Ole und Erik sahen sich kurz an. Was hatte er vor? Fiete lief an das alte Bauwerk heran und stemmte sich gegen die Wand. Schwerfällig, dann aber immer leichter wanderte eine toreinfahrtgroße Backsteingiebelfläche zur Seite. Fiete winkte Ole hineinzufahren. In der getarnten Garage war der silbergraue VW Golf Variant für die Geldbeschaffungsmaßnahmen abgestellt. Der BMW schob sich neben ihn. Der Kia folgte. Fiete sprang aus dem Auto und bewegte die Torwand zurück in die Ausgangsstellung. Danach hob er aus dem Kofferraum des Kia eine Bierkiste. Der Begrüßungstrunk.

In der Tür zum Wohnbereich traten ihnen Martin Paroso und Gerda Strähter entgegen. Sie begrüßten sich.

„Leute, ich bitte gleich zu Tisch. Zur Feier des Tages gibt es Bauernfrühstück", dirigierte Martin den Trupp zum Abendessen. Der Geruch gebratener Eier erfüllte den Wohnraum. Zwei zusätzliche Schlafstätten, bestehend aus alten Holztüren, die auf Ziegelsteinfüßen lagerten, und Luftmatratzen, engten den Platz erheblich ein. Die beiden Fenster waren zugemauert. Frischluft strömte durch eine offene zweite Tür ein, die in einen schmalen Gang führte. An dessen Decke glänzte ein Aluminium-Lüftungsgitter. Dieses verband ein kurzer Schacht mit der umfunktionierten alten Esse. In zwei angrenzenden verschlossenen Räumen waren Waffen, Sprengstoff und anderes für Terrorattacken benötigtes Werkzeug und Material verstaut. Seit über 30 Jahren sorgsam konserviert.

Martins Bauernfrühstück landete einen klaren Punktsieg. Am Tisch sprach minutenlang niemand. Strähter beobachtete, dass Ole sich wiederholt umschaute. Er tapste in einer ihm fremden Geschichte umher.

„RAF-Terroristen habt ihr im Osten ja nur aus dem Fernsehen gekannt und als verkappte Ossis beherbergt", wandte sich Strähter an Ole und Erik. „Im Bundesgebiet gab es etliche Waffennester, zumeist unterirdisch im Wald angelegt. Dieser kleine Backsteinpalast ist zufällig von unseren Leuten entdeckt und ausgebaut worden. Sie hatten mit der Zeit festgestellt, kein Mensch verirrte sich hierher."

„Selbst wenn, von außen ist in dem zugemauerten Haus kein Versteck oder Leben darin zu vermuten", sah sich Erik veranlasst, Strähter zu bestätigen.

„Perfekte Tarnung ist die halbe Miete." Fiete blickte nicht auf und gabelte nach einer Gurke.

„Wenn man so will, verwalten wir seither die Hütte und nutzen sie zuweilen als Unterschlupf. Ab und zu sind wir gezwungen, uns ein bisschen Kleingeld zu besorgen", schlug Strähter den Bogen ins Jetzt. „Nebenan lagern quasi die Restbestände der RAF. Einige Maschinenpistolen, zwei Pistolen, ein Haufen Sprengstoff und anderer Kram. Ich war schon geneigt zu glauben, dass Zeug verrottet hier."

Nach dem Essen griffen alle zum Bier und stießen auf das Gelingen des gemeinsamen großen Coups an. Ein scheinheiliges und sich von der Gesellschaft entkoppeltes Parteien- und Politikerestablishment galt es empfindlich zu attackieren. Die letzte Flasche setzte auf der Tischplatte auf, da riss Martin die Rede an sich.

„Ole und ich haben die Vorbereitung und Ausführung so detailliert es irgend geht durchgeplant. Sollte euch etwas ungereimt vorkommen oder es müsste etwas ergänzt werden, nur zu, alles ist zu bereden. Jeder kleinste Fehler kann die Sache scheitern lassen und uns Kopf und Kragen kosten. Deshalb müssen wir beim Vorbereiten sehr penibel vorgehen."

„Klar!", „Logisch!", „Was sonst?", schwirrte es durcheinander.

„Den Plan arbeiten wir Punkt für Punkt ab. Punkt eins, unsere Papiere. Habt ihr alle ein biometrisches Passbild machen lassen?" Martin blickte jeden Einzelnen an. „Schon klar", revidierte er umgehend die Frage. Strähter trug seine langen grauen Haare zum Zopf gebunden, Ole hatte sich einen scharfen Scheitel frisieren lassen, wie ihn die Fußballstars gern zeigten, Erik ließ sich einen schmalen Schnauzer stehen, Fietes dünnes Haar war auf wenige Millimeter gestutzt und Martin selbst pflegte seit einigen Wochen einen Dreitagebart. „Die Bilder gehen an Erik. Er fährt in Bälde nach Wien, wo er den einstigen Kontakt zu unserer Fälscherwerkstatt reaktiviert hat. János Nagy ist noch im Geschäft und der Beste der Zunft. Die neuen Personalausweise benötigen wir beim Ticketkauf für die Fähre und bei etwaigen Kontrollen. János verändert die biometrischen Daten für den Betrachter unmerklich, aber stark genug, so dass ein Datenabgleich erfolglos bleiben wird. Es ist unsere Lebensversicherung für den Tag danach."

„János arbeitet perfekt, sonst würdet ihr nicht hier sitzen. Ich habe 1993 kurz vor eurem Kracher in Filderstadt an der österreichischen Grenze Blut und Wasser geschwitzt mit mehreren gefälschten Ausweisen im Gepäck", quasselte Erik erneut dazwischen. Bei Strähter kam das nicht mehr gut an. Vorlautes Getöse widerstrebte ihm. Er schnappte sich sein Bier und unterdrückte mit einem tiefen Schluck seinen Drang, Erik in die Parade zu fahren.

„Punkt zwei, Ole hat einiges an Informations- und Bildmaterial zusammengestellt über die ‚Mecklenburg'. Morgen werden wir zunächst das Schiff näher betrachten und den Ablauf der Aktion besprechen. Fest steht, Ole und ich werden die Sache auf der Kommandobrücke managen. Gerda und Erik sichern das Umfeld der Brücke ab. Fiete, es bleibt dabei, du wirst den Rückzug händeln. Dazu morgen mehr. Ebenso zu den Sprengladungen. Das übernimmt Gerda." Strähter nickte.

„Punkt drei, übermorgen steht Schießtraining an. Eine Drohkulisse aufzubauen, funktioniert nur, wenn wir die Waffen beherrschen. Es dürfen keine Zweifel aufkommen. Auch hilft es wenig, nicht zu allem entschlossen zu sein." Martin ging auf diesen heiklen Aspekt nicht weiter ein, forderte von den anderen kein Bekenntnis. Alle schwiegen. Einen Menschen von Angesicht zu Angesicht zu töten, war psychologisch ein ungleich schwieriger zu bewältigender Akt, als auf Distanz eine Bombe hochgehen zu lassen. Die Gewissheit, damit für anonyme Tote und Verletzte verantwortlich zu sein, bohrte sich weniger tief ins Gewissen, in die Seele. So hofften sie zumindest.

Am nächsten Tag breitete Ole vor den anderen einen vergrößerten Deckplan des Fährschiffes „Mecklenburg" auf dem Tisch aus. Er hatte ihn aus einem On-board-Infoblatt herauskopiert. Auf dem Schiff spielte sich die geplante Operation auf den Decks 5 bis 8 ab. Ole tippte mit dem Zeigefinger auf das Papier. „Hier im Vorschiff auf Deck 5 befindet sich das Bord-Café. Dort rücken wir mit den Reisetaschen ein. Unterhalb der vorderen Fenster können wir sie abstellen. Wir treffen uns an einem der großen Tische. An denen sitzen viele Leute zufällig beieinander. Das hilft, den Eindruck zu hinterlassen, wir gehören nicht zusammen."

„Wird der Saal voll sein?“, fragte unvermittelt Strähter.

„Es ist Feriensaison. Bei miesem Wetter wird es richtig voll. Das spielt uns in die Karten. Draußen auf den Decks tummeln sich weniger Passagiere“, wog Ole die situationsbedingten Vor- und Nachteile ab. „Knapp eine Stunde vor Ankunft in Rostock wird es für uns ernst. Die Fähre passiert die Ansteuerungstonne Rostock. Die liegt sechs Seemeilen vor Warnemünde. Von diesem Zeitpunkt an versucht Martin, die Purserin, eine Art Hausdame an Bord, in seine Gewalt zu bringen. Sie hält sich oft im Café-Bereich auf. Unauffällig muss ihm das gelingen. Jede aufgeregte Szene kann alles beenden, bevor es überhaupt angefangen hat. Er begleitet anschließend die Dame über den Treppenschacht hinauf zum Deck 8, das nur von Crew-Mitgliedern betreten werden darf. Knackpunkt dort ist die Zugangstür, die mit einem vierstelligen Zahlencode zu öffnen ist. Diesen kennt die Purserin.“

„Was machen wir mit ihr, falls sie auf stur stellt und den Code nicht herausrückt“, formulierte Fiete das Negativextrem.

„So weit wird es nicht kommen. Mit der Makarow zwischen den Rippen dürfte die Bereitschaft groß sein, zumal sie nicht ahnt, was wir vorhaben. Ich hätte nur Sorge, sie ist zu aufgeregt und kriegt die Zahlenfolge nicht zusammen. Auch sollten die Hände nicht zu sehr zittern.“

„Dann bleibt nur, ihr sanft den Nacken zu liebkosen, das beruhigt Frauen“, lästerte Strähter. Seine schlüpfrige Bemerkung blieb in der Männerrunde nicht ohne Widerhall.

„Bei einem älteren Kaliber wird es mit dem Liebkosen schwieriger.“ Erik setzte eine Kunstpause. „Ich meine für Martin.“ Sie grinsten, von der Phantasie getrieben, sich dem welken Hals einer reiferen Dame zu nähern.

„Eine Frau ist an diesem Tag nicht zwangsläufig. Auf den Fähren arbeiten auch Männer in der Purser-Funktion“, unterbrach Ole den Reigen.

„Wenn dem so ist, muss Martin ihm an die Lenden greifen.“

Jetzt prusteten alle laut los. Bis auf Ole. Es wurmte ihn, dass sein Hinweis zur Steilvorlage für einen billigen Witz mutierte.

Schnell bekam Martin sich wieder ein. „Okay, Leute, die Purserin, oder auch er, werden nicht die Helden spielen wollen. Für sie sieht es nach einem Überfall auf die Bordkasse aus, für die zu sterben, etwas übertrieben sein dürfte. Wichtig ist, Ole folgt mir zügig in den Treppenschacht. Wir schieben gemeinsam durch die geöffnete Tür zu Deck 8. Auf dem Gang sichert Ole mich ab. Jeden Moment könnte ein Crewmitglied aus seiner Kammertür treten. Was uns hoffentlich erspart bleibt. An der Tür zur Kommandobrücke wartet das gleiche Procedere, aber mit anderem Code. Nicht jeder aus der Crew hat dort Zugang. Die Purserin schon. Sie zählt zur erweiterten Schiffsleitung."

„Die Recherche war offenbar sehr intensiv." Strähter erhoffte sich Mitlacher. Die doppelbödige Vermutung verpuffte jedoch. Die anderen klebten an Martins Lippen. Beim Zutritt auf die Brücke musste alles sehr schnell ablaufen. In dem Überrumpelungseffekt bestand die einzige Chance, die anwesenden Nautiker festzusetzen. Neben dem wachhabenden Offizier und dem Assistenten würden sie auch den Kapitän antreffen. In der Regel begibt der sich mindestens eine Stunde vor Einfahrt in den Hafen auf die Brücke. Bei dem zur Sail zu erwartenden Gewusel im Seegebiet vor Warnemünde dürfte er am 11. August besonders pünktlich erscheinen.

„Was geschieht mit der Purserin?" Fiete erkannte den nächsten brenzligen Moment.

„Gute Frage. Sie wird auf der Brücke bleiben. Wir werden ihr flüstern, was sie zu sagen hat, wenn die Kollegen sich über Sprechfunk nach ihrem Verbleib erkundigen." Martin blickte zu Erik und Gerda. „Ihr schnappt euch fünf Minuten, nachdem Ole und ich das Café verlassen haben, eure Reisetaschen und steigt außen zum Deck 8 hoch." Auf der Zeichnung erläuterte Paroso, wie sie über Freitreppen bis zur Kommandobrücke gelangten.

Dorthin verirrten sich selten Passagiere. Auch war der Bereich vor der Brücke auf beiden Seiten des Schiffes weiträumig abgesperrt. An einer Vorhängekette baumelte ein Schild mit der Aufschrift „Crew only". An diesem sollten sie unauffällig den Zugang bewachen.

„Nach fünf Minuten wird auf der Brücke alles klar sein, wir werden sie von innen an den drei Zugangstüren verriegeln."

„Ich habe beobachtet, dass kurz vor der Ankunft in Rostock die meisten Passagiere auf das Autodeck entschwinden oder sich auf dem Rezeptionsdeck am Ausgang versammeln", ergänzte Ole die Situationsbeschreibung.

„Ole wird später unsere zwei und eure Reisetaschen mit dem Sprengstoff auf dem balkonartigen Vorbau der Brücke deponieren. Von dort oben wird das Zeug nach der Kollision auf der Haedge-Halbinsel die größte Zerstörungskraft entfalten. Die Druckwelle und der Feuerschwall haben nach vorn freie Bahn. Soweit verstanden?"

„Wie viel Zeit haben wir, um uns aus dem Staub zu machen?" In Gerda Strähters Frage lag ein nachdrücklicher Ton. Er bemaß das Risiko der gesamten Aktion vor allem daran, wie sie selbst unbeschadet davonkommen würden.

„Für unseren Abgang bleiben fünf Minuten. Auf der Brücke verabschieden wir uns und geben dem Kapitän freie Hand, den wachhabenden Offizier, den Assistenten und die Purserin von den Klebebandfesseln zu befreien. Über Bordfunk wird der Kapitän vermutlich die Menschen noch eilig nach hinten ins Autodeck beordern und anschließend mit den anderen von der Brücke fliehen. Denn am Kurs der Fähre ist zu diesem Zeitpunkt nichts mehr zu ändern. Sie kann auch nicht mehr rechtzeitig gestoppt werden. Wir sehen uns auf Steuerbord an der Reling. Über ein Seil geht es zügig nach unten. Gerda sichert ab und verlässt als letzter den Kahn. Auf dem Wasser empfängt uns Fiete."

Last sah konzentriert und nachdenklich aus.

„Fiete, du bist die ganze Zeit parallel im Spiel", dozierte jetzt Ole. „Du wirst sehr früh am Morgen an der Strandküste zwischen den Badeorten Markgrafenheide und Graal-Müritz aufkreuzen. Östlich von Rostock. Mit einem angemieteten Kleintransporter bringst du dort ein Motorschlauchboot in Stellung."

„Woher habe ich das denn?"

„Du besorgst eins. Es muss für fünf Leute geeignet und mit einem kräftigen Außenborder ausgestattet sein. Du erreichst den Warnemünder Seekanal vor der ‚Mecklenburg' und mischt dich unter die unzähligen Boote und Segler. Du bist absolut vorschriftsmäßig unterwegs. Die Streifen der Wasserschutzpolizei haben schnell Bootsführer auf dem Kieker, die sich nicht an die Regeln halten, und sind dann fix längsseits. Sie agieren sehr dienstbeflissen. Du fährst die Warnow rauf bis auf Höhe der Haedge-Halbinsel und hältst dich in diesem Bereich zur Verfügung. Dann ist es an dir. Fällt das Seil, dockst du an der Steuerbordseite der Fähre an. Die Menschen an Land werden das Abseilen für eine Showdarbietung halten. Unruhig wird es erst werden, wenn den Leuten dämmert, dass die Fähre nicht abbremst und der Crash im Bewusstsein Konturen annimmt. Mit dem Schlauchboot entfernen wir uns von der Fähre und machen uns unsichtbar im bunten Korso der auslaufenden Segelschiffe und Boote. Kurz darauf richtet sich ohnehin alle Aufmerksamkeit auf die Haedge-Halbinsel, so dass unsere weitere Fahrt hinaus auf die Ostsee unbemerkt bleiben sollte. Wir gehen an Land, wo Fiete den Kleintransporter postiert hat. Das Schlauchboot verstauen wir und umfahren Rostock weiträumig. Über die Ortschaften Ribnitz-Damgarten, Marlow und Laage erreichen wir die Autobahn A19, der wir bis zum Dreieck Wittstock folgen. Dort wechseln wir auf die A24 in Richtung Hamburg. Alles weitere wird kein Problem mehr sein. Wir sind längst in Westermühlen, wenn sie die Zufahrtsstraßen nach Rostock absperren werden."

Fiete zögerte, eine bestimmte, ihn brennend interessierende Frage zu stellen. Strähter hatte ein feines Gespür für Details und Fakten, die nebensächlich schienen und doch den Kern einer solchen komplexen Operation betrafen. Permanent wachsam wie er war, konnte er schnell misstrauisch werden und scheute sich nicht, bohrende Gegenfragen zu stellen. Ein Reflex, der ihn und auch Martin und Fiete bisher vor einem Leben hinter Gefängnismauern bewahrte. Als rutschte er unentschlossen auf einem Stuhl hin und her, wiegte Fiete gedanklich das Misstrauenspotenzial seiner Frage ab.

„Es ist immerzu vom Vormittag des 11. August die Rede. Wann soll die Fähre eigentlich planmäßig in Rostock ankommen?"

„Ohne unseren Besuch würde sie gegen 11.45 Uhr im Seehafen anlegen. Sie verlässt Trelleborg eine Viertelstunde vor sechs Uhr." Martin betonte die Abfahrtszeit. „Wir werden jeweils im Duo, also Gerda und Erik, Ole und ich, mit unseren alten Kisten auf die ‚Mecklenburg' rollen. Das heißt, unabhängig voneinander reisen wir einen Tag vor dem Elften über Dänemark und die Öresund-Verbindung nach Schweden. In der Umgebung von Malmö werden wir in den Autos übernachten. Die Fahrtzeit von Malmö nach Trelleborg beträgt 30 Minuten. Wir geben uns am Fährterminal, falls jemand fragt, als Kurztrip-Urlauber aus. Weil es mitten in der Feriensaison ist, erwarten wir kaum engere Kontrollen. Bei dem Fahrzeugandrang sind die Reedereien darauf erpicht, die Schiffe sehr rasch zu be- und entladen. Sofern wir unsere neuen Ausweise verfügbar haben, kauft Ole im Fährcenter Rostock vorab die Tickets. In Trelleborg könnte es passieren, die Fähre ist komplett besetzt und wir werden auf die nächste vertröstet. Wir kaufen deshalb Garantie-Tickets."

„Sehr gut. Es wäre ziemlich frustrierend, müssten wir in Trelleborg der ‚Mecklenburg' hinterherwinken." Strähters Spöttelei konnte nicht den bitteren Ernst seines Einwurfs verbergen.

„Wir werden trotzdem mit keinem geringen Restrisiko in die Sache gehen. Es lässt sich nicht ausschließen, dass an Bord jemand den Helden spielen will. Kapitänen wird eine besondere Beziehung zu ihrem Schiff nachgesagt. Bevor sie es dem Verderben preisgeben, stürzen sie sich lieber selbst ins Verderben. Auch wenn die Wasserschutzpolizei mit den vielen Freizeitkapitänen auf der Warnow genug beschäftigt sein wird, kann es passieren, eines der Patrouillenboote heftet sich an die ‚Mecklenburg'. Vielleicht nur aus dem Grund, sie zu begleiten und eine sichere Fahrt in den Stadthafen zu gewährleisten."

Die anderen sagten dazu nichts.

„Viel wird von einer klaren Kommunikation abhängen, unter uns und vor allem nach außen. Solange sich die Fähre auf regulärem Kurs befindet, wird der Kapitän in unserem Beisein seine gewohnten Ansagen machen. Auf dem Tower der Verkehrszentrale Warnemünde und im Hafenamt werden sie ebenso wenig etwas ahnen wie der wachhabende Ingenieur im Maschinenleitstand. Die Drosselung der Geschwindigkeit von 16 Knoten auf sieben Knoten im Seekanal ist Routine. Aus der Maschine wird es eine erste Rückfrage geben, wenn auf der Wendeplatte das Rückwärtsfahrmanöver ausbleibt. Wir werden den Kapitän für diese Anfragen briefen."

Erik rekelte sich, trank einen Schluck Bier und deutete Martin mit dem Zeigefinger an, eine Frage stellen zu wollen. „Gesetzt den Fall, der Besatzung kommt das nicht geheuer vor und einer der Offiziere, zum Beispiel der Chefingenieur, begibt sich zur Brücke. Spätestens an der verriegelten Tür hat er die Gewissheit, es stimmt etwas nicht. Habt ihr dafür einen Plan B?" Erik setzte die Bierflasche zum letzten Schluck an. Fiete stand auf, griff sich die fünf leeren Flaschen und stellte eine neue Runde auf den Tisch.

„Plan B bist du und Gerda", antwortete Martin knapp und öffnete sein Bier. „Wenn es so kommt, haltet ihr die Jungs auf dem Brückendeck mit den Knarren in Schach. Drinnen kriegen wir das genauso geregelt."

„Selbst wenn von Bord aus die Polizei alarmiert würde, könnte diese wenig ausrichten", ergänzte Ole. „Ein Besteigen der Fähre über eine heruntergelassene Jakobsleiter an der Bordwand ließe sich mit gezieltem Störfeuer verhindern. Ein Spezialkommando aus der Luft, was ich in der verbleibenden Zeit für unwahrscheinlich halte, begäbe sich ebenfalls in die Gefahr, beschossen zu werden." Ole atmete tief durch vor dem nächsten Satz. „Einzig unsere Flucht würde sich erschweren, liefe die Sache derart aus dem Ruder."

„Ich denke, der Argwohn wird sich in Grenzen halten, hat der Kapitän erstmal erklärt, die ‚Mecklenburg' gratuliere mit der überraschenden Stippvisite im Stadthafen der Hansestadt zu ihrem 800. Geburtstag. Das ist doch eine schöne Geste." Martins Worten wohnte ein aufmunternder Ton inne. „Prost Leute, auf unseren historischen Paukenschlag."

Beinahe kleinlaut stieß plötzlich Erik die Debatte um den Anschlag neu an. „Was glaubt ihr, wird danach konkret losgehen? Ich meine in der Politik und in der Gesellschaft?"

Alle hielten ihre Hand an der Flasche. Die Frage verursachte offenbar eine Art Denkstarre. Sie berührte die grundsätzliche Sinnhaftigkeit des geplanten Unternehmens. In Aktionen an sich steckt stets eine befreiende Form von Selbstbestätigung und Selbstrechtfertigung. Der unbefriedigende Zustand, handlungslos zu verharren, wird überwunden. Man bewegt sich und setzt irgendetwas in Bewegung. Zermarternde Untätigkeit macht einsam und aggressiv. Aktion ist die Flucht aus diesem Dilemma. Und führt direkt ins nächste. Im Terror der RAF verrannten sich die Protagonisten letztlich in dieser Sackgasse. Die Liquidierung führender Köpfe in der Staatshierarchie vermochte das Gefühl der außergewöhnlichen Tat vermitteln, mehr aber auch nicht. Der wohlige, selbstgerechte Gedanke, dem krakenhaften Staat beizukommen, gar den Zündfunken revolutionärer Umwälzung in der Gesellschaft zu liefern, scheiterte im Ungefähren des Danach.

Die Politik hat dagegen leichteres Spiel. Aktion wird hier zu Aktionismus umgewidmet. Ein probates Mittel wohlfeiler Außenwirkung. Politik hat verloren, wenn beim Bürger der Eindruck verfängt, sie bleibt untätig. Umso stärker neigen die Regierenden zum Aktionismus. Kaum ein die Massen aufrüttelndes dramatisches Ereignis, von der tödlichen Pitbull-Attacke auf ein Kind bis zum Terror auf dem Weihnachtsmarkt, nahmen die Frontminister nicht zum Anlass, lauthals nach verschärften Gesetzen zu rufen und diese in Windeseile durch den Bundestag zu peitschen. Mit der heiligen Mehrheit der Großen Koalition von fast 80 Prozent aller Sitze im Parlament gelang das widerstandslos. Die Wirkung der Gesetze wurde nicht hinterfragt, die Außenwirkung stimmte. Der Politik graut vor dem Tag, an dem auch Aktionismus nicht weiter hilft.

„Es wird gehörig Alarm geben. Sie stellen alles aufs Gleis, was verfügbar ist, um uns an die Kandare zu bekommen", tat Strähter als erster seine Ansicht kund. „Mit einem Fahndungserfolg retten sie vor allem das eigene Fell."

„Im Unterschied zu 9/11 von New York wird sehr schnell klar werden, es handelt sich um keinen Angriff von außen und nicht aus der rechten oder islamistischen Ecke. Ein unsichtbarer Feind schürt zusätzliche Verunsicherung." Fiete wollte fortfahren, doch Ole grätschte dazwischen.

„Ich freue mich schon auf die Gesichter von den selbstgefälligen Nachrichtenmoderatoren in den Öffentlich-Rechtlichen. Wir passen nicht in ihre Erklärungsschubladen."

„Was aber macht das mit der Gesellschaft?", hakte Erik nach.

„Fiete hat es gesagt, die gewachsene Verunsicherung im Land wird auf drastische Weise getoppt. Da wachen dann vielleicht die letzten auf und begreifen, dass wir in einer Kanzler-Demokratie nach Gutsherrenart regiert werden, an den wirklich brennenden Problemen der kleinen Leute vorbei." Martins Stimme bebte unversehens, ihm widerstrebte der Hertelsche Politikstil zutiefst.

„Wir können nur hoffen, dass zumindest schärfere Fragen gestellt werden. Bisher haben weder die höchsten Sozialabgaben in der westlichen Welt, die Tarifexplosion nach der Energiewende noch die Milliardenaufwendungen in der Flüchtlingskrise die Massen auf die Barrikaden getrieben, geschweige denn wurde die Hertelsche Verantwortung eingefordert", hieb Ole in Martins Kerbe. „Ich setze darauf, 8/11 wird für Leute zum Fanal, die sich in den Parteien und Sicherheitsbehörden bisher nicht aus der Deckung getraut haben. Von Freunden weiß ich, es gärt unter den Kameraden bei der Polizei und im Kanzlerin-Wahlverein mächtig gewaltig."

Kapitel 19

Hertha BSC klebte die Seuche an den Töppen. Auch im Spiel gegen Aufsteiger VfB Stuttgart landete der Fußball-Bundesligist im Berliner Olympiastadion nur ein dürres 0:0. Der Zauber der vorherigen Saison 2016/17 war verflogen. Auf unerklärliche Weise, wie so vieles im Fußball. Im VIP-Bereich von Hertha erhoben sich BKA-Präsident Helfried Schmidt und der sicherheitspolitische Sprecher der Unions-Bundestagsfraktion Clemens Fascher. Der 42-jährige ehemalige Berufssoldat war im September 2017 zum dritten Mal in Folge mit einem Direktmandat der Bürger seines Wahlkreises Königs Wusterhausen in den Bundestag eingezogen. In der aktuellen Legislaturperiode befanden ihn die Fraktionskollegen für reif genug, den herausgehobenen Posten des sicherheitspolitischen Sprechers zu übernehmen. Eine viel beachtete Wahl nahe dran am Machtzirkel von Kanzlerin Regina Hertel.

Fascher hatte sich eins um andere Mal als kühner Kritiker der Regierungschefin profiliert. Es stank ihm regelrecht, wenn die Abgeordneten des Regierungslagers zu Stimmenvieh degradiert oder gleich gar nicht gefragt wurden. So empfand er es nach wie vor als die Demokratie diskreditierend, par ordre du mufti eine Million überwiegend nicht aus Kriegsgebieten stammende Menschen unkontrolliert ins Land zu holen und diese fundamentale, die Handlungsfähigkeit des Staates gefährdende Entscheidung auch nachträglich nicht vom Bundestag legitimieren zu lassen. Mit seinem Vergleich, die Abgeordneten der Volkskammer in der DDR müssten sich genauso gefühlt haben, wenn ihnen zementierte Beschlüsse des Politbüros bekannt wurden, provozierte er die gewohnte Empörung. Die sich darin erging, jeglichen Bezug zum SED-Staat als Teufelszeug zu brandmarken. Hinter den Kulissen des Politikbetriebes erfuhr er jedoch in vertraulichen Gesprächen und in kleinen Runden gleichgesinnter Hertel-Kritiker klammheimliche Zustimmung. Zumeist waren es Akteure ostdeutscher Couleur oder aus der konservativen Ecke der Union.

All der grummelnde Unmut reichte allerdings nicht aus, die vierte Kanzlerschaft von Regina Hertel zu verhindern. Ein halbes Jahr danach war Fascher frustrierter denn je und entschlossen, die Lunte an das Pulverfass Sicherheit im Land zu legen. Ausufernde Bandenkriminalität in den Großstädten und Ballungsgebieten, den Alltag vergiftende Angst vor dem Terror und regelmäßig durchsickernde Pleiten und Pannen der Sicherheitsbehörden müssten stärker thematisiert und wie zündelnder Reisig in die glimmende Debatte geworfen werden. Diese würde auflodern, und dahinein wäre die Schuldfrage zu schüren. Fascher hegte keinen Zweifel, bei der kommunikativen Wucht der modernen Medienwelt währte es nicht lange, bis immer mehr Finger auf Regina Hertel zeigten.

Aber mit dem Abdanken ließ sich die Kanzlerin Zeit. Fascher schätzte durchaus ihren Machtinstinkt. In gleichem Maße verachtete er die kalte Rigidität, mit der sie politische Karrieren missliebiger oder als Bauernopfer auserkorener Parteifreunde kappte. Wann ihr der Brandgeruch des Themas Sicherheit in die Nase gestiegen war oder ob ihr dieser zugewedelt worden war, interessierte Fascher weniger, als ihm von einem Vertrauten im Kanzleramt zugetragen wurde, der Präsident des Bundeskriminalamtes sollte geschasst werden. In den zurückliegenden Monaten war ein Rumoren in der Bevölkerung immer vernehmlicher geworden in Bezug auf die Ermittlungen zum Attentäter vom Berliner Weihnachtsmarkt. Das lag inzwischen knapp 15 Monate zurück. Doch die Kette der ans Licht gekommenen Versäumnisse und Fehleinschätzungen bei der Kriminalpolizei auf Bundes- wie Länderebene zerrte am Glauben der willigsten Verfechter des Rechtsstaates. Die Kanzlerin bewies einmal mehr ihr taktisches Geschick, in der Frage von Verantwortung von sich abzulenken und aufkeimenden Groll mit der Personalguillotine zu besänftigen. Die Liste der „Geköpften“ in ihrer Regentschaft wies eine beachtliche Länge auf.

Hertels Absicht, Helfried Schmidt aus dem Amt zu kippen, traf Fascher unvorbereitet. Der BKA-Chef war einer der wichtigsten Leute im Sicherheitsapparat, auf die er zählen konnte. Die beiden Männer griffen sich am Tresen der VIP-Lounge jeder ein Glas Rotwein und blickten auf das Stadionrund, das die enttäuschten Zuschauer eilig verließen.

„Eine schöne Arena haben sie aus dem alten maroden Bau gezaubert.“ Schmidt nippte am Rotwein. „Anfang der 1990er-Jahre konnte man fürchten, die Tribünen stürzten jederzeit ein.“

„Die blaue Tartanbahn finde ich besonders reizvoll. Ein toller Design-Coup.“

Schmidt und Fascher hielten sich abseits des gelösten Treibens zwischen Häppchen, Sekt und Tratsch. Beide siezten sich und pflegten dennoch einen freundschaftlichen Zugang zueinander. Fascher sah sich beiläufig um. Mit seinen 1,93 Meter Körpergröße überblickte er den Raum. Sie konnten ins ernste Fach wechseln.

„Aus dem Kanzleramt gibt es schlechte Kunde. Vielleicht ist es ja schon zu Ihnen gedrungen.“ Schmidt horchte sichtlich auf und wendete den Kopf Fascher zu. „Hertel hat offensichtlich beschlossen, den Posten des BKA-Präsidenten neu zu besetzen.“

Helfried Schmidts Blick wanderte zurück zum Stadionrund. Das Weinglas leerte er jetzt in einem Zug. Fascher musterte das Blau der Tartanbahn. Die Sekunden, in denen kein Wort fiel, dehnten sich ewig.

„Nun, dann hat sie den nächsten Buhmann gefunden.“ Schmidt drehte sich um. Die After-Match-Party in der Lounge nahm er als ferne Kulisse wahr. In der Mehrzahl ergraute Herrschaften und einige junge braun gebrannte Unternehmertypen diskutierten in kleinen Gruppen das schlappe Spiel der Hertha-Elf und die anderen Ergebnisse des Spieltages. Diese flimmerten pausenlos über einen clubkinogroßen Flachbildschirm. Ausgestrahlt vom lizensierten Pay-TV-Sender, dessen Expertenteam sich ebenfalls die Köpfe heiß redete über das Geschehen auf dem Rasen. Unweit des Tresens standen vier teeniehafte Damen zusammen und hielten dezent Espresso-Tässchen in den Händen. Bildhübsche Frauen, modisch auf dem aktuellsten Level, so vermutete Schmidt. Er war sich auch nicht sicher, ob sie den älteren oder jüngeren Vertretern der Berliner Oberschicht zu zuordnen waren. Allesamt wiegten sie sich in der Leichtigkeit des Seins, das Zutritt ab einem bestimmten Einkommensniveau gewährte. Sie schwebten über der rauen Wirklichkeit des Lebensalltags durchschnittlicher Bürger. Dieser Realität wurden sie zuweilen ansichtig beim Fußball. Wenn in den Fanblöcken die Gewalt mit Rauch und Bengalfeuer bedrohliche Zeichen setzte. Schmidt wusste, aus welch nichtigem Anlass aggressives Verhalten eskalieren und sich in blinder Zerstörungswut entladen konnte. In frühen Dienstjahren ermittelte er häufig in der Hooligan-Szene. Eine Sisyphus-Aufgabe. Gewaltbereite Fußballfans wucherten wie Unkraut nach.

„Haben Sie eine Ahnung, wann die einstweilige Versetzung in den Ruhestand mich ereilen wird, und kursiert schon der Name meines Nachfolgers?" Schmidt formulierte die Doppelfrage scharfzüngig mit einem Nachhall von Ironie.

„Konkreteres kenne ich nicht. Da der Innenminister große Stücke auf Sie hält, würde ich es für möglich ersehen, er legt sein Veto ein."

Schmidt schmunzelte mit schmalen Lippen. „Fascher, Sie wissen doch, wie es läuft. Als der Verantwortliche des Bundeskriminalamtes bin ich die geeignete Zielperson. In dem Kompetenzgerangel von Bund und Ländern, wir haben es bei unserem Lkw-Terroristen wieder haarklein erlebt, findet man sich schnell zwischen den politischen Mahlsteinen wieder. Wogegen Sie wenig ausrichten können, zumal bei verdeckten Ermittlungen die

Rechtslage oft genug einer Fußfessel gleichkommt. Halten Sie mich auf dem Laufenden. Und signalisieren Sie mir, falls Sie weitere Unterstützung benötigen." Schmidt reichte Fascher die Hand und beugte sich leicht vor. „Vielleicht ist sie noch vor mir weg." Die Augen blitzten schelmisch und vielsagend. Sein Gegenüber dachte eine Weile darüber nach. Es hatte ihn irritiert.

Ella Schmidt überfiel ihren Mann, kaum dass er die Haustür hinter sich zugezogen hatte, mit der kecken Bemerkung „deine Hertha ist mal wieder nicht aus den Hüften gekommen". An anderen Tagen umschlang er sie kurzerhand, presste sie fest an sich und küsste sie. „Ach, komm", winkte er diesmal ab und wollte sich an seiner Frau vorbeischieben. Sie stutzte. So mürrisch war Helfried noch nie vom Fußball heimgekehrt. Es musste ihn etwas anderes wurmen als das 0:0 von Hertha gegen Stuttgart.

„Darf man erfahren, wo der Ärger nistet?"

Helfried Schmidt zögerte, seine Frau einfach stehen zu lassen. Bei Mitarbeitern im BKA konnte er zuweilen weniger zimperlich sein. Er liebte Ella und schätzte ihren Rat, der sich aus simplen Lebenserfahrungen und grundehrlichen Ansichten speiste.

„Offensichtlich schwindet die Zahl meiner Freunde im Kanzleramt. Es sieht so aus, dass auch die Chefin mir ihre Freundschaft kündigen will."

„Hast du einen Flüsterer getroffen?"

„Keinen Flüsterer. Einen guten Bekannten aus der Unionsfraktion. Er ist verlässlich. Ich muss die Sache ernst nehmen. Entschuldige bitte, ich steige nur für eine halbe Stunde ins Arbeitszimmer. Danach trinken wir ein Gläschen Wein, versprochen." Er gab ihr einen Kuss auf die Stirn.

Schmidt sackte in den Bürosessel vor seinem alten Schreibtisch. Die Beine legte er in amerikanischer Manier quer auf die linke Seite des Tisches, kreuzte sie auf Fersenhöhe. Seit fünf Jahren manövrierte er als Behördenchef das BKA durch den Interessen- und Kompetenzdschungel des deutschen Sicherheitsapparates, zeigte gegenüber Innenminister Abraham und der Kanzlerin nie eine Spur von Illoyalität. Doch rückte der Erhalt der Macht auf die Tagesordnung, waren die Mächtigen nicht wählerisch. In der Knochenmühle von Parteikarrieren antrainierte Überlebensinstinkte betäubten rationales Denken. Schmidt vergewisserte sich, nicht aus fachlichen Gründen oder Schwächen im Führungsstil auf die Abschussliste geraten zu sein. Für sein Ego brauchte er diesen Befund. Er konnte nicht erkennen, je Anlass dazu geliefert zu haben. Das durften auch einige seiner Vorgänger für sich reklamieren. Und wurden trotzdem vorzeitig in Rente geschickt. Mit seinen 60 Jahren wäre dies für ihn weniger ein Problem. Ella sondierte bereits ausgiebig die Regionen auf der Weltkarte, die sie noch gemeinsam bereisen wollten.

Eine andere Gewissheit ließ ihn schwer atmen. Ohne das Amt ist er von einem Tag auf den anderen abgestöpselt. Er konnte weiterhin Einschätzungen treffen oder Expertisen verfassen, er konnte sich endlos Gedanken machen über die Sicherheit in der Bundesrepublik und über das unfassbare Versagen von Politikern. Das alles war möglich, zu Hause am eigenen Schreibtisch gleich unterm Dach. Die Ergebnisse seines Tuns blieben ohne Reflektion und Wirkung, landeten im Privatarchiv. Bestenfalls fand sich ein Verlag bereit, diese in ein Sachbuch zu gießen. Es erginge ihm wie einem Journalisten ohne Medium. War diesem das Rundfunkmikrofon, die Fernsehkamera oder die Zeitungsseite entzogen, weil er sich mit dem Chef überworfen hatte oder bei der Themensetzung seinen eigenen Intuitionen folgte, konnte er am heimischen Newsdesk verfasste Beiträge anschließend an die Wand heften. Oder ins Netz stellen, wo sie im zugemüllten Ozean der freien und ungehemmten Meinungssendung in der Regel untergingen.

Einher wurmte das Ärgernis, das Machtzentrum um Kanzlerin Hertel werkelte weiter, ohne dass sich ein ernstzunehmender

Widerstand formieren konnte. Störenfriede wurden rechtzeitig auf Wahllisten nach hinten durchgereicht oder in den einstweiligen Ruhestand abkommandiert. Was konnte die Lethargie der Kanzlerin-Demokratie ins Wanken bringen, sie beenden? Gelegentliche Erschütterungen von begrenztem Ausmaß an Gewalt, etwa die islamistischen Attentate radikalisierter Einzeltäter in den letzten zwei Jahren, taugten nicht dazu. Ebenso nicht die partiell aufwallende Empörung über Hertelsche Eskapaden, etwa der Bruch von europäischem Recht. Helfried Schmidt legte den Kopf in den Nacken und starrte an die weißen Dachschrägen. Ein gesellschaftliches Beben war einzig mit einem großen Knall, einem Big Bang, auszulösen. Infolgedessen alle Gewissheiten urplötzlich in Frage standen und sich alle Hoffnungen, diese wiederherzustellen, auf eine starke und entschlossene Ordnungskraft fokussierten. Daran glaubte er mehr denn je, seit bei der jüngsten Bundestagswahl das Ergebnis der vorletzten Wahl bestätigt worden war. Große Koalition, Kanzlerin Hertel, Demokratieparalyse.

Schmidt beugte sich wieder vor. In dem Moment schoss ihm der Gedanke an das Fährschiff in den Kopf, von dem Fiete Last bei ihrem Treff in Mölln gesprochen hatte. Irgendwo in Norddeutschland brütete eine Handvoll desillusionierter, aber desto entschlossenerer Landsleute den Plan aus, mit einer gekaperten Fähre einen wahnwitzigen Terroranschlag zu verüben. Einen Big Bang. Er kannte bisher keine Details. Aber Schmidt schien es in gleicher Sekunde absurd, dass sie weder im BKA noch, wie er aus den Besprechungen im Lagezentrum wusste, in den anderen Sicherheitsbehörden diese extreme Option eines Anschlages in Betracht zogen. Die internationale Schifffahrt unterlag seit 9/11 besonderen Sicherheitsvorkehrungen. Zudem schätzten die Abwehrexperten so ein Unterfangen als viel zu komplex ein, als dass sie es für real umsetzbar hielten. Aber welch ein Versäumnis, welch ein Irrtum. Der Jahrhundertanschlag von New York glich einer professionell vorbereiteten Militäroperation. Vollbetankte, vollbesetzte Passagierflugzeuge in tödliche Waffen zu verwandeln, lag bis zum 11. September 2001 außerhalb jeglichen Vorstellungshorizonts. Der Crash einer Ostseefähre in ein maritimes Großfest stand der Flugzeugterrorattacke von Manhattan in Schrecknis und Verheerung nicht nach. Offensichtlich auch nicht in der Unvorstellbarkeit. Durch Fietes Tipp hatte das Fährschiffszenario für Helfried Schmidt unversehens reale Relevanz.

Er drückte auf die schmale Blende oberhalb der Schreibtisch-Schubladen. Das geheime Fach drehte heraus und gab den einzigen, darin gelagerten Gegenstand frei. Das offiziell nicht existente Prepaid-Handy des BKA-Chefs. Von Fiete war eine SMS eingegangen. Vor zwei Tagen schon.

„Hi Helfried. Es gibt News. Wann treffen wir uns?“

News? Fiete meinte vermutlich die Anschlagsvorbereitung. Schmidt blätterte im Kalender. Nächste Gelegenheit im Norden wäre der geplante Termin beim Kraftfahrt-Bundesamt in Flensburg in zwei Wochen. Der BKA-Chef strebte auf dem weiten Feld der Verkehrsdelikte eine engere Vernetzung mit dem Datenportfolio des Kraftfahrt-Bundesamtes an. Eine heikle Mission. Digitaler Datenschutz, selektive Informationsüberwachung und bürgerliche Grundrechte zählten zu den explosivsten politischen Tretminen. Schmidt erklärte das Treffen mit dem Chef des Bundeskraftfahrtamtes zum rein informellen Gespräch ohne konkrete fachliche Vorgaben. Im Anschluss an den Termin bei den „Punkteverwaltern“, so Schmidts saloppe Namensformel, würde er seinen Fahrer eine Stunde freistellen. Diesem begründete er solche Zwangspausen zumeist damit, einem alten Schulfreund oder entfernteren Verwandten in der Stadt einen kurzen Besuch abstatten zu wollen. Das funktionierte bisher ohne Argwohn. Schmidt tippte eine SMS-Antwort. Fiete sollte einen diskreten Ort in Flensburg vorschlagen. Er kannte sich aus, war dort aufgewachsen.

Ole Dormark wuchtete die Reisetasche geräuschvoll auf den laminierten Boden des Hausflurs. Calli sollte seine Ankunft bemerken. Wenige Schritte später trat er ins große Wohnzimmer. Seine Frau hatte sich auf dem breiten Couchwinkel in die Ecke geklemmt. Sie las in einem Buch. Dem aktuellen Roman des US-amerikanischen Autoren T. C. Boyle. In „Die Terranauten“ beschreibt Boyle die auf das Maß eines abgeschlossenen künstlichen Biotops geschrumpfte Welt von acht Wissenschaftlern. Sie hatten es sich freiwillig zu Beginn der 1990er-Jahre auferlegt, zwei Jahre in dieser isolierten kleinen Welt zu leben und zu arbeiten. Mit allen absehbaren und unabsehbaren Konsequenzen. Körperliche Strapazen, geistige Scharmützel, emotionale Konflikte und charakterliche Offenbarungen entblößen in dem außergewöhnlichen Experiment schonungslos die Wesensmuster des Zusammenlebens von Menschen. Der Autor benutzte das von Menschenhand geschaffene Biotop als Brennglas für eine scharfe psychologische Durchdringung der humanen und zugleich inhumanen Gesellschaft.

Calli hielt in der rechten Hand ein halbvolles Rotwein-Glas. Gut ein Jahr nach Ricos Tod näherte sie sich ihrem früheren Leben an. Sie kleidete sich wie einst stilbetont, stets mit einem Hauch von erotischem Esprit. Seit einigen Wochen schliefen sie und Ole wieder miteinander. Inniger verschmelzend, nicht mehr zu sehr in ausschweifender sexueller Lust. Das erweckte auch die lauernden Schattengeister jeder Partnerschaft zu neuem Leben. Ole war in der Bank täglich umgeben von weiblichem Gefahrenpotenzial. Junge, attraktiv gestylte Damen, auf die sich männliche Phantasien projizierten. Ihrerseits waren sie selbstbewusst, begehrlich auf einen gut aussehenden und im Job erfolgreichen Mittvierziger zu schauen.

Ole umkurvte die Eckcouch. Er senkte den Kopf über Calli. Ihre roten Lippen steuerten ihn an. Sie trug einen kurzen Rock. Die weißen, von einer feinen dunklen Strumpfhose verführerisch gefärbten Schenkel blitzten. Seine rechte Hand wanderte darauf zu, berührte den heißen Pfad der Eroberung und verbrannte sich. Calli zuckte bestimmt zurück und versteifte den Rücken.

„Ich habe drei Tage lang versucht, dich zu erreichen. Dein Handy hattest du offenbar abgeschaltet. Was hat das zu bedeuten?"

Es war tatsächlich abgeschaltet. Sehr konsequent sogar. An den drei Tagen im alten RAF-Camp steckte keine SIM-Karte in dem Gerät. Ole und die anderen schlossen jedwede Ortung über das Mobilfunknetz damit aus. Vorbeugend.

„Du weißt doch, Erik und ich waren in der Flensburger Förde segeln. Dänemark ist nur einen Sprung entfernt. Wenn du in dem Revier kreuzt, kann es dir passieren, dass permanent das Mobilfunknetz wechselt. Ich habe es deshalb ausgeschaltet. Außerdem fühlt es sich gut an, wenn das Ding mal für eine ganze Weile stumm bleibt."

„Und du bist sicher, Erik war mit auf dem Boot?"

Calli hatte es gesagt und wusste in dem Augenblick, da sich die Frage im Wohnzimmer einem feinen Sprühnebel gleich auflöste, dass sie ihrem gegenseitigen Vertrauen einen tiefen Riss zufügte. Den zu kitten, unendlich schwer sein wird. In dem geäußerten Verdacht des Betrugs schwang unausgesprochen die Unterstellung mit, es dem anderen zu zutrauen. Der Wein schmeckte plötzlich pelzig, hinter sich glaubte sie den Teufel kichern zu hören. Sie fühlte sich elend.

Ole wich zurück. Wortlos drehte er sich um und schlich in die Küchenzeile, wo er sich die Rotweinflasche schnappte und das erstbeste Weinglas beinahe randvoll füllte. Mit einem langen Zug leerte er es umgehend um die Hälfte. Dann wendete er sich in Richtung Couch um und lehnte sich rücklings an den Küchentresen. Noch immer kein Wort. Ole sah sich mit einem Problem konfrontiert, das sich nicht in persönlicher Verletztheit begrenzte. Callis völlig aus der Luft gegriffenes Misstrauen bedrohte die Legende von den gemeinsamen Herrenausflügen mit Erik. Diese konnte jederzeit leckschlagen, ohne vorherzusehen wo und wann. Sie konnte ihm unbemerkt nachstellen oder einen Privatdetektiv arrangieren. Die Geliebte blieb zwar ein Phantom, aber neue Fragen stünden im Raum. Ein ungeahntes und unkalkulierbares Risiko drängte gefährlich in die Vorbereitungen des großen Anschlags. Irgendwie musste diese Gefahr jetzt und sofort abgebogen werden. Ole nahm einen zweiten kräftigen Schluck Wein und marschierte entschlossen zurück. Er setzte sich auf einen Meter Abstand neben seine Frau. Ihre Körpersprache verriet viel über ihre Gemütsverfassung.

„Was veranlasst dich zu glauben, ich schippere mit jemand anderes als Erik umher?“ Ole fragte besonnen und mit ruhiger Stimme.

„Du bist mit ihm ein paar Mal unterwegs gewesen und im August planst du den nächsten Trip nach Holland. Ich erinnere mich, du meintest, mit ihm nie so ganz dicke gewesen zu sein. Das kann einen schon stutzig machen.“

Ole überlegte, wie oft Erik und er sich mit den anderen getroffen hatten. Zweimal. Hinzu kam die Besprechung mit Martin im dänischen Nykøping, die er Calli ebenfalls als gemeinsame Unternehmung mit Erik untergeschoben hatte.

„Dreimal im halben Jahr on tour, das scheint mir für eine Liebesaffäre etwas sehr wenig. Aber es hat viel mit Beziehungskrise zu tun. Zwischen Erik und seiner Frau Monique knirscht es seit längerer Zeit gewaltig. Im Grunde ist daraus ein untragbarer Zustand erwachsen. Er wird in der Scheidung münden. Erik brauchte jemanden, um darüber zu quatschen. Die Beinahe-Pleite seiner Firma ist zu allem Übel auch nicht ausgestanden.“ Er bemühte sich, mit möglichst viel Erzählung über Erik von Callis konstruiertem Verdacht abzudriften. „Nur nebenbei, beide haben dem jeweils anderen nie einen handfesten Grund geliefert für eine Trennung. Einen Seitensprung oder so. Das Sich-voneinander-entfernen hat sich über die Zeit eingeschlichen. Vielleicht passten sie ja nicht wirklich zusammen. Er, der strebsame Ossi aus der Platte, und sie, die launige Westdiva aus dem Hamburger Finanzadel, der ein Millionenerbe in den Schoß gefallen ist. Statistisch liegt die Quote umgekehrt nicht von ungefähr höher, dass sich Herren der Schöpfung aus dem Westen eine Frau aus dem Osten nahmen. In kenne einige solche Paare, wo es anscheinend gut klappt."

„Westmänner können vermutlich besser mit unserer Sozialisierung umgehen, wie es so schön neosozialpädagogisch verquast heißt. Sie sehnen sich nach neuen Erfahrungen, die über Auto, Haus und Vermögensaufbau hinausgehen. Wobei dies für die jüngere Generation belanglos geworden ist. Unseren Rico scherten die Ost-West-Befindlichkeiten nicht. Seine Freunde haben heute eher das Problem, sie taumeln in eine Welt, von der sie ernsthaft meinen, die Menschen haben sich alle lieb. Das Böse wird sich einfach weggedacht. Bei dem Gedanken kann es einem echt gruseln."

„Wir können daran wenig ändern. Das muss die Generation mit sich selbst ausfechten. Eines Tages fällt bei ihnen vielleicht auch der Groschen. Auf uns altes Ostpaar hört eh keiner."

„Altes Ostpaar, du scheinst etwas zu verwechseln." Calli setzte ihr reizvollstes und schelmischstes Lächeln auf und rutschte an Ole heran. „Gibt's mehr Wein oder nur Mehr?" Sie schoben die Gläser gleichzeitig auf den Klubtisch und umschlangen sich. Auf dem heißen Pfad der Eroberung kam Ole schnell voran.

Nach der Explosion wankte er satt und erschöpft zum Küchentresen. Die Rotweinflasche zeigte noch einen erquicklichen Füllstand. Mit den Gläsern in der Hand blieb er auf halbem Weg stehen. Er betrachtete seine Frau. Sie war tief in die Couch gerutscht. Ihre Unterschenkel standen auf dem Boden, die Oberschenkel hielt sie weiter leicht gespreizt. Calli hatte die Augen geschlossen. Ihr Gesicht überzogen eine Sanftheit und Schönheit, wie sie Frauen einzig in dieser Situation teilten.

Ole wollte gern annehmen, die Kurzreisen mit Erik sind Reisen mit Erik geblieben. Callis unvermittelter Vertrauensentzug aber hinterließ ein unverdauliches Unbehagen. Die absolute Sicherheit, den Plan für 8/11 an der Warnow vor ihr verborgen halten zu können, war dahin.

Kapitel 20

Unmittelbar vor der deutsch-österreichischen Grenze, wo die bundesdeutsche Autobahn A3 in die A8 auf der östlichen Seite des Inn überging, verlangsamte Erik Klapproth die Fahrt mit seinem silbergrauen Volkswagen CC. Auf der Gegenfahrbahn rollten die Autos im Schritttempo auf einen Kontrollpunkt zu, an dem zwei deutsche Bundespolizisten mit Maschinenpistole vor der Brust jedes Fahrzeug sehr genau beäugten, vor allem die Insassen. Bei geringsten Auffälligkeiten, etwa südosteuropäischen Kennzeichen oder nichteuropäischen Nationalitäten, winkten die schwerbewaffneten Polizisten die Wagen heraus und beorderten sie zu einem provisorischen Kontrollzelt neben dem Fahrbahnbereich. Dort nahmen andere Beamte sie in Empfang und Menschen und Mobile verschärft unter die Lupe. Erst vor einigen Tagen hatte Klapproth auf einem Nachrichtenkanal gelesen, jeden Monat würden noch immer mehr als 1000 Migranten an der bayerischen Grenze aufgegriffen bei dem Versuch, illegal nach Deutschland zu gelangen. Zwei Jahre nachdem es Österreichs jugendlicher Außenminister im Bunde mit anderen betroffenen Ländern Südosteuropas eingefädelt und durchgesetzt hatte, dem Menschenschleppergeschäft auf der Balkan-Route einen wirksamen Riegel vorzuschieben. Klapproth registrierte während der Vorbeifahrt auch, die meisten Fahrzeuge deutscher und österreichischer Herkunft durften unbehelligt passieren. Kurz hinter der Autobahnbrücke über den imposanten Inn fuhr er rechts raus auf die Raststätte Suben. Er wollte tanken und einen Happen essen. Bis Wien lagen noch 260 Kilometer vor ihm.

Mehr als 20 Jahre zuvor war er schon mal hier unterwegs gewesen. Damals existierten auf beiden Seiten des Grenzflusses noch reguläre Kontrollgebäude. Im Auftrag von Martin Paroso fuhr er nach Wien zu János Nagy. Der freiberufliche Grafiker fertigte für RAF-Aktivisten und andere bedrängte Leute aus verschiedenen politischen und kriminellen Milieus perfekt gefälschte Ausweise und Reisepässe. In den Wirren des ungarischen Volksaufstandes 1956 war er als Kleinkind mit den flüchtenden Eltern in der österreichischen Hauptstadt gestrandet. Der Ungar galt seit Jahrzehnten als einer der Besten in der Fälscherszene. Das bis dato unentdeckte RAF-Trio in Norddeutschland verdankte diesen Status nicht zuletzt Nagys handwerklichem Geschick. Erik freute sich auf das Wiedersehen. Erinnerte er sich doch an einen bescheidenen Zeitgenossen, der weniger des erquicklichen Zuverdienstes wegen falsche Ausweisdokumente anfertigte. Aus den Erfahrungen seiner Eltern war es ihm ein inneres Bedürfnis, Menschen zu helfen, sich staatlichen Zugriffs zu entziehen. Die Gründe für einen Identitätswechsel interessierten ihn dabei wenig.

Die Autobahn A1 führte von Westen her mitten nach Wien hinein. Am Stadtrand übernahm die Hauptstraße 1 den Verkehr. Sie erstreckte sich durch die City bis zum Donaukanal. Nach neun Stunden Fahrt von Rostock erreichte Erik die Kaffeehaus-Hauptstadt am Nachmittag zur besten Zeit für einen Schwarzen samt einem Stück Sacher-Torte. Die prächtigen Bürgerhausfassaden unweit des legendären Naschmarktes strahlten vertraut, als hätte er Wien vor ein paar Monaten zuletzt gesehen und nicht vor mehr als 20 Jahren. Im Straßenverlauf grüßte die helle monumentale Karlskirche. Vorbei am Stadtpark steuerte Erik seinen Volkswagen CC bis an die Kreuzung zur Marxergasse, in die er rechts abbog. In dem Wiener Wohnviertel Landstraße wimmelte es vor Gassen. Die Häuserzeilen ähnelten sich. Hohe mehrgeschossige Gebäude mit biedermeierscher Fassadenarchitektur reihten sich aneinander, bildeten Schluchten. Sie hatten nichts von engen mittelalterlichen Gossen. Von der Marxergasse befuhr er in nördlicher Richtung die Löwengasse. Erik tastete sich in gemächlicher Fahrt vor. In der Straßenflucht erkannte er nach kurzer Zeit auf der rechten Seite einen grünen Auswuchs.

Dieser kündigte eines der meistfrequentierten touristischen Attraktionen Wiens an. Das in den 1980er-Jahren geschaffene Hundertwasserhaus. Vom weltbekannten Künstler Friedensreich Hundertwasser gestaltet, wucherte der bunte Wohnkomplex an der Ecke Kegelgasse ähnlich einem gutartigen Tumor im eintönig weißgrau-beigen Stadtgedärm. In der Kegelgasse linkerhand fand Erik einen Parkplatz. Angesichts der Stellflächenknappheit feixte er still, als hätte er soeben ein Glückslos gezogen. An der Kreuzung Löwengasse/Kegelgasse blieb Erik querab zum Hundertwasserhaus stehen. Die farbenreiche Anlage, in der mit allen konventionellen architektonischen Regeln und strengen Linien gebrochen worden war, wurde vom vielen Grün auf den Terrassen des Hauses stark übertüncht. Gewährte der Mensch der Natur in städtischen Räumen über Jahre freies Wachstum, verfremdelte sie dem längere Zeit abwesenden Betrachter das Stadtbild kolossal. Erik war dies in Rostock in den Wohngebieten zwischen Rostock und Warnemünde zum ersten Mal aufgefallen. Die Plattenbauten wirkten im sprießenden Grün weniger uniform und trist. Im offenen schwungvollen Durchgang des Hundertwasserhauses, der in den Innenhof wies und zu den Hauseingängen, verflüchtigte sich für Erik schon beim ersten Besuch der Zauber des avantgardistischen Baus. In dem freien Zugang fühlte es sich nicht anders an als in den tunnelartigen Passagen zwischen hochgeschossigen Neubaublocks. Graffitis und sonstige Schmierereien verliehen diesen Durchgängen unikate Artdesigns. Nur zog die Desperado-Kunst nicht jährlich zigtausende Touristen an. Sie tummelten sich auch an diesem Nachmittag aus allen Winkeln fotografierend in der Wiener Kegelgasse. Gegenüber dem graubelassenen Torbogen des Hundertwasserhauses befand sich der völlig unspektakuläre Eingang des bürgerlichen Mehrfamilienhauses Kegelgasse 35. Unter der Adresse wohnte und arbeitete János Nagy. Erik klingelte. Ohne Anfrage des Wohnungsinhabers signalisierte ihm das Summen des Türöffners einzutreten. Nagys erwarteter Gast stieg im Treppenhaus bis in die dritte Etage. Er klopfte zweimal kräftig. Der linke Flügel der hohen Tür drehte sich nach innen und gab den Blick auf einen extrem breiten Dielenflur frei. Erik erinnerte sich schlagartig, wie sehr dieser ihn beim ersten Mal beeindruckt hatte und er sich spontan vorstellte, darin eine Tischtennisplatte aufzustellen. János war an die Seite getreten und hielt den Türflügel fest. Erik blieb auf seiner Höhe stehen und wollte ihm die Hand reichen.

„Komm erstmal rein", dirigierte János in schönster Melange aus Wiener und ungarischem Akzent. Das klang vertraut. Äußerlich hatte sich Nagy verwandelt. Sein einst dunkles Haar schimmerte jetzt silbergrau. Er erriet Eriks verwunderten Blick. „Mit 64 ist Färben zwecklos." Vor seiner Brust baumelte an einem ledernen Band eine feine Lesebrille. „Du bist auch nicht mehr der junge schüchterne Mann von einst. Geht es dir gut?"

Ohne eine Antwort abzuwarten, schob er Erik in das Wohnzimmer. Auf der Vorderhausseite gewährte es eine Sicht auf das Hundertwasserhaus, wie sie den Touristen vorenthalten blieb. Einige Sonnenstrahlen zwängten sich am üppigen Grün an der Straßenecke vorbei und fanden den Weg bis in János' gute Stube. Sie war spartanisch eingerichtet. Ein klobiges graues Sofa, überzogen mit einem samtartigen Stoff, dominierte den Raum.

An der Wand über dem Sofa hing eine plakatgroße Schwarzweiß-Fotografie. Budapest bei Nacht. Die Perspektive zielte über die breite Donau auf das majestätische Parlamentsgebäude. Im Licht- und Schattenspiel von künstlicher Beleuchtung und dunkler Nacht entfaltete die ausschweifende Architektur eine verzückende Noblesse. Der Gegenentwurf zum menschelnd-verspielten Stil des Hundertwasserhauses. János Nagy arrangierte sich mit beiden. Aus einem alten Buffetschrank mit halbrund geschwungenen Glastüren fischte er eine Flasche Moser-Rotwein von seinem Lieblingsweingut in Österreich und zwei bleikristalline Gläser.

„Prost, mein Junge. Als du damals aus der Tür warst, war ich überzeugt, dich nicht wiederzusehen."

„Es freut mich, dich in bester Verfassung anzutreffen. Vor allem bin ich froh, dass du weiterhin im Geschäft bist. Ich hätte gar keine Alternative gewusst."

„Es arbeiten schon noch einige filigrane Burschen in der Branche. Auch hier in der Stadt. Um Nachwuchs müssen wir uns nicht sorgen, die Nachfrage ist ungebrochen."

„Die drei Freunde, für die du 1993 die Ausweise angefertigt hast, haben sie über die Jahre von einem Kollegen deiner Zunft in Hamburg verlängern lassen. Aber diesmal benötigen wir komplett neue Dokumente. Wenn ich sage wir, meine ich auch mich und einen guten Freund."

„Das sind also fünf Personalausweise, richtig?"

„Exakt."

János erwiderte nichts. Es hatte den Anschein, er würde um einen wohlfeil geformten Satz ringen. „Mit dem neuen Kreditkartenformat haben die Deutschen uns ein ziemlich dickes Ei ins Nest gelegt. Zum Glück habe ich meine Kontakte in die Ukraine. Die Fälschergilde dort ist auf Draht. Die Kameraden beherrschen nach wenigen Wochen die neuesten Sicherheitsraffinessen und besorgen jedes Material. Hast du die biometrischen Fotos dabei?"

Erik holte aus der linken Brusttasche sein Ausweisetui zum Vorschein. Ein Foto nach dem anderen drapierte er auf dem Tisch, als legte er Pokerkarten offen. Abschließend entfaltete er ein Blatt Papier und reichte es János. Die Liste der neuen Identitäten. Namen, Wohnorte, Geburtsdaten. Nagy fragte nicht, warum sie alle in eine andere Haut schlüpfen wollten. Bei der Anzahl neuer Leben vermutete er einen größeren Coup, um auskömmlich zu Geld zu kommen. Vor fünf Jahren etwa hatte er drei Deutschen und drei Holländern geholfen, sich mit fetter Beute über alle Berge zu machen. Sie hatten gemeinsam in Berlin eine Bank ausgeraubt und waren sehr listig und geduldig vorgegangen. Von einer getarnten Baustelle in einer Tiefgarage trieben sie einen Tunnel bis in den nahen Tresorraum der Bank. Wie viel Bares und Wertgegenstände sie aus den 150 geknackten Schließfächern mitgehen ließen, wurde nie ermittelt. Ebenso unerkannt blieben die Gangster. Nagy bewunderte insgeheim solche Husarenstücke. Sie bedurften mindestens eines intelligenten Kopfes mit Umsicht, Organisationstalent und planerischer Akribie. An Terror verlor er bei Eriks Auftrag keinen Gedanken. Die RAF hatte sich abgemeldet. Blutige Anschläge besaßen heutzutage einen beherrschenden Absender im Nahen Osten.

„Bis wann braucht ihr die Dinger?“

„Allerspätestens bis Ende Juli.“

„Sei in sechs Wochen wieder hier.“

„Und?“ Erik rieb Daumen und Zeigefinger der rechten Hand aneinander.

János fasste das Weinglas und ließ den Rotwein darin sanft kreisen. Der Auftrag war kein Klacks und die ukrainischen Brüder kannten ihren Marktwert. Der Wein kreiste länger als gewöhnlich.

„1800 Euro das Stück.“ Daraufhin lenkte er das Glas zum Mund.

„1800 Euro?“, fragte Erik und war sich im gleichen Augenblick bewusst, keine andere Zahl gehört zu haben. In summa waren das 9000 Euro. Einen einstelligen Tausenderbetrag hatten sie einkalkuliert. Die obere Kante veranlasste Erik jedoch nicht zu feilschen. Martin hatte ihm mit auf den Weg gegeben, am Preis sollte es nicht scheitern. Er prostete János zu.

„Zu zahlen in bar und bei Lieferung“, fügte János hinzu. Er goss nach. Das Klacken der Gläser besiegelte den Deal.

Der gebürtige Ungar lud Erik anschließend zum Essen ein. Sie liefen die Löwengasse in Richtung Innenstadt bis zur Unteren Viaduktstraße. Das Gasthaus „Zum Gruabn“ galt als Geheimtipp für Wiener Wirtshauskultur. Am Abend fuhr Erik auf der

Hauptstraße 1 zurück bis zur Kreuzung, wo die „Eins" auf die „Gürtel" traf. Wiens Party- und Amüsiermeile schlechthin, die dem oberirdischen Streckenverlauf der U-Bahnlinie 6 folgte. Unweit der U-Station „Gumpendorfer Straße" hatte Erik im Mercure Hotel Raphael Wien ein Zimmer reserviert. In der Wallgasse vis-à-vis des Raimund-Theaters. Beide Gebäude fügten sich zu einem unübersehbaren architektonischen Kontrast inmitten der Donau-Metropole. Die weiße strukturierte Fassade des Mercure folgte vertikal über sieben Etagen einer geradlinigen Geometrie. Kupferglasfarbene kleine Fenster, matrixartig angeordnet, verliehen dem Haus die Aura eines uninspirierten Reißbrettentwurfs. Hingegen war der Theaterbau in klassischer Form auf die spitze Straßenecke von Wallgasse und Strohmayergasse zugeschnitten worden.

Sechs Wochen später hatte sich Klapproth erneut im Mercure Raphael einquartiert. Diesmal war das Wiedersehen mit János Nagy von kurzer Dauer. Der Meisterfälscher empfing seine Kunden höchst ungern ein zweites Mal. Er wollte jeden Kratzer am Selbstbildnis des eigenbrödlerischen Grafikers vermeiden. Keiner der anderen Mieter im Haus ahnte, was er in der stets verschlossenen kleinen Kammer am Ende des breiten Wohnungsflurs nächtens trieb. Wegen des guten halben Dutzends Ausweise und des Batzens Bargeld wich er bei Erik von der Regel ab, die Übergabe an einem neutralen Ort vorzunehmen. Jedes einzelne der frischen unechten Dokumente zelebrierte János im Stil eines Gemäldeauktionators. Die vermeintliche Echtheit verblüffte Erik. In ein schwarzes Samttuch gehüllt versenkte er die Ausweise in der Aktentasche. Diese war von 9000 Euro Fälscher-Honorar entlastet worden.

Als die große Eingangstür der Kegelgasse 35 hinter ihm zuschlug, packte Erik das Gefühl, aus einer skurrilen Welt in die nächste zu fallen. Das Hundertwasserhaus glich einer Kulisse in einem Fantasy-Film. Im Gegensatz zu den Ausweisen in der Tasche war das Kunterbunt-Haus jedoch echt. Nicht nur zum Schein. Er drängte sich zwischen den knipsenden Touristen hindurch. Sein Wagen stand in der Nähe. Er hatte erneut ein Glückslos gezogen.

Im Auto öffnete er das Handschuhfach. Es barg einen Stapel Musik-CDs. Auf längeren Touren ließ Erik es gern krachen. Mit AC/DCs „Back in Black"-Album, Led Zeppelins „Houses of the Holy", Deep Purples „Made in Japan" oder Black Sabbaths „Paranoid". Er griff sich eine CD nach der anderen, öffnete die Plastikhülle und fingerte das Booklet heraus. In jedes steckte er einen der falschen Personalausweise, schob das Booklet zurück in die Plastikhülle und warf die CDs ins Handschuhfach. Dann startete er den Motor und fuhr ins Hotel. Eine ausgiebige Dusche steigerte die Lust, den frühsommerlichen Abend nicht trostlos vor dem Fernseher zu verbringen. Die „Gürtel" war bekannt für ihre Szeneclubs wie dem „B72" und „Chelsea", wo fast jeden Abend Live-Acts von jungen Bands und alternden Rockbarden zu erleben waren. Im „B72" hatte sich dieser Tage eine Funky-Rock-Crew angesagt. Diese schwamm im Kielwasser der legendären österreichischen Band „Supermax", die Ende der 1970er-Jahre auch in Deutschland angesagt war. Hinter Austrias Pop-Export Nummer eins Falco.

Die Luft im „B72" formte nikotingeschwängerte Schwaden. Erik erstaunte es, welch zeitlich geringer Abstand genügte, sich an raucherfreie Kneipen in Deutschland zu gewöhnen und den geduldeten blauen Dunst im Nachbarland deplatziert zu empfinden. Gerüchen ist es eigen, bei dauerhafter Präsenz eines Tages vom Gehirn ignoriert zu werden. Der Gestank aus Trabi- und Wartburg-Auspuffrohren war in Eriks Jugenderinnerungen nicht präsent. Tuckelte heute ein Trabi vor ihm auf der Straße, schaltete er im VW auf Umluft. Ein unerträglicher Molekülmix. Mit der erlebten DDR brachte er diesen nicht zusammen. Das

Gehirn verkehrte mit feiner Nase Vergangenheit und Gegenwart. Ebenso faszinierte ihn, dass vom undefinierbar verführerischen Duft in den damaligen Intershops in den heutigen Konsumtempeln nichts an Wahrnehmung geblieben ist.

Nach drei großen Bieren und zwei Zugaben der Funky-Rock-Crew verließ Erik gegen Mitternacht das „B72". Eine milde Nacht wartete auf der „Gürtel". Erik warf sein Leinensakko auf die rechte Schulter und schlenderte in Richtung Gumpendorfer Straße. Vorbei an lauten Lokalen und auch einigen Rotlicht-Etablissements. Deren Verlockung wähnte sich Erik zu dieser Stunde nicht mehr gewachsen. Auch wenn die Schaubilder extrem schöne Osteuropäerinnen anpriesen. Es drückte ihm die Blase. Die Bierlast würde er bis zum Hotel nicht halten können. Er schaute sich um. Vermeintlich unbeobachtet trat er einen Schritt zur Seite, hinter einen Hausvorsprung. Das Straßenlicht erreichte den schmalen Verschlag nicht. Schemenhaft erkannte Erik kahles Mauerwerk, an dem einige restliche Fetzen Putz klebten. Es stank nach Pisse und Erbrochenem. Er wagte sich nicht weit vor. Der warme Strahl traf dennoch die verurinierte Wand. Erleichtert zog er den Reißverschluss der Jeans zu.

Im ersten Laternenschein beugte er sich vor und suchte seine hellen Schuhe und Hosenbeine nach Spritzern ab. Plötzlich legte sich ein Schatten vor die Füße. Erschrocken blickte er auf und in die Gesichter von drei jungen Kerlen. Im fahlen Licht waren ihre erdbraune Hautfarbe und tiefschwarzen Augen und Haare gut zu erkennen. Erik dachte sofort an Afghanen, Algerier und Syrer. Sie sahen zum Verwechseln aus. Im Gesichtsausdruck lag etwas ewig Kindliches. Die weiche Mimik verführte dazu, an harmlos-nette Menschen zu glauben, die nichts Böses im Sinn hätten. Ihrem Dauergrinsen begegnete Erik skeptisch. Wie er generell permanent lächelnden Typen nicht über den Weg traute. Diese entpuppten sich im privaten und beruflichen Umfeld bislang immer als hinterrücks agierend, zuvorderst auf ihr Ego und die eigene Karriere bedacht.

Die drei Jungs vor ihm, sie trugen bunte Hemden, Jeans und weiße Turnschuhe, grinsten nicht. In kaum verständlichem Deutsch machten sie unmissverständlich klar, was sie wollten. Einer fuchtelte mit der blitzenden Klinge eines nicht kleinen Butterfly-Messers vor seiner Nase herum, ein anderer hielt die offene Hand hin. Erik war von gedrungener, aber kräftiger Gestalt und mit Mitte Vierzig noch sehr vital. Wenn er nicht bei János Nagy klingelte, besuchte er Österreich regelmäßig zum Skifahren. Wurde es unumgänglich, erwehrte er sich seiner Haut auch körperlich. Er rannte nicht einfach weg. Vernünftigerweise legte er es aber nie darauf an, den Helden zu markieren. Dirty Harry, Agent 007 und andere Gewinnertypen hatten mit dem realen Kino wenig gemein. In der jetzigen Spätvorstellung mit den drei südländischen Räubern wollte er nicht aus Stichwunden blutend vor einer dunklen Pisswand enden. Die Drei glotzten unberechenbar. Erik leerte seine Brieftasche, in der vier 50-Euro-Scheine klemmten. Eine Summe, die offenbar die Erwartungen seiner nächtlichen Zufallsbekannten übertraf. Sie schauten sich gegenseitig an, ungläubig. Einer bohrte weiter. Der mit dem Messer. Erik hatte zum Zeichen, mehr sei nicht zu holen, die Arme weit nach vorn angehoben. Die Messerspitze berührte die Armbanduhr an seinem rechten Handgelenk. Eine seiner Lieblingsuhren, eine sportlich designte „TAG Heuer“. Er streifte sie widerwillig ab und reichte sie dem Afghanen-Algerier-Syrer. In sich spürte er eine heiße Wut aufsteigen. Zu gern hätte er in diesem Moment der Grinsbacke in die Fresse geschlagen. Er widerstand dem Verlangen. Die Übermacht erzwang eine Ohnmacht. In den Medien, wenn sie denn von Ausländerkriminalität berichteten, war auffallend häufig die Rede, dass traumatisierte, psychisch labile und kulturell verwirrte Rechtsbrecher mit Migrantenhintergrund sehr bewusst und berechnend im Rudel auf Beutejagd gingen. Sein Smartphone hatte Erik im Hotel deponiert. Eine Vorsichtsmaßnahme gegen sich selbst. Bierselig passierte es ihm schnell, etwas liegen zu lassen.

Oft genug war es der Regenschirm. Nach seinen Ausweispapieren und Geldkarten fragten die Typen nicht. Ehe Erik sich über den weiteren Verlauf der unheilvollen Begegnung Gedanken machen konnte, drehten die Straßenräuber ab und rannten in Richtung „B72". Schräg gegenüber auf der anderen Seite der „Gürtel" stand ein älterer roter VW Golf. Ein Kumpan wartete mit laufendem Motor auf die Heraneilenden. Sie sprangen in den Wagen, der mit quietschenden Reifen davonpreschte. Minuten zuvor hatten sie beim Vorbeifahren zufällig ihr pinkelndes Opfer entdeckt und sich spontan darüber hergemacht.

„Wichser", schleuderte Erik dem Golf hinterher. Der entspannte Abend mit der Funky-Rock-Crew war verflogen, in seinem allgemeinen Frust erhöhte sich die Anspannung.

Im Radio kündigte „Ö3" den Rückstau am Grenzübergang Suben gebetsmühlenartig an. Die Verkehrsmeldung begleitete Klapproth seit Wien. Sie unterbrach im Nachrichten-Sendetakt die Hardrock-Beschallung im Volkswagen CC. Auf der Innkreis-Autobahn A8 unweit der Grenze drehte die „Ö3"-Sprecherin AC/DC den Saft ab bei ihrem belfernden „Back in Black". Der Rückstau in Suben behauptete sich hartnäckig in den Stau-Charts. Weil er sich nicht für gewöhnlich nach Räumung einer Unfallstelle oder Aufhebung einer Sperrung auflöste. Die auf eine Fahrspur eingeengte Sichtkontrolle aller nach Deutschland rollenden Pkw, Transporter und Lkw bremste den Verkehr dauerhaft aus. Über Jahre war auf der Hin- und Rückreise nach und von Österreich nur an den blauen Ländergrenzschildern mit dem Sternenkreis der Europäischen Union zu bemerken, dass es über eine Staatsgrenze ging. In den Lärm der AC/DC-Riffs fluchte Erik lauthals gegen die Kurzschluss-Flüchtlingspolitik von Kanzlerin Hertel. Er zieh ihr, verantwortungslos zu agieren und wie stets die langfristigen Konsequenzen ihres Auf-Sicht-Handelns nicht zu überblicken. Derbe Verwünschungen schluckte gnädig der Hammersound von Angus Young und Co.

Kapitel 21

BKA-Präsident Helfried Schmidt lockerte die Krawatte und drückte sich entspannt in den weichen Rücksitz. Auch wenn Chauffeur Eckhard Weber kein zaghafter Fahrer war, so würden doch gut vier Stunden verrinnen, bis sie die Strecke von Flensburg nach Berlin zurückgelegt haben werden. Schmidt sann über das Gespräch mit Fiete Last vor kaum einer halben Stunde nach. Es umgab ihn eine abgeschirmte Ruhe. Der 52-jährige Weber hatte sich die Ohrstöpsel seines Smartphone-Headsets in den Kopf gesteckt. Auf längeren Touren dudelte er sich gern mit Schlagermusik voll. Er schwor auf Andrea Berg, Helene Fischer und die anderen Stars und Sternchen der Mit-Klatsch-Volksbewegung.

Fiete hatte sehr detailliert den Anschlagsplan geschildert. Die Ostseefähre „Mecklenburg" der Reederei Swedish-Lines soll am 11. August dieses Jahres kurz vor der Ankunft in Rostock in die Gewalt eines vierköpfigen Terrorkommandos fallen. Fietes Kumpanen würden als Skandinavien-Urlauber mit zwei Pkw auf das am frühen Morgen von Trelleborg in Südschweden abgehende Fährschiff gelangen. Die beiden Duos führten vier Reisetaschen mit sich. Darin verstaut insgesamt 160 Kilogramm stark explosiver Sprengstoff. Außerdem hätten sie drei Maschinenpistolen und eine Pistole dabei. Ziel der Aktion war es, die Fähre bis in den Stadthafen zu manövrieren, wo an jenem 11. August die Hanse Sail ihrem Höhepunkt zustrebte. Nach der herbeigeführten Kollision des großen Schiffes mit einer Kaimauer käme es unmittelbar darauf zur Explosion des Sprengstoffs. Bei der Vielzahl an Sail-Besuchern zum Anschlagszeitpunkt am späten Vormittag war von massenhaften Opfern auszugehen.

Das Szenario bedrängte ihn. Helfried Schmidt konnte sich vor allem einer gewissen Faszination für diesen Plan nicht entziehen. Im Bundeskriminalamt tüftelten seine Mitarbeiter an Strategien, wie sie solchen im Verborgenen ersonnenen Verbrechen frühzeitig auf die Schliche kommen konnten. Sie arbeiteten mit Rasternetzen in der Telekommunikation. Darin verfingen sich bestimmte Schlagworte, die je nach Auffälligkeit in der Verwendung erkennungsdienstlich verwertet wurden. Die Krux des Filterns von Daten, egal ob anonymer oder in einer Observierung ermittelter, war es, diese Methode fiel komplett aus, wenn sich die Gegenspieler dem Internet und Mobilfunk entzogen. Das konnte bei verdeckten V-Leuten nicht passieren. Sie agierten ursprünglich, versuchten an Informationen zu gelangen in direkter Konversation. Das Prinzip Ohr-an-Masse beschränkte sich jedoch auf Personenkreise, welche das BKA aus Verdachtsmomenten heraus bereits auf dem Zettel hatte. Die rechtsradikale Szene wurde seit Jahren auf diese Weise durchleuchtet. Infolge des eingeschleppten Terrors in Europa war es unter radikalen Islamisten ebenso intensiv notwendig geworden. Erschwert durch die sprachliche Barriere zehrte das binnen kurzer Zeit an den Kapazitäten des BKA. Die vom Bundesinnenminister regelmäßig ins Volk geworfene Beruhigungspille, Polizei und Staatsschutz agierten professionell, sorgfältig und hätten die Lage im Griff, entpuppte sich bei der nächsten extremistischen Gewalttat als hohler Drops.

Der Anschlag auf den Berliner Weihnachtsmarkt 2016 führte drastisch vor Augen, der Sicherheitsapparat war längst nicht so gut aufgestellt, wie es der verunsicherten Bevölkerung von den Ministern Abraham und Krass weiszumachen versucht wurde. Das begründete sich weniger in der Arbeit von BKA, Verfassungsschutz und Co., sondern schlichtweg in dem wochenlangen ungezügelten Zustrom illegal durch halb Europa ziehender Migranten nach Deutschland. Niemand konnte auch zweieinhalb Jahre nach dem Refugees-welcome-Day exakt sagen, wie viele für terroristische Taten affine oder instruierte Ausländer in das Bundesgebiet eingesickert waren. Die Macht des Faktischen zeigte den Behörden die eigenen Grenzen auf.

Derweil hatte sich der Migrantenzustrom beruhigt. Doch das Terrorrisiko nistete wie ein Metastasen streuender Krebs in der Gesellschaft. Etliche rechtzeitig diagnostizierte Anschlagspläne gerieten jedoch schnell aus den Schlagzeilen, wenn zum Teil groteske Sicherheitspannen für noch dickere Letter auf den Titelseiten sorgten. Schmidt erinnerte sich bei dem Gedanken unweigerlich an den vor gut einem Jahr festgesetzten Bundeswehroffizier, der sich dreist als syrischer Flüchtling hatte registrieren lassen. Und prompt seine zweite Identität von der prüfenden Migrationsbehörde bestätigt bekam. Diesen Status legte er sich zu, um später bei einem Terroranschlag den Verdacht auf einen Flüchtling lenken zu können. Den es gar nicht gab, der aber dazu taugte, fremdenfeindliche Stimmung zu provozieren. Damals verglich er das abenteuerliche Ansinnen des Offiziers mit dem kühnen Streich des legendären Hauptmanns von Köpenick. Ein Schuster namens Friedrich Wilhelm Voigt hatte sich 1906 zu Kaisers Zeiten in eine Hauptmannsuniform geworfen und mit einer Handvoll folgsamer Soldaten das Köpenicker Rathaus besetzt und die Stadtkasse geraubt. Generationen amüsierten sich über die glimpflich endende Attacke gegen die Staatsmacht. Bei dem falschen Syrer kam keine gute Laune auf. Er fügte dem latenten Gefahrenpotenzial eine weitere, nicht für möglich gehaltene Facette hinzu. Schmidt konnte denn auch kaum mehr zuhören, wie Minister Abraham schnell Aufklärung versprach. In einem Tonfall von Durchhalteparolen bar jeder Aussicht, das Schicksal wenden zu können.

Der beabsichtigte Terror zur Hanse Sail war in der Potenz makabrer und bedrohlicher als alle bisher in Deutschland verübten und vereitelten konventionellen Attacken. Der BKA-Chef rekelte sich. Weber wippte den Kopf im Schlagertakt. Irgendwie spürte Schmidt auch physisch die Last, in dieser Stunde seitens des Staates einzig und allein von dem geplanten Massenmord detaillierte Kenntnis zu besitzen. Was er an sich schon irrwitzig empfand.

Eine Gruppe lebenserfahrener und intelligenter Männer deutscher Herkunft schaffte es, völlig unbehelligt über Wochen und Monate auf ein 8/11 an der Warnow zu zusteuern. Fietes Schilderungen frappierten umso mehr, da zwei der Attentäter bis vor geraumer Zeit ein absolut friedfertiges bürgerliches Leben lebten. De facto aus dem Nichts erwuchs aus ihnen eine Gefahr für die Allgemeinheit. Ein radikaler Wandel ohne Vorboten, ohne Vorwarnung. Das Phänomen kannten sie im BKA von islamistischen Einzeltätern. Sie wurden bis zu ihren blutigen Angriffen von ihrer Umgebung als freundlich, hilfsbereit und umgänglich wahrgenommen. Sie radikalisierten sich offenkundig in einem schmalen Zeitfenster. Schmidt wollte sich trotz verschiedentlicher gesellschaftsrelevanter, propagandistischer und psychologischer Erklärungsversuche nicht erschließen, wo das auslösende Moment lauerte, jegliche Wertkonstanten und Menschlichkeit aufzukündigen und diese in einem Akt enthemmter Gewalt zu verbrennen. Eine erhellende Antwort fand sich nicht. Das subjektive Initial blieb verschlüsselt und eines der unergründlichen Risiken in der Terrorabwehr.

Schmidt sah aus dem Fenster. Eben verabschiedete sich Schleswig-Holstein auf einem Hinweisschild an der Autobahn A24 von seinen Besuchern. Wenige Meter weiter wurden sie freundlich von Mecklenburg-Vorpommern begrüßt. Am nächsten Tag war um 11 Uhr in Berlin im Bundesinnenministerium eine Lagebesprechung angesetzt. Er würde die Chefs der anderen drei Sicherheitsbehörden treffen. Ihre ungläubigen Blicke werden ihm eine Genugtuung sein. Doch daraus ergab sich ein erstes Problem. Die Information über den beispiellosen Anschlagsplan eröffnete den Kollegen vom Verfassungsschutz, vom Bundesnachrichtendienst und von der Bundespolizei, keinen blassen Schimmer davon zu haben. Eine wenig erbauliche Erkenntnis. Das war es aber nicht allein, warum Schmidt Zweifel hegte, sein Wissen zu offenbaren. Seit längerem lotete er mit den Amtskollegen vorsichtig aus, wann es an der Zeit wäre, auf der politischen Bühne an der Spree eine wirklichkeitsrelevante und konsequent restriktive Sicherheitsdoktrin einzufordern. Der Fährschiff-Anschlag hatte das Zeug zum großen Knall, den er oft bemühte, kam die Diskussion darauf, eine Ausnahmesituation im Land heraufzubeschwören. Dergestalt, dass sie außergewöhnliche innenpolitische Maßnahmen erzwang, das Zusammenbrechen staatlicher Strukturen abzuwenden. Darüber zu reden und zu erwägen, den monströsen 8/11-Anschlag nicht zu verhindern, sondern geschehen zu lassen, wissentlich, bedeutete ein ungeheures Wagnis. Verfassungsschutz-Präsident Bodo Zehrwald argumentierte stets ausweichend und unentschlossen. Schmidt traute ihm zu, auch weil er ihn lange kannte, im letzten Augenblick zurückzuziehen und die Loyalität zur Regierung höher zu hängen. Bei Leopold Hagen vom BND und Peter Kleemann, dem Präsidenten der Bundespolizei, fiel es schwer abzuschätzen, ob sie angesichts von zu erwartendem tausendfachen Tod nicht ebenfalls einknickten. Von Stunde an hätte er keine andere Wahl, Fiete Last und Freunde vor dem 11. August auffliegen zu lassen. Andernfalls wartete der Generalbundesanwalt auf ihn.

Diese missliche Lage konnte er vermeiden, behielte er sein Wissen für sich. Zu schweigen und das Verhängnis hinzunehmen, schützte ihn. Nach dem Anschlag käme niemand bei der notorischen Frage, wie hätte das verhindert werden können, auf die Wahnsinnsidee, ihm ein Mitwissen zu unterstellen. Schon gar nicht in den folgenden politischen Wirren. Er gäbe sich ahnungslos. Der gesamte Sicherheitsapparat war es. Einer indes würde anrufen. Fiete Last. Er erhoffte sich mit der dicken Prämie ein neues Leben. Das ginge zu regeln. In der Bekämpfung der Drogenkriminalität flossen erkleckliche Geldsummen an Informanten. Gelingt es Fiete mit seinen Kumpanen, nach dem Rostocker Big Bang davonzukommen, könnte Fiete sich bald darauf ganz verabschieden. Sie waren beide in ihrem Wissen einander ausgeliefert.

An Schmidt rauschten die Mecklenburger Weiten vorbei. Unterbrochen von dichten Waldstücken und dichten Gewerbegebieten, aus denen hohe Lagerhallen herausragten. Die in der Landschaft bis zum Horizont einzeln und in Gruppen auszumachenden Windräder erinnerten ihn an Stecknadeln auf einer Lagekarte. Beim Grübeln widerfuhr Schmidt wiederholt ein Erstaunen, welche einfachen Antworten es zuweilen auf komplizierte Sachverhalte gab. War es mit dem Schweigen wirklich so einfach?

Selbst kein Attentäter würde er dennoch schuldig am Tod unzähliger Menschen. Wahllose Opfer, anonyme Opfer. Stellte sich eine andere Empathie ein? Nicht so abgestumpft und schnell verfliegend, kamen hunderte Unschuldige bei Bombenexplosionen im Irak oder Afghanistan ums Leben. Vielleicht hielt diese gefühlsentrückte Distanz das Gewissen fern. Es rührte ihn lediglich, Verwandte und Bekannte vom Besuch des Rostocker Stadthafens just am 11. August abzubringen.

Ein Blutzoll an Menschen begleitete die denkwürdigen Momente der Geschichte, in denen sich ihr Lauf jäh änderte, sich ein revolutionärer Schub entlud. Dabei war es unerheblich, warfen sich die Menschen beseelt von einer Idee oder einem Ideal dem Tod in die Arme. Niedergeschlagene, im Blut ertränkte Aufstände zählte die Historie en gros. Dutzende, Hunderte, Tausende, Millionen wurden ungefragt geopfert, um machtpolitischen, ideologischen und kriegerischen Zielen näher zu kommen. Die überwiegend namenlos Dahingerafften landeten in der Statistik der Geschichte und beschwerten die verantwortlichen Geschichtstreiber nicht.

Der Schock von 8/11 an der Warnow träfe die deutsche Gesellschaft ins Mark. Gewalt wurde hierzulande aus dem öffentlichen Bewusstsein verdrängt und in den sterilen Raum des Fernsehens und virtueller Spielwelten verschoben. Nach dem erfahrungsbeladenen „Nie wieder Krieg!“ der Großeltern hatte sich in sieben Jahrzehnten Frieden auf deutschem Boden ein pazifistisches Grundrauschen ausgebreitet und verfangen. Aus diesem Empfinden der Massen erklärt sich, warum in der brachialen Systemwende im Osten kein Schuss fiel, niemand aus dem geschassten Machtapparat am Laternenpfahl endete. Im Westen biss sich die schießwütige RAF daran die Zähne aus. BKA-Chef Schmidt sah in dem Gewalt ausschließenden Konsens jedoch auch eine Gefahr. Die Gesellschaft büßte schleichend und unbemerkt ihre Wehrhaftigkeit ein. In der Konfrontation mit der zunehmenden kriminellen und terroristischen Gewalt reagierten Betroffene oft panisch, hilflos und unfähig zur Gegenwehr. Sie flüchteten in der Regel vor dem Geschehen.

Die einsetzende Lähmung im Land nach der Gewaltorgie in Rostock erzeugte für Tage ein Vakuum, in dem die Bürger eine entschlossene Reaktion des Staates erwarteten. Ersehnten. Kraft der Notstandsgesetze und einer Schar veränderungswilliger, mutiger Politiker und Staatsbediensteter bestand die Chance, das verbrauchte, um sich selbst kreisende Establishment in Berlin hinwegzufegen. Die Geschichte lehrte, diese Dynamik kulminierte in starken Führungspersönlichkeiten oder lief, noch bevor sie trug, gnadenlos ins Leere. Der Präsident des BKA wusste um diese offene Flanke. Durchsetzungsfähige, selbstbewusste und charismatische Politiker galten in Deutschland seit Jahren als ausgestorbene Spezies. Schmidt mühte sich, einige Namen zusammenzukratzen von Kandidaten, welchen er zumindest zutraute, das Steuerrad fest in die Hand nehmen zu können. Er wollte sich nicht damit abfinden, warum es etwa Frankreich vorbehalten sein sollte, einen 39-jährigen Polit-Jungprofi aus dem Stand zum Präsidenten der Republik zu wählen. Die wenigen Namen drehte er hin und her. Einen wendete er so lange, bis die anderen verblasst waren. Clemens Fascher. In dem sicherheitspolitischen Sprecher der Unionsfraktion im Bundestag erkannte er seit längerem seinen Favoriten. Ihre letzte Begegnung beim

Hertha-Heimspiel gegen Stuttgart im Olympiastadion hatte ihn in dieser Ansicht ermuntert. Der ehemalige Berufssoldat beeindruckte allein schon mit körperlicher Präsenz. Fast zwei Meter groß und durchtrainiert. Ein im Zeitalter von Bodystyling und Bilderfetisch wirkungsmächtiges Attribut. Er vereinte aber viel entscheidender andere markante Merkmale auf sich, von denen sich Massen aus nicht erschöpfend erklärbaren Gründen angezogen fühlten. Seine intelligente Ansprache kam auf eine Weise volkstümlich herüber. Vom durchschnittlich begabten Bürger verstanden, magisch Vertrauen erheischend. Im Mix von Leidenschaft, Willenskraft und Unerschrockenheit existierte eine Balance, in der keine der Eigenschaften überweit ausschlug. Im Volk wurzelte seit Menschengedenken eine tiefe Sehnsucht nach starken Machtpolitikern und einem sicheren Gespür für authentische Größe. Die Masse zeigte im gewachsenen demokratischen Gerüst der Bundesrepublik keine zu leichte Anfälligkeit, sich verführen zu lassen. In krisenhaften und undurchsichtigen Zeiten erhob sich jedoch der erlösende Wunsch nach einer vertrauenswürdigen Führungsfigur. Fascher besaß das Zeug dazu… Schmidt wurden die Lider schwer. Der Kopf senkte sich auf die Brust, bis er nach wenigen Minuten nach rechts abkippte und unterhalb der Sicherheitsgurthalterung eine Ruhestellung fand.

In der langgezogenen Linkskurve sah er die entgegenkommenden Lichtkegel zwischen den Alleebäumen schon von weitem. Bevor er realisierte, was daran nicht stimmte und dass die Lichtkegel auf einer Bundesstraße viel zu schnell unterwegs waren, kamen sie vor dem Scheitelpunkt der Kurve direkt auf ihn zu. Für den Bruchteil einer Sekunde glaubte er, durch die Frontscheibe seines Wagens in den grellen Blitz einer atomaren Explosion zu blicken. Nur nicht hineinstarren. Instinktiv riss er das Lenkrad nach rechts, verhinderte den Zusammenstoß mit dem auf die Gegenfahrbahn getriebenen Raser und krachte ohne langen Bremsweg auf den nächsten Alleebaum.

Das Gesicht fühlte er in ein Polsterkissen gedrückt, welches allmählich erschlaffte. Sein Nacken schmerzte. Mühsam hievte er den Kopf aus dem Airbag. Bleiern schwer versagte der restliche Körper jede Regung. Der Sicherheitsgurt hielt ihn im Sitz fest. Er kniff die Augen zu. Eine Helligkeit blendete. Wie das? Der Atomschlag war vorbei. Ein beißender Geruch ätzte in der Nase. Ein Gemisch aus verbrennendem Kunststoff, schmelzendem Lack, entzündetem Kraftstoff. Es wurde unerträglich warm im Wageninnern. Durch die Wimpern blinzelnd nahm er wahr, um ihn herum schlugen Flammen hoch, erzeugten ein gelb-rötliches Inferno. Schweiß tropfte von Stirn und Nase. Er musste schnellstens hier raus.

Schmidt durchzuckte es vom Kopf bis in den rechen Fuß. Der Unterschenkel schnellte reflexartig nach vorn, als wäre ihm ein Stromstoß versetzt worden. Schmidt atmete schwer. Sein Kopf löste sich von der Gurthalterung und fiel kurz darauf zurück in die Lehnposition.

Durch die Gitterstäbe hindurch sah er die Luft in der Wüstenhitze flirren. Wie ein Tier war er gefangen in dem Eisenkäfig, in dem er nur hocken konnte. Sie hatten ihn nicht allein der gleißenden Sonne ausgesetzt, sie hatten ein viel grauenvolleres Szenario mit ihm vor. Der Käfig stand auf einem angehäuften Stapel Holz. Sie begannen damit, das brennbare Material mit Benzin zu übergießen aus Reservekanistern ihrer weißen Toyota-Pick-ups. Eine Horde von zwei Dutzend schwarzverhüllten Teufeln feixte um den Scheiterhaufen herum. Er war den Islam-Faschisten unglücklicherweise nach dem Abschuss seines Kampfjets in die Hände gefallen. Sie verschleierten sich wie die Weiber, bis auf die dunklen Augen. Seltsam leblos blickend verrieten diese nichts von den ekstatisch mit ihren Maschinenpistolen herumfuchtelnden entmenschten Kreaturen. Er hoffte immer noch, sie würden es nicht wahrmachen, ihn bei lebendigem Leibe, eingepfercht in einem Käfig, verbrennen zu lassen. Der Gedanke raubte ihm fast den Verstand. Als Kampfpilot war er darauf trainiert worden, mit extremsten Belastungen umgehen zu können, nicht die Kontrolle zu verlieren. Er hatte die Fliegerausbildung mit besten Ergebnissen absolviert und galt bei der Luftwaffe als einer der erfahrensten und umsichtigsten Flugzeugführer. Sein Ehrgeiz, seine Willensstärke, seine Intelligenz, seine Liebe zur Fliegerei sollten jetzt in einem barbarischen Akt ausgelöscht werden. Ihm wollte der Schädel platzen, noch bevor die benzinbefeuerte Hitze aufzusteigen begann. Sollte er wie ein winselnder Hund um sein Leben flehen? Das höhnische Gelächter der geistig ausgehöhlten Marodeure zur Antwort ersparte er sich besser. Die Ehre eines Offiziers war für die tumben Krakeeler keine Kategorie. Die Ehre konnten sie ihm nicht ausreißen. Sie würde ihm seelischer Begleiter in den Tod sein.

Das Stimmengewirr der schwarzen Teufel schwoll an. Es schien, sie stritten darüber, wer den Holzstapel entzünden sollte. Einer brachte routiniert ein Stativ in Stellung, auf das er ein Smartphone pflanzte. Die Barbaren des Mittelalters ergötzten sich daran, die qualvollen Tode ihrer Opfer zu filmen.

Der Gestank des verbrannten Benzins und der beißende Qualm hüllten ihn fast gnädig ein. Er musste nicht die glotzenden Augen seiner Schlächter ertragen, und es wurde ihm übel. Die Sinne vernebelten. Es wurde unerbittlich sehr heiß. Die Flammen züngelten zwischen den Gitterstäben hindurch, krakelten nach ihm. In der Mitte des Käfigs endete die Flucht. Immer hektischer hob er abwechselnd die Füße vom glühendheißen Boden ab. Die Sohlen platzten auf. Das Feuer schlug über dem Käfig zusammen. Ein wild flackerndes Licht.

Schmidt riss die Augen auf. Von draußen stachen die Neonstrahler eines Tunnels durch die Wagenscheiben. Sie hatten die Stadtautobahn im Norden Berlins erreicht. Er spürte einen feinen Schweißfilm auf dem Gesicht. Der schreckliche Traum verfolgte ihn seit Monaten. Er erinnerte sich mit jeder Faser seines Seelenlebens an dem Moment, als er vor drei Jahren des Videos ansichtig wurde, das den grauenhaften Tod eines jordanischen

Luftwaffen-Offiziers zeigt. Der IS hatte es ins Netz gestellt. Die Terroristen massakrierten ihren Gefangenen auf bestialische Weise. In einen Käfig gesperrt verbrannten sie ihn. Nicht mal einen Gnadenschuss vergönnten diese Wüstenratten dem armseligen Kerl. Fassungslos verharrte er damals minutenlang auf dem Computerbildschirm. Bis der Bildschirmschoner alles wegwischte. Knallbunte Fischchen in einem anemonenübersäten Korallenriff. Ein paradiesisches Universum. Er konnte es nicht ertragen und stand auf. Vor dem hohen Wandschrank in seinem Büro blieb er stehen. Schmidt überlegte nur kurz und öffnete eine der mittleren Türen. Im Fach dahinter leuchtete goldbraun eine Flasche französischer Cognac. Halbvoll, halbleer. Sie war Gästen vorbehalten. Zum ersten Mal griff er sie heraus, um sich allein ein Glas zu füllen.

Helfried Schmidt fürchtete sich nicht vor dem Tod. Für die unabänderliche Zäsur im Leben erhoffte er sich die abrupte Variante. Nicht über das Finale nachdenken zu müssen, über das, was noch alles erledigt sein sollte im Diesseits, nicht über die Sinnhaftigkeit oder Sinnlosigkeit des Zeitpunktes. Davor ängstigte er sich. Er steigerte sich in die geistige und körperliche Qual des jordanischen Piloten hinein. Er versuchte es, die unbegreifliche Dimension auszuloten. Der Cognac erlöste ihn davon nicht. In den Träumen fiel das Lot wieder und wieder in ein unendliches helles Nichts.

„Chef, ins Büro oder nach Hause?" Weber hatte Helene Fischer und Andrea Berg ausgestöpselt. Er fragte am Stadtrand von Berlin gewohnt nach dem unmittelbaren Fahrtziel. Das konnte sich beim BKA-Präsidenten stündlich ändern.

„Direkt nach Hause."

Nach seinem 60. Geburtstag vor vier Wochen dachte er häufiger über die eigene Endlichkeit nach. Eigenwillig introvertiert. Er verband das Sinnieren über das Sterben nicht mit anderen, ihm fernen Menschen. Der vielfache anonyme und unangekündigte

Tod bei Terroranschlägen oder Flugzeugunglücken rückte nicht nahe an ihn heran. Vielleicht war er in seiner Kriminalisten-Karriere zu häufig mit dem bleichen Gevatter konfrontiert gewesen. Jedes gewaltsam ausgelöschte Leben besaß ein Gesicht, einen Namen. So betrachtete er Fietes Ankündigung eines Anschlags zur Hanse Sail auch zuvorderst als ein zu bewertendes Ereignis. Die morgige Lagebesprechung im Innenministerium sollte ihm helfen, die eigene Lage einzuschätzen, an der er sein Handeln, seine Entscheidungen bemessen konnte. Verdichteten sich die Anzeichen für seine Ablösung? Möglicherweise hatte man es im Kanzleramt unschicklich empfunden, ihn im Umfeld seines 60. Geburtstags aus dem Amt zu komplimentieren. Denkbar war auch, Minister Abraham hielt die Hand über ihn. Was Fascher vermutete.

Welcher Grad von Unmut beherrschte die drei anderen Sicherheitsbehördenchefs gegenwärtig? Hatten sie sich damit abgefunden, von der im Herbst 2017 bei der Bundestagswahl zementierten Großen Koalition keine nennenswerten Kurskorrekturen in der Innen- und Sicherheitspolitik erwarten zu dürfen? In den letzten Monaten waren Bundespolizei, Verfassungsschutz, BND und BKA von Ermittlungspannen, islamistischen Anschlägen und extremistischen Unruheherden verschont geblieben. Der Burgfrieden aber trog. Der regierungsamtliche Kommunikationsapparat bemühte alle unverdächtigen Taktiken, um einen in der Statistik nicht wegzuleugnenden Anstieg von Gewaltverbrechen mit ausländischem Täterabdruck zu kaschieren. Statistische Erhebungen gehören zu den am meisten missbrauchten Vehikeln der Politik. Natürlich war der dezidierte Rückgang von Wohnungseinbrüchen ebenso Teil der Wahrheit. Seltsamerweise blieb inzwischen auch ein neuer Rekordwert bei rechtsradikaler Gewalt gegenüber Ausländern in der öffentlichen Wahrnehmung ein statistischer Wert. Gewöhnte sich die Gesellschaft in ihrer Zerrissenheit und fortwährenden Konfrontation mit diesen misslichen Zuständen an diese?

Im Bundesinnenministerium war Helfried Schmidt am nächsten Vormittag im Begriff, den Raum des Lagezentrums zu betreten. Kurz vor der Tür erinnerte ihn eine eingehende SMS, das Smartphone auszuschalten. Den zufälligen Mahner zeigte das Display an. Clemens Fascher. Im Moment des Öffnens der Datei stieß Verfassungsschutz-Chef Bodo Zehrwald mit leicht geballter Faust Schmidt in die Seite. Er schob sich vorbei in das Lagezentrum.

„Mach das Ding aus, Abraham wartet ungern", flötete er ihm freundlich zu.

Schmidt blickte hoch. Sofort fiel ihm auf, Zehrwald kam verändert daher. Es lag an der neuen Brille. Das Nerd-Modell, das seinem rundlichen Konterfei mit dem Stoppel-Kurzhaarschnitt eine besonders intellektuelle Aura verlieh, hatte die Farbe gewechselt. Knallrot glänzte der Rahmen.

Fascher schrieb knapp und bestimmt.

„Hallo Helfried, kannst Du heute Abend zum Grillen kommen?"

In der Kann-Frage steckte eine Dringlichkeit. Das Grillen diente als Vorwand für ein Zusammentreffen, dem das Mäntelchen des Belanglosen umgehängt wurde. Was ihn erwartete, gab die Zeile nicht preis. Sie sagte trotzdem viel. Fascher und einige Abgeordnetenkollegen sowie Vertraute in den Sicherheitsbehörden hatten sich angewöhnt, untereinander nicht zu offen zu kommunizieren. Auf geringste Anzeichen von Illoyalität reagierte der innere Führungszirkel um Kanzlerin Hertel allergisch. Mehr noch als die Machterlangung hing die Machterhaltung von der Treue der Getreuen ab. Eine existenzielle Regel in der Politik. Es wimmelte vor historischen Beispielen, wie rabiat als unantastbar und übermächtig geltende Fürsten, Herrscher, gekrönte Häupter und Regierungschefs diesen Nimbus verlieren konnten. Begann die Loyalität an einer winzigen Stelle zu bröckeln, durchzogen sie bald tiefe Risse. Dem vorzubeugen inszenierten römische Kaiser, mittelalterliche Monarchen und stalinistische Staatsführer von Zeit zu Zeit blutige Rochaden. In demokratisch legitimen Führungshierarchien, die nicht minder von dem süßen Toxikum Macht durchströmt waren, bedurfte es keines Gifttrunks, keines Scharfrichterschwerts und keines Genickschusses, um sich unliebsam gewordener Mitstreiter zu entledigen. Per Federstrich wurden Versetzungen in den einstweiligen Ruhestand, Amtsenthebungen und Weichenstellungen aufs politische Abstellgleis besiegelt. Kanzlerin Hertel beherzigte die Regel exzellent.

Schmidt antwortete Fascher mit einem unverfänglichen „*Ich komme.*“

In der ersten Pause ergab sich die Gelegenheit, Zehrwalds rote Brille genauer in Augenschein zu nehmen. Beide Männer schnappten sich einen Kaffee und stellten sich auf dem Flur ans Fenster.

„Schönes neues Nasenfahrrad“, witzelte Schmidt los. „Was sagt die Kanzlerin zu dem Rot?“

„Im Angebot gab es leider keine anderen Farben. Sie wird es hoffentlich nicht persönlich auffassen“, konterte Zehrwald.

„Auf mich soll sie ja auch ohne rote Brille nicht mehr gut zu sprechen sein.“

„Wie kommst du zu diesem Schluss?“

Schmidt konnte in Zehrwalds Antwort nicht erkennen, ob er sich ahnungslos gab oder tatsächlich nichts wusste. Er tastete vorsichtig weiter.

„Offiziell habe ich nichts gehört, aber es ist mir zugetragen worden.“

„Welchen Grund sollte sie haben?“

„Sie sucht einen Sündenbock, um von der eigenen Rolle abzulenken in dem Schlamassel, den sie mit der Flüchtlingspolitik in punkto Sicherheit im Land angerichtet hat. Sie verweigert sich bis zum heutigen Tag den meisten unserer Vorschläge aus dem Non-Paper vom Herbst 2015. Je länger es zurückliegt, umso pässlicher ist es offenbar, in der aktuellen Situation auf andere zu zeigen und den Eindruck zu hinterlassen, sie hätte ursächlich damit nichts zu tun."

Zehrwald starrte durch die rotgerahmte Brille in den Berliner Himmel. Einige Quellwolken trieben Richtung Osten. Er nippte an der Kaffeetasse. Danach wendete er sich Schmidt zu.

„Glaubst du, sie hatte damals eine Chance, den Schalter zurückzulegen, ohne dabei ihre gesamte Reputation zu riskieren? Abgesehen von dem Chaos, welches in Ungarn und Österreich durch eine 180-Grad-Kehrtwende ausgebrochen wäre. Der Zustrom von Menschenmassen auf der Balkan-Route war zu dem Zeitpunkt durch nichts aufzuhalten."

„Ihre Reputation. Welche Reputation rechtfertigt es, einen solchen Flurschaden im eigenen Land, in ganz Europa in Kauf zu nehmen? Nee, mein Lieber, das ist eine Überhöhung, die geht mir zu weit. Zuweilen muss man annehmen, ein Großteil auch von maßgeblichen Leuten glaubt inzwischen daran, Deutschland könnte ohne diese Kanzlerin nicht existieren."

„Wenn schon. Wir beide haben nur noch wenige Jahre zu dienen. Ich werde die Restzeit gegebenenfalls auch unter Hertel abreißen." Zehrwald stellte die Kaffeetasse auf einen Serviceboard. Ohne ein weiteres Wort marschierte er auf das Lagezentrum zu.

Schmidt verfolgte ihn einige Sekunden. Zehrwalds Abgang verdutzte ihn nicht. Er bescherte ihm Klarheit.

Am frühen Abend ließ sich der BKA-Chef von seinem Fahrer Eckhard Weber zu Hause in Schmöckwitz absetzen und verabschiedete ihn in den Feierabend. Telefonisch hatte Schmidt seine Ehefrau Ella vorgewarnt, er müsste am Abend noch mal los. Es ginge um das Große und Ganze, frotzelte er zumeist, wenn er sich mit Freunden auf ein Bier verabredete. Sie gönnte ihm diese seltene Abwechslung und ahnte nicht, wie sehr es um das Große und Ganze ging. Über Grünau und Waltersdorf im Süden Berlins fuhr Schmidt mit seinem E-Klasse-Mercedes nach Königs Wusterhausen. Am klotzigen A-10-Einkaufscenter überquerte er die Autobahnbrücke, die sich über die südliche Tangente des Berliner Rings spannte. Die Eigenheimsiedlung vor den Toren der 35.000-Einwohner-Stadt, in der Clemens Fascher eine Doppelhaushälfte gekauft hatte, rückte auf der schnurgeraden Straße nach der Autobahn schnell ins Blickfeld. Vor gut einem Jahr war er schon einmal zu einem Treffen bei Fascher gefahren. Im Wohngebiet ging es ziemlich eng und verwinkelt zu. Kaum ein Quadratmeter teures Bauland im Speckgürtel der Hauptstadt blieb unverkauft. Hinter Faschers Haus schloss sich ein kleiner Garten an. Sofern es seine Zeit erlaubte, kümmerte er sich um den Rasen. Bewundernd hatte Schmidt beim ersten Besuch den Kopf geschüttelt und Fascher gefragt, ob er jeden Grashalm einzeln pflege. Sein eigener, leidlich frisierter Rasen unterlag klar im Vergleich mit dem Golfplatz-Grün.

Fascher führte Schmidt in den Garten, wo vom Grill wahrlich feiner Rauch aufstieg. Neben dem Brutzelgerät beobachtete ein Mann von kräftiger Gestalt den Grillvorgang. Sechs Steaks erhitzten sich auf dem Rost. Der Hausherr und seine zwei Gäste teilten sie später unter sich auf. Faschers Frau war mit den zwei Kindern zu ihren Eltern an die Ostseeküste gefahren.

„Darf ich vorstellen, Generalleutnant Karl von Wernsburg, Inspekteur des Heeres“, fuhr es militärisch schneidig dem Leutnant der Reserve über die Lippen. Wernsburg drehte sich um. In Zivil mit weißem Hemd und dunkelgrauer Jeans deuteten lediglich die straffe Körperhaltung und ein konventioneller Kurzhaarschnitt auf seine Profession hin. Schmidt drückte reflexartig den Rücken durch und schritt auf den General zu. Vom Alter durften sie nur wenig auseinander liegen, schätzte er. Er kannte natürlich von Wernsburg in dessen Funktion, aber nicht persönlich.

„Angenehm Sie zu treffen, Herr General.“

„Ganz meinerseits, Herr Präsident.“

Sie tauschten einen kräftigen Händedruck.

Fascher nutzte die Begrüßung, drei Flaschen Bier in die Runde zu geben.

„Ich schlage vor, wir belassen es heute bei den Namen, ohne Dienstgrad. Prost meine Herren." Die Flaschen trafen sich in der Mitte des Dreiecks.

„Ich freue mich, dass Sie es ermöglichen konnten", schnaufte Fascher nach einem langen Bierzug. „Widmen wir uns erstmal den Steaks."

Von Wernsburg klappte die Fleischscheiben um. Fascher verteilte Geschirr und Besteck und hatte Schmidt gebeten, in der Küche aus dem Backofen drei Kräuter-Baguettebrote zu ziehen. Es gelang ihm noch rechtzeitig, die Kruste verfärbte sich bereits bedenklich dunkelbraun. Die saftigen Steaks erzeugten am Tisch ein genießerisches Schweigen, von Fascher wohlbemerkt.

„Das Fleisch schmeckt nicht nach Supermarkt", warf Schmidt anerkennend ein und spießte sich eine zweite Scheibe auf.

„Richtig. Wir haben im Ort eine Bio-Fleischerei. Da gibt es auch 1A-Wurst."

„Was bekommt denn die Truppe heutzutage aufgetischt?" Schmidt blickte zu von Wernsburg. „Ohne gutes Essen dürfte es schwierig sein, die vielen Freiwilligen bei Laune zu halten."

Der Bundeswehrgeneral kaute ein Fleischstückchen klein, bevor er reagierte.

„Nun, das war schon unter der Wehrpflicht nicht zu vernachlässigen. Überall, wo Menschen auf begrenztem Raum besonders gefordert sind, exemplarisch ist die Seefahrt, trägt das leibliche Wohl erheblich zum Stimmungsbild bei."

„Das im Heer derzeit weniger durch schlechtes Essen getrübt wird", ergänzte Fascher und leitete geschickt über zum Anlass des Treffens am Grill.

„In der Tat, in meiner langen Dienstzeit habe ich keinen desolateren und demotivierenden Zustand der Truppe erlebt, wie er heute zu konstatieren ist. Seit Jahren weisen wir in der obersten Heeresspitze die Politik auf die mangelhafte technische Ausrüstung insbesondere in den Kampfeinheiten hin. An Reaktionen erfahren wir ebenso lange lediglich Reformprojekte und zusätzliche Auslandseinsätze. Zuletzt kamen obendrauf pauschale Verunglimpfungen der Soldaten durch die vormalige Ministerin."

„Die sie zum Glück nach der Wahl aus der Truppe entfernt haben", führte Fascher erneut den Satz des Generals weiter aus.

„Es gibt schon ein fatales Bild in der Öffentlichkeit, wenn Tornados am Boden zum Ersatzteillager mutieren und ein Großteil der Helikopter-Flotte nicht abheben kann, weil die Versorgung mit entscheidenden Materialkomponenten nicht sichergestellt ist." Schmidt brach sich ein größeres Baguettestück ab. „Das kann der normale Bürger kaum noch nachvollziehen und flüchtet sich in Hohn und Spott über die Truppe. Ich finde es höchst besorglich. Was stellen sich Politiker denn vor, woher eine enteierte Armee ihre Stärke beziehen soll? Mit der Moralkeule gegen den IS und die Taliban ins Feld ziehen, das funktioniert ja leider nicht."

„Noch'n Bier?" Unisono nickten Schmidt und von Wernsburg. Fascher verschwand im Haus.

„Wie wirkt sich der desolate Zustand auf das Stimmungsbarometer aus?"

„So wie die Ministerin über d i e Truppe sprach, als etwas, das nur mit Glacier-Handschuhen anzufassen wäre, so wird in der Truppe auf d i e Politiker gezeigt."

„Das ist gar nicht gut und sollte sich nicht verfestigen."

„Sie sagen es. Auf der obersten Kommandoebene und im Bundeswehrverband haben sich informelle Kreise gebildet, in denen darüber nachgedacht wird, auf eine Abkehr vom jetzigen Kurs der Politik zu drängen."

„Welche strategischen Überlegungen gibt es dazu?" Fascher stellte die Bierflaschen auf den Tisch und schaute gespannt erst von Wernsburg, dann Schmidt an.

„Keine Zweifel herrschen im Offizierskorps, das nur gemeinsam mit veränderungswilligen und entschlossenen Politikern etwas unternommen werden soll. Vor allen Dingen heißt das, die Bundeswehr wird sich einer neuen Regierung gegenüber loyal verhalten. Sollte es sich notwendig erweisen, aktiv miteinzugreifen, um einen Wechsel im Rahmen der verfassungsmäßigen Ordnung herbeizuführen, wären wir dazu bereit."

Schmidt vernahm des Generals Worte höchst aufmerksam. Demnach musste sich in der Bundeswehr eine gewaltige Unzufriedenheit angestaut haben. In dieser Vehemenz war ihm das von keinem Militär bisher zu Ohren gekommen.

„Da Sie es direkt ansprechen, für einen Reset in der parlamentarischen Demokratie in Deutschland sehe ich eine legale Möglichkeit. In den Notstandsgesetzen. Diese eröffneten unter bestimmten Bedingungen den erforderlichen Handlungsspielraum."

„Meines Wissens müsste es eine Bedrohung für die Bundesrepublik geben. Eine mögliche bewaffnete Aggression von außen." Fascher fischte die letzten zwei Steaks vom Grill.

„Das ist so eindeutig nicht formuliert", wendete Schmidt ein, „zumindest taugt der Gesetzestext zu verschiedentlichen Interpretationen."

„Das hieße gegebenenfalls auch, ein Anschlag durch Terroristen oder eine gezielte Cyber-Attacke auf staatliche Institutionen könnten zu einer Bedrohung des Landes hochgefahren werden. Zumindest wird das erwogen."

„Sie machen mich neugierig", gab Schmidt freimütig von Wernsburg zu verstehen. Offensichtlich wurden in den informellen Kreisen, von denen er sprach, bereits konkrete Planungen angestellt.

„Im vergangenen Jahr ist damit begonnen worden, bei Gefahrenlagen im Land die Bundeswehr hinzuziehen und das Krisenmanagement gemeinsam mit der Polizei zu trainieren. Aus so einer Übung heraus könnte der simulierte Ernstfall für eine gewisse Zeit zu einem realen Szenario deklariert werden. Bevor das als Fake erkannt wird, muss schnell gehandelt, müssen Fakten geschaffen werden. Die Regierung ablösen und einen neuen Bundeskanzler durch den gemeinsamen Ausschuss aus Bundestag und Bundesrat ernennen. Alles binnen weniger Stunden."

„Das nenne ich Überrumpelungstaktik." Fascher prostete von Wensburg zu. Schmidt zog die Lippen zu einem anerkennenden „Mmmh" zusammen. Das Szenario entbehrte nicht eines Aha-Effektes. Eine Sicherheitsübung zum Schutz des Staates wird kurzerhand umgekehrt, um eine sich sicher im Sattel wähnende Staatsführung aus selbigen zu hebeln. In den Stunden und Tagen nach dem Anschlag in Rostock würde es einer solchen Sicherheitsübung nicht bedürfen. Aber das von von Wernsburg aufgezeigte Krisenmanagement von Polizei und Bundeswehr eignete sich, den erhofften Neustart in Berlin einzuläuten. Allerdings zögerte der BKA-Chef, die Karte Fährschiff auf den Tisch zu legen. Aus purem Selbstschutz. Welche Gefahr er lief, an wankelmütige und unsichere Kameraden zu geraten, hatte er an diesem Tag mit Verfassungsschutz-Präsident Bodo Zehrwald erfahren. Bei der Bundeswehr kannte er in der obersten Führungsetage niemanden näher, erst recht nicht in den informellen Kreisen. Jeder Mitwisser konnte genau der eine zu viel sein, der sich des Verrats bediente.

„An der Stelle möchte ich festhalten", stelzte Fascher dazwischen, „zusammen mit der Bundeswehr hätten wir alle Machtinstrumente in der Hand, durch einen kalten Staatsstreich der parlamentarischen Demokratie neues Leben einzuhauchen. Beim nächsten Grillen sollten wir vorsorglich Personalfragen klären."

„À la bonne heure, Herr von Wernsburg, das klingt generalstabsmäßig." Schmidt verbarg seine Bewunderung nicht. „Es bliebe noch, einen geeigneten Zeitpunkt zu definieren. Der ist nicht nur kriegsentscheidend, wem sage ich das, davon wird sehr abhängen, auf welche Gefolgsleute wir setzen können. Momentan herrscht eine trügerische Ruhe an der Front."

Kapitel 22

Das dichte Gedränge in der Innenstadt, am Schwedenkai und an der Hörn, bildete einen bunten Schutzschirm. Am späten Freitagnachmittag der Kieler Woche 2018 schlenderten Ole Dormark, Erik Klapproth sowie Gerolf Strähter, Martin Paroso und Fiete Last entlang der Fest- und Imbissbuden auf der Suche nach einem passablen Getränkestand. Das hitzige frühsommerliche Wetter hatte sie ins Freie gelockt. Ins Freie getrieben. In Strähters und Parosos Wohnung staute sich die Wärme, zumal seit Tagen die Segler an der Förde mit einer anhaltenden Flaute zu kämpfen hatten. Am Ausschank einer norddeutschen Brauerei, der einem Bierfass nachempfunden war, ergatterten sie einen runden Stehtisch. Von dort konnten sie den Fähranleger von Stena Line sehen. Die „Germanica" lag am Kai und rüstete sich für die nächste Abfahrt nach Göteborg in Schweden. Martin schaffte die erste Lage Bier heran.

„In Rostock fahren die Fähren nicht bis in den Stadthafen hinein. Sie werden im Seehafen abgefertigt", erklärte Ole an die Adresse der drei Kieler. „Am 11. August wird es ein ähnliches Bild geben." Mit einem Kopfnicken deutete er auf die Menschenmassen, die sich in Kiel am Ufer der Förde eingefunden hatten. Die Drei übergingen die Nachhilfe. Sie wussten um die andere Situation in Rostock, gleichwohl sie nie dort waren.

„Die ‚Germanica' ist beeindruckend. Aber inmitten der vielen Menschen wirkt so ein mächtiger Schiffskörper auch bedrohlich." Martin lustwandelte im Sommer öfters in der maritimen Zone der Stadt. Besonders gern am Ostseekai, wo regelmäßig Kreuzliner festmachten. Riesige schwimmende Hotels mit allem möglichen und unmöglichen Schnickschnack an Bord. Extrem lange Wasserrutschen, haushohe Kletterwände, tropische Badelandschaften. Sein Faible galt den kleineren Kreuzfahrtschiffen alter Schule. Die in ihrer majestätischen Schiffsästhetik die Grandes Dames der Meere abgaben. „Hin und wieder habe ich mir vorgestellt, welche Zerstörungskraft es hätte, würde die ‚Germanica' ungebremst in die Hörn reinrauschen. Jeder Crash auf der Straße ist ein Fliegenschiss dagegen."

Strähter setzte sein Bier ab. „Dann rumst es auch ohne Sprengladung heftig. Das zeigt, auf welchem schmalen Grat wir hier wandeln. Alles hängt davon ab, von wem und wie gut so ein Kahn gesteuert wird."

„Genau." Ole griff Strähters Gedanken auf und deutete mit dem Bierbecher zur „Germanica" hin. Zur Kommandobrücke. „Da oben entscheidet sich unser Unternehmen. Der Bereich der Brücke, vorn auf einem der obersten Decks, lässt sich gut vor ungebetenem Zutritt absichern, innen wie außen. Durch geschickte Kommunikation wird lange Zeit an Bord und an Land niemand ahnen, was wirklich geschieht. Kontrollieren wir die Kommandobrücke, liegt das Schicksal der ‚Mecklenburg' in unserer Hand."

„Habe ich gerade Mecklenburg vernommen?", gabelte Raymond Wegemann den letzten Satzfetzen von Ole auf. Unvermittelt stand der Vertriebschef der Rostocker Lenker GmbH am Tisch. Dormark stockte.

„Mensch Raymond, was treibst du hier?", schob sich Erik vor und von den anderen weg.

„Das könnte ich dich auch fragen." Wegemann gab seinem Chef die Hand. „Darf ich vorstellen, das ist Emil." Er blickte seitlich nach unten. Sanft rückte er seinen achtjährigen Sohn an sich. Mit seiner zweiten Ehefrau war der 52-Jährige spät nochmal Vater geworden. Emil gab sich kindlich schüchtern. Er trug bereits stylisch gescheiteltes mittelblondes Haar und sah freundlich zu Klapproth auf.

„Tach Emil, schön, dass wir uns kennenlernen." Die zarte Hand des Jungen fühlte sich zerbrechlich an. Erik drehte sich zu Ole hin. „Das ist mein Freund Ole, wir sind zusammen zur

Schule gegangen. Er kommt auch aus Rostock. Ich wollte ihm mal zeigen, dass die Kieler Woche mit der Hanse Sail mithalten kann."

Die drei Männer grinsten. Was Emil nicht verstand. Er war mit seinem Papa an der Förde, weil er gerne Schiffe anschaute. Er mochte vor allem die großen Segler und die Fähren. Auf der Hanse Sail waren immer viele zu sehen.

„Hallo", grüßte Ole knapp und ohne Handschlag Vater und Sohn. Erik ignorierte die anderen am Tisch. Strähter registrierte es erleichtert und reagierte umgehend. Er, Martin und Fiete tranken das Bier zügig aus.

„Macht's gut Männer." Strähter winkte Erik und Ole zu. Kurz darauf waren die Drei vom bunten Treiben verschluckt.

„Möchtest du ein Bier, und du Emil einen Saft oder eine Limo?", fragte Erik. Ole kümmerte sich um die Bestellung.

„Gefallen dir die Schiffe in Kiel?" Erik beugte sich zu Emil.

„Ja, besonders die großen Fähren. Die ‚Germanica' und da drüben die ‚Color Magic'."

„Du bist ein richtiger Schiffsexperte, was?"

„Ihn begeistern diese Pötte. Vermutlich war ich mit ihm zu oft in Warnemünde gewesen. Auf die Hanse Sail freut er sich wie auf Weihnachten."

Erik musste ob des Vergleichs schmunzeln. Im nächsten Augenblick erstarb der Frohsinn. Auf der Hanse Sail wird in diesem Jahr die Hölle hereinbrechen. Wo waren da Wegemann und sein Sohn? Sie werden am 11. August zur Auslaufparade mit Sicherheit irgendwo an der Warnow unterwegs sein. In Warnemünde? Oder im Stadthafen? Vermutlich wusste es Wegemann selbst noch nicht genau. Emil wird ihm rechtzeitig verraten, wohin es gehen soll. Zur Sail gab es unzählige Schiffe zu gucken, aber auch sonst eine Menge Action und Attraktionen an Land und auf dem Wasser. Ein Unbehagen stieg in Erik Klapproth auf.

„Sehen wir uns am Montag in der Firma?" Wegemanns Frage

katapultierte Erik aus dem bedrohlichen Gedanken und in die nächste Ungewissheit hinein.

„Ich bin im Büro. Hoffen wir mal, dass uns diesmal die Brasilianer über die Runden retten. Hast du zwischendurch was vom Werftdirektor gehört?"

„Er will uns just am Montag definitiv Bescheid geben. Aber das kann dauern, wegen der Zeitverschiebung."

Die Brasilianer waren fünf Stunden hinterher. Bei Fälligkeiten schauten die Banken genau auf die Uhr. Es nützte wenig, Einnahmen in Aussicht zu haben, wenn das Geld nicht ultimativ auf dem Konto gebucht war. Die 20-prozentige Anzahlung für das Erweiterungsprojekt auf der Werft unweit von Sao Paulo benötigte die Lenker GmbH dringend zum Überleben. Seit Monaten hangelte sich das Unternehmen mit kleineren Aufträgen an der Insolvenz vorbei. Brasilien ließ Erik frösteln.

„Montagvormittags vergnügen sich Bankmanager gern in endlosen Vorstandssitzungen. Unser Freund Rio Schröter von der Universe Bank wird daher vielleicht erst spät einen Blick auf unser Konto werfen." Erik schielte zu Ole, der prompt auf den Wink ansprang.

„Solche Zeitpedanten sind Banker auch wieder nicht. Jedenfalls hat keiner eine Stoppuhr dabei. Wenngleich natürlich Warnsignale vom Computersystem kommen. Aber daraus folgt kein Handlungsautomatismus. Jeder Firmenkunde wird individuell betreut", verteidigte Ole ungelenk seine Zunft. Sie prosteten sich zu, stießen auf Brasilien und die Banker an.

„Ich bin schwer beeindruckt, was zur Kieler Woche abgeht. Stellenweise kannst du im Uferbereich in der Stadt nicht treten vor Menschen." Wegemann war das erste Mal von Rostock nach Kiel herübergekommen zum maritimen Spektakel an der Förde.

„Anders als zur Sail lassen sie hier neun Tage lang die bunte Kuh steigen", relativierte Erik den Vergleich zu Rostock.

„Wie lange bleibt ihr?" Wegemann verspürte einen leichten

Zug am rechten Arm. Emil hatte genug Fanta getrunken und genug vom Gerede der Erwachsenen.

„Wir werden die Chose heute Abend mitnehmen und bei einem Freund übernachten."

„Spätestens um 18 Uhr wollen wir zurückfahren. Aber erstmal muss ich mit Emil weiter." Wegemann schaute zu seinem Sohn. „Wir schlagen uns auf die andere Uferseite durch. Er möchte die ‚Color Magic' von nahem sehen." Die drei Männer und Emil gaben sich wahllos durcheinander die Hand.

„Bis Montag, Chef." In Wegemanns Worten schwang die Hoffnung mit, sie könnten wie gewohnt in die neue Arbeitswoche starten. Er nahm Emil fest an die Hand. Ole und Erik sahen sich einen Moment tief in die Augen und tranken ihr Bier aus.

„Es ist wie ein Lottogewinn. In dieser Woche tummeln sich hier über drei Millionen Menschen. Und dann läuft mir mein Vertriebschef mit seinem Sohn in die Arme."

„Der Bruder Zufall lässt sich nicht in die Karten gucken. Jeder Plan kann perfekt durchdacht sein, ein Restposten an Risiko bleibt. Dafür tickt der Mensch zu unberechenbar. Dem einen fällt ein, mit seinem Sohn die Kieler Woche zu besuchen, und wir lechzen nach einem Bier an der Förde. Solche unkalkulierbaren Begegnungen haben manchen großen Gangster-Coup zum Scheitern gebracht. Ich will hoffen, mit Wegemann hat sich dieser Zufall in unserem Vorhaben erschöpft." Ole steckte die leeren Bierbecher ineinander.

„Martin, Gerolf und Fiete waren ganz bleich geworden."

Eine halbe Stunde später klingelten sie in der Howaldtstraße am Hauseingang. Martin öffnete die Wohnungstür.

„Hereinspaziert." Martin klang entspannt. In ihrem Rückzugsort fühlten er sowie Strähter und Last sich sicher. Die spartanische, sich jeglicher Stilfrage entziehende Einrichtung versetzte Ole und Erik zurück in ihre ersten eigenen Unterkünfte, die sie während des Studiums bewohnten. Fiete, Gerda und Erik zwängten sich auf das Sofa. Martin und Ole nahmen die Sessel in Beschlag. Das markierte, wer in der Gruppe die Ansagen traf. Über das glimpflich ausgegangene Zusammentreffen mit Wegemann wurde kein Wort verloren.

„Leute, uns bleiben knapp sieben Wochen bis zu unserem denkwürdigen Anschlag am 11. August", hob Ole beinahe pathetisch an. „Wir sollten unseren Fahrplan einmal durchgehen. Noch wäre Zeit, etwas zu korrigieren oder zu klären." Er legte ein DIN-A4-Blatt Papier vor sich auf den Tisch. Eine Art Checkliste.

„Das Ding lässt du aber spätestens einen Tag vor Ultimo verschwinden." Strähter tippte auf das Papier. Er war getrieben von der Furcht, sich durch eine geringe Unachtsamkeit in Gefahr zu bringen. Seit über 20 Jahren wachte er morgens fokussiert auf, in jeder Alltagssituation das Debakel, die falsche Identität zu verlieren, frühzeitig zu erkennen und zu verhindern.

„Ja natürlich, das verschwindet in den Orkus." Auf der Liste hatte Ole alle vorbereitenden organisatorischen Schritte notiert, die er abzuhaken gedachte.

„Fiete, fangen wir bei dir an. Wie sieht es aus mit dem Transporter und dem Motorschlauchboot?"

„Den Wagen kann ich in einer Woche abholen. Mein Bekannter überlässt ihn mir bis Ende August. Er glaubt, ich unterstütze einen Bio-Bauern, über den Sommer Waren auszufahren. Mit dem Boot muss ich abwarten. Er besitzt gute Kontakte zu Händlerringen in Litauen. Das Boot bringt wahrscheinlich ein Frachter mit, der Hamburg anläuft. Die haben solche Beiboote standardmäßig an Bord, so dass es nicht als extra Fracht deklariert werden muss."

„Hauptsache der Dampfer setzt vor der Elbeinfahrt nicht auf Grund", quittierte Strähter halb im Scherz, halb im Ernst Fietes Auskunft. „Dein Mittelsmann ist zuverlässig?"

„Absolut."

„Ich habe mir die Strandgegend zwischen Markgrafenheide und Graal-Müritz genauer angesehen", fuhr Ole fort. „Östlich von Markgrafenheide zieht sich ein Waldweg ziemlich weit weg vom Ort bis zu einem Strandabschnitt, wo sich den ganzen Tag über wenige Leute aufhalten. Der Waldweg endet am letzten Strandaufgang. Danach ist Schluss, weil ein Moorgebiet folgt. An der entlegenen Stelle kannst du den Transporter abstellen. Du müsstest lediglich eine Sackkarre oder etwas Ähnliches dabei haben, um das Schlauchboot und den Motor an das Wasser bugsieren zu können. Luft lässt du am Strand ein. Es wird niemand Anstoß daran nehmen. An dem Tag sind viele kleine Boote auf der Ostsee, um vor Warnemünde die Schiffe zu beobachten." Ole reichte Fiete einen Zettel. Darauf hatte er die Zufahrtsstraßen und den betreffenden Waldweg in der Rostocker Heide skizziert. „Ein paar Anhaltspunkte habe ich dir aufgezeichnet. So findest du dich schneller zurecht."

Fiete schaute sich die Skizze interessiert an. Im Grunde hoffte er jedoch, soweit möge sein Einsatz gar nicht greifen. Er glaubte, Helfried Schmidt würde seine Truppen eher losschicken, um den Anschlag im Ansatz zu vereiteln.

„Noch was", hieb Ole ihm in den Gedanken, „du solltest am Sonnabendmorgen beizeiten starten. Bei Strandwetter sind die Straßen in Richtung Markgreifenheide, Graal-Müritz und zum Darß früh überfüllt."

Fiete nickte, fast widerwillig.

Ole hakte den Punkt ab und sagte den nächsten an. „Sprengstoff." Er fixierte mit dem Kugelschreiber Martin.

„Gerda, mit den Sprengladungen und den Autos dürfte alles klar sein, oder?" Martin sah Strähter bittend an, das Vorgehen beim folgenschwersten Teil des Anschlags zu erläutern.

Strähter räusperte sich und überlegte, wo er beginnen sollte. „Wir verballern die Restbestände aus unserem Versteck, 160 Kilogramm gewerblichen Sprengstoff. In Filderstadt hatten wir 200

Kilogramm eingesetzt. Auch wenn es diesmal einige Kilo weniger sind, der Rums dürfte ebenso heftig sein. Zumal sich aus einer gewissen Höhe die Sprengwirkung verstärkt." Strähter musterte die Runde. „Das heißt, jeder von uns Vieren an Bord hat 40 Kilogramm im Gepäck. Die Trageriemen der Reisetaschen zieht ihr am besten über eine Schulter. So sollte das auf kurzem Weg kein Problem sein. Jeder der vier Ladungen ist mit einem Funkzünder bestückt. Diese werde ich mit einem Handy gleichzeitig auslösen. Anschließend bleiben fünf Minuten, uns vom Schiff möglichst weit zu entfernen. Wobei die Wucht der Explosion vor allem nach vorn rausgeht. Über das Vorschiff."

Erik suchte Blickkontakt zu Ole, als wollte er sich vergewissern, dass dieser weiter mit im Boot war. Strähters Schilderungen gingen über die bloße Erzählung hinaus. Sie brachen die abstrakte Vorstellung auf und drangen ins Ich. Jeder am Tisch war Teil eines konkreten Plans der massiven Zerstörung. Teil einer Anmaßung, über Leben und Tod von womöglich mehr als 1000 Menschen zu entscheiden. Bedurfte es dieses apokalyptischen Schlages, um die beklagte Verkrustung von der Gesellschaft abzusprengen? War die ersehnte Erlösung von den eigenen Frustbeladungen und der empfundenen Ohnmacht diesen Preis wert?

Erik hörte Martin fragen. „Was ist mit den Autos?"

„In den Handschuhfächern habe ich kleine Sprengsätze installiert. Sie gehen gleichzeitig mit den anderen hoch und setzen die Wagen in Brand. Die Fahrzeug-Identifizierungsnummern sind wegschliffen. Im Wageninnern solltet ihr nichts zurücklassen, was der Spurensuche dienlich wäre. Selbst wenn die Kisten total ausbrennen, die Kripo wird sie akribisch begutachten."

„Wie ist die Anreise nach Trelleborg geplant?" Die Frage hatte Fiete kaum ausgesprochen, da wurde ihm abwechselnd kalt und heiß. Warum fragte er das? Sein Job waren der Transporter und das Motorschlauchboot. Auf ihn allein kaprizierte sich die Chance der Jungs, vom Anschlagsort zu entkommen. Was kümmerte es ihn, wie sie auf die Fähre gelangten? Von den anderen stutzte Strähter. Sein sensibles Gespür für Ungereimtheiten schlug an.

„Wieso willst du das wissen? Für dich ist wichtig, zur rechten Zeit auf der Warnow zu sein.“ Sein Ton war herrisch eingefärbt.

„Ich wüsste nur gern, wo ihr steckt, wenn die Sache anrollt. Zumal ich euch mit dem Prepaid-Handy im Ausland nicht anrufen kann“, versuchte Fiete die nickliche Situation abzubügeln.

Martin sprang ihm zur Seite. „Wir sollten auf dem Weg nach Trelleborg und Markgrafenheide überhaupt nicht miteinander telefonieren. Deshalb bereden wir alles vorab. Zu deiner Info, Fiete, wir werden am Vortag in zeitlichem Abstand von Puttgarden mit der Fähre nach Dänemark übersetzen und später über die Öresund-Brücke nach Malmö fahren. Am Stadtrand oder im Umland suchen wir einen entlegenen Platz, auf dem wir die Nacht verbringen. In den Autos. Hotel und Pension entfallen. Dort einzuchecken käme einer Selbstanzeige gleich. Nach dem Anschlag werden sie in Trelleborg und im Umkreis von einhundert Kilometern alle Beherbergungsoptionen überprüfen. Für die Anreise nach Schweden verpassen wir den Autos falsche Nummernschilder, wegen der Überwachungskameras an den Grenzübergängen.“

„Vom Start weg sind deshalb auch Sonnenbrillen zu tragen“, ergänzte Ole. „Besorgt euch aber unterschiedliche Modelle. Das gilt auch für die Kopfbedeckungen. Im prognostizierten warmen Sommer wird der Sonnenschutz unverdächtig sein. Anders schon, würden wir als Viererbande im gleichen Look aufkreuzen. Die Reisetaschen sind ebenfalls individuell ausgesucht. Martin transportiert zusätzlich das Seil, mit dem wir vom Schiff auf das Schlauchboot umsteigen. Daran hängt im wahrsten Sinne des Wortes unser weiteres Schicksal. Denkt an die Handschuhe zum Abseilen. Erik“, er schaute seinen Rostocker Freund an, „dein Part ist es, das Seil absolut zugsicher auf dem Brückendeck zu befestigen." Ole setzte die letzten Worte sehr nachdrücklich. Nebenbei hakte er einen weiteren Punkt ab.

Für Martin war es der Moment, auf die Kernsituation an Bord der „Mecklenburg“ zu sprechen zu kommen. „Wir erreichen Trelleborg frühzeitig, so dass wir auf dem Fährterminal vornweg in die Aufstellspuren fahren. Das gewährleistet, die Autos auf Deck 4 im Vorschiff abstellen zu können. Wir treffen uns danach im Café auf Deck 5. Von dem Augenblick, an dem Martin losmarschiert, die Purserin zu überwältigen und mit ihr den Zugang zur Brücke zu erzwingen, ist jeder zunächst auf sich gestellt. Ihr begebt euch auf die Plätze, die Ole auf dem Deckplan angezeigt hat. Auf dem Brückendeck werden wir weitgehend Sichtkontakt zueinander haben.“

„Sobald die Kommandobrücke gesichert ist, sammele ich die Reisetaschen ein und deponiere sie auf dem schmalen Balkon vor den Frontscheiben“, übernahm Ole die weitere Instruktion. „Ist das Gröbste geschafft und alles läuft bis kurz vor dem Crash problemlos, holt uns Fiete ab und wir suchen das Weite. In dem entstehenden Tumult im Stadthafen und auf der Warnow sollte uns nichts in die Quere kommen.“ Unversehens setzte Ole aus. Ihm wurde mit einem Mal bewusst, es würde anschließend eine Fahrt ins Leere. Nach 9/11 in New York war ein großes Loch aufgerissen. Es hinterließ ein flaues, nicht zu greifendes Gefühl. Die Welt stünde am Abgrund, hieß es damals in den Leitartikeln und Kommentaren der Medien. Die Welt schaute hinein. Der Anblick rüttelte auf, entfachte eine Entschlossenheit, das Danach anzugehen, neu zu denken und zu gestalten.

„Ole, du warst beim Abmarsch stehengeblieben“, stupste ihn Strähter an.

„Sorry, mir ist ein wichtiges Detail eingefallen. Fiete, für die relativ lange Anfahrt von Markgrafenheide und retour, reicht dafür die Tankfüllung des Motors aus oder müssen wir einen Reservekanister dabei haben? Nicht dass uns auf der Ostsee der Sprit ausgeht und wir aufgefischt werden müssen.“

„Ich werde das checken. Am Reservekanister soll es nicht scheitern", entgegnete Fiete. Die Doppeldeutigkeit des Nachsatzes blieb den anderen verborgen.

„Das Gleiche gilt für den Transporter", setzte Martin nach. „Wir müssen damit rechnen, dass wir auf der Rücktour zu Umwegen gezwungen sein werden. Ich gehe stark davon aus, sobald in Berlin klar wird, welche Dimensionen der Anschlag auf die Hanse Sail besitzt, werden alle Sicherheitskräfte in Alarm versetzt. Vielleicht wird sogar der Notstand ausgerufen, was bei massiven Terrorattacken nicht mehr ausgeschlossen ist. Die Bundeswehr wird mobilisiert und im gesamten Bundesgebiet dürften die wichtigsten Straßen, Autobahnen und Bahnstrecken abgesperrt und kontrolliert werden. Bis das geschieht, sollten wir durch sein. In Westermühlen wird niemand nach uns suchen. Dort können wir ein paar Tage abwettern. Stellt sich heraus, es liegt keine weitere Terrorgefahr in der Luft, wird die Regierung lieber heute als morgen in den Normalmodus zurückkehren. Ein total verunsichertes Land birgt für die Mächtigen unkalkulierbare Risiken. Es braucht nur jemand die Debatte entfachen, warum konnte es soweit kommen?"

„Bei einer Straßenkontrolle hätten wir doch gar nichts zu befürchten? Wieso sollten sie uns mit dem Anschlag in Verbindung bringen?"

„Das meinst du jetzt nicht im Ernst?" Ole sah Erik beinahe strafend an.

„Wenn wir Glück haben, wollen sie von den beiden im Fahrerhaus nur die Papiere sehen", hängte sich Strähter ein. „Bei einem gemieteten Transporter darfst du aber getrost sein, sie werden auch den Kofferaufbau kontrollieren. Darin sitzen drei Mann auf einem noch feuchten, halb erschlafften Motorschlauchboot. Was glaubst du, was die Kollegen in Uniform sich darauf für einen Reim machen an so einem Tag?"

Erik sah betreten auf seine Hände. Er haderte mit sich, mit seiner naiven Frage. Die Polizei war ihm noch nie auf die Pelle gerückt. Bei großangelegten Fahndungen setzte diese jeden Bürger einem Generalverdacht aus, sofern keine konkreten Anhaltspunkte den Personenkreis einschränkten. Nach Strähters plastischer Darstellung konnten sich Verdachtsmomente ganz zufällig und ganz schnell ergeben. Sie taten besser daran, auf der Flucht unbehelligt zu bleiben.

„Mich interessiert eine andere Frage." Strähter lenkte von Erik weg. „Wie habt ihr euch das mit den Waffen gedacht?" Er strich eine ins Gesicht gefallene Strähne seines grauen Haares nach hinten. Von beiden Planern hatte er keinen gezielt angesprochen. Sie saßen zurückgelehnt in den Sesseln. Auf Oles Liste gab es offensichtlich keinen Punkt mehr abzustreichen. Es schien, Strähter wollte testen, ob eine übereinstimmende Ansicht zu dem diffizilen Thema vorherrschte. Erfahrungen sagten ihm, mit einer schussbereiten Waffe in der Hand neigte der Mensch dazu, unüberlegt und emotional zu reagieren. Die Macht der Bedrohung, welche von einer Maschinenpistole oder Pistole ausging, verführte zu einem weniger umsichtigen Überlegenheitsgefühl. Kehrte sich dies um, widerfuhr dem Waffenhalter unerwartet Gegenwehr und Bedrohung des eigenen Lebens, geriet der Finger am Abzug schnell in nervöses Zucken.

Martin antwortete dozierend. „Generell gehen wir, ähnlich wie bei den Geldtransport-Überfällen, in so eine Sache rein mit der Hoffnung, keinen einzigen Schuss abgeben zu müssen. Jeder ist einer zu viel, weil infolge Situationen eskalieren und außer Kontrolle geraten können. Das wäre auf dem Fährschiff das Ende unserer Aktion und von uns selbst. Eine Schießerei würde sofort die Menschen an Bord in Panik versetzen, binnen kurzer Zeit hätten wir die Polizei auf dem Hals. Leider können wir auf die Knarren nicht verzichten. Ohne die damit angezeigte Todesgefahr lässt sich kein Kapitän der Welt dazu bringen, sein Schiff auf eine Kaimauer zu setzen, keiner Stewardess wäre ein Zugangscode zu entlocken. Also cool bleiben und keinen Zweifel daran lassen, im äußersten Fall abzudrücken."

Strähter wartete Martins Redeschwall ab. „Ich meinte eigentlich, wo bleiben wir mit den Waffen? Ins Schlauchboot sollten wir sie wohl nicht verfrachten."

„Wir entsorgen sie an Bord der Fähre", ging jetzt Planer Ole auf die Frage ein. „Bevor jeder von uns sich abseilt, wirft er seine Waffe ohne Magazin auf dem Brückendeck in Richtung Vorschiff. Sie fliegen mit in die Luft. Die Magazine versenken wir draußen in der Ostsee."

Kapitel 23

Fiete Last fuhr auf der Fuhlsbüttler Straße in südliche Richtung. Entlang des Ohlsdorfer Friedhofs. Er konzentrierte sich auf die rechte Straßenseite. Neben ihm döste Martin Paroso vor sich hin. Er war auf dem letzten Teil der Fahrt nach Hamburg eingenickt. Hinter einer Zeile dreistöckiger Wohnhäuser, deren Ende war von weitem schlecht einzusehen, wollte Fiete in eine enge Kehre einbiegen. Von dieser gingen zwei schmale Straßen ab, der Rübenkamp und der Sommerkamp. Letzterer bildete einen äußerst spitzen Winkel zur Fuhlsbüttler Straße. Jedes Mal gab Fiete besonders Obacht, dass er nicht am Ziel vorbeirauschte. Im Sommerkamp befand sich das Quartier seines zuverlässigsten Dealers in Hamburg. Janis Bergmann. Er stammte aus Lettland, betrieb in der unscheinbaren Gegend eine kleine Autovermietung. Die Straße war linkerhand von Kleingärten, wild wuchernden Büschen und einigen alten, knorrigen Bäumen gesäumt. Gut 100 Meter nach der Kehre stoppte Fiete den Kia Rio vor dem ersten Gebäude im Sommerkamp. Ein zweistöckiger Klinkerbau im Stil der 1970er-Jahre. Auf einer weißen Werbetafel prangte in roter Schrift „Autovermietung Janis B." Der Lette war nicht der erste Gewerbetreibende in dem Mietobjekt. Eine hohe Tordurchfahrt führte auf einen kleinen Hinterhof. Fiete sah zu Martin. „Da sind wir. Ich bin gespannt, ob er das Boot schon im Stall hat. Wir sehen uns nachher auf der Raststätte ‚Brokenlande'." Sie gaben sich die Hand.

Fiete durchschritt den Haustunnel. Auf dem Hof parkten drei Kleintransporter, einer auffällig abseits. Diesen vermietete Bergmann nie. Der Wagen war präpariert. Regelmäßig gingen im Hamburger Hafen Container über die Kaikante mit hochbrisantem Inhalt. Zumeist wiesen die Zollpapiere einen Abgangshafen in Mittel- oder Südamerika aus. Die Boxen waren offiziell mit Handelsgütern aller Art beladen. Bei allen technischen Möglichkeiten und einschlägigen Erfahrungen mit dem Drogenschmuggel rutschten den Fahndern noch häufig genug größere Sendungen von Rauschgift durch. Ein ewiges Katz- und Mausspiel. Die Drogenkartelle zeigten sich höchst kreativ und nutzten ihrerseits alle erdenklichen Segnungen der modernen Technik, die Polizei hinters Licht zu führen. Gelangten große Mengen Stoff aus dem Hafen, war Janis Bergmann einer der Kurierdienste, die das Zeug auf mehrere Zwischenlager verteilten. Als Salär fiel stets ein erquickliches Päckchen ab. Das konnte er auf eigene Rechnung verticken. Einer der Stammkunden stand am 1. Juli 2018 in der Bürotür.

Janis erhob sich hinter dem Schreibtisch und trat auf Fiete zu. Er kannte ihn nur beim Vornamen. Sie umarmten sich. Über die Dealerei hatte sich eine Zuneigung entwickelt.

Janis eröffnete vor gut zehn Jahren die Autovermietung. Das Startkapital hatte er im Handel mit Gebrauchtwagen verdient. In den 1990er-Jahren wurden zigtausende Fahrzeuge über Kiel ins Baltikum verschifft und von dort weiter in die Ukraine und nach Russland verkauft. Damals fuhr er als junger Matrose auf einem der Frachter, die jeden möglichen Quadratmeter auf den Decks mit teilweise schrottreifen Autos zustellten. Schnell bekam er mit, die Wagen wurden daheim und in den anderen Ländern im Osten mit horrenden Gewinnspannen abgesetzt. Er beschloss, sich das nicht nur anzugucken. Seinen Traum von der Kapitänslaufbahn warf er über Bord. Den ersten klappirgen Ford Escort kaufte er einem Händler im Umland von Kiel ab. Daheim in Riga überschlugen sich die Kunden mit ihren Preisangeboten. Der Gewinn langte, um beim nächsten Törn über die Ostsee schon zwei Wagen auf eigene Rechnung an Deck zu stellen. Bald setzte Janis keinen Fuß mehr aufs Schiff. Er mietete sich ein kleines Büro an der Förde und organisierte den florierenden Altauto-Export. Nachdem dieser abflaute, war er drauf und dran, zurück nach Riga zu gehen. Im Ost-West-Handel hatte er eine Menge geschäftiger Leute kennengelernt. Besonders eifrig gingen die Litauer zu Werke. Die klauten auch schon mal Luxusautos auf Bestellung und boten sich früh in der internationalen Drogenszene als verlängerter Arm nach Osteuropa an. Sie waren es, die ihn überredeten, mit einzusteigen und sich in Hamburg niederzulassen. Autovermietung und die weißen Päckchen sorgten für ein beruhigendes Guthaben auf dem Konto. Janis artikulierte ein passables Deutsch. Gefärbt von seiner lettischen Herkunft ähnelte es im Klang dem Bemühen von Finnen, sich der deutschen Sprache zu bemächtigen.

„Hallo, mein Lieber, wie geht es dir?"

„Janis, frag nicht danach, es wird dadurch nicht besser." Sie grinsten.

Das Bürofenster im ersten Stock stand weit offen. Ein angenehm kühlender Luftzug vertrieb die Hitze aus dem Raum. Sie setzten sich nahe des Fensters an einen kleinen Gästetisch. „Cola?" Janis sprang gleich wieder auf und holte aus dem Kühlschrank auf der gegenüberliegenden Zimmerseite zwei Flaschen Coca-Cola. Er wusste um Fietes Vorliebe für die braune Brause.

„Der Kleintransporter ist startklar", begann Janis und betonte das Ende des Satzes so, dass ein Aber zwangsläufig wurde, „aber ohne Boot." Er müsste sich noch gedulden, hörte Fiete. „Das gewünschte Modell für fünf Personen und mit Luftboden und Außenborder war schlicht bisher nicht aufzutreiben. Ich habe alle Fühler ausgestreckt. Demnächst ist ein Frachter avisiert, dessen Kapitän kenne ich. Der Kahn sollte ein solches Motorschlauchboot an Bord haben." Janis trank aus der Cola-Flasche. Auf der Stirn glänzten feine Schweißtropfen. Der Lette hatte ein nordisch-kantiges Gesicht und dunkles Haar. Unter dem weißen T-Shirt wölbte sich ein spitzer Bauch von wenig schmeichelhafter Form und Größe. Ab einem bestimmten Alter hatten offenbar viele männliche Zeitgenossen einen unkritischen Blick auf die eigenen Leibesmaße, wunderte sich Fiete in letzter Zeit öfters.

„Okay, allerspätestens bis Ende Juli sollte es klappen. Mein Bio-Bauer möchte mit den Angeltouren an der Förde seine Verdienstmöglichkeiten erweitern. Die Bio-Möhren und das andere Kraut werfen nicht genug ab. Er könnte die halbe Hauptsaison in diesem Jahr noch mitnehmen."

„Verstehe. Ich klingele dich umgehend an."

„Und handele einen guten Preis aus. Es reicht, dass du mir bei dem Pulver das Geld aus der Tasche ziehst." Fiete spreizte die Lippen zu einem freundlichen Lächeln. Es signalisierte Janis zugleich, Fiete war auch wegen ihres Basisgeschäfts angereist. Der legte seelenruhig sein Portemonnaie auf den Tisch, als ginge es in einem Western in eine finale Pokerrunde.

„Das Übliche?"

Fietes Augenaufschlag antwortete mit Ja. Er war nahe dran, sich eine Pille einwerfen zu müssen oder eine Linie zu ziehen.

Janis bewegte sich auf den Kühlschrank zu. Ein mannshoher dunkelgrauer Kasten mit einem Tiefkühlaufsatz. Von diesem öffnete er die Tür. Auf der Innenseite löste er vorn die Gummi-Randabdichtung. Diese hatte er mit einem Klettband versehen, so dass sie sich jederzeit ablösen ließ. Ebenso verhielt es sich mit der wabenartigen Plaste-Dämmverkleidung. Die provisorische Befestigung war äußerlich nicht zu erkennen. Im Hohlraum hinter der Verkleidung klebte ein Dutzend kleiner Plastesäckchen an der Tür. Von zweien zog Janis das Klebeband ab. Mit wenigen Handgriffen wandelte er die Tür zurück in den Werkszustand.

Janis setzte sich und schob die portionierten Drogenpäckchen zu Fiete. Wortlos und lässig, als legte er Karten offen. Es bedurfte aber keines Pokers. Fiete tauschte im Portemonnaie die flachen Tütchen mit einem flachen Bündel 50-Euro-Scheine.

„Das Kokain ist astrein, frisch reingekommen aus Kolumbien."

„Verschieben deine Auftraggeber das Zeug eigentlich nur auf dem Landweg nach Osteuropa? Die Wahrscheinlichkeit, dabei hoppgenommen zu werden, ist ziemlich hoch, oder?"

Janis lehnte sich zurück. „Soviel ich weiß, haben sie ein gutes Vorwarnsystem entlang der wichtigsten Routen aufgebaut. Bevor die Ware heikle Abschnitte passiert, fahren Leute voraus und erkunden die Lage. Das funktioniert wohl ganz gut. Es sei denn, du hast einen Maulwurf in der Truppe, dann nützt einem das auch nichts."

Fiete fuhr der Maulwurf ins Mark. Er ließ sich aber nichts anmerken. Für eine Sekunde sah Janis in ein Pokerface. „Wäre die Route mit dem Schiff über die Ostsee nicht entspannter?"

„Im ersten Moment möchte man das annehmen. Näher betrachtet ist es schwieriger. Die Autos haben wir früher mit den richtigen Papieren problemlos an Bord gekriegt. Für Drogen gibt es keine Papiere. Auch besteht ein hohes Risiko, weil die Besatzungen wechseln und es einer gewissen Zeit bedarf, verschwiegene Verbindungsleute auf Schiffen zu rekrutieren. Über Land existieren bewährte und verlässliche Strukturen. Halten sich alle an die Regeln, sind auch interne Querelen kein Thema."

„Möge es so bleiben. Ich wüsste nämlich gar nicht, woher ich das feine Kokain beziehen sollte. Du bist quasi mein Premium-Dealer."

„Ich schicke dir aus dem Knast ein paar Adressen. Du läufst nicht trocken."

Sie lachten und stießen mit der Cola an.

„Den Wagen bringe ich dir Ende August zurück. Wegen dem Boot, du meldest dich."

Im Stehen drückten sie ihre rechten Hände gegeneinander. Janis verfügte spürbar über Kraft. „Auf dem Hof ist es der linke von den beiden Transportern, der Schlüssel steckt."

Fiete manövrierte den mittelgroßen Kastenwagen durch die knapp bemessene Tordurchfahrt, fuhr auf den Sommerkamp und nach gut 50 Metern rechts heran. Ihn hatte die lästige Unruhe erfasst, die ihm unnachgiebig signalisierte, im Körper war die Drogen-Tankfüllung in den roten Bereich abgesackt. Er fingerte eines der Kokain-Tütchen aus dem Portemonnaie und riss es an einer Ecke ein. Das Pulver rieselte in dünner Linie auf den linken Handrücken. Aus der rechten Brusttasche der Khaki-Weste, die er über einem weißen T-Shirt trug, fingerte er ein kurzes Plastetrinkröhrchen. Damit schniefte er sich das Kokain in die Nase.

Er warf den Kopf in den Nacken und saß eine ganze Weile einfach nur da. Die Gedanken sortierten sich. Es mochte angehen, den Transporter gut sechs Wochen vor dem Anschlag zu besorgen. Allerdings schwieg sich Helfried Schmidt aus. Seit ihrem letzten Treffen in Flensburg gab es keine Nachfragen, keine Instruktionen, im Grunde keine Anzeichen, dass das BKA irgendwie aktiv eingreifen würde. Wollen Schmidts Leute erst zuschlagen, wenn die Aktion lief? Wenn die Jungs sich nach Trelleborg auf den Weg machten. Wie aber erfuhr er davon? Er wäre dann bereits unterwegs nach Markgrafenheide. Ein kruder Gedanke, auf der Warnow zu schippern und die „Mecklenburg" steuerte fahrplanmäßig den Anleger am Fährterminal an. Die alarmierte Wasserschutzpolizei hätte garantiert auf jedes kleine Sport- und Schlauchboot ein besonderes Auge. Martin und die anderen, davon war Fiete jedoch absolut überzeugt, würden ihn nicht verpfeifen. Aber wie stand es um Schmidt? Hielte er sich an die Abmachung?

Lautes Hupen schreckte ihn auf. Ein großer Lkw klemmte hinter ihm, kam im schmalen Sommerkamp nicht vorbei. Fiete startete den Dieselmotor und rollte bis zur Fuhlsbüttler Straße vor, auf die er nach Norden einbog. Eine seltsame Überlegung beschlich ihn. Helfried Schmidt meldete sich gar nicht mehr und der Anschlag ginge wie geplant vonstatten. Der BKA-Chef hatte Kenntnis von 8/11 und ließ es geschehen. So unglaublich dies anmutete, total auszuschließen war es nicht. In unzähligen US-amerikanischen TV-Serien präsentierten die Drehbuchautoren dem Zuschauer irrwitzigste Verschwörungstheorien. Die deutsche Wirklichkeit benötigte keine Buchvorlage. Was wurde rund um das mörderische Treiben dieser Nazi-Zelle aus Thüringen, die gezielt Türken getötet hatte, nicht alles ruchbar über die ermittelnden und begleitenden Sicherheitsbehörden. Ein V-Mann soll in einem Internet-Café untätig herumgesessen haben, während der Besitzer wenige Meter weiter von den Nazis erschossen wurde. Am Ende des jahrelangen Spuks hätten sich die beiden maßgeblichen Typen des Terrortrios in einem Wohnwagen binnen Sekunden selbst eine Kugel in den Kopf gejagt. In dem Chaos fanden sich zufällig die Schusswaffen von einem spektakulären Polizistenmord. Beider Braut steckte unterdessen noch schnell ihren Unterschlupf in Brand. Zeitgleich wurden in Sicherheitsbehörden brisante Akten zu dem Fall geschreddert. Fiete glaubte nicht, dass die offiziellen Darstellungen den tatsächlichen Umständen entsprachen. Eher glaubte er an den Osterhasen. Auf dem Berliner Weihnachtsmarkt, so ergab sich ein halbes Jahr später, mussten zwölf Menschen ihr Leben lassen, weil im Landeskriminalamt der Hauptstadt handfeste Ermittlungsergebnisse zu dem kriminell auffälligen Asylbewerber und späteren Attentäter unbeachtet blieben und er nicht dingfest gemacht wurde. Das ermöglichte es ihm überhaupt erst, die mörderische Tat auszuführen.

Welche Absicht, welches Motiv konnte Schmidt verleiten, sein Wissen zurückzuhalten und eine Katastrophe über Rostock, über Deutschland hereinbrechen zu lassen? Eine Katstrophe mit weitreichenden Folgen. Dafür hatten sie sich zu dem Fanal entschlossen. Schmidt wird nicht so vermessen sein, ein Ziel damit zu verknüpfen, das er allein nicht verwirklichen konnte. Sein Stillhalten musste er gar nicht zwangsläufig allein tragen. Welche interessierten Kreise es auch immer waren, mit Hilfe von Schmidt wäre es ihnen möglich, das Fährschiff-Desaster und die eruptive Erschütterung der Gesellschaft für eigene Zwecke zu nutzen, die plötzlich vakanten Geschicke des Landes in vorgezeigte Bahnen zu lenken.

Das Nachdenken über Schmidts Schweigen band Fietes ganze Aufmerksamkeit. Beinahe hätte es ein abruptes Ende gefunden. Er raste mit viel zu viel Tempo, dabei das Spurverhalten eines wackeligen Transporters außer Acht lassend, auf die Beschleunigungsspur zur Autobahn A7. Ausgangs der Auffahrt von der Bundesstraße B432 drückte es den Wagen über die Sperrlinie auf die Fahrbahn der A7. Ein heranschießender Volvo war weit genug entfernt, um rechtzeitig auszuweichen und mit aufgeregtem Aufblenden der Scheinwerfer an ihm vorbeizupreschen. Fiete hatte Mühe, den Transporter einzufangen, ein Umstürzen zu verhindern. Er atmete tief durch, nachdem die Räder wieder in der Spur liefen und die Hände ruhig auf dem Lenkrad lagen. Den Schmidt-Exkurs setzte er nicht fort. Noch blieben sechs Wochen bis zum 11. August und für einen Anruf.

An der Ausfahrt zur Raststätte „Brokenlande“ bremste er den Wagen kräftig herunter und rollte gemächlich auf den Parkplatz. Den grünen Kia Rio konnte er nicht entdecken. Martin hatte ihn vermutlich zwischen den aufgereihten Lastzügen versteckt. Auf der Terrasse der Raststätte kauerte Paroso lässig auf einem der unbequemen Plastikstühle. Er saß unter einem Sonnenschirm im hinteren Eck, von wo er die ankommenden und die fortstrebenden Menschen beobachtete. An seinem Tisch war ihm ein zweiter Stuhl geblieben, die anderen zwei hatten Gäste sich erbeten und weggeschleppt. Vor ihm verlor ein halbvoller Pott Kaffee die letzten Heißegrade. Fiete ortete Martin sehr schnell anhand dessen schwarzer, eng anliegender Sonnenbrille.

„Ich habe bereits den zweiten Pott am Wickel“, empfing ihn Martin unaufgeregt. Offenbar genoss er den sommerlichen Trubel auf der Autobahn-Raststätte und die Studie manch schöner Frau. Die warmen Temperaturen gewährten den Anblick wohlgeformter Beine und verheißungsvoller Dekolletés.

„Schneller kannst du mit einem Packesel nicht fahren.“

„War nicht so gemeint. Setz dich.“ Martin rückte Fiete den

zweiten Stuhl am Tisch zurecht. „Kaffee müsstest du dir allerdings von drinnen holen."

Zurück eröffnete Fiete Martin, er sei ohne Schlauchboot da. Somit müssten sie an diesem Tag nicht mehr ins Versteck fahren, könnten direkt nach Kiel zurückkehren. Bis er das Boot abholen fuhr, würden sie den Transporter der „Autovermietung Janis B." in den Straßen des Kieler Stinkviertels parken. Das fiele nicht auf.

„Wenn du einen Stellplatz findest. Ab und zu den Standort wechseln, müsste bei längerer Verweildauer auch sein."

„Mit dem Boot hat es leider nicht geklappt bisher. Mit dem passenden Modell. Aber bis Ende Juli sollte es hinhauen."

„Essen wir noch was?"

In Kiel stieg Fiete die Treppen zu seiner Wohnung mit schweren Beinen empor. Die Hitze und die Kutscherei hatten geschlaucht. Er trachtete nach einer erfrischenden Dusche und einem kalten Bier. Stärker noch drängte es ihn, das BKA-Handy zu checken. Hastig holte er es in der Küche unter der Spüle hervor. Er musste es ans Ladekabel stecken. Kaum sog das Handy Strom, tippte er den PIN-Code ein und öffnete das Menü. Nichts.

Erik Klapproth und Ole Dormark stoppten ihre Autos fast zeitgleich auf dem Parkplatz vor dem Hafen-Brauhaus nahe der Haedge-Halbinsel. Ole entstieg seinem BMW und schweifte gewohnheitsmäßig den Blick über den Parkplatz. Einige Stellplätze links von ihm tauchte der Kopf von Erik hinter dem Dach seines Volkswagen CC auf. Er musste unmittelbar hinter ihm auf das Areal am Hafen gefahren sein. Ein frischer Wind fegte von Nordost die Schwüle des sich neigenden Tages hinweg. Ole lief zu Erik.

„Hi Alter, schön dass du Zeit gefunden hast." Oles Worten haftete etwas Endgültiges an, irgendwie tönten sie nach Abschied. Vier Wochen vor Beginn der Hanse Sail im 800. Jubiläumsjahr der Hansestadt Rostock war ihr Treffen von diesem Gefühl umweht. Sie hatten sich entschieden, an einem in Deutschland unvergleichbaren Terroranschlag mitzuwirken. In die Ungewissheit über den Ausgang und die Folgen packten sie ihre Gewissheit, nicht untätig geblieben zu sein, der nach ihrer Ansicht unerträglich gewordenen Kanzler-Demokratie ein brachiales Ende zu bereiten. Ihre Frustration hatte sich in einen missionarischen Eifer gewandelt, nachdem die Mehrheit der Deutschen sich bei der Wahl 2017 bemüßigt sah, nicht an der 80-Prozent-Koalition im Bundestag zu rütteln, einer demokratisch legitimierten De-fakto-Autokratie.

„Allzu viel Zeit habe ich nicht mitgebracht."

„Das heißt?"

„Gegen halb Sieben muss ich los."

Sie hatten nicht weit zu laufen und Glück. Auf der sonnenschirmüberdachten Freifläche des Hafen-Brauhauses ergatterten sie einen der letzten freien Tische.

„Wohin treibt es dich zu später Stunde?"

„Ich bin mit einem Makler verabredet. Er will mir eine Wohnung zeigen."

„Eine Wohnung?"

„Ja. Monique und ich haben das dahindriftende Auseinanderleben beendet. Ich siedele zurück nach Rostock."

Ole erwiderte erstmal nichts. Das war eine überraschende Neuheit. Stattdessen diktierte er der inzwischen an den Tisch getretenen Kellnerin zwei Schwarzbier in das digitale Bestellgerät. Zum Essen machte er noch keine Ansage.

„Ist das eine gute Idee mit dem Umzug, inmitten des Insolvenzverfahrens deines Unternehmens? Verstehe es bitte nicht falsch, aber in Hamburg bestehen doch viel bessere Chancen, einen neuen Job zu finden. Ich meine, du kennst da eine Menge Leute."

„Das Insolvenzverfahren war unvermeidbar, um nicht mit dem Gesetz zu kollidieren. Aber so schlecht, wie es den Anschein hat, liegen die Dinge nicht. Die russische Wirtschaft hat sich berappelt, was ganz neue Optionen eröffnet."

„Die wären?"

„Mit dem Insolvenzverwalter bin ich einig, wenn es uns gelingt, einen Investor zu gewinnen, bekommen wir die Firma wieder flott. Und ein Angebot liegt bereits vor." Erik guckte jetzt, als wollte ein Zauberer ein weißes Karnickel aus dem Hut ziehen. „Du wirst es nicht erraten. Unser langjähriger Geschäftspartner aus Wyborg, Towarischtsch Kumarow von der Ostseewerft, erwägt, bei uns einzusteigen. Er bekommt Zugang zu unserem Know-how und wir auf Umwegen zum russischen Markt. Über Geschäftspartner der Ostseewerft außerhalb Europas, etwa in Südkorea."

„Es ist mein Reden. Die Wirtschaft findet trotz aller politischen Ränke und Krisen eigene Wege, ihre Geschäfte zu machen. Hat der Brexit dem Dax geschadet? Oder hat der neue US-Präsident den Dow Jones in den Keller rauschen lassen?"

Ohne ein Wort von Erik abzuwarten, schickte Ole ein sich selbst bestätigendes „Siehste" hinterher.

Beide einigten sich auf den Salat des Hauses und das Brauer-Steak.

„Wo hast du dir eine Wohnung auserkoren", fragte Ole und begann im Salat zu stochern.

„Am Gerberbruch stehen einige Eigentumswohnungen zum Kauf. Da haben sie jetzt die letzten Flächen bebaut. Wenn es mir nicht gefällt, hätte der Makler wohl noch ein Angebot auf der Holzhalbinsel in petto."

„Beides nicht die schlechteste Wahl. Und weit genug weg von der Haedge-Halbinsel." Ole wollte sich ein vielsagendes Grinsen nicht verkneifen und klemmte sich eine grüne Olive zwischen die Zähne.

„Danke für den Tipp. Du redest so lapidar darüber. Meinst du nicht, das Ding wird uns selbst verändern?" Erik vermied es, am Tisch den Begriff Anschlag zu verwenden. Ole verstand ihn.

„Wie man es nimmt. Kommen wir nicht schadlos davon, müssen wir uns über unsere Zukunft keine Gedanken machen. Dann sehen wir uns als Rentner hier wieder."

„Ängstigt dich das nicht?"

„Ängstigen? Vor dem Risiko, im Knast zu landen? Keine Spur. Je näher die Sache rückt, desto erpichter bin ich darauf, es durchzuziehen. Weißt du, im Grunde habe ich immer davon geträumt, mal einen großen Coup zu landen. Etwas Unerhörtes, einen spektakulären Kunstraub oder einen perfekten Banküberfall. Worüber die Leute lange reden werden, sogar mit Respekt und Achtung, weil man es sich getraut hat. Vielleicht ist es aber auch nur die Sehnsucht, aus dem eigenen bedeutungsarmen Dasein ausbrechen und sich nach vorne an die Rampe stellen zu wollen."

„Dafür müsste die Welt jedoch erfahren, dass du beteiligt warst." Ohne Aufzusehen versuchte Erik, ein Salatblatt auf die Gabel zu spießen.

„Der kluge Erik. Natürlich möchte ich nicht den Rest meiner Tage hinter Gittern verbringen. Es müsste schon einiges schiefgehen. Ich glaube, das Überraschungsmoment ist unser größter Trumpf. Sie werden nach falschen Namen fahnden und wir kehren eine Woche danach von unserem Mitsegeltörn auf dem IJsselmeer in Holland entspannt nach Rostock zurück."

„Das meinte ich. Ich gehe auch stark davon aus, dass sie uns nicht an den Haken kriegen. Das Leben wird trotzdem ein anderes sein. Ich befürchte, die Euphorie über einen großen Coup, wie du sagst, könnte sich in eine Last verkehren."

„Ich baue darauf, dass das Leben ein anderes sein wird. Sonst bräuchten wir es nicht zu dieser Konsequenz kommen lassen. Im Gegenteil. Wird dadurch die Masse aus dem Wohlstandsdösen aufgeschreckt, dürfte der Druck auf die Politik extrem groß werden, grundsätzliche Fragen der Sicherheit und Ordnung, des

Verhältnisses von Staat und Religion, von Bürgerrechten und Bürgerpflichten, des gesellschaftlichen Miteinanders neu zu justieren und zu beantworten. Diesen Prozess ausgelöst zu haben, wäre doch eine herrliche Genugtuung."

„Muss dem aber eine Verwüstung, der Tod vieler Menschen vorausgehen?"

„Die Frage ist, wo ist die Schmerzgrenze? Die Leute hierzulande haben sich an das Grauen in der Welt gewöhnt. Es wühlt sie erst wirklich auf, wenn es vor der eigenen Haustür passiert. Einzelne oder wenige Opfer ziehen nur eine kurze Betroffenheit nach sich."

„Zweimal Brauer-Steak", ging die Kellnerin ohne Vorwarnung dazwischen. „Guten Appetit. Noch zwei Schwarzbier?"

Ole nickte. „Für mich ein Alsterwasser", antwortete Erik.

„Mmmh, das kommt gut", stieß Ole beim Kauen des ersten Stücks vom Steak hervor. „Eine Spezialität des Brauhauses."

Erik säbelte nachdenklich in das Fleisch.

Die Männer verabschiedeten sich kurz vor 18.30 Uhr. Ole brach nicht gleich mit auf, er trank sein Schwarzbier in Ruhe aus. Er spähte vom Tisch vor dem Hafen-Brauhaus auf die sich unweit davon erstreckende Haedge-Halbinsel. Der Wind an diesem frühen Sommerabend vier Wochen vor Beginn der Hanse Sail zerrte an dem Bier-Transparent am blauen Brückenkran. Dormark blinzelte über den Rand des Bierglases, ließ den letzten Schluck Schwarzbier in die Kehle rinnen. Bedächtig, gedankenbeschwert. Er schob den Stuhl zurück, stand eine Viertelstunde nach Erik auf und entfernte sich von dem unversehrten Ort.

Finale

Hoch oben im abendlichen Himmel blinkten die roten Hindernisleuchten der Pylonen der Öresund-Brücke. Der 10. August neigte sich zur Nacht. Letzte Sonnenstrahlen warfen ein rötlichgelbes Licht auf die imposanten Säulen. Sie hatten die Anmut von Türmen mächtiger Kathedralen. Martin Paroso und Ole Dormark fuhren direkt darauf zu. Seit dem Aufbruch aus dem Versteck in Westermühlen waren sie zügig vorangekommen. Die Fährpassage von Puttgarden nach Rødby brachten sie problemlos hinter sich. Bei dem hohen Tempo des Be- und Entladens der Doppelendfähren waren Fahrzeugkontrollen die Ausnahme. Den Sprengstoff und die Waffen im Kofferraum des Golf Variant hatten sie trotzdem getarnt verstaut, so dass sie bei bloßer Sichtkontrolle unentdeckt geblieben wären.

Paroso und Dormark blickten nicht unnötig auf. Ihre Basecaps, beide von dunkelgrüner Farbe und mit dem lapidaren gelben Wort „Golf" versehen, saßen tief auf die Augen gezogen. Durch den Schatten der Basecap-Schirme erfassten die Überwachungskameras nur den unteren Teil ihrer Gesichter. Im Kieferbereich sprießten Drei-Tage-Bärte. Sie gaben unauffällige Golfspieler ab, die in nicht geringer Zahl regelmäßig von Deutschland und Dänemark auf dem Weg zu den vielen schwedischen Golfplätzen waren. Das falsche Autokennzeichen verortete sie im niedersächsischen Delmenhorst. An der Mautstelle auf schwedischer Seite bezahlte Paroso in bar und vermied übermäßigen direkten Blickkontakt zur Kassiererin.

Dem weiten Vorfeld der Öresund-Querung schloss sich die Europastraße E20/E6 an. Sie führte südlich an der drittgrößten Stadt Schwedens Malmö vorbei. Auf der Verkehrstangente fuhren sie über das Kreuz Petersborg hinaus. Es verband die E20/E6 mit der gen Süden weiterführenden E6, dem Trelleborgsvägen. Auf jener Straße wollten sie am nächsten Morgen ins südschwedische Trelleborg fahren. Die Hafenstadt trennte eine halbe Autostunde von Malmö. Ihre Tour jetzt setzten sie in östlicher Richtung fort. Bis zum Kreuz Fredriksberg, wo der silbergraue VW-Kombi stadteinwärts auf die E65 einschwenkte. Sie folgten dem Ystadvägen bis zur Abfahrt Jägersrovägen. Die Straße durchzog das südöstliche Randgebiet von Malmö. In der einsetzenden Dämmerung dirigierte Ole die Fahrt. Er hatte sich die Route bis zum Motorstadion der Stadt sehr genau eingeprägt. Der Jägersrovägen mündete in die Straße Elisedalsvägen. In die bogen sie links ein.

„Du hast aber eine wirklich abgelegene Gegend ausgewählt", kommentierte Martin seinen ersten Eindruck. Der Elisedalsvägen ähnelte einer Landstraße. Wenig von Fahrzeugen frequentiert. Außer an Tagen, an denen im Motorstadion die Auspuffe knatterten. An diesem Abend begegneten sie keinem Auto. Das Scheinwerferlicht tastete auf der linken Seite eine dichte Baumreihe ab, hinter der sich eine grüne Pferdeauslauffläche erstreckte. Diese gehörte zur unmittelbar benachbarten Galopprennbahn. Ole konzentrierte sich auf die rechte Seite. Sie erreichten ein abschüssiges Teilstück der schmalen asphaltierten Straße. In der Senke sollte die Einfahrt zum Motorstadion auftauchen. Diese wurde linkerhand von einem kleinen Parkplatz gesäumt. Auf diesen lenkte Martin den VW Golf und parkte rückwärts ein. Unterhalb eines begrünten Hügels, vor dessen Kulisse das Auto von der Straße kaum zu erkennen war. Zumal die Beleuchtung des Parkplatzes an Tagen ohne Trainings- und Wettkampfbetrieb ausgeschaltet blieb. Martin stellte den Motor ab. Und die Scheinwerfer aus.

Draußen vertraten sich Fahrer und Beifahrer die Beine. „Wenn alles klar gegangen ist, müssten Erik und Strähter in einer Stunde eintrudeln." Ole vergewisserte sich der Zeit auf seiner Uhr. Der Minutenzeiger rückte dicht an halb Elf heran.

„Was sollte nicht klar gehen?", fragte Martin.

„Eine technische Panne ist immer drin. Euer Kia ist nicht mehr das neueste Gefährt."

„Aber ein zuverlässiges", verteidigte Martin den betagten Wagen.

Vom Golf Variant öffnete er die Heckklappe. Das grelle Licht einer kleinen LED-Stabtaschenlampe blitze auf. Er drückte Ole zwei Autokennzeichen mit Berliner Nummer in die Hand und kramte einen Schraubenzieher aus einem Baumarkt-Werkzeugkoffer hervor.

„Damit die Verwirrung komplett ist. Wie bei dem Auto, das sich ein Typ auf beiden Seiten unterschiedlich farbig lackiert hatte. So würden sich bei einem eventuell verschuldeten Unfall die Zeugen widersprechen." Martin erzählte die Chose trockenernst, musste aber grinsen.

„So'n Quatsch."

„Is'n Witz. Hier, halt mal", forderte er Ole auf, ihm mit der Taschenlampe beim Ab- und Anschrauben behilflich zu sein.

„Die alten Schilder hauen wir am besten gleich dahinten in den Abfallcontainer."

Ole trabte in die gewiesene Richtung. Einmal geknickt und in einen Lappen gehüllt versenkte er das Blech im Behälter. Im Wagen wickelten sie die Stullen aus, die Fiete für jeden in der Gruppe geschmiert hatte und zusammen mit je einer Knacker-Wurst eingepackt hatte. Martin und Ole kauten ausgiebig auf den Broten herum. Ein ums andere Mal unterbrach ein herzhafter Biss in die Knacker das monotone Malmgeräusch. Sie starrten auf die Baumfront auf der anderen Straßenseite. Oberhalb der Wipfel, deren individuellen Formen sich in scharfen Schattenrissen abzeichneten, leuchtete der sommerliche Abendhimmel in mattem Dämmerblau. Die Sonne ließ nicht ab von der Nacht.

Von der linken Seite schlug plötzlich ein dunkelgelber Lichtstrahl auf die Fahrbahn. Ole und Martin duckten sich instinktiv. Kurz darauf strich der helle Kegel über die Frontscheibe und suchte den Weg auf den Parkplatz. Strähter stellte den Kia Rio rechts neben dem Golf ab. Die Finsternis war zurück. Mehrmals klackten Türen. Zum Schluss die hinteren des VW. Strähter und Erik fielen in die Fondsitzbank.

„Perfektes Timing, was?", begrüßte Strähter die beiden anderen.

„Das Bier haben wir uns verdient", entgegnete Martin und sprang aus dem Auto. Vom Kofferraum reichte er vier Flaschen nach vorn durch. Im ersten Ansatz hingen sie lange an den Flaschen. Ein vierstimmiges „Aaah" füllte das Wageninnere.

„Die erste Etappe war die leichtere Übung. Es ahnte ja niemand etwas. Hinterher werden sie alle Einflugschneisen nach Trelleborg unter die Lupe nehmen. An der Öresund-Brücke entdecken sie auch zwei deutsche Pkw, die mit Golfspielern besetzt waren und aus Delmenhorst kamen. Auf der Fähre haben zwei typgleiche Pkw mit Berliner Kennzeichen eingecheckt, deren Insassen Sonnenbrillen und verschiedene Kopfbedeckungen trugen. Urlauber oder Angler? Es dürfte schwierig werden für die Polizei, sich darauf einen Reim zu machen", skizzierte Martin den Teil eins ihrer Operation. Die anderen hörten still zu. „Richtig zur Sache geht es an Bord ca. eine Stunde vor der planmäßigen Ankunft in Rostock. Zu dem Zeitpunkt ist die Fähre in der Verkehrszentrale Warnemünde angemeldet und der Kapitän begibt sich auf die Brücke. Justament verlasse ich das Bord-Café, die Aktion läuft an. Gibt es Fragen? Noch können wir alles bereden."

„Hauptsache Fiete bringt es auf die Reihe. Im Versteck lief er unruhig umher. Anders als sonst, wenn er einen Joint brauchte." Strähter wollte die anderen nicht beunruhigen. Doch seine Beobachtung trug nicht zu mehr Gelassenheit bei. Patzte Fiete, blieb ihnen nur, ins Wasser zu springen.

„Bei dieser Nummer sollten eine gewisse Aufregung und Anspannung eingepreist sein", würgte Martin eine Diskussion zu Strähters Frage ab. „Wie ist es bei euch beiden?" Er musterte Ole und Erik. Ihre Gesichter waren im fahlen Licht der hellen Nacht schemenhaft zu sehen. Beide brubbelten etwas von „alles klar".

„Kurz nach vier Uhr räumen wir hier das Feld. Wir fahren voraus, ihr folgt eine Viertelstunde später. Wir sehen uns im Bord-Café."

Sie leerten das Bier. Strähter und Erik wechselten das Autokennzeichen am Kia. Nach Mitternacht war auf dem kleinen Parkplatz am Motorstadion von Malmö Ruhe eingekehrt. Ein Windhauch streichelte die Baumwipfel. Die Männer versuchten auf den Autositzen in den Schlaf zu finden.

Ein mittelgroßer Lkw schreckte Ole auf. Nach der Reklame an der Seitenwand zu urteilen, verteilte der Kastenwagen Lebensmittel. Der Fahrer schaltete hektisch, um den Lkw mit Schwung den langen, flachen Anstieg hinaufzutreiben. Er schaute nicht zur Seite und rauschte am Parkplatz vorbei. Ole stieg aus, atmete den Morgen tief ein und streckte den verspannten Rücken. Kurz klopfte er an die Fahrertürscheibe des Kia. Strähter schlug die Augen auf. Übernächtigt gähnte er ungeniert. Ole streckte ihm die Hand entgegen, mit dem Daumen nach oben. Aufbruch. Die Autos rollten im Viertelstundenabstand vom Parkplatz auf den Elisedalsvägen. Zurück auf der E6 hielten sie auf die Öresund-Brücke zu. Die Pylonen-Hindernisleuchten blinkten von fern. Der anbrechende Sommertag drängte die Nacht aus den Straßen von Malmö. Noch brannten die vielen Lichter der Stadt. Ab dem Kreuz Petersborg änderten sie die Fahrtrichtung in südöstliche Richtung nach Trelleborg. Über dem flachen Land war nach zwei Dritteln der Strecke gut zu sehen, wie die Sonne am glatten Horizont aus der Ostsee stieg. Auf dem letzten Abschnitt nahm die Straße den parallelen Lauf zur Küste. Die Silhouetten der hohen Fährschiffe im Trelleborger Hafen rückten ins Bild.

„Die Ecke hier ist flach wie ein Waschbrett." Strähter steuerte den Kia gelassen. Wüsste es Erik nicht anders, er hätte glauben können, Gerolf fährt in den Urlaub. Er selbst bemühte sich, seine Anspannung nicht überborden zu lassen. Er holte bewusst tief und ruhig Luft, suchte beim Anblick des ungetrübten Sonnenaufgangs die Gedanken an die nächsten Stunden beiseite zu schieben.

Es gelang ihm nicht. Unvermittelt fragte er Strähter nach der Wirkkraft des Sprengstoffs. „Habt ihr damals in Filderstadt die Sprengladungen eigentlich exakt berechnet, oder habt ihr mitgeschleppt, was ging?“

Strähter drehte sich kurz zu Erik und schaute wieder nach vorn. Die Frage überraschte ihn zu dieser Stunde. „Berechnet haben wir nichts. Der gewerbliche Sprengstoff hat es in sich. Aber mehr als 200 Kilogramm waren logistisch nicht zu händeln. Nachher konnte man sehen, dass es ausreichend war.“

„Sicherlich auch, weil die Sprengladungen an neuralgischen Punkten des Gefängnisgebäudes angebracht wurden, oder?“

„Natürlich, sonst scheppert es an einer Stelle besonders heftig, aber der Zerstörungseffekt bleibt darauf beschränkt.“

„Wie ist es nachher bei der Fähre? Die geballte Ladung konzentriert sich vor der Kommandobrücke.“

„Aber die Sprengkraft entfaltet sich dafür ungehindert in Richtung Land. Hinzu kommt, auf der Halbinsel stehen Buden, Gerätschaften, Lautsprecherboxen und was nicht alles. Das fliegt infolge der Explosion durch die Luft. Geschosse jeden Kalibers potenzieren die zerstörerische Wirkung.“ Strähter redete nicht von Tötung. Möglicherweise unterdrückte er diesen Terminus, um sich vor quälenden Gedanken zu schützen, vermutete Erik. Vielleicht aber kannte Gerolf solche quälenden Gedanken gar nicht. Im Gegensatz zu ihm. Sie setzten ihm stärker zu, als dass er sich das eingestehen wollte. Je näher die Stunde rückte, an dem das Unheil über Rostock hereinbrechen sollte. Die Aufmerksamkeit, welche der nächste Schritt erforderte, befreite ihn kurzzeitig von der anwachsenden Marter.

Strähter fuhr langsam an den Check-In heran. In den Aufstellspuren voraus auf dem Fährterminal konnte er ihren Golf Variant erkennen. Martin und Ole hatten es geschafft. Der jungen schwedischen Hafenmitarbeiterin reichte Strähter die Fährtickets. Für einen Moment nahm er die Brille ab und lächelte ihr zu. Den Kopf hielt er betont zurückgelehnt. Unter dem Wagendach konnte sie ihn nicht sehr genau wahrnehmen. Erik beugte sich ebenfalls nur flüchtig zum Fahrersitz hin, ohne Brille. Die Schwedin lächelte freundlich. Sie verlangte keine Ausweise. Die Deutschen reisten innerhalb des Schengen-Raumes.

Eine halbe Stunde vor dem Ablegen der „Mecklenburg" setzten sich die Lkw- und Pkw-Kolonnen in Bewegung und schlängelten über das Hafengelände zum Fähranleger. Die Trucks wurden auf das Eisenbahndeck beordert. Einer nach dem anderen verschwand in der schwimmenden Riesengarage. Busse und Pkw gelangten über Brücke und Rampe auf Deck 4.

Fiete Last schloss das getarnte Garagentor im alten RAF-Versteck in dem Waldstück bei Westermühlen. Ringsum zwitscherten die Vögel um die Wette. Die Sonne überstrahlte bereits die Baumkronen. Er inspizierte ein letztes Mal den Laderaum des Transporters. Das luftleere Schlauchboot ähnelte einem unförmigen Haufen aussortierten Hausrats. Am Außenborder überprüfte Fiete die Haltegurte, mit denen er den Motor fest verzurrt hatte. Zwischen Schlauchboot und Motor klemmte die Elektroluftpumpe. Sein lettischer Bekannter Janis hatte alles rechtzeitig besorgt.

In der linken Hosentasche spürte Fiete sein Prepaid-Handy aus dem Spülschrank wie eine Handvoll Euro-Münzen, die er durch Gitarren-Geklimper und Singen eingesackt hatte. Helfried Schmidts Anruf war ausgeblieben. Er hoffte, dass der BKA-Chef sich an diesem Tag melden würde und er auf der Fahrt nach Markgrafenheide umkehren könnte. Zeit genug blieb, den Anschlag auf der „Mecklenburg" zu stoppen. Allerspätestens im

Seekanal wäre es noch möglich, mit Spezialkräften vom Wasser aus oder aus der Luft das Fährschiff zu stürmen. Ihm wäre ein frühzeitigeres Eingreifen allerdings lieber. Er bräuchte das Schlauchboot gar nicht erst zu Wasser lassen und die Warnow hinauffahren.

Fiete setzte die Sonnenbrille auf. Ein dunkelblaues Piratentuch bedeckte seinen Kopf. Er startete den Dieselmotor und zuckelte langsam über den Waldweg und die Landstraße zur nächsten Bundesstraße. Der Rundfunk vermeldete bislang keine beachtenswerten Staus oder Störungen auf den Straßen. Auch am Lübecker Kreuz von A1 und A20, das an sommerlichen Wochenenden von den Blechkarawanen in Richtung Timmendorfer Strand und mecklenburgisch-vorpommersche Ostseeküste heimgesucht wurde, präsentierte sich das Verkehrsaufkommen entspannt.

Fiete dachte an die anderen. Sie müssten inzwischen an Bord der „Mecklenburg“ und auf dem Weg nach Rostock sein. In der Hansestadt, so verlautete es im Radio, rüstete die Hanse Sail zur großen Ausfahrt der Windjammer und Traditionsschiffe. Am Rostocker Kreuz verließ Fiete die Autobahn A20 und kurvte auf die A19. Er reihte sich ein in einen Korso von Fahrzeugen, die der Küste zustrebten. Überwiegend waren es Pkw und Kleinbusse mit Berliner und Brandenburger Kennzeichen. Sie mussten wie er im Morgengrauen losgefahren sein. Für einen Tag oder ein Wochenende am Meer. Fiete registrierte die anderen Autos unbewusst. Mit jedem Meter Betonpiste, den der Kleintransporter wegspulte, wuchs die Ungewissheit, in was er hineinfuhr. In welche nahe Zukunft. Würde ihn Helfried Schmidt in den verbleibenden Stunden erlösen? Was aber, Schmidt bleibt stumm? Wofür würde er sich entscheiden? Hatte er überhaupt eine Wahl? Die Mission auf eigene Faust abbrechen, brächte die anderen auf der Fähre in eine ausweglose und tödliche Situation. Sie wären der Chance beraubt, das Schiff zu verlassen und zu entkommen.

Fiete griff sich mit der rechten Hand in den Nacken und massierte ihn. Die Freunde einem verhängnisvollen Schicksal zu überlassen, würde zu einer Bürde, vor der ihn kein Gitarrenspiel und keine noch so vielen Sixpacks Bier bewahren konnten. Was hätte er gewonnen? Er bliebe angehängt am Tropf von Helfried Schmidt. Unter dem enormen Aufklärungsdruck war es nicht unwahrscheinlich, der BKA-Chef präsentierte ihn als Mittäter auf dem Tablett, suchte so seine eigene Haut zu retten. Schmidt hatte ihm nie versprochen, ihn bis zum Sankt-Nimmerleins-Tag von der Justiz fernzuhalten. Dieses Nichtversprechen galt auch für den Fall, dass sie den Anschlag ausführten und allesamt unerkannt verschwinden konnten. Fiete hatte es sich anders erhofft. Eigenmächtig die Jungs hängen zu lassen, das schloss er aus. Sie hockten alle im gleichen Boot.

Ole hatte ihm geraten, von der A19 nicht auf die Bundestraße B105 zu fahren. Die Einfallschneiße nach Markgrafenheide, Graal-Müritz und dem Darß war an den Wochenenden im Sommer heillos verstopft. Häufig ging schon nach der Autobahnabfahrt auf der Umgehungsstraße von Bentwisch nichts mehr. Fiete folgte Oles Empfehlung bis zur Abfahrt Rostock-Nord. Über die alte Bäderstraße gelangte er ebenso direkt nach Markgrafenheide. Nach dem Ortseingangsschild bremste er den Wagen stark ab. Nicht allein wegen des Tempo-30-Schildes. Hinter der Brücke über einen Wassergraben musste er scharf rechts abbiegen in den Budentannenweg. Ein Werbeschild an dem Abzweig wies auf einen Camping- und Ferienpark hin. Wenige hundert Meter fuhr Fiete auf den Freizeitkomplex zu und dann rechts daran vorbei in den Forst am Hütelmoor. Geradewegs mündete der Budentannenweg am StrandResort Markgrafenheide. 200 Meter vor dem Hotel drosselte Fiete die Fahrt auf Schritttempo. Auf der rechten Seite sollte laut Ole ein Waldweg abgehen. Fiete entdeckte ihn und lenkte den Kleintransporter tiefer in den Wald. Der Weg reichte bis an das Hütelmoor heran. Er endete in einer kleinen Ausbuchtung. Diese verband ein sandiger Zugang mit dem Strand. Fiete schätzte die Strecke bis zur Ostsee auf gut 100 Meter. Um das Schlauchboot samt Außenbordmotor ins Wasser zu bugsieren, hatte er einen flachen Handwagen organisiert. Auf diesen wollte er den vorderen Teil des aufgeblasenen Schlauchbootes aufhucken und es zum Strand ziehen. Anschließend würde er den Außenborder heranholen. Doch erstmal müsste er das Boot aufblasen.

Das Autodeck 4 füllte sich rasch. In den Aufstellspuren fuhren die Fahrzeuge eng aufeinander auf. Etlichen Reisebussen entstiegen zumeist ältere Herrschaften, die sich zu einem Kurztrip nach Deutschland entschlossen hatten. Vorrangig mit der Absicht, im Nachbarland auf der anderen Seite der Ostsee günstig Genussmittel zu kaufen. Wein, Schokolade und Zigaretten. Erik rappelte sich aus dem Kia Rio. Der parkte zwei Fahrspuren versetzt ca. 40 Meter hinter dem Golf Variant. Im Kofferraum fasste Erik nach seiner grauen Reisetasche. Er hievte sie mit kräftigem Schwung hoch und stellte sie auf die Ladekante. Den rechten Arm steckte er durch die Trageriemen und legte diese über die rechte Schulter. Die knapp 40 Kilogramm Sprengstoff und die Kalaschnikow mit Klappschaft spannten beim Anheben die Riemen, drückten sie in das Schultergelenk. Mit der rechten Hand fixierte Erik die Tasche rücklings und versuchte die Last zu mindern, in dem er unter den Boden griff. Den Treppenaufgang erreichte er mit dem Gefühl, die Trageriemen brannten sich in die Schulter ein. Durch das dunkelblaue T-Shirt. Er biss die Zähne zusammen. Im Café auf Deck 5 marschierte er bis zur vorderen Fensterfront und platzierte die Tasche unter einer der dreigeteilten schaufenstergroßen Glasscheiben. Der Bereich unter den Fenstern war begehrt. Hier wurde Gepäck abgestellt und einige Reisende nutzen ihn, während der sechsstündigen Überfahrt auf ausgerollten Isomatten am Boden zu schlafen.

Die hereinströmenden Passagiere favorisierten die Plätze an den Fenstern. Im Nu waren die Plätze sämtlich besetzt. Ein Schmutzschleier auf dem Glas trübte die Sicht aufs Meer. Neben überwiegend Vierertischen existierten im Rauminnern auch größere, an denen sich kleinere Gruppen versammeln konnten. Erik nahm einen dieser Tische in Beschlag, unmittelbar neben einer der dunkelblauen, 20 Zentimeter schlanken Stützsäulen. In dem schiffsbreiten Café gab es davon einige. Mitschiffs wurde der Raum von einem tresenähnlichen Sideboard getrennt. Auf diesem thronten ein bunter Holzfisch und kurioserweise ein hellbraunes hölzernes Pferd von der Größe eines Kinderschaukelpferdes. Es wirkte deplatziert. Erik setzte sich und blickte in die Runde. Die meisten Passagiere waren absolut auf sich fokussiert und mit der Schiffspassage beschäftigt. Routinierte Fährfahrer fielen dadurch auf, dass sie sich mit den Gegebenheiten an Bord auskannten. Die Müden unter ihnen verkrochen sich unter die Fensterfront. Es dauerte nicht die Zeit, bis die letzten Gäste aus dem Autodeck im Café eintrafen, da waren die Tische übersät von mitgebrachten Cola-, Limo- und Wasserflaschen. Später gesellten sich Bierdosen und Kaffeetassen aus dem nahen Selbstbedienungsbüfett hinzu. Nach einem Frühstücksimbiss gingen die Reisenden dazu über, zu lesen, Karten zu spielen, zu würfeln oder einfach nur gedankenverloren auf die offene See zu schauen. Inzwischen hatten sich Gerda und Ole zu Erik gesetzt. Gerdas Basecap und die dunkle Brille machten einen anderen Menschen aus ihm. Die hohe Stirn war nur zu erahnen. Der schlapprige Tropenhut auf Oles Kopf verlieh seinem Antlitz ebenso einen völlig veränderten Ausdruck. Die Brille tat ein Übriges. Die Männer verteilten sich am großen Tisch. Sie saßen auf Distanz zueinander. Zuletzt erschien Martin im Eingangsbereich des Bordcafés. Er entdeckte die Jungs und steuerte den nächsten Platz neben Ole an. Martins rote Reisetasche zerrte sichtlich an der linken Schulter. Er ging leicht nach vorn gebeugt. Sie nickten sich flüchtig zu. Bisher verlief alles nach Plan.

Nach der Passage der Leuchtfeuer an der Trelleborger Hafenzufahrt beschleunigte die „Mecklenburg“ ihre Fahrt und drehte auf südwestlichen Kurs. Im Osten hatte sich die Sonne von der Ostsee gelöst und breitete einen silbrigen Teppich auf dem blaugrünen Wasser aus. Der Wind wehte zaghaft aus Nordwest. Die „Mecklenburg“ glitt auf der regungslosen See wie auf einer Glasplatte dahin. Unversehens kippte Erik den Kopf nach rechts und sah zu Martin. Dieser kapierte sofort und blickte in die angezeigte Ecke des Cafés. Am Eingang postierte sich offensichtlich die Purserin des Schiffes. Eine reife Dame mit kurzem blondem Haar. Sie trug einen dunkelblauen Rock und eine weiße Uniformbluse. Diese verstärkte die strengen Züge ihres Gesichts. Als Purserin sachwaltete sie über alle organisatorischen Belange der Crew sowie des Gastronomie- und Kabinenbereichs. Sie zählte neben dem Kapitän und dem Leitenden Ingenieur an Bord zu den Führungskräften. Im Café fand sie an diesem Morgen ein gewohntes Bild vor. Martin erhob sich und schritt auf die Purserin zu. Das Namensschild auf der Bluse bestätigte ihre Funktion. Sie hieß Ilka Johansson. Zwar von zierlicher Gestalt umgab sie dennoch eine respekteinflößende Aura. Martin grüßte im Vorbeigehen, was die 44-Jährige mit einem professionellen schmalen Lächeln erwiderte. Der schlaksige Kerl gehörte zu den Typen, die im Café weder Kopfbedeckung noch Sonnenbrille absetzten und die ihr auf den Touren zwischen Trelleborg und Rostock sommers unzählige Male begegneten. Martin öffnete die Tür zum nahen Männer-WC. Ilka Johansson sah sich kurz darauf im Selbstbedienungsbüfett um.

Als Paroso aus der Toilettentür trat, kehrte er nicht zurück ins Café. Er begab sich nach draußen an Deck, auf der Backbordseite. An der Reling lief er bis zum orangefarbenen Rettungsboot vor, das oberhalb von ihm in seiner Halterung arretiert war. Hinter dem Boot stieg er eine Treppe zum Deck 6 und dann weiter bis zum Deck 8 empor. Sich neugierig gebend, das Schiff erkundend, inspizierte er jedes Detail. Zum Vorschiff hin wurde der Auslauf für die Passagiere auf Deck 8 von einem Geländer und einer gespannten Absperrkette begrenzt. Dahinter begann das Vorfeld der Kommandobrücke. Zutritt hatten nur Crewmitglieder, die über einen Schlüssel für die schmale Tür auf der Rückseite der Brücke verfügten. In diesem Bereich wird sich Erik aufhalten und die linke Flanke absichern. Er musste unter allen Umständen verhindern, dass Besatzungsmitglieder über diesen Weg auf die Brücke gelangten. Das Areal bot ausreichend freie Sicht, um rechtzeitig reagieren zu können. Notfalls mit Waffengewalt. Soweit wollte es Paroso nicht erst kommen lassen. Bis zum Schluss sollte die Crew in dem Glauben gehalten werden, die kleine Kursänderung im Hafen sei auf Anweisung der Reederei erfolgt. Niemand auf seinem Posten an Bord sollte Verdacht schöpfen, auf der Brücke würde etwas nicht korrekt zugehen. Alles entschied sich in der Kommunikation auf dem Schiff und zwischen der „Mecklenburg" und den Ansprechstellen an Land. Paroso war darauf vorbereit. Er schaute ein letztes Mal zur Brücke. Der wachhabende Offizier beobachtete durch ein Fernglas das vielbefahrene Seegebiet.

Nach Paroso stiegen auch die anderen auf Deck 8, um sich mit dem Umfeld der Kommandobrücke zu arrangieren. Zuletzt ging Erik nach draußen. Bevor er zurück auf Deck 5 in das Café marschierte, verweilte er steuerbords an der Reling. Die „Mecklenburg" fuhr zu dieser Zeit an den berühmten Møns-Klint vorbei. Eine steile Kreideküsten-Formation auf der dänischen Insel Møn. Von Westen her steigt das flache Eiland, überzogen von weiten Ackerflächen, bis in bewaldete Höhen von mehr als 100 Metern an. Zur Ostsee bricht das Gelände schroff und tief ab. Die weißen Kreidefelsen glänzten in der Vormittagssonne. In diesem Licht taugte das Ensemble glatt für einen Werbespot für glänzend-weiße Zähne, assoziierte Erik amüsiert. Ihm fiel auf, es waren keine Bauten zu sehen. Aus der Ferne erweckte die Insel den Eindruck eines Terra incognita. Ein natürlicher Flecken Erde, unbeschadet von den Menschen. Das friedvolle Bild setzte Erik zu. In weniger als drei Stunden würde es um den Frieden in Rostock geschehen sein. Die geplante Orgie aus Zerstörung, Blut, Schmerz und Verfluchung sollte herhalten, die Gesellschaft aus der Bahn zu werfen. Was Erik in der Konsequenz dringend notwendig erachtete, um das Land grundzurenovieren. Es redete sich leicht daher, eine Bombe platzen zu lassen. Aber von der Metapher zur folgenschweren Wirklichkeit bedeutete es einen Gewissensbruch. Die Bruchstelle schmerzte zunehmend unerträglich. Erik ertappte sich bei dem Gedanken, im letzten Moment die Reißleine zu ziehen und den schlimmsten Blutzoll zu verhindern. Er könnte einen Bekannten in Rostock per Handy informieren. So bestünde die Chance, die Besucher im Stadthafen zu warnen und das Festareal zu evakuieren. Führten sie die Aktion zu Ende, bliebe das Unheil beschränkt. Abhängig von der verbleibenden Zeit beschwor er damit aber auch die Gefahr herauf, dass Sicherheitskräfte alarmiert wurden und das terroristische Unternehmen auf dem Fährschiff vor dem Finale unterbanden. Egal, worin die Konfrontation mit der Polizei gipfeln würde, ob in einer wüsten Schießerei oder unspektakulären Festnahme, er lieferte sich und die anderen einem ungewissen Showdown aus.

Erik hatte das Prepaid-Handy in der Hand. Er zögerte. Das Wissen darum, mit seinem Prepaid-Handy ausschließlich in Deutschland telefonieren oder simsen zu können, nahm ihm für den Moment die Entscheidung ab, sich unverrichteter Dinge ins Café zu begeben.

Am letzten Strandzugang wendete Fiete den Kleintransporter. Die Luft hinter der Düne erwärmte sich rasch unter der kräftiger strahlenden Morgensonne. Fiete war bisher keiner Menschenseele begegnet. Durch den tiefen Sand stapfte er zum Strand vor.

In Richtung Markgrafenheide verloren sich erste Badegäste auf dem weiten Küstenstreifen. An dessen Ende war die flache Silhouette von Warnemünde gut zu erkennen. Vorn an den Molenköpfen bewegten sich die Masten von größeren Segelschiffen auf die offene See zu. Ihnen entgegen durchpflügte ein schlankes Fährschiff die Ostsee. Die sich vor dem Bug aufbauschende Gischt verriet ein relativ hohes Tempo. Es musste eine der Dänemark-Fähren sein, die im Zwei-Stunden-Takt zwischen Rostock und Gedser pendelten. Diese waren neu und erst seit 2016 im Einsatz, hatte Ole erzählt. In gut zwei Stunden würde die „Mecklenburg" am Zusammenfall von Himmel und Meer auftauchen. Genug Zeit, um das Schlauchboot in Fahrt zu bringen und nach Rostock überzusetzen. Auf der Warnow sollte er bis in den Stadthafen fahren und gegenüber der Haedge-Halbinsel am östlichen Flussufer auf die „Mecklenburg" warten.

Er trabte zurück zum Kleintransporter und schlug die Doppeltür zum Laderaum auf. Mit kräftigem Zug ruckte er das luftleere Schlauchboot von der Ladefläche. Den schlaffen Bootskörper richtete er und breitete ihn auf dem Sandboden aus. Aufgepumpt maß das Boot in der Länge 3,50 Meter und in der Breite 1,60 Meter. Es war mit zwei Sitzbänken bestückt. Die breiten Korpusschläuche zierte schlichtes Schwarz-Grau. Fiete hievte die Elektroluftpumpe neben den Plastikwust und verband den Luftschlauch mit der rechten Luftkammer. Das Kabel der Pumpe steckte er in die 12-Volt-Buchse des Transporters. Nach dem Einschalten blieb alles stumm. Das Rascheln in der Düne und den leichten Wellenschlag auf den Strand hörte Fiete plötzlich überdeutlich. Er klackte den Ein/Aus-Kippschalter hin und her. Nichts. Auch die Steckverbindung an der 12-Volt-Buchse überprüfte er. Die Pumpe rührte sich nicht. In der Sommerwärme wurde Fiete schlagartig heiß.

Einen Blasebalg oder eine Handpumpe hatte er nicht dabei. Wie sollte er jetzt das Schlauchboot in Form bringen? Er ärgerte sich, die Elektroluftpumpe nicht vorher getestet zu haben. Das eben noch ausreichende Zeitpolster geriet von einer Sekunde auf die andere zum engen Zeitkorsett. Riefe jetzt Helfried Schmidt an, könnte er einpacken und davondüsen. Darüber länger zu sinnieren, war in der Situation sinnlos. Eine Lösung musste her. Schnell. Fiete schob die Pumpe auf die Ladefläche und wuchtete auch das platte Schlauchboot zurück in den Kleintransporter. Dabei forstete er die denkbaren Varianten durch, wo er Luft ziehen könnte. Im nicht weit entfernten Camping- und Ferienpark würde ihm mit Sicherheit geholfen werden. Aber das barg ein großes Risiko. Leute dort erinnerten sich bestimmt an einen Kastenwagen der „Autovermietung Janis B." aus Hamburg, der ein Schlauchboot geladen hatte. Die Ermittler bekämen nach dem Anschlag eine Spur auf dem silbernen Tablett serviert.

Fiete blickte angespannt auf die Pumpe. An ihr hingen verschiedene Adapter. Einer, so erschien es ihm, war kompatibel mit den Luftschlauchdüsen am Tankstellen-Air-Service. Das Schlauchboot könnte er auf der Ladefläche aufpumpen. Schräg aufgestellt passte es wohl hinein. In Markgrafenheide hatte er auf der Herfahrt keine Tankstelle gesehen. Einzige Option war Graal-Müritz. Der beliebte Urlaubsort sollte über eine Station verfügen. Rund zwei Kilometer bis zur Brücke in Markgrafenheide und die Strecke bis zur Landstraße L22 brachte er zügig hinter sich. Am Abzweig befuhr er die L22 zur linken Seite und raste nach Graal-Müritz. Die Hauptstraße durchschnitt den Ort schier endlos. Nach jeder Kurve hoffte er, das Markenschild einer Tankstelle zu erspähen. Ungeduldig zappelten die Finger auf dem Lenkrad. Die letzte scharfe Kurve im Ortskern führte auf die lange Ausfallstraße in Richtung Klockenhagen. Fiete erwägte bereits, nach Ribnitz-Damgarten durchzufahren, als nach halber Distanz auf der Ribnitzer Straße die Einfahrt einer Tankstelle auftauchte. Fiete lenkte den Wagen an die Luftstation heran. Die Doppeltür am Heck klappte er einseitig auf. Der offene Flügel verdeckte zur Tankstelle hin die Sicht auf den Laderaum. Der gesamte Aufenthalt auf dem Areal wurde von Überwachungskameras aufgezeichnet. Dies war Fiete inzwischen völlig egal. Er schaute auf die Uhr. Jetzt kam es darauf an, rechtzeitig zurück zu sein und wie geplant auf der Warnow in Position zu gehen. Der Adapter passte.

Kapitän Uwe Gundersohn fasste auf dem Rücken mit beiden Händen in den Hosenbund und streifte das weiße Uniformhemd glatt. Er legte großen Wert darauf, auf der Kommandobrücke akkurat zu erscheinen. Nachdem alles perfekt saß, tippte er an der Tür zur Brücke den Code ein, der das Türschloss entriegelte. Routinemäßig begab er sich gut eine Stunde vor Ankunft in Rostock auf die Kommandobrücke. Die Revierfahrt im Seegebiet vor Warnemünde und im Seekanal erforderte von der Schiffsführung höchste Konzentration. Insbesondere bei starkem Seitenwind reagierte die „Mecklenburg" mit ihren haushohen Bordwänden „sehr zickig", wie es Gundersohn gern beschrieb. An diesem Sail-Sonnabend machte der Wind weniger Schwierigkeiten, dafür kreuzten unzählige kleine Motor- und Segelboote, Ausflugsdampfer, Traditionsschiffe und Windjammer auf der Ostsee vor Warnemünde. Sie liefen unberechenbar auch quer zum Kurs der Fähre. Der wachhabende Offizier Torben Tetzlaff hatte deshalb die Reisegeschwindigkeit früher und stärker als sonst von 16 Knoten gedrosselt. Wegen der besonderen Umstände an diesem Tag wechselte er nach dem Passieren der Tonne Rostock vom Autopilot auf Handsteuerung. Er instruierte seinen Assistenten am Steuerrad, den vorgegebenen Kurs vorerst beizubehalten.

In dieser Sekunde betrat Kapitän Gundersohn die Brücke. Er war mittelgroß. Wer sein Alter von 59 Jahren nicht kannte, schätzte ihn jünger. Seit vier Jahrzehnten befuhr er die Meere der Welt. Gundersohn stammte von der Insel Usedom und begann seine Seemannskarriere Mitte der 1970er-Jahre bei der

Deutschen Seereederei in Rostock. Vor zehn Jahren stieß er zu Swedish-Lines und war seither einer der Kapitäne des Fährschiffs „Mecklenburg“. Tetzlaff informierte ihn über die Seelage und die aktuellen Fahrtdaten. Bei der Verkehrszentrale Warnemünde hatte er die „Mecklenburg“ vor einer Stunde über Funk angemeldet.

„Ist die ‚Berlin‘ schon raus?“

„Nein. Sie war mit Verspätung eingetroffen und wird wohl alle Mühe haben, halbwegs pünktlich loszukommen.“

„Ich hatte gehofft, sie wird uns bei dem Gedränge im Seekanal nicht in Warnemünde begegnen, sondern hier draußen. Sei's drum. Behaltet sie im Auge.“

Gundersohn lief in die Nock auf der Steuerbordseite. Einige der Großsegler suchten westwärts ihr Heil, um wenigstens eine Mütze voll Wind in die Segel zu kriegen. Waren diese gesetzt, entfalteten die Windjammer ihre ganze Pracht. Ein romantisches Schauspiel, das auch den erfahrenen Kapitän der „Mecklenburg“ nicht kalt ließ. Er hatte es erlebt, auf welche rigide Weise der Berufsschifffahrt die Romantik ausgetrieben wurde in den zurückliegenden Jahren.

Martin Paroso schaute auf die Uhr. Er spannte den Oberkörper und erhob sich. Es war die letzte Stunde vor dem planmäßigen Anlegen der „Mecklenburg“ in Rostock angebrochen. In aller Regel befand sich jetzt der Kapitän auf der Kommandobrücke. Paroso zwinkerte den anderen kurz zu. Die rote Reisetasche hing er sich an die linke Schulter und marschierte aus dem Café. An der Rezeption verlangte er nach der Purserin. Er hätte Grund zur Beschwerde und würde am Treppenaufgang auf sie warten.

Im schmalen Treppenaufgang beugte Paroso sich über die Tasche und entnahm ihr eine Makarow-Pistole. Eilig schraubte er einen Schalldämpfer an den Lauf. Es verstrichen nur wenige Sekunden. Niemand kam ihm unverhofft in die Quere. Er entsicherte die Waffe und verbarg sie hinter seinem Rücken. Links schulterte er die rote Tasche. Kaum hatte sich Paroso am Zugang zum Treppenaufgang postiert, flog Ilka Johansson heran. In ihrem Gesicht spiegelte sich die Erwartung, was einen Passagier dazu bewogen haben mochte, sie de fakto einzubestellen. Paroso trat entschlossen einen Schritt auf sie zu, als sie nah genug war. Der direkte Körperkontakt überraschte und empörte sie. Noch bevor sie sich zu lösen versuchte, spürte sie einen heftigen Druck unterhalb ihres linken Rippenbogens. Intuitiv hielt sie inne, erstarrte regelrecht. Die böse Ahnung, dass eine Pistole auf sie gerichtet war, bestätigte ihr umgehend der Typ, der sie vor ein oder zwei Stunden freundlich gegrüßt hatte.

„Lady, wir bleiben ganz ruhig und folgen meinen Anweisungen. Das Eisen in meiner Hand ist scharf geladen." Paroso atmete den Duft ihrer blonden Haare. Das aufgetragene Parfüm unter der Bluse roch blumig. „Wir steigen jetzt gemeinsam hinauf bis Deck 8. Keine unklugen Aktionen bitte und das Walkie-Talkie ausschalten." Mit leichtem Druck unter dem Rippenbogen ließ er bei Ilka Johansson keine Zweifel am Ernst der Lage aufkeimen. Er drehte die Purserin vor sich und setzte den Lauf in der Nierengegend auf die Uniformbluse auf. Zwischen Deck 6 und 7 tänzelte ihnen unvermittelt ein schlankes Mädchen im Teenie-Alter auf der Treppe entgegen. Es grüßte fröhlich, vermeintlich in Vorfreude darauf, gleich den Hafen Rostock zu erreichen. Ilka Johansson zwängte sich ein dünnes „Hallo" ab. Auch Paroso erwiderte den Gruß mit einem „Hallo".

Wenig später waren sie an der Tür zu Deck 8 angelangt. Darauf prangte ein weißes Schild mit der schwarzen Aufschrift „Crew only".

„Ich möchte hier rein, aber nicht allein. Einen Moment." Paroso hörte in den Treppenaufgang, der aufgrund der beengten Maße von oben nicht einsehbar war. Ole müsste ihm inzwischen folgen. Jede Sekunde wurde zur Zerreißprobe, wuchs das Risiko, dass ein Besatzungsmitglied aus der Tür trat. Harte schnelle

Treppentritte erlösten Martin von der Ungewissheit. „Lady, bitte den Code eingeben."

Ilka Johansson rührte sich nicht. Paroso spürte das Beben ihres Körpers. Er selbst stand unter höchster Anspannung, wollte sich auf keinerlei Psychospielchen einlassen. Ruckartig riss er die Waffe nach oben und drückte die Mündung des Schalldämpfers auf die rechte Schläfe der Purserin. „Keiner wird es hören und wir finden anders einen Weg auf die Brücke."

Die entschiedene Drohung und die Pistole am Kopf brachen jegliches Widersetzen der selbstbewussten 44-Jährigen. Angstschweiß trat ihr auf die Stirn und den Nacken, denn die Ziffernfolge des Codes wollte ihr nicht einfallen. Ungezählte Male und routiniert hatte sie die Zahlen in das Codeschloss eingegeben. Die Beine drohten ihr wegzusacken. Paroso erhöhte den Druck auf die Schläfe. Mit zittrigem Zeigefinger tippte sie vier Zahlen ein. „Error" zeigte das LED-Display an. Die Ziffern stimmten, die Folge stimmte jedoch nicht. Sie hatte die zwei letzten Zahlen vertauscht. Hektisch wiederholte Ilka Johansson die Code-Eingabe. Die Tür sprang mit einem leisen Surren auf. Ole packte das Türblatt und öffnete es weit. Sekunden danach schob Paroso die Purserin der „Mecklenburg" vor sich her auf die Tür zur Kommandobrücke zu. Ole sicherte den Decksgang. Jederzeit konnte jemand aus einer der Kammertüren auf den Gang treten. Ilka Johansson traute sich nicht zu schreien. Ihre Kidnapper wollten auf die Brücke. Was hatten sie vor?

In ihrem Kopf hämmerten die Gedanken wild durcheinander. Sie strengte sich an, klar zu denken. Den Code für das digitale Schloss an der Tür zur Brücke war ein anderer als der für die „Crew only"-Tür. Sie benutzte ihn nicht allzu häufig, aber sie gehörte zu den wenigen Mitgliedern der Besatzung, die ihn kannten. Ole hielt die Kalaschnikow in Anschlag. Der Beginn der Aktion hatte ihn mit Adrenalin zugeschüttet. Er wartete ab, bis sich in seinem Rücken die Tür öffnete. Ab dann musste alles sehr schnell gehen. Das Überraschungsmoment besaß eine äußerst kurze Halbwertzeit. Ilka Johansson spürte jetzt die runde Pistolenmündung an ihrem Hinterkopf. Die Ziffernfolge sah sie vor ihrem geistigen Auge. 1-5-5-1. Die Symmetrie der Zahlen 1 und 5 bildete die Eselsbrücke gegen das Vergessen.

Ole betrat als erster die Brücke und brachte sich so in Stellung, dass er alle Anwesenden im Blick hatte. Paroso und die Purserin folgten. Er stieß Ilka Johansson von sich und verriegelte die Tür von innen. Der am Brückenpult stehende wachhabende Offizier Torben Tetzlaff drehte sich um, die Ursache des plötzlichen Lärms zu ergründen. Spontan rief er „Was soll das?". Kapitän Gundersohn in der Steuerbord-Nock senkte das Fernglas und wendete sich der Mitte der Kommandobrücke zu. Was ging da vor?

„Herr Kapitän, meine Herren", parlierte Martin Paroso betont förmlich, „legen Sie bitte das Fernglas und die Walkie-Talkie zur Seite. Ganz entspannt. Dann bleibt alles ruhig." Paroso fuchtelte mit der schalldämpferbestückten Makarow unzweideutig, die Angesprochenen mögen sich beeilen. „Stellen Sie zwei sich vorn an die Fensterfront mit Blick aufs Meer. Die Hände auf den Rücken." Paroso bewegte sich sodann zur Steuerbordseite und verriegelte die Tür, die auf das Brückendeck führte. Gerolf Strähter stand bereits an der Absperrung, ihm zu Füßen seine Reisetasche. Danach wechselte Paroso nach Backbord.

„Lady, Sie legen die Hände auf die Rückenlehne." Er zeigte auf den rechten Sitz vor dem Brückenpult. Ilka Johansson stützte sich bereits an dem gepolsterten Stuhl. „Ich bin gleich bei Ihnen."

Paroso verschloss die Backbordtür und sah Erik Klapproth auf seinem Posten.

„Ilka, setzen Sie sich auf den Stuhl, die Arme auf die Lehnen."

Aus seiner Reisetasche holte er eine Rolle textiles Klebeband hervor. Damit umwickelte er fest die Arme der Purserin. Sie schaute ihn mit ihren blauen Augen an, in denen sich Angst,

Verzweiflung, aber auch Wut und ein Funken Hass spiegelten. Er vergewaltigte sie nicht, zwang ihr aber seine Macht auf. Körperlich beraubte er sie ihrer Freiheit. Nach den Armen band er ihre Beine zusammen und arretierte sie nach hinten gebeugt am Mittelfuß des Sitzes. Mit einem halb entschuldigenden Zucken der linken Augenbraue machte er sich anschließend daran, ihr den Mund zu zukleben.

Ole beobachtete die ganze Zeit die Szenerie regungslos. Die Maschinenpistole richtete er in den Raum und achtete besonders auf die Männer. An der Fensterfront standen der wachhabende Offizier und der Kapitän gut zwei Meter entfernt voneinander. Sie fixierten stumm das Vorschiff. Beide versuchten jeder für sich mit der außergewöhnlichen Situation umzugehen. Vor allem wussten sie nicht, worauf der Überfall hinauslief. Die „Mecklenburg" näherte sich mit kaum noch zehn Knoten Geschwindigkeit den Molenköpfen von Warnemünde. Auf dem Schiff war die Besatzung damit beschäftigt, die Ankunft in Rostock vorzubereiten. Die Fahrtdaten im Maschinenkontrollraum gaben dem wachhabenden technischen Offizier keinen Anlass zu Nachfragen auf der Kommandobrücke.

Dort hielt sich der nautische Offiziersassistent, ein junger Bursche von Mitte Zwanzig, krampfhaft am kleinen Steuerrad fest und die Fähre auf Kurs. Auf dem Rücken seines Uniformhemdes bildete sich ein größerer Schweißfleck. Im Augenblick erwartete er keine weiteren Befehle. Die „Mecklenburg" fuhr fast auf Mittellinie im Seekanal dem Seehafen Rostock entgegen.

„Hey Offizier, jetzt Sie."

Torben Tetzlaff blickte zu Paroso. Fragend.

„Ja, Sie sind gemeint. Setzen Sie sich auf den anderen Stuhl. Aber bis dahin die Arme hoch." Paroso zeigte mit der Pistole auf ihn.

Nachdem er Tetzlaff das Klebeband auf den Mund gedrückt hatte, widmete sich Paroso dem Kapitän.

„Kapitän, drehen Sie sich um, aber die Hände weiter schön auf dem Rücken."

Paroso stellte sich ihm gegenüber, zwischen den Männern trennend das Brückenpult. „Wir haben einiges zu besprechen."

„Ich wüsste nicht was", antwortet Gundersohn trotzig. Den ersten Schock hatte er verwunden.

„Vielleicht sollten wir zunächst grundsätzlich etwas klarstellen. Wenn Sie nicht kooperieren, werde ich beim kleinsten Anlass Ihrer hübschen Purserin eine Kugel in den Kopf jagen. Und wenn das nicht genügt…"

„Schon gut, ich habe es verstanden."

„Dann können wir ja zur Besprechung übergehen. Zwar habe ich jetzt das Kommando, doch erstmal läuft alles wie gewohnt. Sie sind der Kapitän. Nachher beim Funkkontakt mit der Verkehrszentrale werden sie sich unauffällig verhalten und sich wie gehabt über den Schiffsverkehr auf der Warnow ins Bild setzen lassen. Unauffällig heißt, Sie sprechen ganz normal mit den Jungs auf dem Turm, so dass diese nicht beunruhigt werden. Gleiches gilt bei unerwarteten Anfragen über Bordfunk. Sie sind klug genug, die passenden Worte zu finden. Auf der Brücke ist alles okay."

Kapitän Gundersohn presste die Lippen breit und nickte widerwillig. Was bezweckte dieser Kerl? Wie sehr waren das Schiff und die Menschen an Bord gefährdet? Wollten sie Lösegeld von der Reederei erpressen?

„Sagen Sie, was beabsichtigen Sie eigentlich mit Ihrer Aktion? Ich hätte als Kapitän gern Aufklärung über das Schicksal des Schiffes und der Passagiere. Zumal die Reise in gut 20 Minuten zu Ende ist. Wie geht's dann weiter?"

„Käpt'n, ich verstehe das. Aber erstmal bringen wir das Schiff fahrplanmäßig bis zur Wendeplatte. Bis dahin müssen Sie sich gedulden. Verpassen Sie nicht Ihren Anruf bei der Verkehrszentrale."

Backbord voraus rückte der blaue Turm näher, in dem die Verkehrszentrale untergebracht war. Sie überwachte den Seeverkehr im Ostseegebiet von Warnemünde bis rüber nach Wolgast. Die „Mecklenburg“ befand sich eine knappe Seemeile vor der unmittelbaren Hafeneinfahrt. Paroso gewährte Kapitän Gundersohn freies Handeln, ohne ihn jedoch einen Augenblick aus den Augen zu lassen. Gundersohn bremste die Fahrt auf sieben Knoten. Den Offiziersassistenten wies er an, strikt den Kurs zu halten. Die Fähre sollte nicht zu dicht das 300 Meter lange Kreuzfahrtschiff passieren, das am Passagierkai vertäut lag. Die vielen kleinen Boote auf dem Wasser bräuchten genügend Ausweichmöglichkeiten. Von der Dänemark-Fähre „Berlin“ war nichts zu sehen. Gundersohn vermutete, wegen des dichten Schiffsverkehrs zur Sail untersagte das Hafenamt das Auslaufen der „Berlin“, bis die „Mecklenburg“ ihren Liegeplatz erreicht haben würde.

Seit Erik Klapproth backbord auf das Brückendeck gestiegen war, schaute er regelmäßig auf das Prepaid-Handy. Als sich in Küstennähe die ersten Netz-Balken aufbauten, begann er eine SMS an seinen Vertriebschef Raymond Wegemann zu tippen.

„Hallo Raymond, auf die Hanse Sail ist ein Anschlag geplant. Der Stadthafen muss sofort evakuiert werden. Informiere die Polizei. Kein Witz! VG Erik“

Er drückte auf „Senden“, überzeugt, nichts Falsches zu tun. Auf Deck 8 harrte er allein aus. Die Passagiere der „Mecklenburg“ rüsteten zur Ankunft. Die ersten ohne fahrbaren Untersatz versammelten sich am Ausgang auf der Steuerbordseite. An der Rezeption versuchte die diensthabende Dame vergeblich, Purserin Ilka Johansson zu erreichen. Sie hatte ihr Walkie-Talkie offensichtlich abgeschaltet. Die Beschwerde des Passagiers mit der roten Reisetasche hatte vermutlich ein längeres Nachspiel. Die Dame entschied sich, die Ansage zur Ankunft zu übernehmen und die Passagiere zu bitten, sich zu den Fahrzeugen zu begeben. Sie sprang nicht zum ersten Mal für die Purserin ein.

Das Ostufer des Seekanals war dicht bevölkert. Auf der Mole, vor der Hotelanlage Yachthafenresidenz, unweit des Anlegers der Hohe-Düne-Fähre und auf dem Deich, der sich bis zum offenen Wasser des Breitlings erstreckte, saßen Menschen auf Campingstühlen, Decken oder im Gras und sahen dem Schauspiel vorüberziehender Schiffe zu. Die „Mecklenburg" schob sich in bedächtiger Fahrt, begleitet vom kraftvollen Wummern ihrer Schiffsmotoren, an den Zuschauern vorbei. Erik hatte wenig übrig für die Szenerie. Er überflog sie mit versunkenem Blick.

Vor dem Erreichen der Wendeplatte am Seehafen schlug die Tür zur Kommandobrücke auf. Ole stellte eine Reisetasche auf das Brückendeck. Erik sah zu ihm hin. Sogleich verschwand Ole wieder. Die Tür blieb offen. Keine Minute später hievte er die rote Tasche von Martin auf den blauen Stahlboden. Jetzt winkte er Erik zu und schaffte die erste Tasche seitlich vorbei an der Brücke auf den schmalen Balkon. Schnell kehrte er zurück und wiederholte den Gang mit der roten Tasche. Danach marschierte er auf Erik zu.

„Hey, der Countdown läuft. Nimm deine MPi raus, den Sprengstoff deponieren wir vor der Brücke." Ole schnappte sich Eriks Tasche. Dieser klemmte sich die Kalaschnikow mit angeklapptem Schaft unter den rechen Arm. Sie fühlte sich kalt an. Das Magazin stopfte er in die linke Gesäßtasche, in der Hoffnung, es dort belassen zu können.

Ole eilte ein drittes Mal beladen auf den Brückenbalkon. Bevor er ins Ruderhaus stieg, hob er den rechten Daumen, signalisierte dem Freund, es liefe nach Plan. Erik lehnte sich an die Wand der Decksaufbauten. Mit einem Gewissen in Aufruhr und Gefühlen im Chaos.

Martin hatte Oles Kalaschnikow umgehängt. Er reichte sie ihm zurück. „Kapitän, Folgendes wird jetzt passieren. Sie weisen ihrem Assistenten einen neuen Kurs an, von der Wendeplatte weg. Es geht weiter voraus auf der Warnow. Also kein übliches Wendemanöver. Liegeplatz 64 lassen wir heute links liegen."

„Wie stellen Sie sich das vor?", wetterte Gundersohn überrumpelt von dem Kurswechsel.

„Wie ich es eben gesagt habe. Kommen Sie mir jetzt nicht, die Flussfahrt wäre mit dem Kasten nicht möglich. Sie erinnern sich, vor einiger Zeit hat die ‚Trelleborg' an der Haedge-Halbinsel aufgelegen. Außerdem ist der Stadthafen frisch ausgebaggert worden." Martin betonte dies, um dem Kapitän die Gelegenheit zur Widerrede zu beschneiden.

Gundersohn betrachtete die elektronische Seekarte und sagte die Kursänderung an. Bis zur Haedge-Halbinsel wird die „Mecklenburg" gut 35 bis 40 Minuten laufen. Soll sie dort festmachen? „Gleich wird sich das Hafenamt melden und fragen, was los ist. Auch die Verkehrszentrale dürfte den ungewohnten Kurs bemerken. Was sage ich denen?"

„Kurzfristig hätten Sie eine Anweisung Ihres Reedereichefs in Göteborg erhalten, den Liegeplatz 64 nicht sofort anzusteuern, sondern in den Stadthafen zu fahren. Swedish-Lines möchte mit der überraschenden Visite der Hansestadt die Reverenz zum 800. Stadtjubiläum erweisen. Klingt gut, oder?"

„Für den Blumenstrauß werden sie kein Verständnis haben. Bei dem Gewimmel auf der Warnow werden sie mir was erzählen, unangemeldet da durchzupflügen. Die Reederei kriegt ordentlich Ärger, und ich auch." Gundersohn war sich klar, er würde die längste Zeit Kapitän gewesen sein. Was sollte er machen? Den Tod von Ilka Johansson in Kauf nehmen? Nein. Schiff und Passagiere blieben bisher unversehrt. An der Haedge-Halbinsel war definitiv Schluss. Nur wie? Die Reisetaschen auf dem Balkon, weshalb mussten die dort lagern? Um den Rückzug des Kommandos sicherzustellen, wie der Typ mit der Pistole erklärt hatte. Wollten sie über Fallleitern auf das Vorschiff gelangen und so entkommen?

Ein Anruf aus dem Maschinenkontrollraum unterbrach Gundersohns Gedankengänge. Er erzählte dem wachhabenden Offizier die Legende von dem Überraschungscoup der Reederei. Dabei blickte er in die Schalldämpfermündung der Makarow. Der Technische Offizier nahm die Regieanweisung von ganz oben kommentarlos hin. Den Ärger darüber, dass die Ankunft erheblich aus dem Fahrplan geriet, behielt er für sich. Kurz darauf hatte der Kapitän auf Funkkanal 10 das Hafenamt am Ohr. Der diensthabende Nautiker vermutete zunächst, die „Mecklenburg" hätte ein Problem mit der Ruderanlage. Er fragte Gundersohn danach. Die Sorge um eine Havarie kippte schlagartig in dienstbeflissene Erbostheit. Ein Reederei-Chef könne nicht so mir nichts, dir nichts sein Fährschiff auf der Warnow umherschippern lassen. Schon gar nicht an einem Tag wie dem Sail-Sonnabend. Gundersohn musste sich anhören, er hätte der Anweisung aus Göteborg energisch widersprechen müssen. Das Ganze würde ein erhebliches Nachspiel haben. Er solle das Manöver um Himmels Willen sauber zu Ende führen, verfiel der Hafenamtsmitarbeiter schließlich in einen fast wehklagenden Ton. Zur Hanse Sail hatten sich all die Jahre keine schwerwiegenden Schiffsunfälle ereignet.

In der Verkehrszentrale Warnemünde steckten die vier diensthabenden Nautiker ihre Köpfe zusammen. Jeder beobachtete sonst in einem bestimmten Küstenabschnitt den Schiffsverkehr. Doch jetzt schauten alle gebannt auf den Bildschirm des Rostocker Reviers. Die „Mecklenburg" bewegte sich tatsächlich von der Wendeplatte weg und lief entlang des Warnowkais stromaufwärts. Eine Erklärung dafür hatte keiner der Vier. Der Rostocker Abschnittsverantwortliche morste auf Funkkanal 73 die „Mecklenburg" an. Die anderen Kollegen blieben bei ihm stehen und lauschten. Was sie hörten, verschlug ihnen die Sprache. Die Verkehrszentrale gab umgehend an alle Seefahrzeuge in der betreffenden Zone den Hinweis heraus, sich in Nähe des Fährschiffs umsichtig zu verhalten. Die Nautiker hofften ebenfalls inständig, die ungewöhnliche Revierfahrt ginge glimpflich ab. Sie wussten auch, es war unabänderlich. Dem Kapitän oblag es, das 200 Meter lange Schiff in dem engen Fahrtgebiet sicher zu manövrieren. Benötigte er Hilfe, etwa einen Schlepper, würde er sich melden.

Kapitän Gundersohn spürte das Uniformhemd am Körper kleben. Die Gespräche unter vorgehaltener Waffe hatten mental geschlaucht. In seinen Augen las Martin die Frage „Und wie weiter?“. Die entgegenkommenden größeren Segelschiffe, Ausflugsdampfer und die vielen kleinen Motor- und Segelboote wichen vor der gewaltigen „Mecklenburg“ zu beiden Seiten aus. Fasziniert von der nahen Größe des Schiffes und voll Respekt vor dem Ungemach, das drohte, geriet eines der Boote vor den Bug des Stahlkolosses. Die Fähre, so nahmen die meisten Skipper an, sollte als Attraktion zur Sail in den Bereich des Stadthafens vorfahren.

„Nun zum ernsten Teil, Kapitän.“ Martin checkte die Uhrzeit. „Wir behalten den Kurs und die Geschwindigkeit bei.“

Intuitiv wendete sich Gundersohn der elektronischen Seekarte zu. Das Schiff hielt auf die Nordkai der Haedge-Halbinsel zu. Kaum zehn Minuten dürften bis dahin verbleiben. Mit jeder Minute schmolz die Chance, eine Kollision mit dem Kai verhindern zu können. Die massige „Mecklenburg“ ließe sich auf der kurzen Distanz nicht mehr rechtzeitig aufstoppen.

„Sie wollen das Schiff auf die Halbinsel krachen lassen? Sie sind verrückt.“

„Geschenkt, Käpt'n. Sie vermuten richtig. Aber es kommt noch schöner. In den Reisetaschen warten 160 Kilogramm hochexplosiver Sprengstoff, um gezündet zu werden.“

Plötzlich erhob sich ein vom Klebeband gedämpftes Winseln und Wiehern. Purserin Ilka Johansson und Offizier Torben Tetzlaff hatten sich die gesamte Zeit in den Sitzen vor dem Brückenpult still dem Lauf der traumatischen Ereignisse ergeben. Entsetzen weitete ihre Augen, sie ruckelten und zerrten mit aller Kraft an ihren Fesseln.

„Zwei Strich backbord“, befahl der Kapitän laut und energisch dem Offiziersassistenten am Steuerrad.

Paroso bewegte den Pistolenlauf in derselben Sekunde von Gundersohn weg und schoss dem Assistenten in den rechten Unterschenkel. „Der Kurs bleibt." Der junge Mann krümmte sich nach unten und umfasste sein Bein. Er hatte lediglich ein schmerzerfülltes Stöhnen von sich gegeben. Die Waffe zielte sofort wieder auf Gundersohn, in dessen Gesicht sich jetzt aschfahles Entsetzen spiegelte.

„Ich erspare mir einen Kommentar", wies Paroso unaufgeregt den Kapitän zurecht. „In knapp fünf Minuten verlassen meine Freunde und ich das Schiff. Danach haben Sie noch exakt ebenso viel Zeit. Da sie bis vor einer Minute kooperiert haben, gebe ich Ihnen zum Abschied eine Chance, Kapitän." Parosos ungewohnter zynisch-arroganter Tonfall war von schneidiger Kälte. Ole, der die Absprache eingehalten hatte, sich unter keinen Umständen einzumischen, registrierte es einigermaßen verwundert. Beim Schuss war er zusammengezuckt.

„Darf ich bitten, die Hände auf den Rücken und vor an die Fensterfront." Paroso folgte dem Kapitän. Er packte dessen linkes Handgelenk und wickelte es mit Klebeband an einem Haltegriff am Brückenpult fest. Dem Assistenten fixierte er beide Hände am Steuerrad. Dann kniete Paroso ab. Am rechten Unterschenkel des Verletzten umklebte er die Einschussstelle ebenfalls. Ein glatter Durchschuss im Muskelgewebe, die Knochen schienen intakt.

„Ole, hol Erik rein, Abmarsch." Paroso hob die Schere für das Klebeband hoch. „Kapitän, das Ding lege ich auf das Brückenpult in Ihre Reichweite. Sobald wir raus sind, kappen Sie Ihre Fessel und die der anderen. Es dürfte zu schaffen sein, über Bordfunk alle Crewmitglieder und Passagiere aufzufordern, schnellstens in den Heckbereich zu flüchten. Der Schiffsrumpf wird sie vor der Detonation schützen. Ahoi!"

Hinter Martins Rücken stürzten Ole und Erik vorbei auf die Steuerbordseite des Brückendecks. Paroso schnappte sich das

Seil, an dem sie ins Schlauchboot absteigen wollten. Strähter wartete bereits. In der Hand ein Handy.

Fiete tuckerte zum zweiten Mal die Schleife in den Stadthafen. Vor den Speichern kehrte er um und fuhr zurück bis zum Rostocker Yachtclub am Gehlsdorfer Ufer. Ihm war heiß unter der hoch stehenden Sonne. Das Piratentuch schützte wenig. Er bewegte sich abseits von dem anderen Bootsverkehr. Die Speicher hatte er hinter sich gelassen, als sich im Warnowbogen vor der Haedge-Halbinsel der weiße Rumpf der „Mecklenburg" in die Sail-Kulisse schob. Fiete sah einen Eisberg mitten im Sommer um die Ecke treiben. Die Phantasie verflog sofort. Er erhöhte den Speed des Schlauchbootes. Er sollte es auf die Steuerbordseite der Fähre bringen und auf Martins Zeichen hin heranfahren.

Strähter tippte einen Code ins Handy. Ab jetzt blieben ihnen fünf Minuten, bis die Zünder in den Sprengladungen aktiviert wurden. „Zeit läuft", schrie er den anderen zu. Erik verknotete ein Ende des Seils an der Reling und warf den Rest hinunter. Das Zeichen für Fiete. Er war da, löste sich aus einem Pulk anderer Boote unweit der Hafenterrassen. Ole schlug als erster das Seil zwei-, dreimal um den rechten Fußrücken und presste den linken Fuß fest gegen das Seil. So stand er wie auf einem Tritt. Lockerte er den Druck, rutschte das Seil durch und er Stück für Stück nach unten. Die Technik erforderte Geschick. Er musste vor allem vermeiden, die Schlaufe zu verlieren. Es würde viel Zeit und Kraft kosten, erneut in den Tritt zu kommen. Ole fiel nach knapp einer Minute ins Boot. Oben überstieg Erik die Reling. Er war ungeschickter beim Einfädeln. Martin half ihm, so gut es ging. Strähter sicherte den Decksbereich. Oles und Eriks MPis lagen bereits ohne Magazin am Ruderhaus. Erik mühte sich nach unten. Auf halber Strecke öffnete sich die Schlaufe. Ihm versagten die Kräfte und er stürzte ab. Zwischen Bordwand und dem prallen Backbord-Schlauch des Bootes knallte er ins Wasser. Fiete reagierte blitzschnell. Wie ein Kescher steckte er den linken Arm tief ins Wasser, um nach Erik zu fischen. Rutschte er ihm durch und trieb hinter dem Schlauchboot ab, würden sie ihm nicht mehr helfen können. Fiete bekam ihn unter der linken Achsel zu fassen und musste aufpassen, durch die Fahrt des Bootes nicht herausgerissen zu werden. Ole stakte auf dem wackeligen Boden zum Heck und half Fiete, Erik aus dem dunklen Wasser zu ziehen. Martin hing jetzt im Seil. Strähter warf in letzter Sekunde seine Waffe zum Ruderhaus. Durch die Fenster auf beiden Seiten der Steuerbord-Nock sah er die Haedge-Halbinsel bedrohlich nahe, vom Riesenrad war nur ein kleiner Ausschnitt zu erkennen. Er beugte sich über die Reling. Wie weit war Martin? Sie mussten es unbedingt schaffen, hinter die Fähre zu gelangen. So weit vorn am Vorschiff würden sie von der Explosion nicht verschont bleiben und in dem offenen Boot den herumfliegenden Trümmerteilen schutzlos ausgeliefert sein. Hektisch fädelte Strähter ein.

Raymond Wegemann, Eriks Vertriebschef, überquerte mit seinem Sohn Emil an der Hand die Straße Am Strande in Höhe Schnickmannstraße, direkt hinein ins Getümmel der Hanse Sail. Am späten Sonnabendvormittag war die Promenade des Stadthafens heillos von Menschen überfüllt. Zwischen Haedge-Halbinsel und Speichern drängten sie in beide Richtungen aneinander vorbei. Fahrgeschäfte, Getränke-Oasen, Imbissbuden und Verkaufsstände befanden sich im Belagerungszustand. Von allen Seiten schlugen Schallwellen von Musik auf das Treiben ein. An der Kaikante warteten Gäste, die eine Mitsegelgelegenheit ergattert hatten, an Bord gelassen zu werden. Die Ausfahrt der Windjammer und Traditionsschiffe startete in einem allgemeinen Durcheinander und fügte sich auf der Warnow zu einem bunten Korso. Auf dem Weg zu den Schiffen kaufte Wegemann seinem Sohn eine Fanta-Limonade. Emil zerrte den Vater ungeduldig zu dem ersten tollen Dampfer in der Nähe, der „Stadt Kiel". Zur Haedge-Halbinsel hin lagen größere Segler am Kai. Emil las die Namen laut vor und erriet die Nationalflaggen am Heck. Häufig nannte er Holland und Polen. Der alte Eisbrecher „Stephan Jantzen" interessierte ihn nicht so sehr. Diesen hatten sie schon gemeinsam besichtigt. Wegemann erkannte früh die Affinität seines Sohnes für Schiffe. So oft es die Zeit erlaubte, fuhr er mit Emil nach Warnemünde, um in der Saison die Kreuzfahrtschiffe anzusehen. Von den meisten konnte Emil inzwischen Namen, Nationalität und Passagierzahlen aufsagen. In dem dichten und lauten Gewühl auf der Haedge-Halbinsel fasste Wegemann den Sohn fest an der Hand. Er bemerkte nicht, dass auf seinem Smartphone in der Hosentasche eine SMS eingegangen war. Sie kämpften sich zum Riesenrad vor. Eine Fahrt damit hatte er Emil versprochen. Es war voll besetzt. Sie mussten warten. Wegemann schaute zu der Stahlkonstruktion empor. Bei dem schönen Wetter werden sie eine phantastische Aussicht auf Rostock und die Umgebung und die Hanse Sail mit ihren vielen Schiffen haben.

Emil zog unvermittelt kräftig am rechten Arm des Vaters. Der neigte den Kopf zu seinem Sohn und erschrak. Auf dem nahen Wasser kam ein riesiger Schiffsbug direkt auf sie zu.

„Guck mal Papa, ein großes Fährschiff."

Thanks Kate Bush for „Before the Dawn".